密林深处的青春

MILIN SHENCHU DE QINGCHUN

杨恩芳　赖云琪　著

西南师范大学出版社
SOUTHWEST CHINA NORMAL UNIVERSITY PRESS

图书在版编目（CIP）数据

密林深处的青春 / 杨恩芳, 赖云琪著. —2版, 一重庆：
西南师范大学出版社, 2009.11

ISBN 978-7-5621-4802-9

Ⅰ. 密… Ⅱ.①杨…②赖… Ⅲ.长篇小说－中国－当代
Ⅳ.I247.5

中国版本图书馆CIP数据核字（2009）第211131号

密林深处的青春

杨恩芳　赖云琪　著

责任编辑：李远毅 罗　静
书籍设计：[CASPALY 商品 模宣] 周　娟　钟　琛
出版发行：西南师范大学出版社
　　　　　地址：重庆市北碚区天生路2号
　　　　　邮编：400715
　　　　　http://www.xscbs.com
经　　销：全国新华书店
印　　刷：重庆东南印务有限责任公司
开　　本：787mm×1092mm 1/16
印　　张：25.5
字　　数：355千字
插　　页：4
版　　次：2009年11月　第2版
印　　次：2009年11月　第1次印刷
书　　号：ISBN 978-7-5621-4802-9
定　　价：46.00元

再版自序

历史需要回望，回望方知来龙去脉，是非曲直。

人生需要反思，反思方能品评意义，掂量价值。

十年知青运动与"文化大革命"伴生同止，它以其极端的悖论，磨砺出这个民族改革旧体制的强大内趋力，也造就这个民族经济复苏、文化复兴的强大创造力。

十年知青运动与共和国新生代风雨同行，它以疯狂、偏执、虚幻、阴暗的砂轮打磨这代人，却循着物极必反的定律，将执著人生理想、担当社会道义、承受大苦大难、追求真善正义的阳光人性，铸进了这代人的灵魂，使他们成为创造新时代的主力。

沉思中，忽见窗外透亮的天光渐渐黯然，举头仰望，太阳竟变成了金色玉环！万众欢呼！这五百年一遇的日全食奇观！宇宙中最光辉的日月相遇，却让地球陷入一片黑暗！然而，5分钟后，日月按各自的轨道相背而行，金环露出辉煌的一点、一团、一片，迅速放大放亮。继而太阳以更明丽的光辉掩去了黑月的阴影，地球重又光彩纷呈，世界重又生机跃动！

太阳的光明是遮不住的，宇宙如此，历史如此，人间更是如此！"文化大革命"的阴影终遮不住中华文明的光辉！

然而，辉煌盛景也不是永恒的！多少代人所求，唯我们与之相遇，这是我们今生的幸运！

知青运动，前无古人后无来者，唯我们经历了，这或许是我们的另一种幸运！

近40年前，16岁的我挥着"红宝书"，呼着口号，迎着晨风，迎着阳光，跨山过水到边疆……

30年前，搁置了那些支撑精神世界的"红宝书"，舍弃了被青春热汗浸损得补丁重重的灰蓝衣裳，抛散了青春年少的理想碎片，我带着空空的行囊、空空的心，从西双版纳的原始森林回到了重庆……

十年的青春不是虚空云烟，沉痛的思索，理不清这段历史的头绪，只有忠实地记下脑海里挥之不去的画面和那些铭心刻骨的人物、故事，留给后人去评说。

原名为《魂系绿海》的这部小说，真实、客观、多侧面地反映了云南支边运动的全过程，再现了那段历史的典型背景和主流群体意识。但它实难承载那段历史之重！因为它萌动于25岁的我。25岁的情怀，激越却单纯；25岁的思想，执著却浅薄；25岁的文笔，青纯却也青涩。然而，55岁的我，却不打算改动那些以真实、坦诚、淳朴文字描绘的，密林深处的青春，正如青春一去永不复返，那也是一段无法改写的历史！

弹指一挥间，知青运动已去40年！知青们与共和国同步进入了六甲。知青运动影响了这一代人，这一代人又深刻地影响了一个时代。知青们已到了退出历史舞台的时候，然而我们欣慰注目，伟大的共和国正跨过我们的肩头阔步前行！

我谨以这本小书纪念知青运动和我们的青春。以与旧友共品往昔，供今人研究历史，为后人提供鉴戒！

现名《密林深处的青春》，初成于1981年，1990年在电台播讲，1993年正式出版。再版之际，我要再次感谢杭州初阳台文学创造园1987年邀我在西子湖畔静心改稿。感谢重庆人民广播电台艾虹、张民、徐健，重庆市沙坪坝区文化站站长雷宗荣等同仁的支持！感谢西南大学宋乃庆常务副校长，西南师范大学出版社周安平社长、李远毅总编的帮助！

杨恩芳

2009年7月22日

目 录

引子

校园"风波"刚刚平息，又爆出一个热门话题——植保系博士生中的佼佼者刘放，自愿重返西双版纳了！

一年级的大学生，真希望天天有新闻、时时有刺激，总爱品评时政，希望冲破禁锢，追求自由享受。博士去边疆，全然背离了他们的思维轨迹。

"听说，此人啃起书来，便忘了一日三餐；钻进实验室，就不知寒暑变换……"一个小伙子扭动紧绷绷的臀部，陶醉在迪斯科的旋律中。

有位时髦女郎嘴吐瓜子壳，提提蝙蝠衫说："60年代的理想狂！70年代的淘汰物！80年代的正统派！不懂生活！"

20世纪80年代的大学生，真有些玩世不恭。这些吃腻了麦乳精和"大白兔"的少男少女，对利弊得失的权衡，比"老大哥"们精多了。

然而，老教授却喃喃自语道："他懂得怎样创业，也明白如何做人……为人一生，没这两条行么？！"

"让人们说去吧，走自己的路！"

此时此刻，刘放坐在飞机舷窗前，像一尊铜铸的雕塑！多年的苦思苦读，在他轮廓分明的脸上镌刻成一道道深深的纹沟，焚烧原始森林灼出的花斑，牢房里与人搏斗留下的疤痕，交汇成一种超过他这年龄的睿智、深沉和刚毅！

"伊尔-18"，穿行在云中。

碧空里，一会儿飘来一朵朵"银棉"，一团团雾霭；一会儿涌去一队队"羊群"，一簇簇"睡莲"；一会儿又散成一缕缕"丝絮"，一条条"轻纱"。

刘放望着云海，万千思绪涌上心来。

他忘不了这云的南国，这里有他十载青春；他爱这南国的云，云中有他理想的追寻。此时，此刻，他觉得这云是那样浓，那样厚！浓得宛若铅灰，厚得凝重难移。仿佛一个饱经沧桑的老人在沉思，十年的知青运动到底该怎样评说？

是一代青年谱写了这段历史？还是这段历史造就了一代青年？是必然决定了这段历史？还是偶然扭曲了这段历史？

然而，历史的长河就这么流过了20世纪70年代，历史的浪潮就这样摔打了中国的第三代青年！这历史，分明录写了万千个灵魂，预示着将来的前景！这历史能和时间抗衡，让轶闻旧事沉淀下来，流传开去，成为当代的文物，后世的鉴戒。

十年，在中华民族五千年的历史长河中，只是一道短小的细流；但在一代人的生命旅程中，却是那样曲折漫长。有人说，那是毁灭生灵的十年，然而，刘放却像凤凰涅槃，在烈火中新生了！是的，十年中，他曾绝望过，但那绝望的痛苦磨砺了他超人的意志！他曾趴下过，但那趴下的沉思却使他领悟了人生的真谛！他曾逃离了那片绿海，但却日夜为之梦绕魂牵，深深系念……

这是他第二次南行。

第一次，他18岁，如同艾芜的《南行记》，阅读了"人生的第一课"，拌和着血和泪；这一次，36岁，或许也能像艾芜那样，写出光辉的续篇，多一些阳光、绿叶和花果。

两次南行，恍若历史的循环，都带有"缩小三大差别"的目的，"与工农相结合"的意味，和追求人生理想的内涵。但刘放已近不惑之年而非梦幻少年，是博识的学子，而非肤浅的知青。

他苦苦反思了八年，还是认定，中国青年没有那"缩小、结合、追求"六个字不行！

他曾看到：一场场疯狂的大火，从20世纪60年代烧到20世纪70年代，焚毁了西双版纳三百多万亩原始森林！那用两代创业者青春热血浇灌的片片胶林，在失去平衡的生态中发黄、枯萎……

他曾发誓：要用科学知识去扑灭那场场愚昧的野火，保护那颗世界闻名的"绿宝石"，拯救十万知青亲手拓展的橡胶园！他要以成熟人生的再一次奋斗，去拾掇那些散落的理想绿叶，慰藉那些沉入绿海深处的亡灵！

当飞机剪银裁絮，冲破"棉乡"，逼近那横跨北回归线的热带林海时，天空更加湛蓝，阳光更加明媚！俯瞰那万木汇成的绿海，千山腾起的碧波；眺望那连连退去的青绿，源源涌来的黄绿，刘放深深吸了口气，感到整个身心都沉浸在浩瀚的绿海之中……

他又想起了那个古老的传说……

一 绿海红火

　　很久很久以前，这里荆棘遍布，满目苍凉。天神为拯救凡间百姓，派叭牙率领三千男女，尾随金鹿去寻找人间乐土。当金鹿消失在漆黑的老林时，一抹鱼肚白在黛色的天幕上蔓延开来。顷刻之间，旭日东升，天清气朗。人们惊奇地发现，眼前是山幽林密、土肥水美、鸟语花香的孔雀之乡。三千男女在这里搭起金竹楼，繁衍生息，开辟出美丽的十二版纳，孕育了勤劳勇敢的傣家民族。叭牙落脚的黎明城，就是今天的西双版纳首府允景洪；金鹿隐身的曼景罕老林，一直被傣家人当作山神供奉着。千百年来，没有人敢涉足这片绵延千里的原始老林。

　　公元1953年，一个不信邪的小伙子，带着马帮，拖着八十株胶苗来到这里，想在此建立中国的工业原料基地。于是，他和伙伴们举起大刀，横向老林。结果，山神折去了他的一条胳膊。

　　当历史进入公元1969年初春，一帮大城市的红卫兵，挥着小红书，戴着大像章，背着军挎包，按照毛主席指引的方向，涌进了这片老林。

　　那是个浓雾弥漫的早晨，一条黄脸汉子，驾着破响的老牛车，颠过神奇的幽林古道，把人们丢在参天古木之下，便扬长而去。

　　"到了？"洪涛满怀狐疑地问。

　　"是的。"刘放肯定地回答。

　　人群中的笑闹戛然而止，四周死一般寂静。

只见那高达六七十米的望天树下，吊着一幢摇摇欲坠的竹楼，使人想起黄河流域"构木为巢"的原始部落，南美丛林印第安人行猎的小屋。那陡峭的孔雀山脉和错落的峰峦，像欧洲中世纪阴森的古堡，神秘莫测。那缓缓的曼波山麓，依稀可见早年麻风病人集居的断壁残垣。一些扭来弯去的怪树，活像疼痛难忍的患者相互撕扯着咽气的模样……

一只老鸦盘旋而去，甩下几声凄切的啼叫。

"错了！这是麻风寨！"汪飞扯着川嗓大吼一声，人群哗然，一些人扭头便往回走。

"同伴们！没错，是这儿！"刘放追到山崖喊道。人们望着山脚下那墨绿清幽的澜沧江，好久好久没有说话。

江水颤颤悠悠地流向天边，人们隐隐感到：人生旅途上已没了退路！人生的航船已经驶出轰轰烈烈的"红色海洋"，来到了这死一般宁静的绿海之中。生命的长河已冲过波澜起伏、吼声如雷的高峡深谷，流入了沉闷静谧、毫无生气的河套平川。是渺小还是伟大？是壮烈抑或悲怆？他们不知道。

"我喜欢这儿。"夏莉惬意地嗅着一朵百合欢。

陆澜望望她，又把忧郁的目光投向澜沧江。

"革命的，放下背包！怕苦的，滚回去！"洪涛怒目环视众人。

婷婷战战兢兢地丢下了铺盖卷儿。

"同伴们，我们不是为磨炼意志而来的吗？我们不是为缩小'三大差别'而来的吗？守前人的基业算得了什么！创千秋伟业才是我们的使命啊！……"刘放激动地对大伙说。

人们手中的背包，缓缓滑落在飞机草草丛中……

好深好密的老林啊！一根根粗大的树梢，半空翻转，又入地生根，搭起一道道天然拱门。枝丫相挽，叶儿相依，气根交错，形成一蓬蓬天然绿帐。一串串"佛珠"挂满"门楣"，像节日装点的万盏彩灯；一簇簇野花缀满"绿帐"，像座大型的空中花园；一条条藤蔓缠绕其间，像厅堂里悬挂的丝绦彩练。那遮天的树叶大大小小，圆的圆、长的长、厚的厚、薄的薄，都青翠欲滴，充满生机；那横空的枝丫长长短短，胖的胖、瘦的瘦、高的高、矮的矮，都纵横交错，紧紧勾连；那伏地的草儿密密匝匝，青的青、绿的绿、粗的粗、细的细，都长得舒展，活得自在。阳光映来，绿宫宛若披上银纱，那影儿闪闪烁烁，斑驳迷离，像天女撒落在森林王子身上的万朵银花。

好一个古朴幽深的植物王国！难怪人们称它为"原始森林之冠"、"世界花园之母"！

红卫农场八队的小青年们，来不及观赏森林奇景，便匆匆抡起了砍伐的芟刀。

沉睡千年的孔雀山，被搅得沸沸扬扬。刀击古木声，锄头挖根声，钢锯推拉声，枝叶摩擦声，男女吆喝声，汇成了一部激动人心的交响曲。只见人们蹲下去砍，趴下地砍，站起来砍，踩上肩砍，跳上树砍，恨不能几刀砍出个新天地。

正当"万马战犹酣"的时候，忽听汪飞怪叫起来，只见刘放从洪涛肩上跌下，抖落一地"金沙"。"沙粒"四散覆盖了人们的脚背，像万把钢针从天而降，直射人们肌肤。汪飞痛得抱着一只瘦腿打旋儿。不知谁说，这蚁群能抬走一头鹿，扯光它的肉，人们惊呼着夺路而逃。

"回来！男子汉大丈夫，被小蚂蚁吓得这副熊样儿！"洪涛挥舞砍刀高声呵斥。

"你他妈有种！站到蚂蚁包上半小时，我姓汪的就跟你上刀山下火海。"

"好！好！"洪涛心一横，跳上了蚂蚁包，任凭那黄蚁爬满全身。

人们惊呆了，只听得洪涛牙齿咬得咯咯脆响，涨得绛红的脸上，豆大汗珠滴滴洒落。

八分钟，十分钟，一刻钟！人群发出"啧啧啧"的赞叹声。

"好样儿的！你洪涛是英雄好汉，我们也不是狗熊、炮蛋！"汪飞冲上前去推开洪涛，"来，弟兄们上！"

人们纷纷回到原地，重新抡起砍刀。

洪涛在地上滚来滚去直哼哼，好容易抖落一身的"黄粒"，两条腿已肿胀得麻木。但见大伙砍出了一片新天地，苦笑着自语："赌注到底没白下！"

打开了这片老林的缺口，人们又跛着脚另辟新战场。钻过草笼，婷婷又惊呼起来。

"旱蚂蟥！"刘放伸手去抓。那滑溜溜的家伙像条皮筋，拉长了真可绕腿一周，它仿佛刚呼过"扎根"口号而不肯失言、退缩。

"哎，扯不得！头断在肉里会得败血症！"汪飞边说边挥着巴掌拍打，蚂蟥顿时败下阵来。但见伤口血流如注，汪飞又将下把飞机草叶，搓搓揉揉，"啪"地贴到血眼上，那止血效果，真比云南白药还灵。

人们下意识地察看自身，只见无数黑条条、黑团团、黑点点，正埋头痛饮热血。汪飞惊恐地解着腰间的褐色"皮带"，陆澜慌乱地脱去"手镯"，夏莉跳着想甩掉"脚环"，鲁人笨手笨脚地取着"项圈"。这无声的天敌，真把人们弄得够呛。

"战场"没铺开，又得重划阵营。人们扛锄举刀，围着老林转悠数日，找不到该从哪里下手，不禁对老林生出几分畏惧来。

这时，孔雀山脚钻出一位老人，忧心忡忡地对刘放说："老林砍不得呵！你们要冒犯山神的！"

洪涛冷笑着，严厉地批驳他封建迷信。刘放正愁砍老林拿不下火，便恳求老人指点指点。三人正推推拉拉，突然听得陆澜咬牙皱眉直哼哼。刘放抬头正见，一头马鹿向林中窜去。

老人愣了一下，见陆澜捂着脖子痛不欲生，便箭步上前，掀开他的手一看：果真是马鹿虱。刘放见两颗小黑点陷进肉中，伸手要抠。老人猛地推开他的手道："头断在里面会烂掉你一团肉！"他边说边点燃叶子烟，用烟头灼烤那黑点，小东西顿时掉落下来。

"这东西很毒！"老人语音未落，人群忽地四散，逃出了险区。

老人望着惊魂不定的娃娃们，摇头叹道："这年头只顾了整人，正事莫人管。莫得头套长袜，砍么子坝？"他心一横，"犯山神就这一回了！"

人们跟着老人，终于砍开了一块小天地。

反弹过来的竹条，在刘放臂上抽出三根大红杠，就像他小学时戴过的大队长标志。鲁人也真像粗鲁之人，专拣大树砍，一头青包，也懒得揉一下。乱藤缠住夏莉的小辫儿，她索性用刀割去一节。茅草划破了婷婷的脸，她抹去血流，又往草蓬里钻。陆澜的刀卷了，锄脱了，只好用手抓。一群针线鸟吓飞了，洪涛捣毁它的窝，砸碎它的蛋，宣告这里不再是它们的家园……

当太阳高照时，人们大汗淋漓，周身冒气。抬头看天，只见"乌云"笼罩——团团墨蚊密密麻麻，铺开一张灰蒙蒙的网。"小东西"钻头觅缝，咬得人们心慌意乱。光头小伙，一会儿脱衣裹头，一会儿穿衣掩臂；姑娘们虽有长发覆盖，墨蚊却正好躲在里面慢慢叮咬。工地上，只见一把把砍刀高高扬起又陡然收回，腾出手来挠脚抓脑抠痒痒，活像中枢神经阵发性短路。

汪飞咬牙骂道："这鬼地方，好吃的没有，只有他妈的蚂蚁啃脚，蚂蟥缠腰，马鹿虱子钻颈项，还有蚊蚊儿来破相！"

"我看是'四大天王'，各霸一方。"

"四霸四霸，谁都害怕！"人们议论纷纷，以偷闲抓痒。

"四霸四霸，我就不怕！"手脸已肿胀的洪涛狂吼着挥刀乱舞。

太阳落山时，林木只倒下一小团。精疲力竭的人们，有的面如泡粑，有的手指似红萝卜，有的腿脚挂着血条，有的脖上突着硬疙瘩。人们耷拉着脑袋，面色像黄昏的老林一样黯然无光。

两个"眼镜"落在了最后。苏生望着木然的陆澜苦笑道："怎么样？大诗人，'密林四霸'可没有'文房四宝'温良敦厚呀！"

陆澜捂着肿胀的脖子，连答话的力气也没了。

"哎，改造吧！脱胎换骨才是我们的出路啊！"苏生自言自语，又自嘲地摇摇头。

雨季将至，一下就是半年，这样磨下去怎么行？被蚂蚁叮伤而疼痛了半月的洪涛，仿佛为了复仇一般，想出了一个制服"四

霸"和老林的绝招……

这天傍晚，大火冲天而起，百多本红宝书拼命挥舞，百十名男女共同高呼，为那火龙呐喊助威。

烧吧！烧吧！把那野藤怪树全都烧光！把那可恶的"四霸"全都烧死！望着绿海瞬间翻起红浪，刘放第一次体会到与天斗，其乐无穷！

透过火光，刘放仿佛看见，胶树淌着洁白的乳汁；红楼掩映在绿海里；学校、医院、剧场淹没在鲜花中；柏油马路像绸带飘出胶林，铺向祖国四面八方。他相信，新兴的橡胶城，定会胜过《勇敢》里所描述的西伯利亚共青城。他发誓，要像王铁人甩掉中国贫油帽那样，甩掉我国贫胶的帽子！他断言，中国社会主义新农场，一定比托马斯·莫尔的"乌托邦"、康帕内拉的"太阳城"、傅立叶的"法郎吉"、欧文的"方形新区"和儒家理想中的"大同世界"更美好。他仿佛看见，老一代创业者，在烈火中炼成了真金。他也会带着他的战友们，在这大熔炉里百炼成钢！

年轻人的心境，真如西双版纳的雨季，时而云黑天昏，时而晴空万里。初来乍到的感伤，"四霸"袭击的苦痛，仿佛在烈火中消散殆尽。人们如从波谷荡上浪峰，顿时感到海阔天空、天高云淡，感到生活是那么浪漫，那样多彩！

清晨，人们对着火龙坚持"天天读，早请示"，像教堂、寺庙每日的唱诗、诵经那样"雷打不动"，念念有词，余音缭绕于空谷幽林；白天，人们追着火龙遍山敲打，挖根斩藤，活像清扫地雷的工兵，布满了硝烟弥漫的战场；夜晚，人们围着火龙唱歌、跳舞、"晚汇报"，个个天真烂漫得像夏令营篝火旁的少男少女。

"我们是时代的洪流，
要冲刷全世界的尘垢！"
洪涛拖着沙哑的破嗓高声吟诵。
"我们是革命的先锋，
要解放人类，改造地球！"
洪涛墨水不多，只讲豪情，不求文理。

"我们是熊熊的烈火，是……"他一时想不出壮烈的形容词。

"是救世主！"一直冷眼旁观的苏生，认为洪涛就是这副嘴脸。

"你忘了《国际歌》第二段第一句，'小白脸'。"洪涛反唇相讥。

"陆游诗人来一个！"汪飞有意抬陆澜压洪涛，众人不知其中深意，也都随声附和。

闷闷的陆澜只好打起精神凑合：

"这里，看不见纷乱的人流；

好一片，充满生机的绿洲。

这里，听不见昧心的胡诌，

到处有，创业者洪亮的歌喉。

我爱这绿洲，我倾心这歌喉……"

洪涛，你不用再怀疑我的阶级感情了。陆澜在心里说。

"在这里，我将把人生的真谛寻求！"

夏莉望着陆澜，长长的睫毛下闪转着水汪汪的大眼，分外明亮。

人们踏着《红卫兵赞歌》的有力节拍，在凹凸不平的坡地上狂乱地跳起了"忠字舞"。那红旗、红标、红书、红火，在绿海里卷起红波赤浪，仿佛要把大森林的赤、橙、黄、绿、青、蓝、紫，全都融化在红彤彤的革命色彩之中。

"李玉和"、"小铁梅"、"杨子荣"、"江水英"纷纷登场。那豪迈的拖腔荡进密林，引出声声麂子的惊叫。火光红闪闪透进密林，个个机灵的小动物惶恐不安地窜来窜去；毛色各异的鸟儿，啼叫声远不如往常那么婉转动听了；满身翎眼的大孔雀，匆匆收起美丽的彩屏；双目并在一团且老不愿睁开的小懒猴，今夜却睁大圆眼，东张西望；素来勤快的长臂猿，不知疲倦地在树丫上跳来荡去；夜猫子的叫声，此刻也显得有些惨烈。它们似乎预感到它们的家园将面临灭顶之灾！

吕婷婷无心跳"忠字舞"，望着阴森森的老林发愣。不知那

只开屏与她比美的绿孔雀，那些和她赛歌的鸟儿，那只目送她走出森林"公园"的小懒猴是否都已安全转移？

老林子实在太密太润了，火龙越往深处，滚动越慢。每进一尺，都得耐着性子灼干树身，烤焦藤蔓，才能将它们吞进通红的体内。火龙身子越来越瘦，头尾越拖越长，但却愈加精神十足、气焰嚣张！它沿着林边扩展成一个巨大的包围圈，活像猛兽张开血盆大口，好不凶煞；又像汪洋绿海嵌上了金色的荷边，好不浪漫！

天刚蒙蒙亮，狂欢了大半夜的人们还沉睡在火龙滚过的"黑毡"上。一个文绉绉的白发老人，不知从哪里钻出来，拉着陆澜恳求道："不能烧了，西双版纳就剩这么点原始森林啦！"他相信知识青年懂得生态平衡，不惜冒挨批斗之险，连夜赶来劝阻。

陆澜明白自然规律只可顺不可逆的道理，夏莉留恋美丽的原始风光，婷婷唯恐烧伤那些可爱的小动物，汪飞总想留着林子好狩猎。但是，不烧林子又怎么种胶？人们将犹豫的目光，投向刘放。

刘放望望大伙，又望望老人，纵有千条理由，也不能改变既定目标。他对着火海一挥手：

"继续烧！——"

洪涛对着脸颊颤抖的老人说："一个怕触犯山神，一个讲什么平衡，告诉你，我们只讲革命需要！"

洪涛像与老人斗气，居然出山找来两桶汽油，和刘放一起，泼到一棵棵古树上。

细长的火龙好似吞下了一艘巨轮，龙身猛地胀得粗大无比。冲天的红光跳跳闪闪，巨大的金龙气喘吁吁。只见那伏地的网状植被瞬息即逝；四周林木由绿变黄、由黄变黑，嚓嚓断裂，藤蔓迅速卷曲，由黑变白，化作灰烬。那红、黄、黑、白渐渐铺展开去，吞噬了原本浓浓的绿色。

林子深处，已映出隐隐红光，扑去阵阵热浪。一串麻蛇梭来飘去；一头大象怒甩长鼻，卷起水桶粗的树干摔成两节；一群野牛咆哮着擦树而过；几头野猪和黑熊在林中东逃西窜；机灵的野兔竟然撞在树上，自取灭亡……

刘放还在领唱"下定决心，不怕牺牲"，高呼："中国人死都不怕，还怕困难么？"只见一团黑影猛地跃过火龙跳将过来，伴着一声大吼，两朵绿光直向人们逼来。

"豹子！"刘放一声惊叫，"死都不怕"的人们抱头鼠窜。说时迟，那时快，当花豹扑向人群的一刹那，传来"嗖嗖"两声闷响，凶猛的豹子偏偏倒倒，像在太空里失去重心。刘放见那两团绿火上方，一边中了一箭。好毒的箭呐，箭头上必定涂有"见血封喉"的毒液。果真是"七上八下九不活"，豹子怪叫着踉跄七八步便倒进火海。只见那缀满"金钱"的花皮渐渐发黑，瘦长的身子渐渐膨胀，忽听"呼"的一声，花豹内脏四溅，一股腥气陡然四散。

人们捂着鼻子往后躲，这才想起救命之人。但见一个傣家猎手，匆匆消失在夜幕中。夏莉注意到，他脸上有颗大黑痣。

大火已烧了五天五夜。通红的巨龙真是所向无敌，在滚滚绿海中汹汹横移，势不可挡。它呼啸着冲下孔雀山，喘息着爬上绿云山，趾高气扬地翻过绵延的山脊，又气势汹汹地窜进了浩瀚无边的曼景罕老林。

往日那蓝悠悠的天幕，烧成了绛红色的帐幔；那白花花的云朵，化成了金黄色的鳞甲。

入夜后，那黛青色的山峦，如同辉映着巨型霓虹灯；那墨绿色的流水，仿佛浸润了红彤彤的鲜血。

第六天傍晚，老林子起风了！四周包抄的烈火和密林深处吹出的凉风，进行着拉锯战。火龙忽而吹散成一只只金鹿，飞快地往林外逃、草丛钻；忽而吹成一匹匹金马，不可阻挡地向林中奔驰；忽而又聚成一团团，连成一片片。当夕阳被火龙吞掉之后，"玩火"的人们，顿时陷入了无边的火海。

"那条防火带顶得住吗？"刘放有些忧虑。这个身为支边大队长的小伙，不只是敢作敢为之人，还因他办事稳重、注意后果

而深孚众望。眼见那疯狂四窜、呼呼作响的火龙就要翻过曼景罕老林，他当机立断，叫洪涛带人抄小路去拓宽防火带，自己负责控制火势蔓延。

洪涛却不以为然："急什么？多烧多植，就是要超标夺魁立头功！"

迟疑之际，火龙猛窜。山风中，隐隐吹来一阵火药枪声，和混乱的吆喝声。

汪飞跳到刘放面前报告："山那边有个傣族寨子！"

刘放立即率众断火。老天却故意作对似的，把山风刮得更欢，使烈火燃得更野。当洪涛赶到防火带时，火头已如金马腾空，飞将过来。刘放高喊着冲进老林，脱下衣服，没命地扑打。

红光已照见远山的竹楼金顶，清脆的枪声、芒锣和象脚鼓声相继响起来了，好似沉船时发出的紧急呼救。刘放索性冲进火海，在燃烧的植被上来回滚动。他清楚，截不断火龙，傣寨将化为灰烬。

陆澜的眼镜早已飞进火海，他在模糊的红光树影中昏然挥舞。夏莉不知砍刀丢在哪儿了，慌乱中竟用双手抓扯燃烧的藤蔓。汪飞抓到一片芭蕉叶，就像孙猴儿过火焰山。婷婷手执一丫树枝，急得不知往哪儿下手。孙鲁人手持树枝左右开弓，拼命扑打。苏生几次走近火团，又畏惧地退回。洪涛挥着锄头，不停地旋转，像在展示他非凡的武功。

"刘放，快出来！"一株烧焦的大树向刘放倒去，洪涛心一紧，以为刘放完了。想冲上前去搭救，却被火浪顶了回来。

"你快去前方断火！"刘放使出吃奶的力气，滚出来吼了一声，又不顾一切地滚回去，压灭了大片火苗。他呼吸几近窒息，头如铅锭，眼冒金星。闭目稍息片刻，忽又听得前方嚓嚓燃烧的声响。他咬紧牙关向火堆爬去，手脚却已不听使唤。头发燃烧，散发着焦臭；嘴唇咬破，挂着血污；他的双手，抠进泥土，却怎么也拖不动身子。不行，决不能让大火烧过去！"人应当认定自己比狮子、老虎、猩猩更高一等，比自然界万物，甚至比他们不能理解的，像是奇迹的东西都高才成。要不然他就算不得人！"

刘放喜欢契诃夫的这段格言。他知道钢铁是怎样炼成的！他既然敢放这把火，就有能力扑灭它！要是向火低头，就算不得人！成不了钢！

刘放又滚进了火团，身子却越来越沉，动作也越来越慢……

曼景罕深处的傣家人赶来了。他们祖祖辈辈镇守老林，不知扑灭了多少次电闪雷击引起的野火，他们懂得怎样制服火龙。

火海中，"阿拉"（上海话：我）的惊叫声，"老波涛"（老大爷）的吆喝声，"依英、依崽"（姑娘、小伙）的呼喊声，"呼啦啦"的风火声，"噗噗噗"的拍打声响成一片……

当最后一束火苗扑灭之后，黎明城又迎来了新的黎明。

薄明的雾纱徐徐舒卷，轻轻飘移，像一群群翻飞的白鹇，时而盘旋在远山隆起的波峰，时而沉落于两岫交接的谷底，时而又扶摇直冲九天，俯瞰着波涛汹涌的下界。

一道道霞光，像从云缝里漫涌出来的清泉，渐渐撒满万里晴空，与曼景罕傣族竹楼的"金顶"交相辉映。

然而，"白鹇"不肯光顾被烈火焚烧了七天七夜的这片土地，它怕灰黑的烟尘玷污了自己洁白的羽翼；"金光"不愿照耀这片山野，它怕焦土的墨色抵毁它耀眼的光辉。

从孔雀山到绿云山至曼景山，好大好美的一片原始森林啊，可眼下却连成了一块巨大的黑幕，黑幕四围是宽阔而焦黄的"镶边"。黑幕上，千奇百怪的植物园，成了黑烟缭绕的废墟；珍禽荟萃的动物园，成了糊味熏人的焚尸场；千姿百态的都市书生，成了木然呆立的黑"树桩"。此情此景，仿佛舞台灰暗的灯光下，站满亚非拉各色人种的演员，齐唱着一首诉说种族歧视之苦的哀歌。

最先回过神来的傣家汉子，愤怒地质问这帮外来人：是谁放火烧老林子？！谁要毁掉我们的家园？！

洪涛和大伙儿木然地望着摩拳擦掌的傣族汉子。洪涛知道，只要他敢站出来，这些人定会把他撕成碎片！

长伸伸地躺在焦土上的刘放，满脸烧起果子泡，衣裤成了黑条条。此时此刻，他像拳击失利的黑人，再也没有力气爬起来了。

有个傣族姑娘瞧瞧刘放，回头咿咿啊啊地说了几句，那些跃跃欲试的汉子便交头接耳，转身离去了。

洪涛僵直地站着，思维仿佛凝滞了一般。他的衣裤也成了条条，随着股股黑烟在山风中飘舞。呆了好久好久，他听见有人抽泣，才回过神来，转脸怒吼道："不许哭！不准哭！"

洪涛不哭，洪涛要唱："要奋斗就会有牺牲！"

"……我们为人民而死……"大家跟着唱了起来。其情其境，犹如就义的壮士唱着"戴镣长街行"，不是悲伤！不是悲哀！不是悲惨！而是悲壮！

"我们为人民而死，就是死得其所，就是死得其所……"

"他还没有死！"陆澜蹲在刘放身旁怒吼道。

卫生员夏莉仿佛从梦中醒来。鲁人、汪飞走上前去，抬起刘放就往医院跑。

婷婷紧咬嘴唇，泪珠不断线地流淌。

"哭什么？！"洪涛又怒吼了。

"绿孔雀……烧死了！……"

"还哭什么？！"洪涛愤怒万分。

"还有那只小懒猴……"

"够了！够了！"洪涛对着人们高喊："你们听见没有！这个资产阶级臭小姐想的什么？！"洪涛似乎要把全部的火气都发在婷婷身上。

婷婷哇地放声大哭，不知是疼痛？还是恐惧？或是委屈？

洪涛当众大喊："对她的小资产阶级庸俗情调，要彻底批倒批臭，再踏上一只脚！"

可是，当人们离开以后，洪涛却对哭成泪人儿似的婷婷低声说："别哭了……我心里明白……你善良……"婷婷一愣，哭得更加伤心。

苏生望着被抬走的刘放，不觉生出几分愧疚，他是看着刘放滚进火海的，自己却没有勇气跟过去帮他一把！人与人不同啊！刘放是干大事的人，我苏生则是凡夫俗子。他不由得长叹一声，默默念道："天将降大任于斯人也，必先苦其心志，劳其筋骨，饿其体肤，空乏其身，行拂乱其所为……"刘放大难不死，必成盖世英雄啊！

正当人们昏沉沉往回走时，忽听得曼景寨喝声又起，数十条汉子举起棍棒大刀涌出村口。洪涛心又一紧："难道他们要杀过来？！"

二 "芭蕾"和"三弯"

数十名傣家汉子提着棍棒长刀，并没杀向八队，而是涌到了州革委。他们控告有人放火烧了他们的家园，逼着"州官"惩罚纵火犯。

刚来农场，就成被告，原想拿下千亩胶林立头功的洪涛，倒被老傣搞臭了名声。州革委天天来农场调查，洪涛如坐针毡。他冥思苦想，又出了个新招：去傣寨演样板戏，既可安抚老傣，又能挽回声誉。

洪涛终于打听到，灭火现场那个与人耳语的中学生玉罕，是曼景寨队长的千金。于是，他说通玉罕转告队长："是毛主席叫红卫兵来烧老林子的！"吃够土司之苦的玉罕爹，对毛主席信得胜过山神。

当知青们进寨演出时，身着青布衫，顶戴白头帕，口镶黄金牙的玉罕爹，挥着红宝书虔诚地说："丙农达来(同志们)，毛主席门当答万(像太阳)。"他指指胸前的大红像章又道："革命路线照西双版纳，反修防修，啊喽！"他伸出了大拇指。第二天，他便叫女儿上州革委撤回了控告书。

风波平息下来，玉罕却缠上了八队知青。她想看《白毛女》，便带着知青四处演出。这一天，她又带着人们到她表嫂所在的麻柳寨去表演。

洪涛虽然身背沉甸甸的道具，却硬从苏生手中夺过了"边寨宣传队"的大旗。林荫道上，偶尔撒进来的阳光，把那面大旗映得更加火红。红光照在洪涛脸上，他感到好不惬意。洪涛酷爱红，如果同音可通用的话，他一定把自己的姓也改成红太阳的红，使人们叫着红，听着红，看着也红。两年前，他乘造反的东风斗争老爹，砸烂货摊，抛弃了带有封建色彩的"洪福"旧名，走出了不光彩的灰色家庭，追随同窗好友刘放来西双版纳，炼红心、磨筋骨，搞革命、干大事。历史是鲜红的，去掉"破坏民族团结"的污点，他洪涛的历史会红得更纯更艳！

　　洪涛越走越轻快，不觉已穿过密林。一登上山崖，坝上风光便奔来眼底：只见一条由凤凰树、铁刀木和油棕树冠交织而成的绿色长廊，连接着金竹木搭成的吊桥，像天然公园雅致的入口。一块块稻花飘香的农田，黄黄绿绿，像小孩玩耍的积木。沟渠纵横，给稻田镶起银白的裙边。一只白鹭鸶趾高气扬、悠然自得地独立水中；几个打鱼雀忽高忽低，无忧无虑地嬉戏在水面。那高大的菩提树、大青树、黑心树，像绿色伞兵刚刚降落大地。油绿的香蕉林和翠绿的凤尾竹间，冒出灰黄的尖顶，走出几个衣着艳丽的傣家姑娘。此情此景，大伙儿只是在电影中见过，禁不住站在崖口久久凝视。

　　"有一个美丽的地方哎啰，傣族人民在这里生长哎啰。密密的寨子紧紧相连，那弯弯的江水呀碧波荡漾。一只孔雀飞到了龙树上……"

　　"夏莉！"洪涛粗暴的声音吓了人们一跳，"唱几段语录歌不行吗？"

　　"我没唱'姑娘、小伙'，现在又不是'天天读'！"夏莉想起第一次唱《我的祖国》，和第二次在"天天读"后唱歌被洪涛干涉的情景，就故意提高嗓门放声唱，以示抗议。婷婷吓得直往后躲，生怕又被洪涛上纲上线。她不知道洪涛为什么与自己有不解之恨。

　　此时此刻，洪涛又斜扫着婷婷羞涩的脸。老爹常常念叨的那句"半边白、半边黑，孽种"的话，又在他耳边响起。洪涛左看右看，总看不出这个弱女子"孽"在何处，"黑"在哪里。只看到，天色黑了下来，洪涛转而吆喝人们快快赶路。

大伙爬山，钻林，过小桥，跌跌撞撞、磕磕碰碰，尾随玉罕那若明若暗的小白点，在夜幕中弯来拐去。

麻柳寨静悄悄坐落在半坡。几道仙人掌围成的刺篱笆，包抄着几幢破旧的小竹楼，歪歪斜斜地浸泡在月光里；几株麻柳树，在夜风中摇曳着。这山间旱傣真难比坝上水傣，水傣靠水吃饭，旱傣只能靠天生活。他们刀耕火种，日出而作，日落而息，每当明月出山，人们便上床酣睡。玉罕一声高喊，惊破了依香的梦。依香惊慌地走下竹楼，望着这帮花花绿绿的大红脸好生狐疑。

"表嫂，他们是来演样板戏的。"玉罕做了一个跳舞动作。

"啊么——"依香放心地叹了口气，不然，她真以为是大森林钻出了一群小妖精。

依香吆喝了一阵，竹楼里便钻出几个穿着黑筒裙、光着脚丫的依英来。有个姑娘染着黑牙，表明她已到了婚龄，正在闺中待嫁。

简易舞台，二三十个观众，四五堆篝火，便迎来了《北风吹》。夏莉手持油灯，随"北风"吹了出来。一个动人的亮相，看得傣家小伙子们傻了眼，平了气；引得依英、依崽"啧啧"赞叹，"呜呜"喝彩。

"风卷那个雪花，在门那个外……"

夏莉脚尖立地，两腿修长，腰肢柔软，旋转轻盈，又粗又黑的独辫儿搭在丰满的前胸。

陆澜躲在暗处，望着火光中的"喜儿"。他仿佛第一次发现，他的小邻居长大了。小时候，夏莉头发黄黄的，身子瘦瘦的，细腿细胳膊，像只仙鹤。是什么时候变得这么丰满而有线条？

"陆澜，上场！"苏生似乎窥测到了陆澜的心思。让陆澜陷入那迷惘的诱惑，苏生心里也不是滋味儿。

台下，依英、依崽对着"喜儿"微笑；波涛、咪涛(老大娘)却纳闷不解：一会儿跳、一会儿叫，一会儿转、一会儿蹲，脚尖立得高高，这是干什么呀？

当英俊的"大春"出场时，依英依崽们一阵喝彩。陆澜动作刚劲、舞姿翩翩，面部表情却冷若冰霜，目光总不敢直视他的"喜儿"。原来，"大春"该刘放扮演，他重伤入院，只好找人顶替。众人推陆澜，洪涛却反对，说他是反动学术权威的儿子，和夏莉又有感情纠葛，怎能在台上演好革命夫妻？谁知，其他人试演都出不了场。洪涛无奈，转而又动员陆澜上场。陆澜拒绝，洪涛便严肃劝告："演不演得好是技术问题，演不演是对革命文艺的态度问题，阶级立场问题！"左右不是人的陆澜，只好硬着头皮上场。

台上，是"大春""喜儿"轻快的双人舞；台下，是人们依依哇哇的议论声。几个姑娘媳妇触景生情，看得泪花闪转。

在这里，虽然早已结束了父系社会的历史，但作为山中女人，依然只是男人的附属品。她们从小就得织布、绣花、种田，应酬里里外外。到了婚嫁年龄，便任人挑选。哪个男人想要，便接到家中留宿一周，而后决定是否娶走。傣家人的婚配虽说没有家族、贫富和是否处女的讲究，但女子一朝嫁人，便终年务农耕织，侍候男人。只有到生育时，才能稍歇片刻。产后三五天，婴孩便交给丈夫看管，产妇自己则下地耕作。无论旱傣、水傣，都是"男子不事稼穑，唯护养小儿"。稍懂得心痛女人的，也不过背着外人在家做做饭。近些年来，旧习俗有了些改变。依香就是第一个自己择夫的女人。她引回了玉罕的表哥岩共，老人们指手划脚地骂她。不久，老人的诅咒应验了——相亲相爱的小两口没过上几天快活日子，岩共就被叫去搞"划线站队"。在一个暴雨之夜，他奉命押送"站错队"的"犯人"去芦花岛，不料，这个年年龙舟赛的优胜者，远近闻名的好水性，却掉进江中再也没起来。麻柳寨老人说，是依香破了族规遭到的报应。依香哭得死去活来，真以为是自己害死了岩共。公婆每天去江边哭灵，找河神要儿子，找造反派论理，没过多久，便在人们的嘲笑声中过世了。依香不明不白地成了"烈士家属"，回到麻柳寨孤独熬煎。全寨女子以她为诫，谁也不敢自己择夫。

几堆篝火暗下去时，月儿已经高悬中天，寨子里依然明明亮亮。乡亲们被这些从未见过的玩意儿弄得睡意全无。有个小伙

子，从竹楼里抱出一面象脚鼓；一个老波涛，提起了蒙满灰尘的大铜锣。鼓、锣一响，竹箫也吹了起来。接着，手风琴加入了傣家人的合奏队，赞哈(歌手)放声唱起来，芭蕾舞、"三弯舞"，同时踩到了一个节拍上。

现代革命与原始文明原本也这样和谐！苏生在心里叹道。只见那舞圈像滚雪球，把男女老少、汉傣两家全卷了进去。像"忠字舞"一般人人上阵，但比那单调的"忠字舞"美多了，傣家姑娘个个扭动纤纤胳膊杨柳腰，舞起细长腿儿美人肩。只见她们的手腕随意转动，如柔和的柳枝，形成第一弯；她们的腰肢灵活摆动，如长蛇的身子，曲成第二弯；她们的腿脚轻轻勾起，如仙鹤的灵掌，划出第三弯。弯来转去，有的像菜花蛇扭腰，有的如长臂猿伸手，有的似绿孔雀开屏，真是千姿百态，各具风采。大森林的百类生命真是相依相仿，灵脉相通！难怪这"三弯"流传千年，经久不衰，真叫夏莉、婷婷这些大上海来的"芭蕾舞演员"叹服、倾倒！

姑娘们跳得越欢，小伙子的芒锣就敲得越响。月光仿佛流进了玉罕凹陷的眼窝，天上的一个大月亮，仿佛化作了她脸上的两个"小月亮"，晶莹闪烁，楚楚动人。与她那银首饰、金耳环、银腰带，和那"水晶"纽扣交相辉映，逗得那敲鼓的侬崽心绪不宁。玉罕可不像山间姑娘那么规矩，见那小伙走了神，就走上去猛敲他的肩头，露出几分边寨少女的野性。小伙子如鱼得水，更加活蹦乱跳，显得鲜活。他索性脱掉褂子，露出一条蓝色飞龙和满胸佛经。那精美的文身，象征着傣家汉子的勇敢、剽悍，也寄托着父辈望子成龙的美好愿望。玉罕见状，跳得更欢扭得更美了。

跳着跳着，玉罕凑近"杨白劳"问道："哎，洪队长，你们基(知)青真怪，为什么笑的时候唱，哭时也唱，人烧得半死，反倒一起唱？"

洪涛顿时想起不久前扑灭烈火时的悲壮场面。他真诚地告诉玉罕："那是因为我们有信仰！为革命献身的信仰！"

"什么姓羊？"玉罕大惑不解。

"……"洪涛无言释疑，玉罕更觉纳闷。

洪涛望着无知的玉罕，更感到肩上责任重大。来这里只跳跳舞怎么行呢？毛主席的红卫兵岂能不宣传毛主席革命路线？他想告诉边民们：样板戏是"文化大革命"的旗手江青同志搞的。希望女人们像江青学习，走出家门，参加"文化大革命"。可是，那些只知道女人要守妇道，不知江青何许人也的傣家男女，几次打断了洪涛的话。连受过教育的玉罕，也只热衷于那些生活琐事，听得洪涛直皱眉头。

洪涛没想到，玉罕竟掏出了一张她向周总理献花的照片。这个小依英，原来还有段光辉史哩！

玉罕十岁那年，总理来了，她向总理献上美丽的凤凰花；总理敲芒锣，她给找了最明亮的一面；总理穿傣装，她给递上最洁白的头帕；总理把圣水浇在她的花筒裙上，她把清水洒在总理弯曲的胳膊上；总理看龙舟赛，她坐在总理身旁；总理喝糯米香茶，她缠着给总理讲泼水节的故事。当总理听说，十二个傣家姑娘一起拔下魔王的头发，勒下魔头，又轮番抱头七年，阻止魔头喷火，为民除了大害时，连连夸赞傣族人民勤劳勇敢，傣家姑娘聪明能干。玉罕高兴得合不拢嘴，真好像自己就是智斗老魔王的姑娘，惬意地接受着人们泼来的去污免灾、衷心祝福的圣水……

玉罕讲得欢，依香却忙得欢。一会儿工夫，美味佳肴就摆满了一桌。

"请咯，进豪（吃饭）。"话音伴着一股腥气，回旋在竹楼。一盘猪肠，端上桌来。这是山间旱傣待客的珍品。寨子杀猪，以肠敬贵。按传统习惯，见者有份。依香是忍嘴待客，贵宾们却望而生畏，摇头皱眉捂鼻子。依香见状，又端出糯米香茶送到人们手上。她一会儿指着生牛肉酱，一会儿指着青苔炸片，一会儿指着蚂蚁蛋，殷勤地请大伙品尝。她见大家仍不动口，转身又拿出一盘珍藏已久的传统好菜。汪飞上前一看，像报告重大敌情般说道："麻蛇、竹鼠、蚂蚁、黄蜂、蝉、蜻蜓……"吓得满楼人直往后躲。

"麻喽（来呀），吸（吃）、吸！"依香是那样真诚，大伙儿却

是这般惊慌。玉罕大概想缓和一下紧张空气，说那牛肉里差点好调料，要是加点牛小肠里未消化的草料汁儿，味道就鲜了。这一补充，把大伙儿的胃袋全搅翻了。婷婷、夏莉跑出竹楼吐了一地酸水。

依香这才明白了个中奥妙，连忙拿出一小节木头叫大家"吸"。这是一节缅枣树枝，点燃后，一股清香压住了所有的怪味儿。汪飞一下辨出这种高级香烟味儿，接过来贪婪地吸。

依香见她的东西终于有人光顾，情绪更好。傣家人都这样，你入乡不随俗，他决不与你交朋友；你看得起他，他待你更亲。洪涛从依香的表情中看懂了这一点，想到民族团结是政治任务；想到能否与工农民众打成一片，是鉴别知青革命觉悟的标准；想到要活学活用毛主席语录，便硬着头皮挑牛肉酱吃。这一开头使依香备受鼓舞，就一再把猪大肠、传统菜推到他面前。洪涛心一横，眼一闭，囫囵吞下一节大肠，又哽进一只蜻蜓干，咯得他眼泪直淌，感动得婷婷热泪盈眶，并深为自己刚才的呕吐行为而惭愧。她想吃没勇气；不吃，又怕洪涛批判自己的资产阶级思想，只好可怜巴巴地盯着洪涛。

陆澜静坐一角冷眼旁观，惊奇地望着洪涛的举动。面对这原始的欢乐，瞅着这愚昧的饮食习惯，看着洪涛那浸透灵魂的虚伪，他心里涌起一种莫名的悲哀。在这样落后的边寨宣传什么"文艺革命"，推广什么"样板戏"，不是重演唐吉珂德似的讽刺剧吗？他避开眼前的情景，把目光投向远山的暗影。

洪涛苦嚼了一阵，又想出了个新花样。他拖着依香急匆匆走下竹楼，而后高喊全寨人集合。

"急河？"依香不知哪里有河，她只知道有条澜沧江。为什么要"活"？她刚刚给洪涛说过，她的男人已经死了，是死在江里的。为什么死，还是个谜。依香不解地望着洪涛没动。

玉罕知道什么叫"集合"，就自告奋勇，"哦哦哦"地把人们喊到了坝上。

洪涛重又慷慨激昂地登台演讲："乡亲们，阶级斗争无时无刻不存在。抓走喜儿，打死杨白劳的敌人还在！他们迫害我们革命派，依香的丈夫岩共，就是在阶级斗争中，为捍卫'划线站队'的成果而光荣牺牲的……"

乡亲们东张西望，不知"黄世仁"、"穆仁智"是不是就躲在他们身后。

"……我们都要像岩共那样，为革命冲锋陷阵……"

"像岩共那样！"小伙子们有些惊恐，以为又要叫他们去送犯人，喂澜沧江的饿鱼。

"哪能像岩共那样伤风败俗？"老波涛老咪涛对洪涛的讲话十分不满。

"乡亲们，我们知青来边疆，就是要帮助你们革修正主义的命！革资产阶级的命！革错误路线的命……"

命！命！命！上天掌握着的呀！难道喜儿他爹就是上天么？乡亲们大惑不解。

"你们要坚定地站在正确路线一边，和我们汉族革命派一道，建设共产主义的……"

陆澜听着，在心里冷笑。他厌恶地退到一边，想消除洪涛那些"革命"的、"战斗"的噪音！想平息心中莫名的愤怒和悲哀。

夏莉悄悄地跟了过去。走到大青树下，她叫住了陆澜："你为什么总是闷闷不乐？为什么在舞台上老低着头，在人群中老闭着嘴？你应该与别人平起平坐！你不比任何人低一等！"夏莉一直想打消陆澜的自卑心理。

陆澜抬起头来，迎着夏莉的目光。

"澜澜，你不是懦夫，你不该是懦夫！洪涛瞧不起你，你应该自尊！应该自信！"

"不，你错了！不是洪涛瞧不起我，而是我瞧不起他！他幼稚得可笑，天真得可恨！什么共产主义？我们的共产主义大厦早被造反派推倒了……两年前，我以为那是共产主义的'伟大创举'，但我看到的，却是大批正直善良的人们惨遭迫害，弄得妻离子散，家破人亡！两年后的今天，上山下乡又成了共产主义的'伟大创举'，可我看到的，却是刀耕火种、茹毛饮血！"

陆澜还想说什么，被小坝上老乡们的怪叫声打断了。好像是在送客，乡亲们的脸比迎客时还要麻木冷漠。

洪涛好不失望，他怎么没能将这把火点起来？他是善于点火的，在校时斗老校长，群众情绪上不来，他就控诉校长如何打击劳动人民子女：他弟弟灾荒年里饿昏了没去上课，校长硬叫记过处分。不了解他弟弟长期不想学习，经常旷课的人，一下子就义愤填膺、热血沸腾，把老校长打翻在地，再踏上一只脚……两派斗争紧张时，又是他洪涛打响的第一枪——"王连举"似地向自己手腕上开枪，却扬言是对立派干的。他以擦破一块皮的小小代价，激起了战友们的极大义愤。于是，两派开枪对战，两个战壕死了五个战士，却都不是他打死的。武斗白热化时，他们试制手榴弹，也是他点的火，一个战友拖过去投，结果把自己炸死了。支边运动，虽是刘放发起，却是他拿着血书四处鼓动游说，才形成了如火如荼的大好局面。老林子的火，是他的点子，更是靠他加的油才燃了几天几夜。对于他来说，煽风点火是拿手好戏，从无失败的先例。这一次，他抓住的导火线是死去的傣家人，按理该一点就燃，谁知却没成功。大概，是这密林深处太潮湿了吧？看来，还得泼上一大桶汽油才行啊！

洪涛看看那些麻木痴呆的脸，带着满腹的懊丧离开了麻柳寨。

队伍走进了一片幽暗的林子。死寂中，只听得人们紧张地喘息，洪涛突然意识到了什么，他严肃地对大家说："一个拉着一个走，千万别掉队。这里阶级斗争复杂！"洪涛的弦是绷得紧紧的。为了壮胆，他又起音领唱："一切反动派都是纸老虎！"

人们战战兢兢地附和着，越唱却越接不起气。最后的"纸老虎"只剩洪涛一个人了。他真像纸老虎一样蔫了气，没了精神。

好容易走出密林，婷婷因饮茶过多急需小便，就有意放慢脚步，掉在最后。待队伍转过山弯，她就悄悄蹲进了大青树的阴影里。

突然，两条粗壮的胳膊拦腰抱住了她。吓懵了的婷婷还没喊出声来，便被来人捂住了嘴。她拼命挣扎着，在那人手背上狠狠咬了一口。

"有流氓！——"她吓得声音变了调。

大概是听到了人声，或许是真被咬痛了，那双手才迅速松开。待婷婷回过头来，只见一个高大的背影闪进了树林。

当洪涛赶到现场时，吓昏了的婷婷用手指着人影消失的方向，什么也说不出来。

搜索了半夜，毫无结果。为防止阶级敌人制造流血事件，洪涛下令立即离开这个危险之地。

于是，人们在万分紧张中加快了脚步。这一来，阶级斗争的弦在每个人的脑袋里真正都绷紧了……

三　芦花岛探险

很久很久以前，这里是一片茫茫大湖。傣家小伙岩亨弄，年年到此浸泡谷种。他用芦苇杆插在箩筐四周，想为乡邻挑回更多的良种。不料扁担压断，箩筐掉进湖心，变成了一座小岛。小伙呆呆伫立湖边，无颜回去见乡亲。久而久之，就变成了今天的扁担山。

冬去春来，扁担山下的小岛长出茂密的芦苇，开出白净的芦花，形成一道细绒领圈。碧绿的湖水，分作两条细流环抱小岛，好似傣家姑娘伸出修长的手臂，捧着绣球，随时准备抛向伫立岸边的情郎。一株凤凰树独立岛心，长年满树"红火"，就像"芦苇姑娘"的胸花。江风吹去，芦花荡漾，活像动情少女丰满起伏的胸膛。

岛上，一年四季稻花飘香，糯谷满仓。有个叫召敌咪的勇士，想探索宝岛之秘，就撑着竹筏到湖上。一对夜叉张牙舞爪向他扑来，召敌咪英勇应战，杀死了夜叉。夜叉尸身腐烂，污染了一潭清水。僧侣帕召用袈裟掬除臭气，还以禅杖划沟分流，引走了污水。这条水道，就是今天的流沙河。

不知何年何月，从遥远的青藏高原流出一股清泉，它穿过横断山脉，挟带着万千水流，冲进云南。它撞开大湖，汇成澜沧江水系，又急匆匆地向越南湄公河流去。芦花岛并没随波逐流、离乡背井，至今依然玉立江心，与她的情郎岩亨弄永生相守，用她的糯谷造福四方。

不知又过了几千年，芦花岛上的糯谷吃完了，人们开始上岛种菜。传说是："撒下种子不锄草，包你瓜菜吃个饱。"但不知什么时候开始，人们不敢再去岛上种菜。老工人悄悄告诉知青：吃人的夜叉复活了！农场的人已被吃掉好几个啦！

八队昏暗的茅棚里，汪飞战战兢兢地关上竹笆门。

"告诉你们，夜叉真的复活了，一公一母。有人在深夜看见江面闪着绿火，那是母夜叉吃了人肉在吐渣，绿火就是死人骨头发出的磷光。有的更惨，骨渣都找不到，像岩共那样。"汪飞越说越诡秘，宿舍里的人越听越发怵。油灯忽闪忽闪，渐渐变绿，活像江上闪烁的磷火……

"吱嘎——"竹门被推开了！幽暗的"磷火"中，突然现出一张花脸，屋中人都吓得连声怪叫。

来者并不是母夜叉，而是连夜从医院赶回来的刘放。

汪飞"哎呀呀"地大叫一声："你嘟个演起大花脸啰？！差点把我魂吓落了！"

"这不更好？唱戏不用画脸谱了。"刘放不大在乎，貌丑貌美照样种橡胶，别再演大春就行了。

人们闻讯涌来看望刘放。战友脱险归队，本该热闹一番。可是，男生们望着他的脸，毫无顾忌的玩笑收敛了起来；女生们望着他的脸，热情的目光突然转向一边。刘放察觉到自己脸部的变化，给今夜这场欢聚，增添了沉重的气氛；人们也感觉到，在刘放那故作乐观的神态中，夹着难以掩饰的沮丧。

人们走后，刘放从汪飞床头取出镜子。真是不照则罢，一照害怕：一张脸印着黑白分明的花斑。左眼角上，一道肉疤将眼眶扯变了形，下唇边有块新长的红肉，与唇色浑然一体，抹去了他那被人们称为最富有男子汉魅力的嘴角轮廓。

刘放望着镜中那张丑陋的脸，心不由得发颤。难道，这就是那个被叔叔阿姨所赞扬的、女孩子般秀气的小放？那个为女生们所喜欢，遭男生们嫉妒的英俊少年，就永远变成这般模样？！《夜半歌声》里，那个被镪水毁了容的宋丹平；《巴黎圣母院》中，那个心地善良却奇丑无比的加西莫多；伏尼契笔下，那个脸

带刀痕、常常痉挛的牛虻亚瑟，此刻都一起浮现在眼前。他曾多么深切地为他们遗憾，为他们难过啊！可是今天……仿佛又听见自己挥手喊"烧"的喝令，他的手猛地哆嗦，只听"咔嚓"一声，手中的镜子被捏成了碎片。刘放两眼紧闭，任凭鲜血从指缝间流淌下来……

汪飞猛地掀开蚊帐，从刘放手中抠出了镜片。从那以后，汪飞再没叫过刘放"花脸"。

洪涛一边为刘放包手，一边劝道："有什么值得难过？为革命毁容，值得！脸上花一点儿怕什么？只要心红志坚，丑八怪照样可以成为革命家！你看那吴法宪……"洪涛还真遗憾，自己没有留下英勇救火的痕迹。

同志们友善的劝慰，使刘放仿佛淡忘了自己的脸相。人们也仿佛习惯了刘放的新容，只是感到他的性格有了变化，不像过去那么慷慨激昂。那场大火不仅毁了他的英俊容貌，仿佛也烧掉了他的狂热理想。当他面对焦黑的山峦，面对自己丑陋的花脸，面对因缺菜少油而渐渐消沉的人们时，他发现，要实现那些高尚的理想，必须从最平凡的小事做起。人们每天喝盐巴汤，理想又能持续多久呢？作为一队之长，他得设法解决队员们的吃菜问题。能否上芦花岛去建蔬菜基地呢？

洪涛仿佛也在反思，为什么没能在麻柳寨点燃革命烈火？据他推断，岩共落水与芦花岛有关。他一定要去岛上抓出那残害革命战友的阶级报复分子，再到麻柳寨去激发傣族百姓的阶级斗争觉悟。他不信有点不燃的火。

上芦花岛去！这一次，刘放、洪涛又不谋而合了。

几场暴雨下来，千沟万壑的水流，全都注入了澜沧江。昔日柳条般纤细的水带，今天像无数条并排的"铁链"；昔日闪亮的"绿绸"，今天像褐色的"海带"；昔日水面如恬静少女的芳容，今朝却像撒泼妇人的丑脸。

伫立江岸的香蕉树、椰子树、槟榔树、芒果树，被雨水冲刷得青翠欲滴。一排排、一行行，像大江忠实的"卫队"；又像夹道欢送出征勇士的人群，目睹那千百匹"脱缰的野马"奔向远方。

江面上，七尺竹筏撑出了浅滩。刘放、洪涛等人依次蹲着，迎送着两岸青山。越往江心，水面越开阔。江上竹筏摇摇晃晃，岸边笛声悠悠扬扬，好不浪漫！

"啊……南江……故乡的江……啊……南江，我的母亲……"夏莉的歌声未落，江中陡然起风，一股急流直冲竹筏，仿佛有只巨大的手，拧着竹筏转了一圈。撑渡者从容不迫地挥动长篙，稳住竹筏，越过激流，划向小岛。

眼看就要靠近小岛，人们正要上岸，一个浪头打来，竹筏又被卷进漩流之中。难道真是夜叉复生作恶吗？失去平衡的竹筏，左右颠簸。婷婷面色惨白，夏莉吓得惊叫，陆澜已经绝望，汪飞正要跳水求生，被刘放一把抓住，洪涛紧张地盯着撑渡者……

突然，上游冲下一叶扁舟，眼看就要掣进漩涡。舟上三个蓬头垢面的人，居然麻木地闭着双眼，坐等葬身鱼腹。一个背枪的汉子，惊慌失措高喊救命。刘放心急如焚，却又自身难保。绝望中，却见小舟掉头划开了漩流。大伙正庆幸小舟脱险，不料舟上那个脸色铁青的人，竟"腾"地站起，长叹一声，扎进了江中。持枪汉子对着江水连放三枪。另一个神情麻木者抬起头来喃喃道："何必浪费子弹？……他本来就不想再活……"

刘放心惊肉跳，鲁人、汪飞高喊救命！陆澜求那船夫下水救人，船夫却面无人色，连连摆手。刘放见状，毅然跳进了激流。

人们惊呼刘放，只见他一会儿露出头来，紧接着又沉下去。婷婷吓得瘫倒，夏莉急得流泪，洪涛苦于不会游泳，直给撑渡人说好话。

十分钟后，刘放爬上竹筏，绝望地摇了摇头。人们盯着江面，仿佛真的看见了吃人的夜叉……

踏上芦花岛，谁也没有吭声。江上见闻仿佛给他们心中注满了铅水。都说这儿来不得，难道仅仅是过江危险？

"他妈的，真应验了！"汪飞骂了一句。

人们抬头，正见舟上那两个木然的人，被持枪汉子押上岛

来。当经过他们身边时，人们大吃一惊：其中一个人，正是指导他们砍老林子的那位老人——老肖。来不及问上一句，两人就被押进了没顶的芦苇丛中。大家都明白，在这多事之秋，好人一夜之间可以变成最最最坏的坏人；坏人不用一夜，就可以变成最最最革命的英雄。革命和反革命的性质转化，最快的可在几分钟内完成。对于老工人一下变成坏人的问题，当然就无需大惊小怪了。

在芦花岛上，人们可以自由地划地为营，不像城市要办那么多手续，盖那么多印章！也不用像英国"圈地运动"那样残忍。这里的山水对人随和，全不像舟上持枪的人那么险恶。因此，刘放、洪涛决定以岛心的凤凰树为标记，开一块地盘，插上红卫农场八队的标旗。

他们站成一排，干了两小时的闷活儿，开出了一块大"豆干"。芦絮如天花乱坠，在他们头上撒满"霜雪"。

芦苇丛中的嗡嗡声，搅破了工地上的寂静。洪涛早想溜过去看个明白。说不准，岩共落水之秘就在那里。他放下刀，叫大家休息。

只见芦苇丛中有一片空地。里面站着十多个憔悴不堪的人，正捧着红宝书，七零八落地念着："凡是反动的东西，你不打他就不倒……"

一个身材粗壮的中年汉子，凶暴地打断他们的读书声，双手叉腰，训起话来：

"不坦白交待，只有死路一条！今天那个畏罪跳江的人就是榜样。你嘴巴子硬，硬得过枪杆子么？站错了队，还要顽抗到底？告诉你们吧，黑整我们革命派的阴谋不揭穿，我不姓雷！你们不回到毛主席的革命路线上来，就莫想活着离开这个岛……"

姓雷的口若悬河，听得洪涛肃然起敬。真没想到，边寨竟也有路线斗争觉悟如此之高的战友！洪涛虽然早知云南"文化革命"的大背景，但只是在今天，他才算闻到了革命的火药味儿，亲自看到了斗争现场。当得知受批挨训的全是"站错队"的顽固分子时，目睹江中人自杀的沉重感便顿时消散了。

姓雷的训得抑扬顿挫，身后那黑大汉的拳头也挥得忽高忽低。不知姓雷的说了句什么，黑大汉猛地抓住一个老人的衣领呵斥道：

"死不悔改的老东西，你交待，到底是怎样指使P派整我们B派的？！"

黑汉的拳头已高高举起。

"我不知道谁整谁！"老人话没答完。黑汉一拳打得他口鼻流血。

"你们为啥子又动手呐？"一个小不点儿不知从哪里钻出来，愤怒质问道。

"去去去，当你的'炊哥'去，毛丫头！"黑汉一把推得那小个儿辫子直晃。

刘放一惊，大叫"李芳"。

李芳定神一看，是在医院认识的上海知青，急忙钻出芦苇丛，把刘放叫到一边。来不及问他伤情近况，就叫他赶快离开这是非之地。她告诉刘放，受审的人，都是附近农场"站错队"的，多数是过去的场长书记或P派的头儿。她是被派来给这些人煮饭的。

洪涛、陆澜跟了过来，定要她说个究竟。李芳警惕地看看四周，才说：老肖被押来，是姓雷的要他揭发齐书记。和老肖一起押来的，是P派小头儿，人称"炉火旺"。姓雷的让老陆的仇人"伍屠夫"证明：岩共落水，是"炉火旺"推下去的。姓伍的却说没看见。老陆的问题就挂了起来。那个打手姓熊，全场闻名的心毒手狠的"黑熊"……

"好哇，'炉火旺'，我得把你押到麻柳寨去当反面教员，让那些老傣剥你的皮！"洪涛暗想。

"哎，刚才训话那个是这儿的领导吗？"洪涛立即想与他联系。

"对。"

"那训人的家伙是干什么的？"刘放厌恶地问。

李芳这才详详细细地给大伙讲了那人的来历。

姓雷的是本地汉人。早年，他父母双双过世，跟着同母异父的哥哥艰难度日。七岁时染上了天花，哥哥背着他四处求医，虽然保住了他的小命，却留下了一脸的斑点。哥哥为之愧疚，发奋学医，凭着早年读私塾的底子，啃了不少医书，又拜了不少土医生，识得了几百味草药，掌握了数十种验方。拔火罐、搞针灸、接断骨，样样来得，按摩推拿尤其在行。他家成了药房，哥哥成了远近闻名的医生。兄弟俩也就以此为生，哥哥把弟弟养得壮壮实实。

到了灾荒年，兄弟俩断了炊。弟弟熬不下去了，便与人合伙走私贩毒。尽管哥哥百般阻挡，他却陷入泥坑不肯自拔。眼看烟毒弄得村村寨寨家破人亡，哥哥一气之下告发了他。分场齐书记受理了此案，报公安局判了他三年劳教。谁知他的心被越"教"越黑，与哥哥不共戴天，对齐书记也怀恨在心。

"文化大革命"开始了，他拿着老人家的《炮打司令部》仔细琢磨，拿着"5·16通知"反复掂量。上面喊斗走资派，他不知齐正华挂不挂得上？不知自己的案子推不推得翻？上面喊斗臭老九，不知土医生算不算臭老九？不知找这个机会报复他哥合不合适？他多少感到有点理亏，因为自己确实贩过烟毒。犹豫再三未敢轻举妄动。

场部的殷秘书拍拍他肩膀道："小雷呀，怕什么？你根子正，'文化革命'就是要让工农兵扬眉吐气呀！"他望着殷秘书吹得咕噜噜响的大烟筒，还是没敢动，倒是从最高指示中悟出点道道：不是东风压倒西风，就是西风压倒东风。哪股风大，就要借助哪股风压过去！压就要压狠、压死，不然反过来就会被对手压翻在地，永世不得翻身！边寨那些草头王，政府都怕他们几分，不就是因为人多势众吗？他越想越醒豁，只要手下有一伙人，能压倒对方，就有办法……

于是，他开始窥测时机、走东窜西、投石问路。问到"黑熊"，既大胆又愚忠，跟着跑了几天，他腰杆就直起来了，开始大张旗鼓地串连鼓动，招兵买马。随后撕了块红布，找殷秘书抹了几个黑字，便揭竿而起，立起山头造反了。

有了喽啰，他就有了胆量；有了胆量，也就有了野心；有了野心，他就没了良心！他诬哥哥收听敌方电台，传播封、资、修黑货，带人砸了哥哥的"黑药店"；他揭发齐正华打击迫害无产阶级的孤儿，蓄意制造冤案，带人把齐某打翻在地，又踏上了一只脚。他只"刷了两刷子"，揭发他贩毒的哥哥就成了"黑牛鬼"，而且"臭不可闻"；处理过他的齐书记，就成了走资派，而且是"死不悔改"；贩毒劳教过的他，倒成了革命闯将，而且红极全场。

东风西风压过去压过来，轮番三年，终于来了个"划线站队"，宣布他们站的是"正确路线"。压倒了，他的腰杆就越硬，手腕就越铁了。对站错队的，决不心慈手软！软了，就得被对手吃掉。你死我活，我活你就得死，只有对手死，我才能够活。于是，他又拿出"两刷子"：一是狠狠批斗"站错队"的，二是充分壮大自己的队伍。眼下，他已经把湖南两大家族中的大派攥在手中……

李芳正说到此，芦苇中突然传出湖南口音的争吵声。只见一个看来很老实敦厚的人，正在老肖头上指指划划地控诉。

李芳告诉大家，那人叫大彭，也是农场的劳动模范。肖、彭两大家族，在湖南就结了仇；现在一划线，两家斗得更凶。

大彭几次举手要打老肖，但总不忍心下手。"黑熊"气愤他斗争性差，一把推开他，拖起老肖就往岛心的水塘子推，这是专门挖来痛打"落水狗"的。老肖死死攥住芦杆不放，"黑熊"当胸一脚踢过去，老肖猛地蹲下，花白头发一阵战栗。

刘放冲上前去，一把推倒"黑熊"。

"暴徒！"陆澜愤恨地吼了起来。两年前，他曾亲眼看见爸爸也被人这样拳打脚踢。

这一吼不打紧，姓雷的猛然回过头来，脸涨得通红。

"黑熊"箭步上前，正想对刘放、陆澜发作。姓雷的却横手一挡，上前质问："你们是什么人？！"

"哦，一家人，一家人。"洪涛赶紧笑脸相迎。"上海来的红卫兵！"他自豪地回答，认为天下革命派是一家，主动与对方

握手言欢。"好说好商量，别误会、别误会！我们都知道革命不是请客吃饭，不是……"

洪涛语录没背完，雷某怒色全消。"一月革命"风暴发源地的小将，他可得抓住这股新生力量啊！他白眼一飞，"黑熊"就知趣地退下了。

洪涛凑近雷某，很快就为同揭岩共落水之谜而达成了默契。雷某回头便客气地放行。

刘放、陆澜扶起老肖，触摸着粗糙的老茧，端详那满目的和善，刘放不明白这样的老工人怎会是反革命！洪涛见刘放一脸同情，悄悄提醒道："别管闲事。站错了队，触及触及皮肉也应该！只要大方向……"

刘放一把抓住洪涛的衣襟："你太过分了！"

洪涛见刘放腮帮子直鼓，立即软下口来。"算了算了，老朋友。若我触及了谁的皮，你就触及我的肉好了。老弟没忘你的话，'君子动口不动手'嘛！"

刘放甩开洪涛转身就走，他气愤正确路线的代表怎是雷某、"黑熊"这样的人！洪涛和他们搞在一起，难道我们和这些人同一条"战壕"？！难道我们的革命是他们这样粗野的残杀？！

如同突然发现自己和小偷站在一起，会觉得自己的手脚也脏了；突然发现自己和凶手坐在一边，会觉得自己身上也沾染了血腥味！刘放竟然开始怀疑自己为之冲锋陷阵的"文化大革命"来。他的心比先前更加沉重，也更加失望。

闷闷地干到日头当空，饿极的他们来到临时垒起的灶台边，煮饭的婷婷却不见了。饿慌了的汪飞抓起一把百足虫，丢进火中烧了片刻，掏出来就塞进嘴里，嚼得喷喷香。洪涛正想骂这馋猫，突然听见有人呼救，生怕婷婷遭到阶级敌人暗算，拔腿就往江边寻去。

洪涛钻出芦苇丛，一下惊呆了：婷婷躺在沙滩上，一个"阴阳头"伸出黢黑的手，正抓住婷婷，还把长满络腮胡的脸，贴近婷婷胸脯……

洪涛猛然想起大青树下的悬案，莫非就是那个没能得手的流氓？他气急败坏地冲上前去，一把抓起那人骂道："你这老流氓！""啪、啪、啪"几个耳光，打得"阴阳头"跌倒在地。洪涛抱起婷婷，见她浑身湿透，双眼紧闭，心尖像被什么东西蜇了一下。尽管自己当众骂过她"资本家小姐"，但却不能允许别人侮辱她！

"愣着干什么？快，给她倒水！倒水！""黑手"爬了过来，洪涛一脚踢开他，这才发现"阴阳头"也浑身湿透。

"姓齐的！""黑熊"走来，嘻嘻淫笑道："老走资派，你倒有闲心搞小妞儿来了？！"

"无耻！""阴阳头"怒目喷火，像受了莫大的侮辱。

"他推婷婷下水，还耍流氓！"洪涛断言道。说罢，背起婷婷就走。

婷婷平躺在芦苇杆上，夏莉拼命给她做人工呼吸。洪涛急得直搓手。正当大家围着婷婷一筹莫展之时，婷婷自己醒了。原来，她并没呛水，只是吓昏了。听她讲了事情原委，才知"阴阳头"是冒险下水救她性命的大恩人。

洪涛听罢，眉头一皱："吕婷婷，我多次批评你的和平麻痹思想，遇事先别断言好人坏人，特别是对走资派，怎么能够轻信。你想想，那天晚上像不像这个人？他正是高个子，不像傣族人。而且，他是走资派，只有走资派才会破坏上山下乡运动。"

"不。不是他，不可能是他！"

"为什么？吕婷婷，阶级斗争是复杂的。你头脑太简单了！"

"可是，那流氓是两只手，这人是独臂！"

洪涛如释重负地吐了口气。

"快去告诉那边人，别拿他当坏人打。"婷婷急得站了起来。

刘放一把拖起洪涛，箭一般向"牛鬼"驻地跑去。

找了半天，不见人影。洪涛正想走。忽听得芦苇丛中传出一声惨叫，接着就是粗暴的呵斥声："老走资派，你还想陷害革命知识青年？！"

"不！我见她落水，就跳下去救她。"

"你独拐子会游泳吗？"

"当'落水狗'学会的。"

"放你妈的屁！还不认罪？你就是想强奸她！"

"我没那么下流！"

"那你扑在她身上干什么？"

"想听听她的心跳！"

"啪——"一鞭抽去，"你编得倒像！"

刘放要冲过去解释，却被洪涛死死攥住。他怕背上为走资派辩护的"黑锅"，给自己鲜红的历史染上污点。刘放愤怒地推开洪涛，冲进了审讯棚。

只见墙上挂着皮鞭、锉刀、铁链、棕绳，地上堆着砖头、瓦块、碎玻璃，角落里放着火盆，火中插着一块烙铁，真像渣滓洞的刑讯室。难怪船上人宁可死于江中，也不肯到此受罪。

迎着"黑熊"的凶光，刘放一字一句地说："你们放了他！"

"哼！又是你！你有啥资格发号施令？"

"他刚才是救人，不是害人！"

"黑熊"看看刘放，又看看"独臂人"，把疑惑的目光投向洪涛。

"是我刚才……误……误会了！"洪涛不愿让刘放为难。

刘放望着脸上淌血的"独臂人"，督着"黑熊"给他松绑，并亲自扶他走出茅棚。

这时，李芳从芦苇丛中钻出来，默默地走到"独臂人"身旁，悄悄塞给他两节木薯。

李芳眼圈红红的，压低声音对刘放说："我干脆到你们新建队来算了。"

"为什么？"

"我讨厌他们打人，罚人饿肚子，他们说我路线觉悟低，我不想受这份窝囊气。到你们新队，甩手甩脚干劳动自在得多。"

"哎，打饭的！""黑熊"在那边高声嚎叫。

刘放高兴地说："欢迎你来！"

当李芳离去后，洪涛嘀咕了一句："这种人，觉悟低，要起来麻烦。"

"这个'小四川'勤快、能干，搞后勤定是好把式。"刘放对她印象真不错。

"要得，四川小老乡。"汪飞早年随父母离川去了上海，但川味川情一点没淡。

洪涛想再反驳，只听夏莉高喊"开饭"。两人皆缄口，端起饭碗闷闷地吃。大伙各想各的心事。刘放、陆澜的心，被这岛上的一切压得沉沉的。

黄昏，人们跳进了回归的小舟，不敢再乘竹筏。回首望去，晚霞映红了芦花岛，有朵彩云挂在凤凰树梢，像突然绽开的一团花。微风吹拂着洁白的芦絮，芦苇叶儿发出轻轻摩擦的声响。小舟在咆哮的江水中渐渐远去，小岛显得多么宁静！多么秀美！又多么温柔！然而，在陆澜心中，芦花岛早已黯然失色。什么宝库？什么粮仓？它简直就是关押基度山伯爵的卢仑岛！它象征着阴谋，象征着邪恶！那芦苇丛，简直是座阴森的地狱！陆澜再一次失望了——远走千里，还是找不到"桃花源"！麻柳寨、芦花岛，全让"红色恐怖"笼罩了！

激浪劈头盖脸地打来，小船像一片飘落江中的黄叶，一会儿被抛上浪峰，一会儿被扔到波谷。刘放的心潮随之翻滚起来：世界那么博大，人却如此渺小！渺小的人却又如此千奇百怪，他脑海里浮现出一连串在红宝书里找不到答案的疑团……望着澜沧江，他又想起芦花岛的传说，想起在岛上兴风作浪的夜叉，想起那个不畏强暴、冒险杀死夜叉的召敌咪……他刘放能成为新时代的召敌咪，为百姓斩妖除害吗？……

小船颠簸着划向江岸。船头上的洪涛也思绪万千，他感慨：在这远离人群的孤岛上，居然还燃烧着"文化大革命"的熊熊烈火！真是革命者四海为家，八方可战！任凭浪花打在脸上，他心里却是一种说不出的痛快。

船又转了起来。惊恐未定的婷婷老看见那吃人的夜叉，跳江的男人；看见自己落入水中，和无数溺水者一起挣扎、呼救；看见自己和水鬼们的尸体一起飘向天边……

　　夏莉扶着昏昏然的婷婷，心中也无限惆怅……

　　汪飞把什么都当成儿戏，但对自己的小命却十分看重。他紧紧握住船栏，生怕小船翻沉。

　　只有鲁人，像舵一般压在船尾，憨乎乎地想着快快回去吃晚饭。

　　突然，江面起风，浊浪翻卷，船夫再也无法稳住船身。顿时，小船失控，顺流急下，汪飞惊喳喳地高喊："救命呀——"

　　大江怒吼着，像夜叉张开了血口，大有吞噬扁舟之势……

四 瘟疫横行曼波山

　　工地边的树荫下，热极的人们贪婪地纳凉。一张张花手巾摇个不停，好似彩蝶纷飞；一条条光膀子挥着一匹匹大树叶，犹如孙悟空摇着"芭蕉扇"。

　　孔雀山脚的嘉兰花，一夜之间万朵齐放，一天之内，就由绿变黄，由黄变金，由金变红。当地人叫它风雨花，因为它的色彩变化可以预测风雨。

　　夏莉大汗淋漓，感到浑身不舒服，已无心去采摘那些多变的野花。婷婷想帮夏莉拉开贴身的湿衣，不料给撕破一条大口。才穿两个月的新衬衣，在雨季里一天几次淋湿又晒干，烈日、暴雨、汗水、黄泥和肥皂、刷子的轮番磨损，使新衬衣很快就变得面目全非，纤维朽得连补疤的针脚都吃不住了。此时此刻，夏莉只好学男生的办法，撕条胶布粘上破口。

　　婷婷为了改造自己的"小资产阶级情调"，少遭洪涛的批判，故意不戴草帽和斗笠。每次暴晒后洗脸，免不了脱一层皮；每次洗头梳理，少不了掉一网乱发。原本滋润的白脸蛋，一天天变粗泛黄；原本油亮的一头青丝，一天天变得干涩稀疏了。

　　不知何故，人们渐渐发"胖"，体力却越来越弱。或许是西双版纳半年干旱半年雨，弄得人的心境半年明朗半年阴。这些日子里，劳动的人没了朝气。

　　汪飞与众不同，他是提起板锄四肢无力，吹起牛皮浑身是劲。此时此刻，众口缄默，他却再次播讲着"澜沧江历险记"：

"……小船进水了，眼看就要沉下去，我几个吓得怪叫。老龙王破例行善，冲来一根树桩。不粗不细，正好用双手合抱，不长不短，刚刚六个人的位置。我们死死抓住那根救命桩桩，嗨！命中注定不该死。怎么样？一条命没丢，六条好汉……"

"那船夫呢？"苏生问。

"他见势不妙，早就溜啦。咳！紧要关头，都是各顾各！人不为己，天诛……"

"嚓嚓！……"一声惊雷打断了汪飞的话。"天诛地灭"是好受的吗？被惊雷击破的苍天猛地倾下瓢泼大雨，仿佛要小青年们尝尝它的厉害！

人们似乎习惯了，既不惊也不跑。躲也来不及，待你回到宿舍，衣服早已湿透，而且雨过天晴又得出工。一天淋湿五六次，谁会有四五套衣服备用？真有上几套，不批你变修才怪。人们也早知老天爷的脾气，看懂了它的脸谱是瞬息万变，任凭老天把他们淋成落汤鸡。

不到半小时，雷声雨点像梦幻般消逝殆尽。苍穹下，绿林葱翠欲滴，金光重洒大地，仿佛女娲显灵，用五色石补起了惊雷击破的蓝天。顿时，空中飞起一道五颜六色的彩虹，宛若森林公园高大的拱门。

日头当空，比先前更辣。人们的衣服早已烤干，心却透湿凝重，工地上悄然无声。有的拄着锄把，久久望着黑土发呆，似乎在幻想它变成一个个大饼、面包；有的虽在机械动作，却丧脸翘嘴，像在和脚下的地皮赌气；有的索性一屁股坐在地上闭目养神；汪飞有意无意在脚上划了道口子，借此便倒在地上装"死狗"。

这天晚上，夏莉全身发冷打颤。婷婷没了主张，找来了刚刚调来八队的李芳。

小李子毕竟在西双版纳呆了两年，一见夏莉脸颊潮红，唇色青紫，浑身哆嗦，不觉心一紧，转身报告了刘队长。

"很可能是伤寒，得赶快上医院！"

"该死的巴拉巴小按蚊，怎么盯上我们了？"刘放风一般旋回自己宿舍，取下床栏，铺上竹笆，拖起酣睡的洪涛、鲁人和陆澜，抬起夏莉就上路。小李子拿起电筒追了去。

县医院，隔着几十里山路。没有月亮，就凭小李子手中那束弱光辨路。几个人磕磕碰碰，举步维艰。夏莉在担架上抖，四人的腿在悬崖上抖，夜猫子的嚎哭声在夜风中抖。

夏莉迷迷糊糊，身子如坠烟海，直往下沉。不知是太轻，飘然无力呢，还是太重，支撑不住？她冷啊，就像陷进了积雪，关进了冷冻库。就像在数九寒天，被人从衣领里灌进一盆冰水，流过脊背，冷遍全身。她觉得浑身的鸡皮疙瘩都在紧缩。她想动，腿却仿佛埋在雪里；她想招手，手却犹如压着冰块；她想喊，嘴里仿佛塞着雪团儿。夏莉痛苦地哼着，陆澜的心也一阵阵揪着痛。他轻轻拉开夏莉压在胸膛的手，感到那手烫得像火条，一种不祥的预兆笼罩了陆澜的心。

"注意，这是虎跳岩！"小李子惊叫。

陆澜一抖，猛地跌了下去，小李子手中弱光一照，妈呀！四个人正在岩边挂着。她一把抱住夏莉就要翻下去的身子。电筒一下飞进了深谷。四个人在黑暗中抓住树枝藤蔓，好不容易退到了安全处。

当他们跌跌撞撞走进县医院时，早起的病人和看护们，像欣赏天外来客般盯着几个衣破鞋落、浑身湿透的山里人。

医院里，早请示的"嗡嗡"声，"呷呷呷"的鸭青叫，交相灌入他们的耳朵。几条小黑猪，像瘦狗般从污塘子里跑开去。浓烈的血腥味儿、屎尿味儿、药水味儿，相继钻进他们的鼻孔。大肥鸭在臭水塘里胡乱地扑打，溅了他们一身乌红黄褐的水浆。左边的简易茅棚里，传出"哦嘞嘞嘞"的哭喊；右边的牛毛毡顶下，露出几张好奇的黄脸。要不是刘放曾住过这里，大家准疑心误入了饲养场。

急诊室开着门，里面却没人。他们向一个汉人打听，那人冷冷地说："医生还在忙大事哩。"

好不容易等到医生学完《为人民服务》，慢腾腾走过来"活学活用"。看看担架上颤抖的病人，居然无动于衷，懒洋洋地撕

下一绺报纸，裹起他的烟丝来了。

"医生，她病得厉害！"陆澜低声催促道。

医生抬抬眼皮，照旧走过去提水烟筒。

"你《为人民服务》学到哪儿去了？"洪涛忍不住质问道。

"就是学《为人民服务》耽误了我抽烟哩！"

"张医生！"刘放一下认出了这抽烟的老头。他可是医院的台柱，被当作反动学术权威批了一阵，又站错了队，政治上臭不可闻，医术上照样吃香，危难病人的医治，非他莫属。贫下中农信他，医院只好对他控制使用。

张医生见是那个烧伤住院的小伙，烟筒一丢站了起来。

突然，门被撞开，十多个知青拥进来，把一个血糊糊的人推到张医生面前：

"求你救命了！"十多个知青齐刷刷跪了下去。

"怎么回事？！"

"那古树砍了三天三夜，他头昏昏的，树一倒……他双腿……没有了……"几个男子汉失声痛哭。

"必须马上输血！可是，医院里没有……"

人们愣了。怎么办？

"我是万能血！"刘放把胳膊伸给张医生。十多个知青全都伸出了手。

连血型都来不及验证，刘放的血就流进了那个大血团中，是死是活，就看他的造化了！

张医生扎好了那双腿的切口，已面无人色。

"知青呵！知青！"张医生长长地叹了口气，眼角的泪囊，比先前更加肿胀青黑。

张医生洗去手上的血迹，详细询问了夏莉的病情，又仔细察看了她的症状。回头便吩咐小护士："送传染科，认真护理。"

刘放、陆澜急切地问："真的是疟疾？"

医生点点头道："你们立即服药，回去赶快消毒，防止扩散。"

小护士像是本地人，有着一张黄黄的脸。她见四个知青面容憔悴，大森林的野味儿很浓，便自视清高地摆摆头："跟我走。"

小护士边走边用沙哑的声音哼样板戏："小铁梅出门卖货看气候，来往账目要记熟。困倦时留神门户——""咚！"她一脚踢开病房门，跨进去接着唱"防野狗……"，"狗"音未断，眼光就转到担架上，示意他们抬进去。

屋里光线很暗，依稀可见里面坐着两个男人。

"怎么是男病室？"

小护士这才看看手上的住院单。

"谁叫你们捂得严严实实，我眼睛又不是艾克斯光。再说，女人干吗让男人抬？"

四个知青虽然气愤已极，却无心与她理论。

小护士继续唠叨："这有啥大惊小怪的，紧张时不就是男女老少睡一屋吗？"

"到底是哪间？"洪涛讨厌她啰嗦。

小护士又哼着小调踢开了另一间屋。一个毛发棕黄、脸孔乌黑、五官粗大的青衣人，正在屋中间擦身洗脚，提起黑裙洗下身。四个小伙看得脸发臊。

小护士吼道："哎，等会儿洗，有人来。"

那人站起来，以为她要让路，不料她却解开青衣，若无其事地洗起那干瘪下垂的乳房。小护士冲上前去推开了她。

当他们匆匆忙忙把夏莉放上床时，回头却见那人竟毫无顾忌，照洗不误。

"这些人就是这样，从不害羞！"

"原始恶习！"陆澜皱紧了眉。

小护士这才注意到第一次开腔的陆澜，竟是个英俊小伙。她一下就有了热情："她们这种洗身法，还有一套怪理论呢！生日那天必洗，雷打不动！说是不洗就活不过这一岁……"

陆澜突然看见那个青衣人身下，摊了一网细鸭肠似的东西。小护士连这点细节也注意到了，连忙对陆澜解释："那是绦虫，足有两米长。这些野人爱喝生水，长一肚子钩虫、蛲虫、蛔虫、

血吸虫……"

人们两耳灌满了虫的声音，眼前摆满了虫的展览，鼻子里呛满了虫的腥气和多种怪味儿。

"这大染缸，好人也得住出病来。"大家要求换房间。

小护士不屑地昂首而去。

委屈你了，酷爱洁净的卫生员。人们无可奈何地将夏莉放在那臭烘烘的床上。

连从不讲究的鲁人也想快快逃离这个房间。

"你们走吧，我来照顾她。"小李子明知在这里有被染上疟疾的危险，却义无反顾地要求留下来。

"你刚来我们队，实在难为你了！"刘放感激地望着李芳。半年前，小李子照料他的情景，又浮现在眼前——

他浑身水泡，躺在床上不能动弹，每当痛得难熬时，在对面房间护理病人的李芳就会走过来看看，而后去值班室东张西望，两条辫子慌乱地甩来甩去。一会儿，便有医生懒洋洋地来到床前，问上他几句，或来一针止痛……

每当医生揭去他那烧坏的肉皮，痛得他哼哼时，李芳那对黑眼睛都会久久地盯着他的脸，有时还水汪汪地噙着泪……

他口渴时，李芳递来一杯糖水；他饿时，李芳上街等候一个多小时，为他端回热腾腾的米线；他要方便时，李芳为他穿鞋，扶他走到厕所门口……

记得揭纱布那天，他欣喜地走出病房，想要看看明朗的蓝天。当时，一个小男孩脚步蹒跚地走来，他迎上前去，想要拧拧那张胖脸蛋。不料，那个孩子竟然惊喳喳地叫"麻老虎"，吓得拼命跑，一跟斗跌倒，边哭边嚷："怕……怕……麻老虎来了……"

刘放愣了。

李芳上前抱起孩子诓道："小娃娃，莫哭了。那是叔叔，不是麻老虎。"

刘放下意识地捂住了自己的脸。当他松开双手时，李芳正凝视着他。

"我的脸……真的很吓人吗？"

"……"李芳微微点点头。

刘放沮丧地盯着李芳。

"不，不！你不难看……真的……不难看！"李芳的小辫子一勾一弯地，使劲地摇着，摇掉了刘放满目的沮丧……

"小李子，谢谢你了！"刘放深情地说。回头便开了一包防疟片，催着大伙上路。

陆澜迟疑一下又趑转身来，轻轻唤醒夏莉，又缓缓地为她压压被子。

夏莉无神地望着陆澜那张划破的脸，那身湿透的衣裳，不觉泪珠挂上了眼角。

近日来，夏莉都听到哭声。隔壁房间有个十岁的小侬英，害了猩红热，困在大山里出不来。爹妈拼着老命把女儿送到了医院。却因医院里缺药而延误了治疗。苍老的母亲抱着死去的女儿，硬不准护士蒙脸。

听说，这个女人头胎生了双胞胎，傣家人认为生双胞胎的女人是妖魔，按老规矩，这女人被迫用柴灰捂死了一对儿子。不久，寨子发生疟疾，巫师用尖利的虎牙戳着患者，逼问是哪个恶魔钻进肚子咬他心肝？痛极的病人都肯定是生了双胞胎的灾星。从此，这女人被当作"琵琶鬼"被四处追赶，无地藏身。是共产党救了她的命，好容易生养了这个独女，却又一命呜呼了！

当夏莉看见护士拖过尸体，那妇女一下昏倒在地时，她的心颤抖了。就在那一刻，她萌发出一个强烈的愿望——我要当医生！当李芳告诉她，抬她上医院时，刘放、陆澜差点掉下虎跳岩，夏莉情不自禁地喊出了自己的心声——"我一定要当医生！"

当医生，当张医生这样的好医生！因为张医生把她从死亡的边缘拖了回来。张医生还是她的同乡——她的第一故乡是昆明。张医生是昆明医学院50年代的毕业生，为了理想来到边疆，再也没回去。那时，夏莉还是少先队员，也是因为理想而留居大陆，

没有随父母去香港，却跟着叔叔到了上海。叔叔也是医生，早就希望她学医，但她那时对此没兴趣。她对建设祖国的概念很抽象，理想很浪漫。她是捧着《边疆晓歌》走进刘放组织的支边大队的。钻原始森林，上傣家竹楼，登芦花岛，都是为了建设，也都为了浪漫。她还未曾把自己的理想赋予单一枯燥的某项事业。这是第一次把理想落到了从医的实地上。

有一天，夏莉问李芳："你大概吃过忘忧果吧！"

小李子笑道："我没有忧，没啥子可忧呀！"

小李子忧过了，那是十岁时，爸爸死了。三岁的小弟弟说："爸爸到农村去了，我等爸爸回来给我买花生糖。"李芳告诉弟弟，爸爸不回来了，他在山上睡着了。妈妈带着她和姐去给爸上坟，她在坟头摘了些清明菜，说弟弟还在家里饿着，不然他又会吵着要爸爸买花生糖。

姐姐在重点中学住读，家里的事只有李芳做。妈妈在纺织厂工作，低工资，糊不了姐弟仨和瞎婆婆的口。小李子捡炭花给家里烧，改旧衣服给弟弟穿，打牛草换点菜钱。为了让小弟和瞎婆婆吃点牌价肉，她可以守通宵去排队。前后一串篮子、砖头，都托给她一个人看着。左邻右舍可以去睡觉，第二天清早都让小李子作证站进割肉的"长龙"。大家都喜欢这个排老实队的姑娘。街道居民委员会看她们家可怜，给老实巴交的小李子找了份差事：织尼龙网，打战备网。小李子的手灵巧极了，织起网来，只见梭子飞。街道那些婆婆说："哎哟哟，哪家找到这么能干的巧媳妇，那才享福呢……"

小李子没有福享。"文化大革命"，姐姐硬拖着这个勤劳的妹妹出去串连了那么一回，算是享了次大福。回来后，妈生病，每月只拿百分之六十的劳保。家中生计更无着落。于是，小李子跑来西双版纳，找到1965年支边的远房表姐，成了农工。那一年，她十五岁，表姐不大管她，她早就能自己管自己了。

小李子没有什么可忧，她能自食其力，独立应对生活的重重困难。

夏莉真服了小李子。她一天总是乐呵呵的。再大的事她都看得不怎么样。再小的事，她都办得挺认真。喜、怒、哀、乐，她都有，但都不会长留在心上。夏莉欣喜，小李子会使她感到笑得不应该；夏莉伤心，小李子会让她发觉哭得不值得。小李子支持她学医，说是如果自己念过高中，也会学医的，因为她爸爸就是诊断失误而丧命的。

经过张医生的认真治疗，加上小李子的精心照料，夏莉恢复得很快。她缠着张医生问这问那，要来些医书，整天捧着看。小李子闲着没事，决定回队里看看。

刘放带回的防疟药片是潮湿的，县医院向他推销了失效的存货。疟原菌迅速在八队扩散开来。

人们先后发烧倒床了。怎么办？总不能一个个都往县医院抬呀！抽血后虚弱的刘放，哪经得瘟疫的袭击，他病了，却强迫自己不倒下，硬撑着穿行在患者之间。他派人向场部报告疫情，向卫生队求救。可是，一个个回来说："领导正忙着迎'九大'，顾不了这些鸡毛蒜皮的小事。"

"卫生队呢？！"刘放愤然质问。

"卫生队的人一定要场领导带队才出诊。"

"混账东西！"刘放这是第一次说粗话。

一百多人像被恶魔抽去了筋骨，一个个浑身无力。昔日充满生机的曼波山，顷刻间陷入死寂。

能走的人，一个又一个出山求救。刘放烧得说胡话，也在向幻觉中的领导人诉说八队的不幸。可是，通向八队的小路上，却始终没有来人的影子。

"这时候……咱俩……不能……不能躺下呀！"刘放满眼血丝，浑身颤抖，硬撑起床。

洪涛双手抱头，痛得直哼。他睁开眼睛，只见刘放"哇哇"呕吐。

"为什么没人来？为什么——"洪涛气得捶胸。

"他们抓革命不管人命！"刘放咬牙切齿地说，"他们

怕来送命！！"他急剧喘息着，"咱俩……不能在这时躺下！走……"

"我爬不起来了……"洪涛摇着疼痛欲裂的头，绝望地盯着小窗外那株望天树的阴影。

刘放的心放不下来，一百多条年轻的生命在挣扎、在呼唤呐！他毅然抹去嘴角的酸水，几乎是扑出门去的。一阵风吹来，他浑身剧烈颤抖。他冷啊，像掉进了深邃的冰窟，身子直往下沉。他撑着墙往外挪动。

"哎哟哟！哎哟！——"汪飞捶着竹床怪叫。连声痛骂："这鬼地方，累不死都要饿死，饿不死也得瘟死！……"

同室的鲁人，长伸伸扑在床上，浑身捂得严严实实，在被窝里发出"嗡嗡"的呻吟。听到汪飞刺耳的尖叫，猛地掀开被子："你他妈嚎小声点行不行？"他想爬起来揍汪飞，只恨四肢无力。

"汪飞，忍着点……会好的……"刘放吃力地劝慰着同伴们。

黄昏时，伙房炊烟袅袅，却失去了对人们的诱惑力。它也像害了疟疾，烟缕断断续续，在半空中颤抖不已。也在发烧的炊事员吹响开饭哨，半天没人来，往日被饥饿催动而争先恐后的人流，全没了。

夜幕笼罩了曼波山，老天板着一张死灰的脸。飞机草，稀稀疏疏地摇曳着；蟋蟀们，凄凄厉厉地哭诉着。

"我去，去求他们，求那些官老爷救命！"刘放在小路上一步一步地爬行，他感到，背脊骨像散了架的算盘珠子一般。好几次，他都久久地扑倒在地，无力撑起沉重的身子。他真想让自己渺小的身躯悄悄融化在这阴森森的夜里。他第一次感到夜的凄凉、夜的残酷！好像一百多人的生命，都熬不过这一夜，都会消逝在这一夜……

刘放伏在地面，咬牙挣扎着往前爬。他仿佛看见，一百多双手伸出汹涌的海面，想抓住救生圈，哪怕是一根稻草；而那根救命的稻草就浮在他眼前，他一定要抓住它，送到一百多人手上！

他要把同伴们从死神手中夺回来！

转过山口，他隐隐听见远处传来的锣鼓声、口号声、喧哗声、鞭炮声。在庆"九大"的狂欢中，一定又有无数男女老少，扭着千姿百态的"忠字舞"。此时此刻，他从心底里厌恶起那些"革命醉汉"来。他的手在颤抖，心在呐喊……

清冷的月光不知何时撒了下来，照着那些烧焦了的树桩，活像立着无数十字架的墓地。刘放真的绝望了，不会有人来了……

突然，一只有力的手扶起了刘放倒下的身子。刘放惊喜地看见芦花岛上那个"独臂人"和小李子，正气喘吁吁地站在他面前。

"独臂人"脸色铁青，默默背起刘放就往队里走，后面跟来三个背药箱的人。

"场领导到底还是派人来了！"刘放感动的热泪滴落在"独臂人"肩上。

"独臂人"微微点点头，又很快摇摇头。"不，领导们在跳舞。是小李子找我来的。"

原来，是小李子先到场部，得知了八队疫情。她请不动领导，便找到刚从芦花岛上放出来的老齐。老齐凭着过去的老关系，找来了场部卫生队几个与现任领导赌气的医生。

"医生来了！医生来了！"人们在绝望中看到了希望。那些病痛时不曾掉泪的男子汉，此时却孩子般地哭了。

医生忙着打针、消毒，发氯化喹啉和圜氯胍。老齐默默无语地倒水、喂药，给呕吐的人扫去地上的脏物。望着这些年轻的小伙、姑娘，他眼前又浮现出十七年前，那三个被疟疾夺去生命的同伴，心里不禁涌起一阵痛楚。他暗暗下定决心，不能让那场悲剧在今日重演！当他把药送到婷婷床前时，婷婷感动得泪流满面，老齐是第二次救她的命呵！

整整两个通宵，医生们熬得两眼发红，老齐累得脸色惨白，病人们渐渐安宁下来。

这天上午，能动弹的人都集中到大宿舍，听医生讲有关疟

疾的知识。此时此刻，老齐又想起了他的牛棚难友……那个被亲弟弟打入牛棚的土医生。每逢夏秋季节，雷医生都要熬上些中草药，送给四周百姓，硬使那高疟区内多年无事。如果他还活着，小青年们也可少受些苦哇！那是多好的医生啊！关在牛棚里，他也常常为难友们推拿按摩，减轻痛苦；也常常乘外出劳动时扯些草药，为难友们治病。可是，天下好人多灾呀！造反派通知他，说他老婆难产死了，儿子也没留下。他从此逃出了牛棚，再也没有回来。造反派四处追捕，有的说他已潜逃出国，有的说他已畏罪自杀。直到老百姓捡回几根被野兽啃过的人骨头，造反派才停止了追查。

唉，要是他不被野兽叼去……老齐再一次感叹道。他总觉得，那个医生没有死。因为，他清清楚楚记得那张慈善的、与麻脸截然不同的脸，记得脸上那颗大大的黑痣。要是他还活着……

医生的话，打断了老齐的沉思。

"疟疾，土话叫'打摆子'。西双版纳地处北部湾和孟加拉湾、太平洋和印度洋之间，海洋蒸腾的水气，乘季风吹到这里，形成潮湿空气。又因西双版纳位于北回归线，靠近赤道，阳光辐射强，致使这里气候炎热而又潮湿，适应细菌繁殖。巴拉巴小按蚊就专门传播疟原菌。解放前，这里年年爆发疟疾，百姓成片死亡。解放后，政府大力治疟，基本根除了瘟疫。但近几年来，森林结构、人口分布、地理环境、气候条件都在变，人们又忙于革命，疏于防治，大片疟疾又出现了。疟原虫侵入皮下进入血液，出现高热冷摆，这是轻度症状。如疟原虫进入脾脏，便导致恶性疟疾，治好了也会留下后遗症。如疟原虫进入大脑，便病入膏肓，无可救药，有的几小时就没命了……"

"好险呐！"汪飞叹了口大气，"差点把小命赔进去了。"他突然高吼："医生万岁！老齐万岁！"他才不管什么政治影响，谁救了他的命，他就喊谁万岁。

人们这才注意到默默无语的老齐。

"谢谢您！谢谢您救了我们的命！"刘放激动地握住那只独臂。

此刻，洪涛正跨进门来。他呆了，他挣扎着爬起来感谢的救命恩人，竟然是被自己误打了耳光的"牛鬼"！只是阴阳头变成了小平头，涂黑的手恢复了本色。

洪涛很想退出去，但动作却不灵了……

大病初愈的八队，稍稍有了些生气。"早请示，晚汇报"，洪涛坚持不放松，只是大家不如过去那样虔诚了。当他们要死的时候，请示汇报一阵，谁也不管。何况老人家和林副统帅隔得那么远，更管不了他们。

夏莉提前出了院，赶回来履行卫生员职责。这场大病，使她找到了自己的奋斗目标，找到了人生理想的着眼点。她忙着要把这个新的打算告诉澜澜。

很扫兴，陆澜对此十分冷淡。大病赐给他的东西，恰与夏莉相反。他更觉得人生渺茫、前途黯淡。他认为，自己迟早会死在这个地方。瘟疫夺去小知青的命，会像秋风扫落叶一样轻而易举。小知青不过是一帮大城市的弃儿，没有人关注他们的生死。没有这帮弃儿，城市会更加文明，边寨会更加宁静。知青也好，弃儿也罢，只要有个安宁的去处也行。然而，麻柳寨和芦花岛，使他来边疆的希望破灭了——"桃花源"找不到了，剩下的只有拼体力、喝盐汤、受歧视、打摆子，直到你自我消耗，吐尽最后一口气，而后腐烂浸入黑土，和原始森林那些腐叶一样肥沃边地……他受不了这份罪！他不愿意毁灭自己的青春！

小时候，奶油蛋糕还没吃完，各样糖果又塞满他的饼干桶。他不吃肥肉，让幼儿园的小朋友帮他吃，吃掉有奖。他荷包里随时都有巧克力，随时可以奖给帮他"克服困难"的小朋友。不求人帮他吃掉，阿姨会批评他怕苦挑食。

小时候，他一双大眼睛，一头黑卷发，白白净净像个洋娃娃。左邻右舍的爷爷奶奶、叔叔阿姨，没有不宠他的。小朋友们，没有不喜欢跟他玩的。他从来没受过气，更没有遭过白眼。

他家里，地毯门窗一尘不染。他的衣服天天换，他的房间保姆扫，他从来没有穿过脏衣服，没住过乱窝棚。他无法在垃圾坑

似的茅草棚里长期住下去。

在学校，他爱读书，爱打球，爱拉小提琴，爱画画。多才多艺的他从小就立志要干大事业，认为自己当属于像父亲那种高级知识分子层次的人，他受不了这种枯燥乏味的生活，不甘心做一个最低层次的体力劳动者。

夏莉望着他，心里暗暗问道：你还在半空中荡秋千？！过去，她只觉得陆澜太委屈。现在，她接触了小李子后，感到李芳就像公园草坪上的小草，任凭人们在上面滚打践踏，她照样生长，照样青翠欲滴，为春天增色。她自愧不如小李子，但陆澜却比自己还要不切实际。夏莉真不知该对他说些什么才好。

突然，夏莉转回宿舍，拿来了小提琴。那是陆家被抄时，陆澜请她代管的。这琴中有澜澜的理想，也有她少女的梦幻。她希望这小提琴能拯救颓废的陆澜。

陆澜吃惊地望着那熟悉的提琴，又望望捧着提琴的夏莉："你真的把它带来了！"

"记得吗？你用它伴奏过《命运交响曲》！"

陆澜接过提琴，有些激动地抚摸着它。

"我要扼住命运的咽喉，它不能使我完全屈服……啊！能把生命活上几千次该有多美啊！"贝多芬的话仿佛又在他耳边响起。

那支英雄意志战胜宿命论、光明战胜黑暗的《命运交响曲》，仿佛又在他胸中回荡……

深秋的夜，宁静得有些凄凉，幸运儿的梦，是硕果累累；不幸者的梦，是黄叶凋零。八队的年轻人，还没有走进梦乡，既无收获时节的喜悦，也无萧杀秋景的感伤。他们病后疲乏，早早躺在床上；他们病后多思，久久不能合眼。孔雀山黑沉沉的，仿佛压在茅棚上，又好像压在人们心上……

随着轻轻的夜风，飘来悠扬宛转的琴声。好似戈壁滩上的一股清泉，缓缓地浸润着人们干涸的心田；又像一网无形游动的柔丝，轻轻地萦系着人们的襟怀……

那是舒伯特的《小夜曲》。

……我的歌声穿过黑夜，向你轻轻飞去。在这幽静的小树林里，我久久等待着你。皎洁的月光照耀天地，只听树梢在耳语……

琴声悠悠，低婉回还，如泣如诉。恍若天鹅湖畔清风徐来，吹开满池月色，浸透一潭思念。

……你可听见夜莺在歌唱，它在诉说我的情爱。它懂得我的苦烦、我的期盼。愿那银铃般的歌声，滋润你的心田……

动人的琴声，使汪飞躁动的"心猿"静了下来；使感情麻木的鲁人，生出了遐想的羽翼；使狂热的洪涛，冷静了片刻；使多思的刘放，凝滞了思绪；使刚刚找到理想支点的夏莉，看到了过去那个充满理想的澜澜；使那为父亲承担罪过的婷婷，泪水湿透了枕巾……多少年来，他们都没有听到过这般美妙动人的音乐，进行曲取代了一切！"咚咚咚""嚓嚓嚓"的打击乐完全覆盖了一切柔美抒情的旋律。

人们轻轻下床，又轻轻走出宿舍，生怕在那美妙的旋律中掺上一丝杂音。

月光下，人们望着夜空，静静地听着那悦耳的琴声。优美的琴曲仿佛唤醒了他们压抑心底的一种纯美情怀，牵出了少男少女间朦胧的情丝。

突然，琴声断了。接着，人们听到了洪涛的呵斥声。他质问陆澜为什么拉些软绵绵的黄色小调？喝令陆澜改拉样板戏。

汪飞二话没说，走上前去一把将洪涛推倒在地。

"拉你的！"他对陆澜说。

琴声更加激越地回响在曼波山的夜风中，人们痴痴地站着，净化在琴声中，连同刚刚从地上爬起来的洪涛……

五　"印第安人"的发现

　　春姑娘想匆匆离去，却被森林王子拽住飘带，拖转身来。她动情地吻着森林王子，把那一星星一点点的鹅黄，浸润成一簇簇一团团的嫩绿，继而蔚然成一块块一片片的翠绿，与先前那些油绿交汇成浩瀚的碧海，将森林王子淹没在她爱的怀抱之中。

　　1970年的春天，农场改建为中国人民解放军云南生产建设兵团。年轻人为之精神大振。"文革"以来，"柱石"、"长城"的颂歌盈耳，军委主席一呼百应，给新中国的军队增添了莫大的荣光。即将开始军事化、战斗化的生活，使广大知青兴奋不已。一批转业军人来到由八队改建的八连担任了班、排、连正职，为的是让知识青年更紧密地与工农兵相结合。因为这批转业兵多是山区农民，有资格充当教育者。连里还分来一批"新上海"，为头的是秦大军；一批"小四川"，为首的叫钟琴。曼波山热闹起来了。

　　农工成了"军人"，青年们顿时有了精神。姑娘们剪了小辫儿，扎起皮带，唱起了"娘子军连歌"。人们义务劳动，在曼波山扒开一块平地，从望天树上砍下几根枝丫，立起两尊木架，八连便有了篮球场。早上，人们在球场上跟着王连长"一、二、一"；中午，拉着王连长翻单双杠；傍晚，拖着王连长投篮运球跑上跑下；半夜，被王连长的哨子吹起来拉练，从半坡梭到澜沧江边，又从江边爬上孔雀山顶，挂得一身血杠，磕得大包小眼，没人吭声儿。星期天，王连长又找来几杆枪，让人们轮流过枪瘾。军人嘛，就是要锻炼身体，保卫边疆，随时准备打仗。

王连长知道戴领章帽徽的军人和不戴领章帽徽的军人是有区别的。军垦战士，除了军训，还要垦植。他是林副统帅教育出来的革命军人，特别善于提一些鼓动人心的口号。王连长又是活学活用的标兵，"人定胜天"的语录不仅记在心上还要付诸实践。他想了两个晚上，想出了一个数字整齐划一的"五年计划"——千亩橡胶，千亩农作物，百亩果园，百头肥猪，十亩菜地，十口鱼塘，五幢瓦房，五年大变。一下把人们的热情推向了高潮。刘放觉得自己的理想这才有了具体的蓝图，就叫陆澜把它绘制成彩色图纸挂在连部土墙上，每次开大会，都拿出来欣赏一遍，让王连长解释一通，洪副连长鼓吹一番。被鼓动起来的战士们，提出搞全营统一行动的大兵团作战。刘放、洪涛起草了垦荒定植大会战的倡议书，闪电般送到了全营各连。营部立即作出了大会战的决定。

老齐"出山"了。据说，他经受住了领导对他的"特殊考验"，以那次染上疟疾、险些丧命为代价，加之"九大"团结胜利路线的光辉照耀，使他获得了政治上的"解放"。兵团组建，抓革命者过剩，促生产者奇缺。可这口号来头大，必须找人来贯彻。还有一个只可意会不便言传的因素——昆明军区发配边疆来本团任政委的大人物，正是与此人同病相怜的"站错队"的老P。于是，刚"解放"出来的老齐，便应运推出来"协助工作"了。他是公认的生产行家，用他为"职业革命家"脸上贴金，又何乐而不为呢？

不管上面出于怎样的动机，齐正华总算回到了工地，回到了平生追求的事业里。犹如受伤的鸟儿飞回了绿林，笼中猛虎放回了高山。在兵团首次定植大会战中，他要拼出全力，把"靠边"五年的损失夺回来！

明媚的阳光像大海的水波，在广阔的地平线上荡漾开去；又像无边的淡黄鸭绒被，温暖着冷冰冰的大地。晨光中的山山水水，充满了蓬勃向上的生机。

几座山头，几千人的队伍，老齐用话筒调动自如。满山遍野

的人迅速各就各位，大会战组织得有条不紊。

八连还未安排顺当，老齐又帮助王连长调动队伍："我再重复一遍，一、二排负责一类型区，三排负责半阴坡，实生树和芽接树穴位间距不同……为定点方便，一人负责一带……"

刘放惊叹，这老齐与芦花岛上的"阴阳头"判若两人！在他面前，转业兵显得迟钝，小知青显得无知，孙鲁人的双手不及他独臂有力，汪飞那个鬼精灵仿佛都没有他转得快！

只听得，工地上到处在叫老齐。

这老齐，喊来是又简便又顺口。他当场长叫老齐，当书记也叫老齐；当走资派叫老齐，当"平头"还叫老齐。升降沉浮都无需改称，仿佛他生下来就是老齐。老的这么叫，少的也这么叫；男人这么叫，女人也这么叫；知青这么叫，子弟校的小学生也跟着这么叫；他妻子这么叫，儿子有一次也这么叫。老齐也乐呵呵地有叫必应。他四面八方，上上下下地奔波，神情十分和善，干得十分惬意。

这时，三排请示刘放，半阴坡是哪一片？刘放答不上来，洪涛更不知所云。人们惊喳喳喊来老齐。老齐指明方位，回头便叫住两个头儿。

"问你们，是谁叫烧老林子？"老齐板着黑面孔。

洪涛不觉一愣，为这事，他担惊受怕几个月，唯恐总场革委会追究责任。没想到芦花岛结识老雷，喜从天降，老雷一出马，"失火"之罪一下变成"救火"之功而记在了洪涛头上。全场的宣传机器都在赞颂他们"为保傣家寨，舍身赴火海"的革命英雄主义。洪涛仅仅在自己冲进火海拖出刘放的细节上，稍稍加了两句"心理活动"，宣传重心就从救火负重伤的刘放身上，转向了舍身救战友的洪涛身上，捧得洪涛骑虎难下。他知道人们对此事看法不一，不知齐某如何评定功过是非，便支吾不答。

"是我的责任。"刘放早已意识到此举是败着，那老林子根深木硬，至今是一片焦土，无法开垦。

"你们是对历史犯罪！"老齐忿然指责。

"那是总场首长肯定了的。"洪涛生怕否定了自己。

"那是给你们灌政治迷魂汤，推你们下岩！原始森林都砍了，不仅要害我们自己，还要影响整个西双版纳。我们是吃过苦头的……"

老齐话没说完，场部姓黄的生产干事就把他叫走了。原来，黄干事是受"组织"委托，来跟踪观察"解放"后的"牛鬼"的政治表现。他有责任阻挠齐某再放毒。老齐却蒙在鼓里，毫无戒心。

八连工地上，从山脚到山顶，人们等距离排成一条纵线，一人负责一条植胶带。远远看去，像一个大三角形的垂直平分线。班与班，排与排相互竞赛，谁输谁赢一目了然。

只见工地上泥土四溅，一块厚厚的绿毯被一堆堆黄土覆盖。

山那边，陆澜闷闷地挥舞着板锄。害过疟疾后，他的脸更加惨白。尽管太阳不比别人少晒，脸上依然没有"劳动人民的本色"，只是心上多了一层灰。他正视了自己的命运，不愿再用赤裸裸的心去碰冷酷的现实。他看到：同样的环境，小李子、孙大个儿、刘放、洪涛、夏莉，他们都各得其所，生活自在。"适者生存"，乃至理名言，我何必自寻烦恼呢？"君子坦荡荡，小人长戚戚"，我陆澜当属君子！

陆澜的思想一跑马，锄头便歪倒在一边。老齐正好走来，一把扶起他的锄把。望着老齐，陆澜感慨万分。这老齐遭曲解受侮辱，却照旧对事业热心热肠，对人生乐观开朗。有人想整死他，他却硬要精神抖擞地活给那些人看。适者，才是真正的强者啊！

老齐听说过陆澜的情况。人们拿他当黑崽子整，老齐却拿他当人看。这年头，人妖颠倒，谁红谁黑还得走着瞧呢！何需问小伙子的家庭身世，家家都有本难念的经啊！想当初，造反派抓走了他，妻子挺着大肚子上山打柴，下河洗衣，吃了多少苦头！她独自去医院生孩子，又自己把三斤半的儿子抱回家，拉扯到三岁，齐正华"解放"时，那大头小子望着他直往妈妈背后躲。老齐抱着儿子痛哭了一场。谁不心疼儿女？陆澜没有父母疼，老齐疼他。只要今后恢复他的职务，赋予他权力，他就要保护这些无

辜的"黑崽子"。

老齐早就怀疑这场莫名其妙的"大革命"。第一次被批斗后，他怀着莫大的委屈去找他的老首长、云南农垦总局的头儿苏隆冬。老首长了解自己的警卫员齐正华。齐正华救过老首长的命，苏隆冬也为齐正华解过难。齐正华的第一桩婚约，还是老首长帮助处理妥帖的。齐正华去问老首长，我们究竟要认什么罪？向谁认罪？可是，老首长被关押着，日子比他还难过。老首长的妻子哭得死去活来，硬喊丈夫给造反派认罪，否则儿女们都得受罪。

第二次，老齐乘两派打派仗的空隙去找苏隆冬，老苏拿出厚厚一叠认罪书给他作示范，劝他紧跟毛主席，尽快转弯子。

第三次，划线站队开始，他又去找老首长，万不料，老首长正在作划线站队的动员报告。从此，苏隆冬成了有革命觉悟的老干部，支持革命派的正确路线代表。雷闯整老齐，就说是照苏隆冬的指示办！老齐骂雷闯，雷闯就扬言有老苏给他撑腰。雷闯他们一口一个老苏，好像他雷某是跟苏隆冬打天下出来的。苏隆冬那一个又一个报告，真是字字句句打得老齐心里痛啊！老齐奈何不了姓雷的一帮所谓"正确路线"代表，原本有他最敬重的老首长作后盾啊！

"嗨！——"汪飞不知从哪里钻出来，一把夺过老齐的锄头说："叫你协助协助，你就歇歇再做嘛，何必拼老命？我两只手都挖累了，你一条臂嘟个得行啰？"

老齐苦涩地笑笑。年轻人不懂得他呀！他不是为造反派作嫁，而是为橡胶园拼命啊！齐正华忘不了，那十七年前立下的誓言——

"我要使我的国家成为强大的工业国！我要亲手去建设祖国的工业原料基地。拿不出橡胶，我甘让西双版纳虎豹碎尸万段……"啊！我们的科长，时代的骄子！你赶上了第一个"五年计划"的建设高潮！省委机关的同事们，把他抛上天，又用鲜花把他淹没在欢送的人流中……

告别了，省委机关！再见了，美丽的春城！二十二岁的齐正华，带着十二个勇士踏上了征程。难忘啊，那个大雨瓢泼的八月；那泥潭没了大腿，激流漫过颈项，荆棘划破皮肉，陡坡上跌伤了筋骨的八天；那草笼中，树丫上，马圈旁露宿的八夜；还有那摔倒过几回，又迷失过几次的八匹马呀，全都为了那海南岛运来的八十株胶苗……

当西双版纳的大森林，第一次燃起创业的篝火时，我们幸存的十二勇士，却挖开了一个巨大的墓穴，三个被疟疾扼杀的小伙，安详地躺在那里。他们临终只求正华带来一双鞋，让他们的足迹印在西双版纳的土地上就瞑目了。当三个人和那匹活活累死的白马放进墓穴的时候，正华领唱起一曲悲壮的歌："……这是最后的斗争，团结起来到明天，英特纳雄耐尔，就一定要实现……"

啊，这位业余合唱团的团长，还未曾作过如此动情的演唱！

"不要说我们一无所有，我们要做天下的主人……"歌声震荡着沉睡千年的原始森林，响彻了西南边疆的山山水水。九张被虎豹印上爪痕的脸，横流着激动的热泪……

没辜负那三条年轻的生命！九个人三年的日夜苦战，换来了一片绿油油的橡胶幼林。它向全中国宣告：西双版纳能够植胶！据此，中央批准成立了云南省垦植局。为建设中国第二个橡胶基地，千军万马在西双版纳摆开了战场。那时候，民族同胞是拍手叫绝啊！他们夸共产党力大无边，治住了森林的妖魔，吓坏了逞凶的瘟神，连老鼠都抖着不敢出洞！那些因杀人欠命被"逼上梁山"的内地人，那些畏罪来此隐居的汉人，那些因犯罪发配此地的坏人，无不佩服共产党，赞叹共产党的好汉们！

可是，谁又料到，漫长的十七年，给我们共产党的创业者，设置了多少艰难险阻——

一条毒藤勒进他的左臂，一把钢锯截去了他的手肢……

一条钢鞭抽断了他的肋骨，造反派的气焰没有压垮他的精神……

不愧是边寨好汉们崇拜的硬汉！齐正华像大青树一样，深深扎根在边疆的土地上。从一个血气方刚的小伙，变成了满面皱纹

的"老头"！人世间的风风雨雨，到底没污染他心中那片胶林连成的绿海！个人身世的恩恩怨怨，到底没有撕碎他脑海里那张原料基地的蓝图！他坚忍执著的事业心，像原始森林的茅草，"野火烧不尽，春风吹又生"！

眼看这几十万人的云南生产建设兵团组建了，十多万朝气勃勃的年轻人奔来了，规模宏大的开伐战场摆开了，他怎能不激动不感慨啊！

过去的岁月，尽管曲折多艰，总还见胶林片片！今后的岁月，他将和这千千万万的年轻人一道，挖出那片绿海，绘成那张蓝图。

小伙子，你们懂吗？我不是为造反派卖命！

懂，刘放懂。是经过两年的艰难曲折才懂的。那把火，烧掉了他的"理想狂热"；芦花岛上，动摇了他的"革命信念"；瘟疫之后，他看到了空头政治的虚伪，开始抹去那些幻想的油彩，留下理想中最坚实最合理的内核，这就是一心一意创实业。他得引导自己的同伴往实处踩，往正道奔。

什么时候响了工间休息哨，刘放没听见。抬头只见人们纷纷向老齐靠拢。老齐笑呵呵地蹲在地上"呼噜噜"地吹水烟筒。

王连长提议，让老齐讲讲农场的路线斗争。独臂人却问大伙儿，知不知道有一种会流泪的树？

流泪的树？夏莉觉得挺有人情味儿。

婷婷纳闷，她可只见过害羞的草。

老齐吐出烟圈，开始讲那种怪树的故事——

"从前，有个印第安人去森林砍柴，发现了一种三叶树，只要碰伤树身，它就会流下乳白色的泪滴。砍柴人觉得这树通人性，便拿出茶碗接起来，想拿回去让乡亲们看看。突然，天下大雨，他端起'白泪'就走，不料一跤跌倒，那'伤心泪'泼满他双脚。跛回家后，老感到脚上紧绷绷的不舒服，搓搓揉揉，竟剥下层淡黄皮壳。他左看右看，装上水，居然一滴不漏。第二天又下雨，砍柴人灵机一动，把皮壳套上双脚当了雨鞋。橡胶树对人类有用，这就是印第安人的伟大发现。砍柴人把这秘密告诉别人，人们又用它做成了橡皮船，航行在亚马逊河上。往后，这'白泪'做的玩意儿越来越多，成了工业上不可缺少的原料。橡胶树便由野生变成人工栽培。迄今为止，植胶面积最大的是印度尼西亚，胶乳产量最高的是马来西亚。我们中国还差得远呐！小伙子们，祖国需要胶啊！工人老大哥眼巴巴望着我们送胶去啊！……"

刘放凝视着独臂人。来边疆两年多，到处是革命的声音。今天，他是第一次听人这么深情地谈论橡胶事业。莫非，"独臂人"就是老工人传说的那个第二橡胶基地的创始人？刘放急切地询问，老齐却摇摇头说："创建橡胶基地，要靠我们大伙呀！"

工地上又沸腾起来。人们恨不得一口气挖出几十几百个橡胶穴，让这一座座山栽满那流泪的树，而且要马来西亚600号、PB86、GT107等优良品系，让源源不断的"白泪珠"流进各大工厂！

小李子送来了午饭。她真麻利，几分钟就让人们饭菜到手。饿极了的人们狼吞虎咽，埋头"苦干"，只听得一片咀嚼吞咽声。一双双打满血泡的手，就像不理解肚子的苦衷，抖着不听使唤，勺子筷子老往下掉，饭到嘴边却送不进口，逗得人清口水直涌。夏莉捡起落地的筷子，胡乱抹抹又开吃。汪飞见状，觉得抓到了报复之机。

"卫生员同志，啷个不讲卫生了呢？那上面的细菌……"

"你不饿呀？"夏莉用筷子敲敲他的肩膀，"这么大碗干饭都堵不住你的嘴么？"

什么木薯糊糊、芭蕉芋头、油棕树心，人们只顾往嘴里送。鲁人吃得特别兴奋、快速。他那厚唇阔嘴，整日里吞着口水。见到食物，便垂涎三尺。也难怪大个儿，他从小就半饥半饱。妈没工作，闲在家中，为爸生下一大串儿子，都是些见风长的大块头。六张大口守着爹一个人吃，爹没法填满他们的胃袋。不过，喂不饱照样长，弟兄六个比赛着长高长粗。正长得无可奈何时，出路找到了——支边，既光荣又实惠。鲁人是老大，走远点也应该，农场吃饭有保障。没想到，农场也吃不太饱，每到下旬，鲁

人的神情就不对，喉结滑动频率猛增，放下碗筷总爱叹气咂嘴。婷婷和几个斯文女生，每月都得给鲁人凑上一二十斤饭票。大家也愿意为鲁人捐饭票，因为他决不白吃饭，他的劳动是顶呱呱的，农民出身的退伍兵赶不上他，有牛力气的洪涛自愧不如。洪涛的力量源泉是红宝书，鲁人的力量源泉是饭和菜。由于他格调太低，不善"讲用"，弄得王连长想树他这个劳模也树不起来。今天他创了个全营挖穴最高纪录，小李子暗暗给他多添了几碗饭。吃得鲁人左顾右盼，不好意思。但当他发现一贯斯文的夏莉也吃了六七两时，顿时不再为自己吃了两斤而惭愧。而且越吃越想吃，越吃越理直气壮了。人说泡姜开胃，在这里，全用不着！

不知啥时候，一只小猴钻进人堆，悄悄躲在汪飞身后，望着他的碗。婷婷见状，正要叫喊又突然缄口，七天前的误会还没消除呢——

那一天，连队去曼老林收包谷，是一队老工人刀耕火种的成果。当人们掰下那些发育不全的绿"娃娃"时，老青猴大摇大摆地走出来，和人们争夺胜利果实。

"哎呀，汪飞快看，猴子掰包谷，果真是摘一个丢一个呀！"婷婷只顾高兴地叫。

汪飞一看，老青猴奇丑无比。脸一沉便道："看不出来，人们都说你老实，还阴倒会踏褒人呢！"

婷婷愣了，没想到自己触动了"飞猴儿"的痛处，真是想解释也解释不清，只好低头缄口。

夏莉在一边笑弯了腰："'飞猴儿'，你心虚干啥？老青猴哪有你形象光辉？"这一说更是火上浇油，汪飞狠狠瞪了婷婷一眼，抓起个包谷向老青猴砸去："你倒会装正经！"

"装正经！"婷婷委屈得抹起泪来。

中午，人们烧嫩包谷吃，老青猴带着小猴来守嘴。婷婷抓了几个生的丢给它们，小猴蜂拥而上，与人们面对面啃着。

"猴儿吃生的，我们吃熟的。"夏莉从火堆掏出烧包谷啃给猴们看。

"返祖，原始人生活！"陆澜冷冷叹道。

"对了，汪飞，还生什么气呀？猴子是人类祖先，我们对老祖可没怠慢。你看，婷婷不是上供了吗？我们不过进化点，会用火。这点小区别都不满吗？你可教猴们用火，猴不都像你一样精灵么……"夏莉的哈哈感染了众人，汪飞的气和婷婷的委屈全让大伙给笑掉了……

今天，人们已没闲心去逗弄那只小猴。吃饱喝足，便像加大了马力的机器，又在工地上运转开来。

当太阳滑落在两山之间，晚霞辉映着层层梯田的时候，出现在人们眼前的，是摆放规则的堆堆新土，早晨那床厚厚的"绿毯"上，印出一条条黄褐的花纹，绣上了一朵朵黄红的花儿。人们迎着山风抹着汗，望着自己在大地上雕刻的杰作，心都醉了！

夏莉完全没听见收工哨声，还在那儿一个劲儿地挖，一锄锄泥土飞溅起来，顺着保护带往下滑落。

老齐正路过这里，忽然听见轻轻的叹息声。他转过去，只见一个人正趴在下层植胶带上，用铲子从穴里吃力地往外取土，黄泥覆盖了他的下肢，夏莉抛出的泥块还在往他身上打。

"别挖了！"老齐大声呵斥夏莉，跑上前去，一把抬起那人的腿。

人们围了过来，见那人面色惨白，依然趴在地上，目光异样地瞪着老齐，面部肌肉不住地掣动。

"你给我回去！"老齐大声吼道。

他索性回头，继续用铲子取土。

老齐走上前去，一把夺过他的铲子，猛地丢得老远。

大伙呆了，只见那怪人疯狂地吼着："你走开，你们都走开——"吼罢，一头埋在土里，肩背不住地抽动。

夏莉负疚地扒开他身上的泥土道："对不起，真对不起！我不知道下面有人！"可是泥土打在你腿上，为什么不动一动？不喊一声呢？夏莉疑惑不解。

老齐蹲下来，抱起那怪人，让他靠在土坎上坐着。只见他前胸、膝头的衣裤全磨破了。此人国字脸，大眼睛，鼻梁挺直。原本是个刚硬的年轻人。

"你这是为什么……"老齐重重地拍打着那人的肩膀："你，回去吧！"人们看见，两滴泪珠爬上了老齐古铜色的脸。他蹲下来背对那人："走，回去！"

　　人们推开老齐，鲁人上前背起那人就走。

　　"这瘫子，怎么跑来的？"

　　"爬来的。"老齐面孔铁青地回答。

　　"来干什么？"

　　"挖穴，种橡胶。"

　　"他怎么瘫了？"

　　"唉……"老齐使劲甩着独臂，无言地挖着土。

　　瘫子被送走了。老齐却一直阴沉着脸。人们默默地注视着他。突然，他"哇"的一声蹲了下去。刘放看见，老齐脚下，有一团红彤彤的东西，散发着浓郁的血腥味儿。他冲上前一把扶住老齐，两人如注的汗雨，撒落在那摊鲜血中。

　　"老齐！老齐！"刘放认定独臂人就是拖着八十株胶苗，怀着一腔热血来西双版纳的那个省城小伙！老齐的身子瘫软下去，而刘放的腰背却挺了起来。他感到，自己的理想、抱负找到了一个最坚实有力的支点！

六 绿衣仙子

老齐躺在刘放床上，夏莉来给他打针。话头又扯到那个神经质似的瘫子身上。

老齐长叹一声："我对不起老排长，对不起大姐呀！"一种深深的内疚揪着他的心。

齐正华十五岁那年，二十五岁的大姐从乡下来部队找他，说妈让他俩完婚。齐正华吃了一惊，他还是个大孩子呀！小时候是大姐逗他背他，给他洗尿布喂羹。虽说大姐是齐正华的童养媳，正华却一直把她当成亲姐姐依赖。现在要正式结婚，当自己的老婆？齐正华羞得躲了起来，弄得大姐狼狈不堪。老团长苏隆冬见状，就把大姐介绍给了齐正华的老排长，老排长与大姐相亲相爱，第二年就生下个胖小子，这就是柳华。

不幸的是，老排长在朝鲜战场上牺牲了，留下孤儿寡母生活得很艰难。齐正华觉得对不起大姐，决定做小柳华的继父。可是，大姐拒绝了。她要让自己亲手带大的小弟弟找一个好闺女。大姐一个人挑起了生活的重担，供小柳华上学，从来不要正华的接济。后来，正华说服了大姐，让初中毕业的小柳华参加了昆明垦荒队。齐正华亲自到昆明，把垦荒队和小柳华一起接到了农场。那时候，小柳华闪着一双大眼睛问他：

"齐叔叔，这里的山全都要种上橡胶吗？"

"是的，我们要把它变成橡胶园！"

就为了这句话，柳华豁出了自己美好的青春年华。他从小说

迷变成了劳动模范、割胶能手，成长为一个能干的生产队长、优秀的共产党员。不料，1966年的"革命"烈火烧到了他。说他是走资派齐正华的黑爪牙、干儿子。于是，人们像避瘟神一样躲开他。柳华一个人躺在茅棚里发烧两天两夜，爬到小溪边找水喝，晕眩中，掉进了冰凉的溪水。高烧退去，他的腿却不能再站立。柳华绝望过、自杀过，齐正华曾想送他回昆明疗养，但柳华坚持要留下。不能到工地干活，他便半躺在床上，为队里搓了数千条草绳，打了万张草排。一双手都变得畸形了……垦荒队的同伴们称他为"活着的保尔"。

夏莉不禁对柳华肃然起敬，此时此刻，她更加坚定了在医院里萌发的那个信念，当医生！让这个活着的保尔成为她的第一个病人。

柳华躺在竹笆床上，失神地望着那明镜似的"天窗"，一朵白云棉团似的缓缓滚来，一缕白云又游丝般的悠悠飘去……

又是一片蔚蓝而空旷的天……柳华久久地凝视着、遐想着……他仿佛听见，远处传来他开山的炮声；仿佛看见，野地里他点燃烧荒的烈火；还有他种下的一片片翠绿的胶林，收割的一碗碗雪白的胶乳……他常常仰卧在亲手开垦的植胶带上，也像这样久久地凝视着、遐想着。那时候，他多么愉快，多么幸福啊！半坡的徐风，吹干他浑身的汗水；高远的天际，带走他劳动的疲惫。"柳华——快——追上来——""齐叔叔——看我的！"那时候，他跟着齐叔叔是那样自由地奔跑在工地上，又是那样自在地挥舞砍刀，左右开弓地干呐……

还有那大森林里，也是偶尔露出这么一块明镜似的天窗。天窗下，他常和齐叔叔同伐那些百岁老树，拉锯声在森林里回荡，他们静静地听着，就像欣赏贝多芬动人的田园交响曲，谁也不肯破坏那美妙的情致。喘不过气了，便停下来，敞开湿透的衣裳，让森林的凉风尽情地吹啊、吹啊！歇得寂寞了，便放开喉咙，吼上几句自编的歌，让那悠远的回音来平息心跳，调节气息，疏通血脉；饿了，一把青椒、半把白盐、几枚黄包谷、一堆红野火，便美餐一顿；暴雨来了，就像猴儿一样跳上大树丫，躲进密叶丛，或是钻进那些千年老树的空腹中；闷极了，又跑到雨坝淋得周身透凉；雨过了，脱下长衣长裤，拧上几把甩到草笼上，穿着小裤衩又开干，任凭那烈日晒掉一层又一层皮……

那时候，他有腿，有一双石柱般的腿啊！他不但能主宰自己，还能主宰大森林！征服大自然！创造一个新的世界啊！

可现在，他只能久久地仰天凝视……

当他憋住心中的哭泣，再次睁开眼睛的时候，一只美丽的小鸟，正在白云间自由自在地飞翔。啊！小鸟，柳华也曾像小鸟一样在蓝天翱翔——

那是1954年的春天。小柳华站在绝壁千丈的龙门上，面对滇池，他的心多么开阔！多么激动啊！

"五百里滇池，奔来眼底。披襟岸帻，喜茫茫空阔无边……"小柳华高声朗诵着，只见那宁静的湖面，宛若一张绿绸，被习习的清风微微吹皱；又如一块碧玉，晶莹、光润、剔透。雨后初晴的空中，飞起一道长虹，与那水中的倒影连接成一个五光十色的绣球，在"绿绸"上轻轻弹跳，与"碧玉"相映成趣。

湖上白帆点点，沿岸杨柳依依。西边耸立绝壁的龙门，像渴恋的小伙望着心上的姑娘，北边恬静安闲的"睡美人"，像热恋的姑娘躺在情人的怀抱。一只只白鸟，在湖面上追波逐浪，在白帆间翻飞闪亮，为这静美的画面增添了跃动的生气！

"莫辜负，四围香稻，万顷晴沙，九夏芙蓉，三春杨柳……"是的，小柳华没有辜负这美好的春色，没有辜负父亲的遗愿，没有辜负齐叔叔的苦心培养……

可今天……他喘着粗气，任凭那青春的热血在胸中奔流，他要飞，继续飞啊！他猛然使劲，下半身却一动不动……他闭上双眼，两颗泪珠落在枕头上……

医生们一个个摇头而去。

同伴们一个个抹泪离开……

没救了！真没救了？！

不！不！他不相信，他不愿意相信！

失望压不住希望，希望又战胜不了失望。二者在心中像两个摔跤的人，时而你压倒我，时而我打翻你，长久相持，难分胜负。

他累了，迷迷糊糊地进入了梦乡——

在那高高的天宇，他像一朵白云，悠悠地飘着，飘着；又像一只雄鹰，自由自在地飞着，搏击着……

他飞到了滇池上，看见了西山龙门……

突然，"雄鹰"翅膀折断，身子失去平衡，从"白莲"上往下跌落，沉沉地向滇池坠去，"雄鹰"心急如焚，凭着那幸存的一只翅膀奋力搏击。

眼看就要落水罹难，却见湖面一朵雪白的睡莲吐蕊展瓣，从中跳出一个美丽的绿衣仙子，微笑着，向他伸出援助的手，用那轻盈的长袖，在他折断的翅膀上一抹，那裂痕顿然消失。"雄鹰"又展开双翅，奋力飞向云间。

飞累的"雄鹰"落到实地，漫步在滇池湖畔，他感激地望着仙子消逝、睡莲合眼。"雄鹰"迈开大步，兴奋地奔跑起来，他跑到了南疆，跑向垦荒的工地，跑向胶林……跑啊跑啊，突然，他双腿一软，栽了下去……

柳华惊醒，满身大汗。双手紧紧压在胸前。

啊！原来是梦，站起来——真是白日做梦？

他拖过毛巾，正擦着额上的冷汗，突然听见有人敲门。

一个淡绿色的身影出现在门口，那衬衣，绿得像刚刚抽出的橡胶嫩芽。

"你？！"柳华有些诧异。

"嗯，我，八连的夏莉。"她像个顽皮的孩童自我介绍道。

"你来？……"

"可不是再来埋腿的！"

"……"柳华避开夏莉那热情诚挚的眼睛，目光落在她背着的红十字药箱上。

"你是医生？"柳华的目光有些逼人。

"哦……不，不是……"夏莉感觉自己像个玻璃娃娃被人看穿了一般，她从来没遇见过这种蔑视的目光。

"那你来干什么？"柳华冷淡地反问。

"你……你的腿……"

"我的腿？治腿？你？"柳华冷笑道："你别给我开这样的玩笑！"

夏莉的脸由红变白，由白变青。她知道自己不具备治腿的医术。但是，"我是真诚的！"

"真诚的玩笑更可怕！"

"你！……你怎么这么看不起人？！"

夏莉的一腔激情被柳华泼来的冷水浇灭。她含着委屈的泪花转身离去。

"小夏。"老齐正提着烟筒迎面走来。

"老齐……"

老齐一看她这神情，便知是在柳华那里碰了钉子。不由分说，他拉着夏莉就往柳华屋里拖。

走进门去，柳华还在怪笑。老齐生气地走上前去给了他一巴掌，柳华的笑声戛然而止。他望着老齐铁青的脸，老齐望着他麻木的腿。从芦花岛回来的当晚，老齐到他床前，也是这样呆呆地望着他的腿。一声"齐叔叔"喊得他心疼啊，老齐用颤抖的独臂抱住柳华的双腿。泪水打湿了他密密的胡茬……他希望柳华能够重新站立起来！他想到过雷医生，可从未想到让一个黄毛丫头来救柳华的腿。

"你给我老老实实地接受治疗！"

"接受她的治疗？你……老天真！"

"不许你胡说！"老齐嘴里嚷心里明白，他平生做事没这么缺乏理智过，细想起来也确实天真，大医院判了死刑的腿，能在黄毛丫头的手上复活吗？

"试试吧！"他对夏莉说。

"试吧！试吧！我要让你们承认我！要让你这个怪物服了我！"她默念着提走了药箱。

070

老齐追出来：“怎么治？”

夏莉拿出小银针：“用它！”上中学时，她望着叔叔把那些头痛腿痛的人扎笑了起来，觉得挺有意思。跟着叔叔学了一阵子，又觉得没什么意思。这几周来，她又弄起了这小玩意儿。叔叔寄来一些资料，说是用银针治疗瘫痪病，古代就有人尝试。几个名医分析认为：从针刺疗法的历史和现状看，治好他这种状态的截瘫是有希望的。夏莉告诉老齐：“人体有十二条经脉，经脉之间又有无数络脉，经络系统气血运行，可控制人体各个脏腑组织的功能。经络受阻则功能失调，用银针能扫清障碍，疏通气血，增加血液中的白细胞指数，促进肌体功能恢复……”

老齐的眉头渐渐舒展开来，没想到，这丫头不只会唱歌跳舞，还有满腹医理呢！

夏莉口若悬河，滔滔直叙：“……下半身就有百多个穴位。其中，经过人们尝试，主治下肢瘫痪的穴位就有二十个左右。如果找准穴位，下针深浅适度，捻拨得当，疗程适宜，对于恢复下肢的功能，是可能见效的。”

“别说了，明天就开始。”老齐简直如饥似渴，就像久病的患者，又找到一位新的大夫。

夏莉宿舍的小灯已添了三次油，小银针，已扎弯了三五根，腰背上到处是小针眼大血痂。叔叔在上海遥控指挥，她在静夜里付诸实践。她一定要在自己身上找准穴位，掌握要领，练就腕力，她不能让那个怪人小看自己。

第二天，老齐陪夏莉来到柳华床前。

腰部，十七椎下穴位。

当老齐掀开柳华的衣服，把赤裸的腰背露给夏莉时，柳华下意识地抓过棉被捂住身子，夏莉有些尴尬，心中荡起一层涟漪，但她很快平静下来，把银针扎进了柳华腰间。

她开始了第一个疗程，每天八里山路，往返于八连、二连之间。

那姓齐的和姓夏的小妞儿怎么老往瘫子屋里跑？这是什么新动向？雷闯警惕起来，柳华是齐正华的干儿子，肖老头是齐正华培养的黑典型，还有那个炮头儿"炉火旺"都在二连，现在又来了个小知青。才从芦花岛出来，又想集结势力向无产阶级反扑吗？于是，雷闯叫二连的大彭，好好监视，有阶级斗争的新动向及时报告。

　　这大彭没有文化，也没有政治觉悟。对老场长齐正华，他原本是信得过的。老齐搞定额管理，他大彭就能从"防牛沟"里"挖"出单车；老齐动员发展家庭副业，他大彭就能养上一帮"海陆空"，想吃肉有猪杀，猪肉吃腻了有鸡鸭。"文化革命"一来，批判老齐走资本主义道路，也割了大彭的资本主义尾巴，把他搞得单车坏了没钱买，想吃肉不敢喂鸡鸭。那雷闯着实没给过他什么好处，而老齐呢，确实是没有哪里对不起他大彭。只因为他与肖家有世仇，对喜欢肖老头的老齐才起了戒心。这一次，他又撞上了运气，站过去站过来，居然站到了正确路线一边。那么，正确路线的代表雷闯要他干什么，他当然得认认真真地干。因为雷闯有威风，能制服肖家。至于柳华队长呢，是个好小伙，特能吃苦，也看得起他这老农民。那年老母去世，柳华队长还悄悄给他湖南老家寄去一百元钱。只是因为柳华偏偏和老齐、老肖是一边的，弄得他简单地"以肖划线"，老也划不分明谁好谁坏。夏莉给柳华治腿，他也高兴。这崽从小没爹，年纪轻轻就瘫了，能医好当然是好。所以，他时不时塞给夏莉几个菠萝什么的。不过，大彭也多长了几个心眼，老对夏莉讲肖家的坏话，希望小夏站在他们彭家一边。同时，也来观察观察，柳华这小屋里有什么阶级斗争新动向。

　　可怜大彭一番苦心呐，他怎么也看不出夏莉、老齐有什么政治目的。

　　肖老头呢，见夏莉要给柳华治腿，乐得合不拢嘴，他用那打满硬茧的手拉着夏莉说："好妹子呵，柳队长的腿就靠你啰，他为橡胶出过大力呀……"老肖常常喊他老婆、女儿来照顾夏莉，

时不时地端来碗面条，送来碗咸菜。冷了，把闺女舍不得穿的新衣服送过来。除了这些，老肖还忘不了一点，每次都得港（讲）几句彭家的坏话，打开话匣就从彭家爷爷控诉起，他不知道肖彭两家的世仇算不算路线斗争。

那一天，大彭端着一碗鸡蛋给夏莉送来，门半掩着，他惊奇地发现，夏莉正在解柳华的裤带，柳华猛地把她推倒在地上。妈呀！这女子不正经！他"咚咚咚"地跑去向雷闯汇报新动向。雷闯想，扎腿当然得解裤带，这大彭呐，满脑子封建思想，就差阶级斗争这根弦。转念又一想，阶级斗争出来了，把那姓夏的搞臭，走资派纵容知青乱搞男女关系，破坏毛主席上山下乡的革命路线，这不就上纲上线了吗？

于是，夏莉作风不好的舆论造出来了。夏莉去二连，那些和蔼可亲的老妈妈老嫂子对她变了脸；回八连，大伙儿用异样的眼光盯着她，特别是苏生的眼光真让她受不了。

她委屈啊！疲惫地奔波了一个月，扎了一个月，柳华双腿没有半点反应。说她作风败坏的舆论却反应如此之大。

回想一周前的那个晚上，柳华对她说："小夏……取出来吧！"说这话，柳华的苦泪也在往肚里流啊，真的没希望了吗？

夏莉痛苦地拔出最后一根针头，一滴晶亮的泪珠，不偏不斜地滴在那细小的针眼上。

"你，别来了！"柳华侧过头去，再没望她一眼。

夏莉呆呆地站在床前，久久不语。可是，她心里那个夏莉却在说："你以为我像世俗的弱女子，只知道面对困难垂泪，只会用泪水宣告失败吗？不……"她抹去眼泪，走出了房门。

第二天，发着高烧的夏莉又出现在柳华床前。当柳华感觉到她手滚烫时，决定要让她罢手死心。当夏莉掀他的衣服、解他的裤腰时，他粗暴地推开了她，脸上又是当初那种古怪的神情。

夏莉不知道，这一情景被大彭看见了。她想不到，大彭会说她不正经；更想不到，会闹得满城风雨，不仅是人格的侮辱，还涂上了政治色彩。

"……这年头，谁不想捞点资本？有了政治资本，就有了一切，这是现实告诉人们的真理。"说这话的，是那个根本不了解她的秦大军。

"哎呀，我不想要什么政治资本。吃好就行……"汪飞坦率地说。

"人家像你这馋猫？别人要的是成名成家、飞黄腾达……失败了，病人遭殃；成功了，她名扬天下……"

"……人家也是番好心……"鲁人反驳道。

"好心人？！我看是个'有心人'！人家大彭亲眼看见的，硬去抓扯人家瘫子裤子……"

"一箭双雕啊！"苏生说得很沉重。他觉得有些酸，他心中那么圣洁的偶像，他苦苦追求而得不到的人，竟会对一个瘫子那么下作……

回到八连，风言风语传到了夏莉耳朵里。什么"敲门砖"，什么"投机分子"，什么"政治资本"，她都不在乎！可是，"有心人"、"一箭双雕"、"抓扯裤子"的侮辱，她却怎么也忍受不了！……没有人理解她，她委屈，她冤枉啊！她一口气跑回宿舍，关起门来放声大哭。哭自己的努力付诸东流，哭自己的清白涂满了污迹。

天黑了，她一个人向连队后面的小路走去，孔雀山巨大的阴影，覆盖了整个曼波山脉。它像一块巨大的石头，沉沉地压在夏莉心上。第一疗程失败，柳华推开了她，大彭中伤了她，苏生、小秦的话仿佛随着孔雀山一起压了过来，什么"有心人"、"一箭双雕"、"抓扯裤子"，就像一盆盆污水，劈头盖脑地向她泼来……她只觉得前面总是山，重重叠叠的山挡住了视线；脚下的路，也变得坎坎坷坷，铺满荆棘，没有尽头……

不知过了多少时辰，月亮从孔雀山顶露出脸来。夏莉倔强地抬起头来，想让那高高的孔雀山，滔滔的澜沧江，幽雅的傣家竹楼和竹楼上那悠扬的箫声驱散那些恶语的侵袭！她快步走着，就像要躲开那劈头泼来的污水，挣脱那些恶语织成的黑网。可是，当她气喘吁吁地停歇下来时，那些魔影又缠住了她……

前面已断了去路，夏莉来到了山崖口，下面是滚滚的澜沧江。

江水哗哗流向远方。"它有始终如一的目标，从无遇上暗礁就回头的时候！"老齐的话，此刻又在夏莉耳边回荡。像一把梳子，梳理着她烦乱的心绪。她深深地吸了口气，强迫自己镇静下来，从茫然的精神境界中解脱出来。她抹去泪水，放眼望去，只见月光下，江水闪着银辉，在寂静的幽谷中发出巨大的回响，这才是大江的气魄，一种勇往直前、执著追求的气魄！

"小莉！"夏莉惊奇地回头张望，见是陆澜，忍不住眼泪夺眶而出。

"别哭了，不值得！"陆澜望着远方，心中喃喃道：小莉呀小莉，尽管你聪明能干，可你太不通晓"人生哲学"，你太不理解"政治斗争"！在这政治统率一切的人世间，多少人的心理、言行都纳入了政治目的的支配之中！你虽清清白白、纯洁无瑕，可那些政治嗅觉灵敏的人们，怎会相信你是在无私地为别人着想？他们常常"以小人之心，度君子之腹"，认定你是"吃小亏占大便宜"，把病人当作青云直上的阶梯。你不清楚大彭后面的人，你不知道靶子是射向谁的，你想过吗？支持你的是那个"走资派"，你的病人是那个"走资派的黑爪牙"呀！……

"看过韩愈的《原毁》吗？'事修而谤兴，德高而毁来。呜呼！士之处此世，而望名誉之光、道德之行，难已！'"陆澜深情地望着夏莉："别哭了！屈原、韩愈、柳宗元、陆游，这些大文豪都要遭诽谤，何况我们这些区区小辈！……"

夏莉点了点头，渐渐停止了哭泣。

"你不是一向信奉'我行我素'吗？走你的路，让别人说去吧！"陆澜从兜里掏出一本书来，"你看！我没忘记你想当医生，也想救救老齐的……儿子。"

"《针灸治疗手册》！"夏莉惊喜地夺过来。

"啊……谢谢你！"她望着陆澜，泪珠又涌了出来。

七 云南"十九怪"
——"西双"猪

　　孔雀山脚一夜之间冒出一幢小茅棚，是"懒猴儿"汪飞用工余时间打的草排，由秦大军组织一帮男生盖的。茅棚落成那天晚上，十多个男生齐崭崭全刮了光头。茅棚门前挂出了"和尚庙，女人免进"的招牌。十多个"和尚"盘腿而坐，闭目合掌，还真像在念经，只是没有烧香、撞钟。虽说那年月买不着香，一盏小油灯，照样有空山孤庙苦寒僧的味道。"长老和尚"秦大军对"和尚们"说："弟兄们戒斋已久，一年来，没沾点儿油荤，大家就清心寡欲，摒弃尘世杂念，扎根大森林做一辈子和尚吧。记住：谁想女人，就开除谁的庙籍！"

　　女生们闻讯，一下子议论开来。

　　"他们要当和尚，咱们当尼姑得了！"

　　"盖尼姑庵！""洋马"高叫道。

　　大家一致推选"洋马"做尼姑头儿，可要盖尼姑庵，哪有劳动力去砍木料打草排？"和尚们"又不沾咱们女人的边儿，只好暂将"洋马"的宿舍改称尼姑庵，招牌如法炮制："尼姑庵，男人免进。"

　　"洋马"就是钟琴。虽说也是"小四川"，个头却高大，在校是女篮中锋，长得白净、水灵、丰满，而且又洋气，因而被人们视为一匹高大漂亮的东洋马。

　　"洋马"一出任尼姑头儿，便胡乱地剪了个男人头。"男人头"顶在她头上，反倒更好看，像个英俊少年。当然，她不曾想

到若干年后，这样的"男人头"会成为最时髦的发式，而她"洋马"还是领导时代新潮流的先锋！

"洋马"剪了"男人头"，又带头束胸。"尼姑们"每晚在油灯下缝紧身衣，把乳房束得越紧越好，只要憋得过气来就行。束成一个平板胸，跟男人一样更好。脸蛋呢，要尽量晒黑，脱了草帽烤。腰呢，要拼命放粗，衣服要大得不显胸腰，裤子要大得不显屁股。上面正方形，下面长方形，把女人身子的曲线统统给掩起来！"尼姑们"拼着比着赛着，看谁把曲线美和女人味儿扫荡得最干净！彻底清除女气，免得招惹男人、想男人。

"洋马"反复向"尼姑们"重申戒律："谁再让家里寄油寄肉，谁要再想男人，粘男人，就开除'庵'籍！统统枪毙！"她激动起来就乱栽了一句结束语，把"尼姑们"吓了一大跳。

这天早上，汪飞不去"早请示"，却跑到"和尚庙"盘腿合掌，闭目静心。哪知"飞猴儿"的心是片刻也静不下来的。他从小就有多动症，一会儿想肉，一会儿想油，一会儿想……好像是女人，只是这想法不很明确。

突然，听得猪圈里老母猪叫，他拉伸盘腿就往猪圈跑，他实在太想肉了！

跑到猪圈一看："麦麦闪咯！"他惊喜地回头大叫："哎——快来看呐，母猪下崽崽了——"

正准备向"红太阳"作"早请示"的人们，拿着红宝书，到猪圈里来"请示"了！连同那些发誓不沾油腥的"尼姑和尚"们。

只见那老母猪屁股下面一堆粉红的肉团儿。汪飞一数，整整十二头。

"他妈的，一屁股屙出了一个'西双'！"十二不就是傣语的"西双"吗？汪飞高兴得两眼发光，人们从"懒猴儿"的眼睛里，还是第一次发现光泽。

小李子刚刚打了猪草回来，浑身被露水湿透。王连长挤到小李子身边，高兴得直搓手。他叮嘱小老乡：一定要按照四川的办法养笼子猪儿。王连长是四川省合川县农民。参军前帮妈喂猪，喂得肥溜溜一头头的。可是每到年关，爸杀了猪就全部熏成腊肉。合川腊肉真香得他流口水，忍不住就偷嘴。老爸只要在肉上发现了牙齿印，不问青红皂白就给他几个耳巴子。他眼睁睁地望着腊肉卖到了重庆城，自己家里只能吃点肠肠肚肚。没办法，不卖腊肉，家里就没钱买盐置衣，王连长深知农民的甘苦，吃穿都很节约。吃饭一粒不漏，穿衣疤上重疤。路上见颗锈铁钉也得捡起来，至于用不用得着他不管，反正东西不能抛撒。有一次，汪飞问他，小时候唱过"路边有颗螺丝帽"没有，王连长不知他打啥子哑语，照样路遇什么捡什么。在部队，王连长研究科学饲养法，成了"活学活用"的标兵，很快提了干，但又很快转了业。人到三十还成不了家，合川那个妹崽硬不想到这里来。这番苦衷，他给小李子说过，他觉得小李子勤快、诚恳，家在重庆，挨着合川，以后回趟家，也好……也好什么不很明确。反正，他得帮助小李子把这窝猪儿喂好。

"小李子，你要把它们喂得像猪八戒哟。"家乡人是饲养员，汪飞觉得自己站在猪圈边也有光，他扳着指头算：一月元旦节，二月春节，三月春耕，四月抗旱，五月劳动节，六月大会战，七月忙中耕，八月中秋节，九月闹秋收，十月国庆，十一月备耕，十二月吃团年饭。十二头猪，正好月月有肉吃。他仿佛忘记猪儿不可能轮流长大，也忘记了他发誓要吃斋。反正月月有肉吃，比什么"月月有晚会，天天有歌声"实惠得多。

经他这一说，鲁人的喉结又加速运动，口水不住地吞。他原来只想吃饭，现在也想吃肉。想当初他饿极了，又不好意思找女生要饭票，曾悄悄地来到猪槽前，把那芭蕉心抓来吃了，现在，可不能再与老母猪争夺食物了。要吃肉，就不能再吃潲。想着想着，他又吞了一下口水，舔了一下厚唇。

"这老母猪还真行。"洪涛想起年前买猪时，和连长还争过一番。看样子，这猪又瘦又老又脏，卖猪的傣族汉子在它背上剪了个数字，标了价，免得和汉人讲价钱听不懂。剪出的肉背上糊着厚厚一层黑壳。洪涛说，这样子难看，不要。王连长却一锤

定音："买。"原因是价钱便宜。买回来，小李子给洗得干干净净，喂得油光水滑，现在又下了十二个崽，证明王连长会看本质。这件小事，说明连长艰苦朴素、勤俭节约，看问题会抓实质，这正是工农兵的优秀品质，值得自己恭恭敬敬地学。洪涛想，要与工农相结合，彻底改造世界观，这件事就大有文章可作呀。

其实，在精打细算、厉行节约方面，洪涛是早就具有工农本色，延安作风发扬得很不错。他从不叫家里给自己寄吃的东西来，从不转自由市场；馊了的饭他照样吃，硬了的馒头照样啃；长裤穿破改短裤，草帽破了不再买；每月要给家里众多的弟妹寄钱。男生说，一分钱在他手里能捏出水来。

汪飞真服了洪涛。就是那次买猪，大伙儿想吃肉，馋得慌，看着老傣卖鸡，汪飞提了一只，一称两斤二两五，不到一分钟，洪涛作出了反应："算了，另提一个。"为什么呢？因为他算出来了，要付四元八角五分五厘，四舍五入要吃亏。于是，重提了一个，能占六厘的便宜，他说："行了。"尽管这只鸡太瘦，大家都不很满意。到掏钱时，汪飞说他没钱，不知是真是假。他看到洪涛兜里有，便不客气地从洪涛衣袋里掏了三块五。回来的路上，洪涛怄得一言不发，汪飞喊他来吃鸡肉，他不来——他心疼那钱，钱是他心上的肉，换成了鸡，鸡便等于他心上的肉，自己在自己颤抖的心上再咬一口，不是痛上加痛吗？他哪受得了！过了些日子，连里欢迎新战友，汪飞为四川老乡设"民间宴会"，大大方方拿出两个鸭蛋，在煤油炉上冲了一大锅蛋花汤，正要分碗，洪涛撞了进来，踢倒了汪飞门后面堆放已久的垃圾，不料因祸得福，扫帚下长着一朵拳头大的白菇。于是，香菇鸭蛋汤，见者有一碗，汪飞递给洪涛说："喝吧，鸡枞汤，去掉那个枞，就叫鸡汤。"这碗"鸡汤"才算平复了那只鸡留给洪涛心上的余痛。

洪涛不仅自己发挥延安精神，还让全连吃忆苦饭。小李子扯了几大筐"革命菜"，就是红军长征路过云南时吃的那种野菜。王连长和洪涛要让"革命菜"再立新功，让小知青吃出革命性来，结果吃得全连吐的吐，拉的拉。小李子试着给猪吃，猪的消化功能比人强，吃了长得还肥。这老母猪就是靠"革命菜"长出十二头小猪来的。

此时此刻，小李子乐得团团转。忘了回去换套干衣服，就忙着铺干草，劈柴煮潲。脸上汗水搅着草灰，痒，她就抓，抓得像只小花猫，只见两只黑眼珠子在滴溜溜转。那被晒断的头发，黄黄的，被露水凝成一股一股的垂在眼角。她赶走了像看猴戏般兴奋的人们，想让她的猪宝宝专心吃奶睡觉。俗话说："吃了就睡，边油巴背。"她自己呢，却睡不着，挑起担子又上了路，早饭、午饭全给忘了。

傍晚时分，当她挑着豆渣、木薯、芭蕉杆，气喘吁吁回到圈旁时，却惊奇地发现小猪少了四只，圈里一摊血浆一堆骨头。

她带着哭声叫来了刘放，只见那老母猪混浊而发蓝的眼睛里，射出恶狠狠的光。

是麂子？野猪？蟒蛇？或者夜猫子干的？可是骨头怎么又吐在圈里呀？老母猪会见死不救吗？

难道是老母猪自己干的？这怎么可能呢？！

不过，那头老母猪确实很凶。刚来时，小李子拧它的蒲扇耳，它发怒欺生，差点把小李子指头咬掉。怀起崽崽它就更恶，决不再与其他猪同圈。放出圈来，它不咬这个的耳朵，就扯那个的尾巴，实在霸道。

"很可能是老母猪干的！"小李子深感忧虑，这窝小猪崽儿，可是改善全连生活的希望啊！

"哎呀呀，云南真多怪哟！"汪飞不知从哪里冒出来的，他大谈特谈云南"十八怪"：什么火车没有汽车快，鸡蛋穿起卖，斗笠当锅盖，厕所半边盖，米线当作面条卖……

"去去去，你还在这儿高兴啥子？"小李子把汪飞推开，翻进猪圈收拾那堆残骨。

汪飞见状，也大吃一惊，一脸沮丧，看来有几个月是吃不成肉了。不禁气上心来，又骂起了"云南怪"。

"他妈的，怪事真多。姑娘叫老太，背起娃儿谈恋爱！"

"你滚不滚开？"小李子扯起扫把要赶他。

"听到，蚂蟥当腰带，蚂蚁当作下饭菜，走路提着鞋，吹火筒筒当烟袋，司机胜过当权派。今天还要加上你小李子发现的云南十九怪，老母猪儿吃崽崽……"

"死猴儿，你看见老母猪吃的呀？"小李子还是不敢相信母猪会吃自己的崽。"我看你这馋猫，三天不沾油腥就扯怪叫。"

"算了，老乡，我哪里不想猪儿喂肥嘛！你急、你愁也没法，我看呐，还是晚上守夜，抓到罪证再说吧。"

守夜，小李子不怕苦和累，其他方面也胆大，唯独害怕夜间出现青面獠牙的僵尸鬼，因为在家时，瞎婆婆老爱给她讲鬼故事。

夜幕笼罩了曼波山，刘放来到猪圈。

劳累了一天的人们，此刻都躺上竹榻，舒展四肢，香甜地进入了梦乡。

徐徐的晚风中，修长的凤尾竹像一排弯弯的渔竿，争着从灰黑的云山雾海里，吃力地钓出一轮明月。远山，镀上"银边"的幢幢竹楼，像一幅清雅的剪影；近处，撑着"绿伞"的望天树，像一柄巨型的蘑菇。

四处蟋蟀齐鸣，远方麂子凄啼。伴着"歌乐多"（西双版纳的夜莺）的领唱，野芭蕉手舞足蹈，挥起长柄打节拍，仿佛在指挥演奏一组月夜交响曲。

曼波山上，四幢简易茅棚披上了明月撒下的轻纱。草顶、木架、土墙、竹门，与这山水夜色水乳交融。

远处的缓坡上，依稀可见一层层新开垦的植胶梯田带，取代了昔日的荒草野林。褐色的植胶带面，像嫦娥撒下一条条轻柔的飘带，均匀地缠绕在山间。

茅棚前，香蕉只顾了拉杆，忘了抽叶，像尚未发育成熟的少女；木瓜树的枝丫中，挤着一团团鹅蛋似的小瓜儿；牛肚子果，还是一株小苗儿；才栽不久的菠萝，则像趴在地上的小草。夜风吹来，叶影摇荡，它们都像孩童般地捕捉着月影儿。

山脚下，一垄垄菜地布满星星点点的绿，那是上海的小白菜、葫芦瓜，四川的瓠瓜、丝瓜、茄子和本地小米辣、高笋、洋丝瓜。这块菜地是芦花岛遇险之后就近开辟的。这里原是峡谷中的一片沼泽，长年从两山坡上冲刷下来的表土腐叶，在这峡谷里聚集起一层厚厚的沃土。这土乌黑腐臭，带着野兽尸骨的腥味。此地还常年淤积着四面流来的污水，水面上浮着一层黄中夹红的锈液，锈水肥泥中，又长满了齐人深的野草。

有人说，这恶水恶土动不得，土里有麻风病毒，水里有血吸虫病菌，草笼里有瘴气！可是，为了全连生活，小李子冒险钻进污泥凼，从两山脚下取出蓬松的表土，与污泥搅拌后铺起一层松散的沃土。而后，挖沟排水，深翻晒土，耕耘下种，一口气累了几个月。

刘放和小李子望着月光下的八连家园，不禁感慨万千：

"小李子，多亏你了。那些果树、菜地，都是你领着后勤班干的呀！"

"不是你叫干的吗？"

是的，八连的家园，八连的事业，是浸着老齐的血，泡着刘放的汗，靠着小李子等人的双手开创出来的。正因为这一切，月光下的曼波山才显出它独特的美来。

这静美的夜，使最缺乏想象力的小李子也展开了联想的翅膀。她想起了山城的夜。爸爸在世时，曾经带着她和姐去枇杷山公园，从红星亭俯瞰山城，那灯的世界五颜六色、千姿百态，像灯的山，灯的河，灯的树，灯的楼。富有文学细胞的姐姐兴致勃勃地说，那里像"东海龙宫"，这里像"印度王冠"，还说那灯河流淌的朝天门，好似"南天门"，那彩灯密集的人民大礼堂，犹如"灵霄殿"。小李子不懂，也不善想象，只觉得山城夜景好看。可今天，这曼波山的夜色，才使她懂得了什么是美。

小李子的山城夜景，引出了刘放的"大世界"。小时候，刘放常常站在"大世界"楼顶上，观察南京路和外滩那花花绿绿的夜景。他被那五光十色的美景弄得眼花缭乱、心醉神迷，对大上海充满了神秘的幻想，他拉着妈妈的手说："我这辈子哪儿也

不去，守着'大世界'就够了。"可今天，他觉得那繁华的都市夜景与这西双版纳月夜是相形见绌了。因为他是"大世界"的旁观者，却是这曼波山的建设者。他爱曼波山，不像那只乌黑的大鸟盘旋片刻就匆匆离去。他要用自己的双手拿出蔬菜、猪肉、水果，去稳住伙伴们的心，缠住伙伴们的脚。不是"小人诱以利"，而是大事业需留人！橡胶靠几个人种不出来。那些时髦的蛊惑人心的"精神食粮"填不饱人们的肚子，壮不了人们的身体。他不能看着他的伙伴浮肿着躺下去，更不能看着他们抱病告别曼波山。

他们再次去看那些猪宝宝，只见那八个粉红团儿依偎在老母猪肚子边，老小九口相安无事。

"我一定好好喂它们，让你也少作难。"

"谢谢你，小李子！"刘放不觉有些内疚。这次评先进，营部硬不批李芳，说她政治觉悟低。自己作为连指导员，却没能使这些好同志获得应有的荣誉。

"你为什么没写入党申请？"他问。

"哦……哦……我不行，觉悟低……"小李子低头搓着满手的硬茧。

"不，你是干实事的人。你的手，不必用来写决心书、讲用稿；不必用来呼口号、挥红书。但是，你应当用它来写入党申请……真的！我们的事业需要一批忠诚的党员，像老齐那样的，像你……这样的……"

"我……能入党吗？……"小李子有些忐忑不安。

刘放深情地凝视着小李子害羞的脸，望着她那单薄的身子、瘦削的肩头和粗糙的手，不禁感慨万分。小李子的纯正质朴和勤劳，同自己的母亲多相似啊！刘放的母亲是个朴实的纺织女工，出生在一个贫苦的农民家庭。因为穷，家里需要劳动力，外公就嫌弃女儿。外婆生下的第一个女婴，是外公丢在粪凼里淹死的。外公用木棍把女婴按下去，婴儿的小手竟死死抓住木棍，好久好久才松开，外婆见状，哭得死去活来。妈一落地，外婆就哭，不肯再让外公丢进粪凼，可是外公说他养不活"赔钱货"。外婆含泪把女儿裸露在床前的踏脚板上，想让她干干净净地冷死，谁知这女子命大，哭了一夜都没断气，把外婆哭动了心，咬咬牙，顶着外公的臭骂，硬将女儿捡起来包上。喂到六七岁，就送给同村一家地主当丫头。妈妈被地主婆打得头破血流，浑身青紫。有个好心人见她可怜，便把她带到上海当了包身工。妈的命真贱，踏脚板上没冻死，地主婆手下没打死，当童工没累死。而且，苦水里，反倒泡出一个修长端庄的少女来，只是她眉眼总带着忧伤，爸说她有着黛玉式的病态美。

那一年，纺织厂闹工潮，复旦大学闹学潮。青年学生走向工厂，与工运相结合。学运中的头儿，喜欢上了工潮队伍里的"林黛玉"。于是，知识青年与工人结合了。解放那一年，生下个胖儿子。为了纪念翻身解放，她给孩子取名刘放，爸说，刘放有"流放"之嫌。妈说，那只有你们读书人才会联想。爸听妈的，尽管妈十分柔顺。小刘放长大了，爸爸给予他强烈的求知欲，妈妈赋予他质朴的品格；爸爸教给他广博的知识，妈妈造就了他宽阔的胸怀。小朋友之间闹别扭，妈从来都是让他先检查自己的不对。因此，刘放被培养成为一个品学兼优的乖娃娃，不愧是知识分子与工农相结合的优良果实。读小学时，"少年之家"设在他家院里；上中学后，他家又成了同学们的汇集点。妈妈常给家庭困难的小洪福一些关照，爸爸常给同学们补习语文。"文化大革命"来了，当老师的爸爸臭了，当工人的妈妈却更香。爸爸成了革命对象，妈妈却是革命领导阶级的一员。香臭混合，相互抵消，革命领导保护着革命对象，一家人也还平安无事。当刘放在爸爸的知识海洋里遇上狂飙，就躲进妈妈的港湾里避风。妈妈却要他走出避风港，紧跟伟大领袖闹革命。爸爸告诫他，革命可以，但不可整人。知识分子家庭出身的同学都羡慕他："知识分子与工农相结合太妙了。"

来边疆，他也是步父亲后尘，走与工农相结合的道路。当然，决不是找个农民或者农工结婚，更不是把小农的愚昧和劣根性都当作榜样来学的简单同化。这些日子以来，刘放一直在思考这个问题——什么叫与工农相结合？怎样结合？结合以后干什

么？老齐能不能代表工农形象？小李子能不能作为与工农结合的模范？如果不学工农的事业心责任感，不学工农坚忍不拔的毅力，不学工农脚踏实地的求实精神，不学工农诚恳正直的品格，难道去学夸夸其谈？学害人整人？学那些愚昧落后或表面的东西？他打心眼里觉得小李子应该当劳模做标兵，觉得营里的领导在指导思想上有偏差。作为小李子本人，对之没有半点不满和丝毫消极情绪。她拼命劳动，并不是为了做标兵当模范，她没想到要用汗水去换取荣誉，她只觉得好好劳动是兵团战士的本分。

夜风吹来，小李子有点儿冷，身子缩成了个小不点儿。刘放望着小李子单薄的身子，不由生出一股怜爱之情，立即脱下自己的外衣给她披上。

小李子愣了一下，把衣服紧紧地裹了起来。

一股男人的汗味儿，刘放的汗味儿，和微微的体温，像一道暖流通过她的全身，她的心突然"咚咚"地跳了起来。

刘放抱着胳膊，微笑着凝视她。

小李子踌躇不安，像突然意识到了什么，不好意思地脱下衣服要还给他。

"穿上！"刘放声音不大，却有些强硬，"就这样，像个小男孩儿。"他微笑着对她点点头，"真的，像捡哥哥大衣服穿的小弟弟。"

刘放这神情，一下子撩开了小李子的记忆——那是跟姐姐的同学到青城山串连的时候。她爬山总不知累，灵巧得像青城山上的小猴儿。姐姐同班那个姓林的男同学望着她说："真像个小男娃儿。"那时候，她确实小，十三岁，她觉得那个林哥哥很喜欢她，她也崇拜那个大哥哥，可是，那个大哥哥被武斗的流弹打死了。姐姐拉着她去开追悼会，下葬时，姐姐哭得伤心极了。那时候，她才发现姐姐也喜欢那个林哥哥。小李子没有哥哥，没有受过哥哥的疼爱。她十岁就像个小大人，不仅抚爱小弟弟，还照顾姐姐。她给予别人的很多很多，却很少得到别人给予的抚爱。得到了，哪怕是一点点儿，她都感动，都不安。

小李子深情地望着刘放，月光下，刘放脸上的花斑模糊了，鼻梁、嘴角和腮帮的轮廓却更加分明。在小李子眼中，刘放是个值得信任的大哥哥。

"真的，我很想有个哥哥！"小李子仿佛是自言自语。

"你，说什么？"刘放的心像被什么东西牵动了。

突然，猪圈传来老母猪的怪叫，一下搅乱了两个人的思绪。小李子迅速跑过去，打开电筒惊叫起来。只见那老母猪把一只小猪崽儿扯成血淋淋的几块，其他猪崽吓得躲在一角乱挤乱叫。老母猪望望小李子，旁若无人地咬住又一只小崽，前蹄踩住身子，拱嘴扯住耳朵，歪着头撕扯着，哼叫着。刘放拼命打它，它用后蹄蹬打还击。小李子抓起竹条，第一次狠狠抽打她的宝贝疙瘩。不料那凶残的老母猪越挨打越疯狂，越推它越是惊喳喳地怪叫。

刘放抓住老母猪的耳朵拼命拖，老母猪扯着小猪拼命撕。小李子抱起小猪往圈外放，老母猪竟用后腿踢小李子的手。

小李子急得没办法，看着老母猪撕扯小猪，痛得像在撕扯自己心上的肉。这时，刘放用血糊糊的双手，猛然抱起两百多斤重的老母猪直往圈外摔。

老母猪的嘴上滴着血，咬伤的小猪崽滴着血，刘放的双手滴着血……

小李子颤抖地擦着刘放手上的血，她那雪白的新手绢，顿时被染得殷红殷红，热泪像断线的珠子落在刘放手上。小李子捧着刘放的手，突然想亲亲它，想抚摸它，想要减轻刘放的疼痛……

八 最后一片落叶

　　初冬的夜晚，万籁俱寂。曼波山像极度劳累的人沉入酣睡之中。月牙儿悄悄躲进云被，生怕惊扰小青年的好梦。

　　八连卫生室里，一束弱光透出茅棚，颤悠悠的，像一叶孤舟，航行在黑沉沉的夜海。孤灯下，夏莉正拿着针头往自己腿上扎。自从得到《针灸治疗法手册》，夏莉心中就像揣着一团火，一刻也不得安宁。她在梦中进针、捻针、拨针、拔针。一针扎醒，往往使她联想出一串穴位："秩边"、"环跳"、"阴廉"、"风市"……她就像汪洋中的孤舟，在浩瀚的医学海洋里，艰难地寻找着能够通向彼岸的航道。

　　夏莉披上毛衣，在裸露的腿上依次进针。潮湿的冷风从门缝里灌进来，像一把把冰凉的刷子扫过她裸露的体肤，浸得她关节作痛，肌肤发麻。她呵了口热气，双手在腿上来回搓揉，稍有缓解，又继续扎针。既然有心救人，既然有志学医，就需付出代价，精神上的、肉体上的，她都心甘情愿地付出！

　　"阳陵泉"直刺，向胫骨后缘斜下进针三寸。顿时，酸胀感在小腿部扩散，……再直刺，沿胫骨后缘水平刺入，透"阴陵泉"三寸。瞬间，整个膝部酸胀难忍……斜刺，向后下方刺入两寸，一股电麻感向脚背放射而去……

　　柳华房间里，老齐气得面色发青。只听"砰"的一声，他独掌猛击木箱，一只玻璃杯"啪"地摔得粉碎。

"耍什么孩子脾气！人到中年了，还耍什么孩子脾气！"老齐怒吼着，两道目光直射柳华那张木然的脸。

"你不要这双腿，我要！我要——"他声嘶力竭地吼，声音剧烈颤抖着，"我要你给我站起来——"

真不知是谁在耍小孩子脾气！只见老齐眼里闪着泪花。

"……"柳华依旧木然地望着他。

"你哪里知道，她在自己腿上扎得血迹斑斑？！你哪里知道，她忍受了多少委屈？！你不知道，那个姓雷的造了些什么舆论？！你只知道任性斗气！"

"转告她，我，对不起她！"柳华转过脸去，眼睛潮了。难道他好受吗？难道是他任性拒绝医治吗？……

两人沉默了好一阵子。

"嗨！"老齐重重地拍着柳华的肩膀，喃喃道："我，要对得起老排长，对得起你妈呀！"

"齐叔叔，你没有责任！你别……"

"可我良心负债呀？只要有一线希望，我都要让你的腿……"

"别说了！回去休息吧，都半夜了！"柳华含泪推开了他那颤抖的独臂……

经老齐与二连指导员联系，夏莉暂调二连工作。

这天黄昏，夏莉洗罢脸上的黄泥黑灰，匆匆来到柳华房间，为刚吃过饭的柳华收拾碗筷，整理木箱上乱七八糟的东西。夏莉久久不敢正眼望望她的病人。

"上次我……"柳华又恢复了冷峻的面孔。

"别说了。"夏莉回头望着面带愧色的柳华，"谈谈你瘫痪的过程吧……"

一个新的方案产生了。

一个新的疗程开始了。

第一步，扎膝头穴位，她严肃地正告柳华："行针时，你必须好好配合。"

梁上穴，扎进一寸，没有反应，超标准进半寸，还是没有反应。

……再深一点，啊，不行，不能再深了。针尖会刺到股骨神经的……她停止进针，轻轻捻动，不时把视线转向柳华。

……如果情况正常，柳华应该感到胀痛，可他……夏莉又转动一下针尖，再轻轻拨弄。此时此刻，受针者应当明显感觉酸胀，而且这酸胀感应当一直扩散到膝关节。可是，他为什么……

夏莉还是那么认真地拨动着银针，柳华却仍然毫无表情……

像这种不问，也不需回答的行针，仿佛已成为"医生"和"病人"的习惯。夏莉为什么要去问他无法回答的"感觉如何"呢？而他又为什么要回答那句令夏莉难过的"毫无感觉"呢？

"酸吗？"夏莉忍不住还是要问。

"……"

"胀吗？"

"……"

"有感觉吗？"

"……"

"怎么样？！"

"老样！"柳华终于回答了一句使夏莉扫兴的话。

老样更要扎！夏莉坚持要走完这个疗程。

老样，为什么还要扎呢？柳华那本来就渺茫的希望再一次破灭，他躺在床上，彻夜难眠。

遐想中，柳华感到脖子里有个冰凉的小东西在蠕动。伸手拍去，只见一条"巴壁虎"从他指缝溜出，射到床沿，落到地上。再看手中，还捏着一截正在摇摆的尾巴。

这时，断尾壁虎早已爬上泥墙，正在它的同类中得意地窜来窜去。

这些小东西，满背黄色小粒鳞，褐灰色斑纹相间，白色腹面，爪子发达，动作灵敏。它四脚不离墙，却能将空中飞蚊吞进腹中。每到仲夏之夜，它们便爬满泥墙施展特异功能，颇受人们欢迎。哪怕钻进蚊帐，人们也不肯请这些"灭蚊天使"出帐。这些"小家伙"在危急时，能"舍卒保帅"，"丢尾顾头"，乘敌手抓住尾巴而得意之时溜之大吉。过不多久，新尾巴又长出来，再遇风险，又施故伎，以此防身。

柳华盯着这些"西双版纳特产"发愣。突然，柳华觉得指间有动感，原来，是那节冰凉的尾巴还在摆动不休。再看墙上，那断尾壁虎正在准确地捕食空中的飞蚊。

断尾巴离开身子这么久，神经还活着……我的腿，还没离开身子，神经系统就全部坏死了吗？

……算了，别再抱希望。人本不应该把前景想得太美好。希望值越高，失望越深，痛苦越大。人总爱这样自我折磨，自作自受！人啊人，你的伟大在于你有思想，而你的不幸同样因为你有思想！……

柳华狠狠地捶打着自己的双腿，长长地叹了口气。不再抱希望，或许就不再有失望，不再会痛苦！柳华毅然吹熄了微弱的灯光。他闭上双眼，脑海是一片偌大的虚空。虚空中，布满了断尾壁虎。

……它们断了尾巴却安然无恙，我废了双腿，为什么不能像它们那样平静地生活呢？它们断了尾巴，照样捕蚊，我失去了双腿，就不能照样打草排、搓草绳、选种子、剥花生、扳包谷籽吗？再说，不需要双腿配合的活儿也很多。还不像那些麻东西，只有捕蚊这一桩事可干呢……

柳华真想回到头脑简单的孩提时代……

这是本疗程最后一次行针。夏莉比以往任何时候都忐忑不安。她望着柳华的腿凝神苦思，柳华望着夏莉的银针默默无语。谁都理解对方复杂的心情，而谁都不愿说出"到此结束"的话来。

夏莉还是那么认真地扎针，那么熟练地捻拨，那么焦急地观察柳华的表情。

当她纤细的手伸向最后一颗针头时，她的脸显得多么苍白，这仿佛是支撑她精神的最后一根支柱，她不愿拔掉它！久久地，

她的手抖嗦着……

"取出来吧……"柳华痛苦地说。

"不！"她要把这根精神支柱扎得更深更牢，她猛地把针推了进去，又抖嗦地捻转针头，柳华的腿抽筋般地弹了一下，两下……啊！她的心就要迸出胸膛！

"动了！动了！你的腿……"她睁大眼睛望着柳华。

"真的？"柳华疑惑地望着她，他自己并没感觉到什么。

"是真的！"不管这陡然间的掣动是否触动了病人的大脑神经，他的腿确实动了一下！他终于有了针感！他的下肢神经功能没有完全丧失！

夏莉激动地捻转针头，专注地望着他的腿再弹一下！再弹一下！她的心在呼唤。

她仿佛看见，在黄叶飘零的枯枝上，冒出一片新叶，那片希望的绿叶在暴风雨中飘呀飘呀，顽强地挂在枯树上，挣扎在萧索的寒冬……

真是"山重水复疑无路，柳暗花明又一村"啊！这意外的希望，给了她多大的安慰呀！生活的哲理就是这样：希望的破灭，可以给人致命的一击；而希望的复活，却能使人起死回生。

扎下去，坚持到底！这个屡遭压抑的信念，又占据了她整个的心。她深知，"天下无难事，只怕有心人！"

一封封求救的信，发给曾为柳华治过腿的医生，发往上海中医院的叔叔，发向叔叔那些还没被"解放"的难友。她提出了打破常规、推进深度、加大强度的设想。一些回信，对柳华的瘫痪作出了中肯的分析，对他的治疗提出了有益的见解。叔叔又给她寄来些资料，并附来一封信：

"……你的设想可以试试，但要冒风险。作为叔叔，我不忍心再让你受皮肉之苦；但作为医生，我要求你首先在自己身上试针，这是我们做医生的起码道德，不能让病人作无辜的牺牲……莉莉，望你谨慎行事……"

一天又一天，她宿舍的灯光亮到深夜；一针又一针，扎进她的腰腿间。凡是手能行针的穴位，都留下了密密的针点。

这天晚上，她扎得满头热汗，心翻作呕，便走出门来，在小道上透透凉风。

二连的驻地，比八连开阔得多。门前，是两行整齐的香蕉树；宿舍东头，一株高大的木菠萝树，枝丫里，挤满了冬瓜大的牛肚子果，据说，这是柳华到此地建队那天种下的。宿舍西头，有棵百年生老榕，枝叶茂密葱绿，把二连衬托得古朴幽静。人们把它看作二连的一部光荣册，因为它记载着二连艰苦创业的历史，也记载着柳华忘我奋斗的功绩。宿舍对面，有一片爬上了藤架的胡椒，右侧便是几亩短期作物，再往前，就是一望无边的橡胶林海。

望着眼前的一切，夏莉仿佛看见，柳华在大森林中挥舞砍刀，在植胶带上甩开板锄，在橡胶林里收着一碗碗洁白的胶乳……

柳华多么需要一双健康的腿啊！夏莉转身跑回房间，取出银针，斜插进自己的棘突间韧带之中……进针，再进针……一股酸胀感传入她的感觉神经。准了，扎准了！再进针，胀感更加强烈。一定要扎到最深处！一定要扎出最大强度的酸胀感。胀感不断加剧，带着隐隐的疼痛向四周扩散开去。整个腰部都胀了！痛了！额上的汗珠慢慢浸湿了枕头。

她的手酸了，麻了，抖了。她咬牙稳住手腕，再往深刺。恨不得让胀感传遍下肢，传遍全身。

她喘着粗气，咬牙捻动针头，左右捣刺，让胀感加剧。不料，酸软的手腕一斜，一股猛烈的刺痛顿时传遍腰腿。她沉住气，咬牙拔出针头，只见针已成了弯钩，钩上挂着一丝血肉。

夏莉感到腰部像有乱针刺扎，刺痛又渐渐转为胀痛。糟糕！刺过界，伤了肾脏。她喘息着，按摩着腰部，但越揉越痛，痛得她坐卧不安。她吃力地翻着医书，想了解这种伤肾的后果。书中写道："……如果输尿无异常反应，肾脏不发炎，这种刺伤将很快愈合。肾功能不会因此失调……"

一块石头落下了地，她心中踏实了。受点苦算不了什么，只

要不残废，只要能继续当医生！……

第二天，她无法走去打饭，躺在床上饿了整整一天。直到晚饭开过，细心的炊事员才发现了她"病"了，给她送来一碗热腾腾的面条。一会儿，指导员、老工人、小知青们围了一大屋。他们了解了夏莉的为人，风言风语自生自灭了，大彭也怀着内疚的心情跨进了她的小屋。人们七嘴八舌地指责她"不该挑那么多胶苗，不该去拉那大锯，不该住这间很久没人住的潮湿的屋子"……抱怨够了，留下一些"腰肌劳损丸"和"伤湿膏"才离去。

她望着这些牛头不对马嘴的药，自言自语地苦笑道："这些好心肠的人哟……"

第三天，她觉得好了些，憋不住又取出银针。想扎，腰却不灵活，只好又翻开叔叔寄来的那些资料……

"……治疗截瘫以夹脊穴为主，备用穴位选二至三个，配合应用。如果使用夹脊穴不便时，可多选几个备用穴……"读到这里，她的视线离开了书本。

"备用穴"……配合……那么，选择哪几个穴配合使用，疗效才最好呢？……这又得探索，又得试扎……她的手又不由自主地伸向药箱……

猛然翻身，一股难忍的疼痛袭来，她只好取卧姿缓解陡然产生的剧痛。

书本翻开又合上，现在的问题不是理论，而是试针。于是，她又轻轻地、缓缓地，反手取出了银针和消毒棉球。找到了！一个秘密的穴位——大腿内侧的"阴廉"穴。一针下去后，一股酸胀感向四周扩散而去。像一个抽鸦片上瘾的人，她想让感觉更强烈些，因为瘫痪者的针感比正常人迟钝。要让患者获得更强的针感，她必须再往深处进针，必须不停地捻动。再深些！再深些！犹如一个登山队员已经看见了顶峰，她将不惜一切代价往上攀登！

汗珠冒出额头，她紧闭双眼咬住嘴唇，再往里推。一股巨大的痛感使她不能自持，只觉眼前发黑……那针头，深深扎在肉中，钉在她的股动脉上……

两个女知青为夏莉穿好长裤的时候，她的大腿仿佛变成了两节与己无关的木头。直到这时，二连的人们才恍然大悟，明白了她前天腰痛的真实原因。

老肖头的老妈颤巍巍地来到夏莉床前，拉着她的手慢吞吞地说："好妹子，我懂你的心思。要是我家崽瘫了，我也会像你样，死马当作活马医咯。你是个大好人，你行善积德，菩萨会保佑你咯……"

突然，有人"砰"的一声破门而入，把失神的夏莉吓了一大跳。

"哎呀呀！"来人竟是汪飞。

"你？"夏莉以为八连的人都知道了。

"我挑化肥路过这儿……我说你呀，真是他妈根'困山木头'……"这猴儿是好心没好话，"你是'困山木头心不干'，就像'火烧芭蕉心不死'一样，你不惹出大祸不撒手！这一下，看你哪个办嘞！我说你呀，为啥子嘛，吃了苦受了罪，还遭别个说闲话……"

"汪飞，你别说了好不好？！"夏莉的心乱极了，她闭上双眼，脸扭向一边。

"夏女子，你心放宽些，菩萨要保佑你。"肖婆婆告辞了。

夏莉转过头来，望着汪飞不安的脸说："我知道你是为我好，我求你别告诉陆澜，也别在八连张扬。你知道，有人会看我笑话的。"

"你呀，活该！"汪飞拿起扁担，"哐"地带上门走了。

夜幕降临了，屋子里黑洞洞、静悄悄的，夏莉越想越感到问题的严重，忍不住抓起被子，蒙头哭了起来……我的腿！我的腿呢？我不能没有腿！我不能没有腿呀！……想着柳华那痛苦的处境，自己不仅不能拯救他，还得像他那样躺下去……这怎么行？怎么……她越想越伤心，泪水浸湿了枕头。

不知哭了多久，她感到疲乏、感到沉闷极了。当她掀开被子的时候，才看见屋里点亮了马灯，老肖师傅的爱人正坐在她床边流泪。

"肖师母，你……"夏莉哽咽着，泪珠儿又落了下来。

"夏姑娘，我守着你，你为了我们柳队长……我们也应该为你做点事呐………"

夏莉颤抖地握着她的手，一句话也说不出来。

"端茶倒水，屙屎拉尿，叫我一声就是了。"

夏莉突然推开她的手："我不要，我不要！！"她哭喊着："我自己有手有脚，我自己能够端茶倒水……"

听着夏莉痛苦的哭喊，肖师母的心都碎了……

竹门轻轻响了一下，有个圆脸小妞走了进来，一双大眼望着夏莉：

"夏阿姨，你怎么哭呀？"那奶声奶气的问话竟然止住了夏莉的哭泣。

"这是柳叔叔给你的。"她把一封信塞到夏莉手中，转身便溜了出去。

夏莉抖嗦地展开信来——

小夏：

我都知道了，原谅我，不能前来看你！

为了我，你忍受了精神上肉体上的痛苦。我一直不安地接受着你给予我的一切。你冒着腰伤腿残的风险救我的腿，我的心情一直不能平静啊……

当你系统地讲述那一番医理时，我发现你不仅是对我的同情，更有对事业的倾心；当你失败后重又来到我床前时，我发觉你并不是孩子的任性，而是执著追求人生理想的韧劲。你是个坚强的女子！

有人称我"保尔"，实际上我不配！我内心常常是软弱的。我痛苦过，绝望过！我对着过去痛哭过，对着未来呐喊过。可是我终于发现，世上没有强者的绝路，像保尔那样，做生活的强者，这当成为我们共同的信念。你不必悲观，你的腿是刺伤，只是暂时的麻木，不会像我这样。人说"久病成良医"，我多少知道些腿部疾患的常识。专心休养，别再忧虑我的腿，我宁可一辈子起不来，也不让你再受我这样的罪……

原谅我，我不能再接受你无私的给予……

柳华即日

夏莉捏着信，久久地思索着……

半个月以后，夏莉撑着拐杖，向柳华房间走去。十多天躺倒在床，亲身体验了瘫痪病人的苦衷，更深地了解了柳华内心的痛楚，也就更想挽救柳华的腿！因为它确实掣动过，那就是一片希望的绿叶啊！

夏莉轻轻推开竹门，走近柳华床边。

柳华猛然扭过脸来，看见夏莉那只肿大的腿靠在一根铁刀木杖上。

"一定要扎下去！"

柳华的眼睛湿了，他忘情地握住夏莉的手，紧紧地，像一把钢钳，夏莉羞涩地抽回手坐在他床前。

"你看过《最后一片落叶》吗？生命的力量就在于希望！永不放弃的希望！"

柳华突然觉得，她，就是滇池上的绿衣仙子。她，就是老画家笔下的那片绿叶——那片任凭风吹雨打，永不凋零的绿叶；那片拯救了垂危病人灵魂的绿叶！她，就是自己生命的支柱，生命的希望……

九 迷途奇遇

中秋之夜，南疆的月，明晃晃却又冷清清的，照得曼波山的人们好不酸涩。

仿佛从天边，飘来一阵悠悠的琴声。是陆澜远远躲开人们，独自到大青树下，拉起了充满伤感情调的《维也纳随想曲》。随着敲击的断音，旋律由低到高，又由高降低……

那旋律，仿佛抓着人们的心，把人们引向旷远的天边，引向童年的岁月，引向母亲的怀抱，也引向渺茫的未来……

那旋律，轻轻搅动着人们的心灵，唤起人们惆怅的离情，绵绵的相思，隐隐的凄凉，淡淡的哀伤……

和尚庙前的凤尾竹下，一群亮光光的头凝止在那里沉思。

尼姑庵的芭蕉树下，一堆"男化"头仰望月空，默念着"举头望明月，低头思故乡"。

婷婷没有加入"洋马"的灰色组织，她怕把自己染得更黑。夏莉走后，她感到更加孤单。此时此刻，婷婷独自坐在小屋门口，望着月亮淌泪。她总是笑不露齿、哭不出声，怨不呐喊、喜不忘形。只是泪腺发达，黑亮的大眼睛常常噙着泪珠。

……妈妈在干什么呢？她一个人，孤零零的。妈妈也能看见这月亮吗？记得小时候，半夜醒来，总看见妈妈呆呆地望着月儿，眼睛里老是闪着亮晶晶的东西。她问妈，妈不回答，婷婷不明白妈妈为什么对着月亮话就少了。现在，她才理解了那是妈妈孤独伤感呐！妈妈是农家女，信奉"从一而终"。她并没享过资本家的清福，却为那大老板守了一辈子寡！过去，婷婷心满意足地享受了妈妈全部的爱，可今天，她却突然感到自己对不起妈妈。她走了，妈妈一个人好孤独啊！婷婷不知道妈妈会不会想爸爸。哦，她没有爸爸，她不认识爸爸！她心中只有妈妈。她想妈妈，她多么希望妈妈再搂着她……人们都说她美，是妈妈给的，但她却把先天的美，当作父亲的遗毒竭力清洗。她也和"尼姑们"一样，拼命地束胸、放腰，仿佛在和"尼姑们"比赛，看谁把女性美、先天美、青春美毁灭得更干净！仿佛只有这样，才对得起妈妈出身的那个阶级，才与爸爸所属的阶级彻底划清了界限！好像美就是资产阶级，丑就是无产阶级一般。婷婷总穿着青蓝二色，但此时此刻，她却一破惯例，翻出了妈妈年轻时穿过的那件红毛衣，把它穿在身上，下意识地往外走。往哪儿去，她不明白，或许想让月亮公公看看她的红毛衣。

月光下，洪涛向婷婷走来，手里拿件破衣服，让婷婷给补补。她针线活儿很出色，全连都知道，这是跟她妈妈学绣花时练出来的。

月色中，红毛衣勾出婷婷身姿的曲线，把她那圆脸蛋儿衬托得白净丰满，把她那齐耳短发映衬得又浓又黑。洪涛望着她失了神，那眼光，分明是惊喜婷婷的甜美。婷婷一碰上洪涛的目光，就像触电般地避开了。她慌乱地扯着衣角，颤抖地说："不合适……是吗……白天我不穿就是了。"

洪涛一下绷紧了脸："哦，不合适，对你特别不合适。"

"可是，你喜欢红色！"

"但不是红衣服。"

"红衣服怎么啦？"

"说明你小资产阶级情调还没消除！"

婷婷不吱声了。她知道，洪涛"心里明白"。森林大火后，洪涛悄悄对她说的那句话，像一颗种子深深埋在她的心底。不管洪涛在众人面前怎样批判她的"小资产阶级情调"，她都以洪涛"心里明白"这句话来安慰自己。她知道洪涛在大场合需要这样做，因为洪涛是全营"活学活用"的标兵；自己是资本家的女

儿，应该老老实实接受批判。在众人面前怕丢脸，正说明自己的"小资产阶级"思想没改造好。不过，有个问题她有些困惑：洪涛说她是"小资产阶级思想"，其实她的父亲是大资本家呀，是不是洪涛有意"大事化小"，以保护她呢？如不是有意保护，那她的"小资产阶级思想"又是谁遗传的呢？批评吧，批评吧！只要洪涛你需要，也只要洪涛你"心里明白"。洪涛越批判她，她就越相信洪涛"心里明白"，越感到自己需要洪涛的保护。虽然越批自己越黑，但洪涛却越红。自己是多么需要红的靠山、红的保护伞啊！婷婷以为"红"就可以盖住自己的"黑"，却不知黑中渗红会成褐色，最终会搅成一团"烂泥"。

洪涛走了，婷婷拿着他的破衣，心儿"突突"地跳。不知为什么，婷婷突然想起了中学那位同桌，曾给她写过一张纸条，看得她的心也这么"突突"地跳过。纸上说婷婷是天下最纯真最善良的姑娘，有宝钗的灵秀圆润，又有黛玉的素雅纤细……看那纸条的时候，她那颗少女的心曾跳荡过好一阵子。她给妈妈说，她的同桌英俊文静，是学校的高才生。没过两天，妈对她说，那人也是资本家的少爷。婷婷便毫不犹豫地把纸条还给了她的同桌。资本家小姐加少爷，不是要复辟资本主义了吗？那同桌带着感伤去了北大荒。婷婷不再想他，因为他黑，洪涛却通体透红。

回到宿舍，却听望天树下传来苏生的吟诵："人有悲欢离合，月有阴晴圆缺，此事古难全。但愿人长久，千里共婵娟。"听得婷婷泪珠涟涟。

婷婷拨亮油灯，想给千里之外的妈妈写信。写什么呢？边疆美景早已写尽，澜沧江遇险重复了多回，难道写那个和蔼可亲的解放军叔叔？啊，不，想起那人过分的亲昵，对她与众不同的"关照"，她真有些受不了！那么，到底还写点什么好呢？要咸菜？要固体酱油？要卫生纸？要肥皂？哟，这不又是小资产阶级的怕苦表现吗？

她咬着笔杆，出神地望着跳跳闪闪的煤油灯影。

"啊！那是什么？弯弯曲曲地在泥墙上蠕动？"她惊了，猛然抬起头来，"妈呀！"她尖叫一声，夺路而逃。

"快来呀！我……我帐顶上……有……有……"

"有什么？什么？"几个女生见她大惊失色，也跟着惊恐起来。

"有条大蟒蛇！大蟒蛇！"

几个男生闻讯跑来，顺手抓起锄头、砍刀，就往婷婷屋里钻。

那条大麻蛇从蚊帐顶上掉出长梭梭、花漉漉的一节，身子左右摇甩，脑袋东张西望，毒须忽闪忽闪。

"好家伙！"鲁人一刀砍去，那东西听觉真灵，待你刀落时，它已飘到地上，眨眼间消失在无洞无缝的床底下了。

麻蛇的风波平息下来，已是午夜时分。婷婷独自呆在黑黝黝的屋子里，感到异常孤独恐怖。虽然人们帮她翻遍了床上床底，房梁屋角，确认蛇已溜走，但她依然怕得要命，闭上眼就看见四面八方的麻蛇向她射来。

她爬起来，披上红毛衣，独自在宿舍背后的小道上徘徊。她的心怎么也静不下来，麻蛇的余悸还敲得她胸口"咚咚"作响。

突然，路边闪出一个人。婷婷惊上加惊，想喊喊不出，想跑挪不动。只见那人一个箭步射来，婷婷闭上双眼，束手待毙。

"婷婷，别怕。"是个熟悉的声音。

她睁开眼一看："啊，又是你？"她不安地望着外表和蔼的保卫干事。

"我巡夜，几次在这儿等你。"军人又亲昵地说。

"等我？"婷婷的心中又敲起鼓来，半夜三更在这儿等我？婷婷突然意识到了什么，一种不祥的预感笼罩着她。婷婷曾听说保卫干事的老婆是农村人，去年拖着两个孩子来探过亲。所以就没有特别回避他。而且，一直还把他视为长辈，称作叔叔。

"婷婷！"军人凑过来，"我头一次见到你，就……"他的声音微颤，竟一把拉住了婷婷的手。

婷婷像躲避麻蛇一样，拼命地甩开他。可是，军人的手腕，保卫干事的臂力，哪甩得开呢！他反倒顺势把满腮胡子扎了过来。

婷婷拼出吃奶的力气抽出手来，在那滚烫的脸上括了个响亮的耳光。军人没料到这个温顺娴静的姑娘会来这么一手。一失神，婷婷便飞也似地跑开了。

那人不敢闹出声响来，他怕男知青揍他。只站在原地叹息，到手的小羊又溜了，枉费了他几个夜晚的心机啊！

失魂落魄的婷婷，埋头一个劲儿地跑，她来不及抬头觅路，也来不及回头看人，生怕那可怕的"麻蛇"追上来，缠住她的脚，咬伤她的腿。

为什么不见一点亮光？宿舍，宿舍在哪儿？她喘过气来定定神，又摸黑往前走去。她摘下一根树枝，左右抽打着，唯恐麻蛇缠身。

走啊走啊，她望着一片黑暗变成了铅灰，铅灰里也渐渐浸入了乳白，乳白里又呈现出一片墨绿。

啊，怎么走进了大森林？她惊恐地往着明处走。天倒越走越亮，林子却越走越密，路越走越窄。野花、小鸟在她眼前晃来晃去，她的心，比它们晃得更加厉害。

毛衣挂了无数朵"花"，鞋子不知啥时候丢了一只，脸上也拉起了一道道血痕。当她跌跌撞撞转到黄昏，像又回到了早晨出发的大青树下！

迷路了！转不出去了！婷婷被这个念头搅得浑身发软。

不，一定要走出去！她跑了起来，眼前又浮现出帐顶上的麻蛇，和那张比麻蛇还可怕的脸。

"夏——莉——"她声音颤抖着；

"小——李子——"喊声夹杂着哭声；

"洪——涛——"她不禁放声大哭。

"洪涛——"洪涛能救她！麻柳寨的大青树下，是他追赶那个流氓；芦花岛上的误会，是因为他要保护自己；澜沧江落水，是他把自己托出水面……在婷婷心中，洪涛是一股巨大的力量！犹如一株任何力量也推不倒的大青树！他是泰山，是自己坚实的靠山。

"洪涛——救救我——"

洪涛没来，却走来一只毛茸茸的老青猴。

婷婷惊叫，老青猴怪叫。

婷婷吓昏在树洞里，老青猴也昏昏然窜回自己的窝巢。

婷婷醒来时，看见惨白的月光，像无数块银元落进林间，在地上映出斑驳的光点。夜风在林子里钻来钻去，发出阴冷的嘶叫，搅碎了凄寒的月影。像"幽灵"游荡的"阴间"，像群魔乱舞的"冥府"，她觉得自己仿佛来到了妈妈曾经讲过的"鬼城"丰都，仿佛置身于蒲松龄笔下的阴曹地府……

恶梦中，野兽奇奇怪怪的叫声像鬼哭狼嚎。婷婷看见，老虎正向她张开血盆大口，野牛正对她立起坚硬的长角，巨蟒正追逐她挪不动的脚步，眼镜蛇正瞪着她直吐红须……婷婷吓醒过来，又哭昏了过去。

她惊醒过来是恐怖，哭昏过去是恶梦……

不知什么时候，她又醒来。

啊，我没有死，我快死了！

一种死里求生的力量推动着她向前爬去。

突然，她听到密林深处发出闹嚷嚷的声音。有人！她还能辨别出来。像沧海小舟，在危急时遇上了巨轮！她喊，喊不出声来！她挥手，人们看不见！她爬，浑身软得像面条！

那边确实是人，一个不知是何民族的游弋的部落。此时此刻，他们正在举行一种庄严的仪式——女人围观赤裸的男人！

在这个还处于母系社会阶段的部落里，女人是世界的主宰，男人只是女人们繁衍后代的"附属品"。男到十八即可与所有女人通婚。通婚前得由女酋长主持这种仪式，让所有女人看明白，这个男人可以繁衍后代了。

婷婷拼竭吃奶的力气爬到她们身边，正想呼救，却看见那个站在高台上的赤裸男人！

她"啊"不出来，只觉得心都要呕出来了！

她闭上双眼，在心里喊她的洪涛。

她不曾想到，她的洪涛也是个男人，她的洪涛脱去外壳，同

样这般丑陋……

此时此刻，洪涛在干什么？在拼命裹着他的标兵外壳。

婷婷的小屋里，小李子在收捡她的衣物，夏莉在垂泪，汪飞盯着对面的孔雀山，刘放在系鞋带，准备出山再找。

洪涛呢，正在发言："她的小资产阶级思想一直没有得到彻底改造，怕苦，脆弱，想家，很可能是偷偷逃跑了……要抓住这个典型事件，进行一次扎根边疆的再教育……"洪涛的脸铁青。

当夜幕盖住曼波山的时候，洪涛那坚硬的外壳破碎了。他翻身起床，拿着手电又上了山。他背着人们找婷婷，已找了三个夜晚。他白天批她，晚上找她，自己都不明白这是为什么。

他钻进森林里，有些沙哑地呼喊着婷婷。只有在这没人的林子里，他才能也才敢放声呼唤他心中的婷婷。

婷婷真的在他心中吗？他真想羞辱自己，心中怎么会装一个"资产阶级小姐"？

婷婷真的是个资产阶级小姐，父亲告诉他的。他从母亲口中知道，婷婷的妈妈美丽善良，解放前和他父亲在同一个厂做工，父亲喜欢那个女人，那个女人对他父亲也有好感，只因太美太柔，硬被儿女成群的黄老板强娶作了小老婆。不久，洪涛父亲就被老板一脚踢出厂门。一气之下，父亲就自己摆摊谋生，幻想有朝一日能奋斗出个人样，再与那姓黄的较量较量。婷婷降生人间时，老板就命归黄泉。洪涛父亲虽然旧情难忘，却苦于自己已有了家小……

上辈人的事，洪涛无暇多想，眼下他只想找到婷婷。他忘不了，中秋月下，婷婷那红毛衣勾勒的腰肢，那乌黑发亮的头发和那双清澈水灵的眼睛……他回想自己无数次当众批判她，心中不禁涌起几丝痛楚……

莫非，前辈的爱情追求也会遗传？

洪涛此时多么希望能再看见那件红毛衣，红毛衣却始终没看见，看见的只是印有外文的高级罐头盒，他担心婷婷会被特务暗算！看见的还有无数条蛇，从他脚下梭过。他不由得想起三连一个北京知青被蛇咬死，死者的哥哥从北京来，架柴焚尸后，取下头盖骨提回北京见妈的事，心里阵阵发紧。难道，婷婷的妈妈也只能见着女儿的一块白骨吗……

"婷——婷！——"

男子汉的泪，欲落还住。"男儿有泪不轻弹！"洪涛告诫自己。

婷婷的泪已经"弹"完了。她木然地靠在大青树下，不知累，不知饿，不知忧，仿佛也不知怕了。

乌云吞噬了大半边月亮，只剩下一丝儿亮光，像百岁老人眯缝着的眼。突然，林间腾起一把火，像支饱蘸水墨的狼毫，勾画出周围群山的轮廓。

火，越烧越大；光，越放越明；声音，也越来越响。

"哇——哇——哇——"林子里突地传出几声猫头鹰的夜哭。婷婷对此已木然不惊。依旧呆呆地盯着那堆火，只见一群黑衣人，就是那群围观男人的女人，从林子的四面八方窜出来，围着火堆，"咿咿呜呜"地哭啼嘶叫。火烧大了，婷婷看见，一具紧裹黑衣、满头棕毛、血口大张的尸体，正架在一堆干柴上，几个长发人围住柴堆，哭成一团。一会儿，一个老态龙钟的长发女人，手持火把，"嗯"地点燃了尸身上的长发。

火焰升起来，火柱冲天而起，哭声却戛然而止。

点火的老女人爆发出一声怪叫。紧接着，便是"哈哈哈——"的一片怪笑，三十多个黑衣人笑得前仰后合。笑声中夹杂着吆喝声，吆喝声又有节奏地伴合着怪笑声。火越旺，笑声越狂。

"嘣"的一声，死者的肚皮爆开了，散发出一股熏人的腥臭和一阵刺耳的"吱吱"声……

疯狂的笑者，一个个向火堆投去干柴，烧焦的骨肉，新加的干柴，交相燃起熊熊的烈火。这群人"咿咿哇哇"地念着，"哈哈哈"地笑着，干柴不停地投入火堆。大火冲天，烧破了沉沉夜幕，呼应着晶亮的星星，照亮了阴森森的密林。

婷婷不知道，这黑衣部落祖祖辈辈，长年累月生活在原始森林里，他们以游猎为生，每到一地，也种上几茬庄稼。地累了，不结实了，他们就搬家。住的"星星房"，睡的"望月床"，盖的枯野草，树皮棕叶当衣裳。他们热爱这片茂密的绿林，热爱这座天然的花果园，热爱这个天然的动物园。生活虽然苦寒，但他们与大森林相依为命无数年，不管森林外发生了多么惊天动地的变化，他们都至死固守老林，一步也不肯离开。解放后，人们多次进山寻找他们，他们却躲藏回避。因为他们惧怕占据了坝区的大民族，憎恨一切曾经看不起他们、欺负他们的人。因此，外来的侵扰也好、拯救也好，他们都一律抗拒。一直顽固地按照自己的传统方式生活着。在他们的世界里，女人是神圣的，一个部落的分支，往往是由一个女人繁衍的子子孙孙所组成。今晚这帮人，正是那被烧的老女人的几代子孙，是老女人与多个男人同居的产儿。这些人，大多不知自己的父亲是谁，只知道，死者是自己母亲的母亲的母亲，是他们心中最最崇敬的老祖。而老祖仙逝，是他们最大的悲哀，同时也是最大的欢乐。因为，人死便升天成仙。这烈火焚尸，就是庄严的升天仪式。

　　此时此刻，火渐渐熄灭了。对着那袅袅升入夜空的青烟，男女老少胡乱地拍着巴掌，胡乱地吼成一团……终于升天了！成仙了！从此有他们的老祖在西天显灵，他们就能受到上天的保护。不再遭暴风雨威胁，不再受异邦欺辱，不再被野兽袭击，不再受冻挨饿四处奔波了……人们从悲哀中彻底解脱出来，沉浸在一片狂欢之中……

　　婷婷迷迷糊糊地看着这一切，不知是现实还是恶梦，她想摆脱却不能动弹。

　　当太阳把金光投进密林时，婷婷像死尸般，倒在被龙骨藤绞杀得接近死亡的大树下。

　　"呜——"那个点火焚尸、放声怪笑的老妇，落魂似地尖叫一声，像被魔鬼追逐似地跑开了。

　　还是那个曾跑到麻柳寨看过《白毛女》的黑衣男人，认出这

"天外来客"。他摸摸鼻孔又捂捂胸口，断定是个活物，便把她拖进低矮的草棚里，将水和果子往她嘴里塞。

当婷婷睁开眼睛，看着那些嚼槟榔的红口，以为自己落入了妖怪手中，想跑却四肢无力。再看四周，壁上挂满长矛、短箭、弯弓和大大小小的石刀竹针，自己正躺在野牛皮上。

黑衣红口的女人们见她醒来，又递野果又送鸟蛋。饿极的婷婷不再恐惧，慢慢地把这些杂食接了过来。

还是那老妇人有经验，先喂她些水，慢慢再加些食物。婷婷便缓过气来，有了点精神。

望着那一张张围观自己的黑脸，她想，人世间怎会有这么粗糙、丑陋的面孔？和妈妈的脸相比，真有天壤之别！婷婷心中的妈妈很美很美。笑时，一排又齐又白的玉牙；悲时，一双秋水盈盈的大眼；窗前，她每天都绣出美丽的花鸟；床上，她夜夜都赐给女儿温柔的抚爱……要不是为了同那毫无印象的大老板父亲彻底决裂，要不是为了清洗那遗传的剥削阶级血脉，婷婷哪能撇下孤单单的妈妈呀！

当初，她对妈妈说："我要去西双版纳！"

妈妈问："啥时候回来？"

"不，不能回来……"婷婷哭了。

"能不走吗？"妈妈抱着她伤心落泪。

想到那难舍的分别，婷婷的泪水浸湿了草垫。

就在婷婷躺在那无名部落的茅棚里想妈妈的晚上，刘放捡回了婷婷的一只鞋。今生永远见不到婷婷了，小李子流着泪，去连部拿来一卷做花的白纸……

人们望着那只鞋，凝视着手中送丧的白花垂泪。洪涛悄悄走出宿舍，久久遥望那寂静的山林……他扔掉手中的白花，又向大森林走去。

"哪怕只剩下堆白骨，我也要把她找回来！"

七天以后，县医院的病房里，洪涛独自守着昏迷中的婷婷。

洪涛擦着婷婷脸上的血污，又为她抹抹额上的乱发，他握着婷婷的双手，真想亲一亲……

当洪涛那长满胡茬的脸刚刚凑上去时，婷婷突然睁开了眼。他像老傣族的弹簧跳刀，"噔"地直起腰来，立即恢复了洪副连长的威严。

婷婷想拉拉洪涛的手，想靠在他肩头痛哭……

洪涛却板着面孔推开了她："别这样！……别……小……"洪涛到底把常挂口上的"资产阶级情调"咽了回去。

婷婷闭上双眼，泪珠儿浸湿了枕头……

好久好久，洪涛对婷婷说："我爸爸喜欢你妈妈，你妈欠了我爸爸一笔感情债！罪魁是你爸爸，那个可恶的资本家大老板！……你知道吗？你必须和他彻底决裂！……"

婷婷惊奇地瞪着洪涛。

"……是的……我……我必须偿还父亲欠下的债……"

十 "和尚"与"尼姑"

西南边陲的小镇，平时冷冷清清，逢上赶摆(赶场)，就热闹非凡。

山民们为了换几个油盐钱，不惜连夜赶路，提着山货，从四面八方来到这里。

有的大吼："穿山甲，穿山甲，味道美极啦！"

有的高唱："蛤蚧蛤蚧，快快来买，一公一母泡酒吃，包你祛风湿！"

头顶"白炽光"的秦大军，率领众"沙弥"，在熙熙攘攘的人流中钻来钻去。

他们东瞧瞧、西望望，随时准备学"时迁"，耍点"顺手牵羊"的小魔术。

秦大军摸摸蛤蚧，又踢踢穿山甲，认为这些东西难"解潮"，不值得下手。他的视线很快投向了野鸡笼。

"长老和尚"的视线一盯上目标，"沙弥"们立即配合行动。几个人一拥而上，顿时人手一只。卖主高喊，野鸡尖叫。

秦大军乱中取胜，左右开弓，提起一腿牛肉，抓起两只野鸡，飞也似地溜了。

汪飞不知从哪里抓了把大酸枣，正酸出一脸"五线谱"。见秦大军手中的"猎物"，酸口水流得更长。突然，汪飞小眼睛一亮，高喊一声："来了！"

话音未落，一群"深毛贼"迎面冲来。赶摆的人们全给吓

呆了。

很快，秦大军率领"光头"们，手持大棒砍刀，猛扑过去。老傣们的香蕉被踏成烂泥，酸笋撒满一地，蘑芋踢成小团，蕨菜遍野开花。套着双脚的老母鸡扑扑乱飞，"啊么么——"的尖叫声，更添了场面的恐怖。

一个"光头"抱腿呼爹，一个"长毛"捧腹喊娘。不知谁吼了一声："民兵来了！"两伙人顿时如鸟兽散，地上丢下几节带血的锄把。

这场群架，是八连的"和尚帮"打五连的"长毛团"。起因是"洋马"。

"洋马"给"尼姑们"宣布的清规大概维持了半年时间。不招惹男人，不沾男人，使得她们失去了帮助。逗个锄头砍刀，拉捆柴禾，挑担水之类的活儿，实在弄得尼姑们恼火。"洋马"越看越恨男人，她不好怨自己作茧自缚，就把气往男人身上发。于是，她改变对策，把"正方形"的蓝大褂，换成足以勒出线条的花衬衣；把"长方形"的黑布裤，改成足以显现腰肢的"棒棒裤"。而且，她挺起胸脯，翘起屁股，扭动腰肢，闪着大眼睛，专门去挑逗男人。"长毛团"团长着实被她迷住了，"团员们"也竭力向她献殷勤。她把那些男人奉献的菠萝香蕉，拿给"尼姑庵"的姐妹们共同分享；把那些男人表现出的痴呆相和冲动模样模仿出来，让姐妹们尽情地取笑；把那些高的矮的胖的瘦的男人一一指给她们看，让她们开心地去羞辱他们，作践他们。她把一个个男人提起来，像小猫耍弄无力反抗的老鼠一般，残忍地取乐。但男人们也不都是"老鼠"，还有几只"公猫"。不知是哪一只"公猫"，竟让她揣上了崽儿。"洋马"原本只为了捉弄捉弄男人，没料到弄出这般恶果。当"洋马"哇哇呕吐时，她的贴心"尼姑"便对外宣布：钟琴得了传染性肝炎，要隔离休养。那些"猫"呀"老鼠"的，果真不敢上门来了。

"长老和尚"秦大军却不怕被传染，他常来看望在创办"和尚"、"尼姑"的事业中，与他志同道合的"洋马"。见"洋马"那两朵红霞一天天淡下去，白净的脸蛋一天天黄起来，不禁有几丝心痛。探"病"数月，他怀疑"洋马"已长了肝腹水，焦急地劝她去医院检查。他那真诚感动了"洋马"，她咬咬牙，哭着告诉秦大军："是胎儿，不是腹水。"秦大军像牛角跳刀般弹出了鞘，他恶狠狠地质问："是谁的？！""洋马"的确说不准。估计是"长毛团"团长的。秦大军一听，恨不得一刀捅开她肚子，挖出那个小杂种来。"洋马"哭得死去活来。一呕气，孩子早产了，小得像只猫，却活蹦蹦是个变全了的人。"洋马"流着泪把"小猫"塞给秦大军，让他把这孩子抱去送人。脸色铁青的秦大军，一声不吭地把婴儿提走了。

这天深夜，"和尚庙"里烧起了一堆柴火，火上架着一个大锑盆，盆里不时飘出一股股奇香。几个瘪肠刮肚的兄弟伙围着火盆又吃又喝，胡闹了一通宵。那个曾被"洋马"当老鼠戏要过的"和尚"狼吞虎咽，捞得最凶，似乎大解了嘈气。唯有秦大军一直黑着张脸，众沙弥左劝右劝，忍嘴让"长老和尚"吃，秦大军才强咽下几口，却很快呕了一地。

第二天，"和尚们"便追随"长老"杀将出去，狠狠教训了"长毛团"。那个团长被秦大军打断了腿，秦大军也被他敲断了胳膊。两个情敌彼此彼此也就私了了。只可怜，不明真相的汪飞，为"长老和尚"白挨一刀，破了相。

"洋马"因为不知"和尚们"干了什么伤天害理之事，完全相信秦大军，以为孩子真的送给了"一个心地善良的傣家妇女"。她对秦大军见义勇为的大丈夫气概十分崇拜，毫不犹豫地把自己的身子献给了他。从此后，"和尚头"与"尼姑头"公开往来，暗中调情，弄得众"和尚"垂涎三尺，情欲大增。"和尚们"开始注意"尼姑们"的胸脯，"尼姑们"开始注意"和尚们"的胡茬和喉结。一到夜里，"和尚们"的被窝里便开始了不可告人的勾当；"尼姑们"的梦幻中，也开始有了赤裸裸的看不清面孔的男人。

有一天，小李子帮"洋马"洗衣服。一翻衣兜，发现里面有个乳白色的长"气球"。蒙在鼓里的小李子拿出来扔给她："这么大的人，还耍气球！""洋马"一看，满脸绯红，赶快收拾起

来。而后，像老大姐一般，关心起小李子的"个人问题"，羞得单纯可爱的小李子双颊好似火烧。这一问不打紧，老练的"洋马"捕捉到了小李子心中深藏的秘密。她串通秦大军，邀约一帮假和尚跑到连部，专捡刘放在那里的时候，找王连长"汇报思想"。

"和尚"们向王连长"汇报"说："王连长，'癞蛤蟆想吃天鹅肉'，我们不知能不能办到？"

王连长莫明其妙："嘟个吃得到嘛？！"

"知道就行了，小李子不是你的！若再找她麻烦，那就尝尝我这个！"秦大军挥了挥他刚刚复原的拳头。

刘放喝道："秦大军！你干什么？"

"我的副指导员，你该是个明白人啰！"说罢，秦大军又转身怒视王连长："人家李芳早就有主了！"

王连长的惊多于恐，继而脸色刷白，他那奇异的目光仿佛在问，究竟谁是小李子的主？

秦大军告诉他："谁是小李子的主？刘放明白！"

王连长惊奇地盯着刘放，好不伤感地走出了连部。

"秦大军，你说些什么？"

"你想想就知道了。"秦大军诡秘地笑着走了。

刘放的心像被什么东西猛刺了一下。但他强迫自己迅速镇定了下来。出了连部，他不知不觉地走上了山头，在山崖边直坐到月亮上天。对着滚滚的澜沧江，他陷入了沉思——

那双清亮得没有半点杂质的眼睛；

那对总是一勾一弯摇摆着的小辫儿；

那双勤劳灵巧片刻不息的手，早就像雕刻般印在他脑海里。

"他是叔叔，不是麻老虎……"

"不，你不难看，真的，不难看！"

当他回到连队，女生们大都不再正视他的脸时，只有小李子那双纯净的眼睛，敢于那样坦然地迎接他的目光，正视他的丑脸，在身心和情感上都接受他脸上的累累伤痕。

他喜欢小李子，从医院相识的那一刻起。

小李子也爱他。在那个月夜里，当小李子披上他的外衣那一瞬间，他就从那羞涩的眼神里看明白了小李子对自己的感情。

可是，一次偶然的发现，却使他陷入了欲爱不忍、欲罢难休的精神折磨之中。

二十二岁，一个血气方刚、激情涌动的年龄，那种隐隐的对异性的渴慕之情，像一缕缕细柔的丝绪，从心底抽出，缠绕在小李子身上，有时竟引得他躁动不安。在一个静静的夜晚，他凝视着小李子寝室那久久不熄的灯光，情不自禁地走到了她门前。

正要敲门，却听小李子伤心地喃喃自语："你……为什么……变成这样……"

刘放一愣，见小李子手中拿着一张纸片，小李子对着那张小纸片垂泪。

"小李子！"刘放轻轻推开了门。

小李子一见刘放，便惊慌地收起那张小纸片，连忙抹去眼角的泪花。

是什么东西让小李子这么伤心？刘放想看看她手中的小纸片。

小李子更加慌乱，一失手，将那纸片落在地上，刘放拾起来一看：原来，是他和几个同学离开上海时的合影。据一些看照片的女生评价，他长得最帅。

望着小李子的泪眼，想起她刚才的自语，刘放突然领悟到，小李子的内心深处，并没容纳他的丑陋！他失神地撕毁了那张照片，捂着自己的丑脸走出了小屋，一种从没有过的自卑感压倒了他。

人都是爱美的，小李子何尝不爱美？为什么要让她接受自己的丑陋呢？或许是出于对小李子无私的爱，或许因为他那神圣而又幼稚的自尊心，刘放决定压抑自己的感情，不再去增加小李子的心灵重负。

从那以后，刘放不敢正视小李子的目光，每当感觉到小李子在看他时，他的脸会不由自主地扭向一边，他不愿让小李子直视他的丑陋。他开始感到，对于一个二十多岁的小伙子，毁容是

个多么巨大的损失啊！当初，他为自己冒险救火负伤，还隐隐产生过英雄壮举的光荣感。如今，他恨自己这张脸。多少回，他在梦中被孩子那句"麻老虎"的喊声惊醒过来；好几次，他悄悄抹上些黄土，想借此淡化那烧伤的白斑。他甚至想变成一个非洲黑人，只要能统一脸上的颜色，只要小李子看着不觉得遗憾伤感。他用了多大的力气，才迫使自己稍稍平静了些。可是，秦大军的暗示，又搅得他心绪不宁。除了自惭形秽而外，还有一个指导员的自责、内疚。因为秦大军和"洋马"私通，早已是满城风雨，人人皆知。上面一个劲儿地要刘放出面做工作，拆散那一对，重申知青五年之内不准恋爱结婚。他不仅没能制止秦大军的恋爱，如今还由秦大军出面来撮合他的恋爱！身为指导员却和后进青年一样谈情说爱，对领导怎么交待？对群众如何解释？给八连会带来什么后果？大家都沉湎于儿女情长，人心何以稳定？谁还有心思创业种橡胶？如果自己也和小李子谈情说爱，真是于情不忍，于理不通，于工作不利呀！

　　想到这些，刘放就更怕见到小李子，见到了，比过去更觉得别扭。

　　一天晚上，刘放忍不住找到了小李子。"王连长……"刘放只觉得心里梗得难受。小李子望着他，心里不禁有些酸楚。

　　"王连长……喜欢你……"刘放不明白自己为什么言不由衷。

　　"你说些啥哟。"小李子的脸红到了耳根。

　　"不管喜不喜欢，我是告诉你，知青五年内不准谈恋爱！"刘放越说越离谱。是出于理智？还是出于对小李子的爱？或是出于对王连长本能的排斥？他自己都把握不住了。

　　"刘放！"小李子满脸涨得透红，她怎么也无法忍受刘放来制止她和王连长之间根本不存在的所谓恋爱！

　　"五年不准谈恋爱有啥关系？我一辈子也不恋爱！"小李子气话还没说完，委屈的泪水就涌了出来。她抽泣着，转身跑了。

　　刘放呆呆地站在原地，望着小李子那瘦小的身影消失在夜幕中。好久好久，他不知何去何从，眼角上的疤痕剧烈地抽搐着，犹如负伤后的牛虻，重逢他日夜思念又不愿相认的琼玛时，面部那种痉挛的神态……

这些日子里，人心确实不安定。

当人们从婷婷那里得知，就在不远的森林里，还有那么原始的部落，那么粗俗的婚姻仪式，那么野蛮的火葬方法，那么凶残的毒蛇猛兽……好奇之余，立即有些伤感了！人们仿佛意识到：历史竟把我们送进了远古的原始社会！我们不过是原始人中一个新的部落！

汪飞被"破相"后，情绪更加暴躁。夜夜睡不着觉。每早的"天天读"，他都眼屎巴巴的，边扣衣服边扯鞋跟，要是缺席不记旷工，他早就不来"请示"了。

一到工间休息，汪飞的"和尚小乐队"就要拉到野外"奏乐"吃斋。顺手弄几个菠萝啃，砍几根甘蔗咬，烧几节木薯吃。圆的长的，横的竖的，活像管弦乐队，奏出喊喊嚓嚓七零八落的乐曲。由于慌忙，泥手来不及擦，吃出汗来时，额上就抹些"五线谱"。汪飞的理想只有四个字——吃、喝、玩、乐。跟父母从四川到上海，高兴的就是能游"大世界"。撬开柜子、偷下户口，背着父母来边疆，不过是信了"头顶香蕉、脚踩菠萝，摔个跟斗抓把花生"的传说。批判资产阶级思想也好，斗私批修也好，人们帮助他老半天，鼓励他在灵魂深处爆发革命，他小子却把那四个字从口里吞到了灵魂深处，越加铭心刻骨。只是不时又要露出尾巴摇摇。鲁人是"饿"，总是吃不饱；汪飞却是"馋"，总品不出味儿。不知吃了多久，汪飞摸摸胀鼓鼓的肚皮，慢摇摇回到工地。他想躲开洪涛的眼睛，悄悄往女生堆里溜。不料动作太大，绊倒了婷婷，暴露了目标，还招惹了几个女同胞的"白眼"。

"嘿嘿，'半边天'，饶命！"汪飞双手在胸前一握，做了个求饶相，"你们女英雄要顶大半边天，我们男同胞只顶个角角，我汪某哪敢和你们较量……"一副傻相，逗得人们捧腹大笑。

"汪飞！你自己不干还不让人干呐？"洪涛厉声呵斥道。

"哼！"汪飞马脸一扭，一副不屑于理睬的神情。

"挖不完的板锄，喝不完的盐巴汤哟——"汪飞故意对着洪涛吼。吼完，又有意从洪涛身边擦过，仿佛向他示威。

"挖板锄怎么啦，你的世界观不需改造？喝盐巴汤又咋个？你不需磨炼意志了？没想好，当初何必砸瓶砸碗地闹着跟我们来？"装了一肚子气的洪涛，正好找到了发泄处。

"跟你来？别自作多情？"汪飞愣了洪涛一眼，"算了算了，你会活学活用！我调门没你高。不过还得看谁的尾音长啊！"汪飞做了个怪相，弄得人们大笑。

洪涛顿时感到丢尽了脸面，正想爆发满腹怒火，忽听有人叫他。

只见刘放走了过来，拍拍汪飞的肩："去，挖你的土，我找洪涛有事。"刘放想为洪涛搭梯下楼，洪涛却怒火中烧，憋得更难受。无奈汪飞已离去，发气也找不到对象。

营长分析了形势，决定在全营开展一次纪律整顿。他早就看不惯这些"天王老子"了。早上出操，不是缺席就迟到；白天生产，不是磨洋工就请病假，或是不断去"拉屎"、"拉尿"；半夜演习，不是开灯就怪叫；政治学习，不是讲话就睡觉。懒懒散散，目中无人，哪像军垦战士？于是，他采取正规军的办法，给捣乱分子关禁闭、记大过、降工资，甚至开除！

洪涛"乘"此"东风"挂上了"飞猴儿"，他偷吃百姓木薯，破坏民族团结，违犯劳动纪律，好逸恶劳，顶撞连长，目无领导……汪飞一下就成了全营整顿的对象。由保卫干事五花大绑地押到营部，关了禁闭，而后又押到各连，轮番批判。

汪飞自有汪飞的办法，或是满不在乎，或是做怪相，或是当众辩护，咒骂"烂丘八"(转业兵)。

可营长也有营长的"杀手锏"：关起门来，像旧军阀打整逃兵那样，将这个"害群之马"吊起来，用皮鞭狠狠地抽，直打得他嘴巴子不再乱叫；或者叫他坐"土飞机"，医得他连声告饶

"下矮桩"。

"要向兄弟伙求援吗？别妄想了。"营长警告汪飞，"你心中无政府，我心中也没你！你会拉小团伙，我不会给你敲散砸烂吗？"

汪飞很快得知，他的"和尚"弟兄们，一个个都被拉到营部进行了"触及灵魂"的"帮助教育"。"军阀们"有"尚方宝剑"，他扳不过大腿。于是，汪飞带着浑身伤痛，写了一份又一份检查认识。据营长评价，还比较深刻。"真是不打不成人，黄荆棍下出好人！"营长感叹道，"我们无产阶级不争夺，他们就会变成资产阶级的俘虏。不及时挽救他们，无产阶级哪找接班人去？红色江山哪能不改变颜色呢……"

汪飞放回来"接受考验"了。

洪涛迎上来笑道："该吸取教训了吧？"

"哼，屁眼虫，我不怕你装怪！"汪飞咬牙在心里骂道。

在接受"考验"的日子里，汪飞悄悄给家里写信，求老父开恩，设法让他探亲。可是，老爹没有他"灵光"，编不出让他探家的理由。他不知儿子被批被打的事，只是一个劲儿来信鼓励儿子安心生产。

生产倒是要生产的，因为有人盯他。至于心在何处？他自己也不知道。只知道日出而作，日落而归；日复一日，循环往复；周而复始，枯燥乏味儿。就像"老和尚给小和尚讲故事"那样，单调重复，没盐没味儿。

又拖了些时候，捆绑吊打知青的事层出不穷。"和尚们"人人自危，汪飞更不敢轻举妄动。知青中，善良点的，对他们说上几句同情的话；胆大点的，指责打手；个别"亡命之徒"，直接上书中央告了他们。真是"物极必反"，越批无政府主义，知青心中越没了营部那个"铁腕政府"，越无视那些棍棒领导，人心更散，思想更乱了。汪飞急不可待地想离开这里，信一封接一封发向上海，要求家里尽快设法。可是，那"懂不起"的爹妈，迟迟拿不出"革命行动"，害得汪飞好苦哇！他咬紧牙关挣表现，只为不再"禁闭"，少挨棍棒。

好不容易熬过了春天，眼下又进入了盛夏。

　　在汪飞忍无可忍的"危难"中，"父亲病故"的加急电报飞来了。当孙鲁人哭丧着脸告诉他这个噩耗时，汪飞却兴高采烈如同收到了胜利的捷报；当刘放沉痛地向他表达对伯父的哀悼时，汪飞却"扑哧"一下笑出声来。他噜了噜嘴，想把真情告诉刘放，但又担心影响探亲。于是，立即挤出两颗泪来，向连队递交了提前探亲的申请。

　　管他妈的，让老头子承担点义务吧！死一回有什么关系？回来说明一下不就"活"了！于是他非常坦然地接受了老头子的"恩赐"，又非常焦急地盼望营部的批示。

　　到底没枉费苦心呐，汪飞终于如愿以偿了。

　　这天清晨，太阳光早早透进茅棚，晒得飞猴儿屁股热烘烘的。他恶梦没完，便醒了过来。一看表，离开车还有一个小时。他一骨碌爬起来，慌乱地抓拢旅途用具。还得翻山越岭去车站，一切行动都必须加速！

　　糟糕！昨晚没打水。下山去提来不及了。可眼角黏糊糊地巴着眼屎。怎么办？他愣了一下，突然，小眼睛一亮，视线直射昨晚摆在床底的一盆洗脚水。拖出来一看，底下一层黑泥，面上基本澄清。于是，他咬咬牙，把澄清的洗脚水倒进他的大口缸，再把黑黢黢的脸帕往里一按一提，往脸上一抹。然后倒掉脏水，就把冷硬的馒头塞了进去。他这只大口缸的妙用众所周知：打饭容量大，漱口水宽裕；洗脸可塞下大毛巾，洗脚可以轮番搅；睡觉可作枕头，起夜可当尿壶；开会学习可作板凳，穷作乐时可当手鼓，长途旅行当然得带上这个多功能口缸。

　　一阵忙乱后，汪飞终于坐在车上闭目养神了。一旦平静下来，那脸就显得更长，皮肤也显得更黑。自从脸上挨了刀，他从此不再剃和尚头，想留长发遮丑！当马鬃般的长毛垂下来时，虽说盖住刀疤的一半，却把他的窄脸盖得更窄，看上去，真像马戏团的小丑。只是那几年马戏被革了命，他这天生丑角派不上用场。

　　迷迷糊糊抵达通关车站，又昏昏沉沉挤到旅馆登记处。只见一个上海女知青被挤出了"长龙阵"，原因是女人不准住楼上，而楼下的房间已经住满。当女知青再次向服务员乞求时，那张唇色乌黑的蜡黄脸发怒了，厚唇一张一合道："你不晓得找个人搭铺呀？"

人群大笑，女知青大哭。

汪飞挤到登记口，插队又怎么样？人们怕"天棒"的手锤。汪飞不知那瓮声瓮气的黄脸是男是女，只见那人的后颈窝上，栽着两条"黄鳝尾巴"。

"我和你搭铺要不要得？"汪飞将就她的话砸过去。

黄脸正要发作，但见汪飞脸上有一道刀疤，自知跟亡命徒斗气要吃亏，便给他写了个好房间。汪飞还不甘心，两根指头一伸，一张"大团结"就从黄脸的钱箱里飞到他兜里。当"二级钳工"，是他在营部关禁闭时别人教的。

汪飞走进房间，像坨烂泥瘫在床上，鞋子自然不脱，反正人们拿烂草席打发知青。当他昏昏欲睡时，门外传来女人的哭泣声，他跑出门去，正想发火，一看是那个没有写上"号"的女知青。愣了一下，便叫那女知青住到自己的房间来。女知青吓得连连后退，模样儿更加可怜。一种"同是天涯沦落人"的悲哀笼罩了汪飞。汪飞虽说也想女人，自从秦大军搞上了"洋马"，他就一直春情涌动难以平息。但对眼前这个知青，他汪飞决不会昧着良心乱来。他对那女知青说："进去，插上门！"说罢，就走出旅馆，爬进一辆篷车里……

还有一百四十公里就到昆明。一到昆明，"呜——喊嚓喊嚓"就摇到家。到了家，第一是吃肉；第二是睡觉；第三是打牌下棋逛"大世界"；第四呢，抓个妞儿，街道工业的也行，"过婚嫂"、丑八怪、"六百工分"不论。只要能回上海，就可让洪涛羡慕、忌妒……

他美得哼起了《花儿与少年》。洪涛不在，也没有谁会"装虫"！黄色灰色管他妈什么色，哼起舒服就行了。

"……花儿为王是红牡丹，红牡丹开在……""春天"还没挤出嗓门，汽车来了个急刹，呼喊声灌进了车厢。

汪飞探头一看，长脸上拉出了长舌头：妈呀！沟里摆了血肉模糊的一片！

汪飞见过血，是打群架时。此刻走下去，只是好奇。沟里凄惨的哼叫，只见那断落的脚手，撕下的肉皮，划破的面孔，流淌的鲜血……压在车身下的人，有的手在乱抓，有的脚在乱蹬，有的头在拼命摇，口中发出绝望的喊叫……

"哇——哇！"一个婴儿的哭声，突然出现又陡然中断了。汪飞扭头一看：一个乌红色的小人，躺在满身是血的女人大腿旁。

死去的母女顿时成了人们的中心议题。

"听说是个上海知青，在那里和军人乱搞。"一个中年男人说。

"她这次是逃跑回家卸'包袱'的。"一个知青模样的小伙补充道。他们最讨厌女知青被外人占有。"不过，她是个老实人，怪那军人不要脸。"他似乎不忍玷污他死去的同乡。

汪飞木然地望着血泊中的母女，心中一阵颤栗……

"哦，死伤的都是些知青！"声音里夹着庆幸的喜悦。

汪飞愤然回头，冲着那说话的本地人吼道："混账东西！知青该死呀？死了你高兴呐？"他在心中哀叹知青们的可悲命运。同情怜悯之心推动着汪飞，他转身跑下沟，把那些血肉模糊的人拼命地往车上拖……

大上海红灯绿酒，高楼洋房。语录牌照样那么宽大，标语口号照样挂得那么高。车水马龙，照旧是那么繁华。"红海洋"还红着，汪飞的心却灰了。望着那家家商店，个个里弄，条条大街，他都亲切，都喜欢，喜欢得发疯；对过上过下的人，卖五香瓜子的、掏垃圾的、捡纸屑的，甚至洗厕所的，他都羡慕，羡慕得忌妒，以至憎恨！他们为啥有这么好的命？我汪飞是哪座祖坟没埋正？他觉得自己像天外来客，要不，就像原始森林出来的野人！不然，为什么人们都用异样的眼光盯着他。

当他推开家门，老妈说他找错了门。当老妈子确认是自家那个猴儿回来了时，"哇"地哭出声来：看那脸上的刀疤，身上的血污，天呐！

"老汉儿，谢谢你的'加急电报'哟！你不为我'死'一回，我怕也活不成咯……呜……呜……"汪飞好不伤心……

左邻右舍赶到汪家，七嘴八舌地议论开了：哪家又塞了多少包袱；水果糖里埋手表、红宝书中夹"大团结"，自行车故意忘在支书家；哪个娃儿又办了病退，谁家丫头嫁了军人，某某少爷又上了大学……各说不一。但有一句话，大家倒是异口同声：你们造孽哟！开不到后门倒霉呀！

就在家乡四邻高喊"造孽"、"受骗"的时候，洪涛正在唾沫横飞地驳斥"受骗"论，那豪杰气概哪里是"造孽"、"倒霉"呢？

洪涛四处催收扎根边疆的决心书，和对半截子革命派的批判稿。决心书只收到一份，是鲁人的。他心中的上海与西双版纳没区别：饭，都吃不太饱。批判稿也只收到一份，是苏生的，他抄了一段报纸，"穿靴"、"戴帽"后就应付过去了。

普遍的消极态度使洪涛想不过意，就气鼓鼓地去找刘放论理。他觉得刘放这段时间沉默寡言，故意跟他作对。刘放坐着，双手抄着，一声不吭地听他讲。

洪涛讲的，其实没有多少是自己的想法，除了报上的，就是宝书上的，他的背功真令刘放佩服！

"凡是反动的东西，你不打，他就……"

"行了！"刘放气愤地打断他的话，"别再给我背语录了！我想听听你自己的看法！大伙儿不安心，原因究竟在哪里？"

"不就是大批判放松了吗？"

"难道你没看见大伙那蜡黄的脸色、浮肿的身子吗？！"

"好哇！没想到，当年你摇唇鼓舌，煽动那么多人写血书走上这条路，而今有人吼着回头，你却同情、默许！你过去振振有词地给我讲理想、说信仰、谈革命，可是一遇风浪，你的理想就化为乌有，你的信仰就成了生活小利，你的革命就成了一句假话！"洪涛在心中数落着刘放。

"刘放！"他实在憋不住了，"你不是声称要当中国的戈拉吗？！他敢和异教徒针锋相对，你敢吗？！"

"不错，我是崇拜过戈拉。我还把书扔给你，强迫你也学戈拉。可是，你别以为戈拉就是高谈阔论，争强好胜。他最可贵的是爱国爱民，敢为民族献身！"

"可你呢？"洪涛认为刘放只顾小利不管民族危亡。

"你以为追求理想只要有热情就够了，你不要再把为革命献身停在三年前的口号上！我们应该为祖国，为兵团，为八连干点实实在在的事！"

"我们？不，只是你一个人！你不要用实用主义来强迫我服从。你以为我还会像宾诺耶绝对服从戈拉一样服从你吗？"

"我不需要你服从！你不配以宾诺耶自比！他比你诚实得多，而你却根本没落到实地上！"

"我不诚实？！我喊口号？我不配比宾诺耶？可是，你还有半点戈拉的气味吗？刘放，咱们打开天窗说亮话吧，我认为是你变了！你的思想变得颓废了！你大概不想承认，你在往下堕落，在向右转！和秦大军、汪飞这些落后分子站在一起，算什么先进分子？这个谈情说爱可以理解，那个的反动言论情有可原，我就理解不了那么多！"

一字字、一句句都敲打着刘放的心，他忍气听着，拼命克制自己的情绪。

"都怪你那个臭知识分子家庭，造成了你的软弱性、动摇性和虚伪性！"

"啪！"刘放差点把木箱击破，"你胡说！"刘放气得发抖。

"我就要捅你的痛处，你过去装革命！现在假革命！今后必定反革命！"

刘放一个耳光给他打去，洪涛一闪扑了个空。"你……洪涛，我不怕你红口白牙，血口喷人！你给我滚！"

气得发抖的刘放，还是松开了拳头。眼下全连一盘散沙，如果他俩再闹起来，局面就更难维持了。他狠狠地瞪了洪涛一眼，转身上床，扯开被子蒙头昏睡。

竹笆床吱吱嘎嘎响个不停。刘放感到头越睡越沉。连里的事灌满一脑袋，间或插进些来自小李子的烦恼，弄得他的头脑涨得发痛。他干脆双眼大睁，望着房梁上微白的天窗遐想。他仿佛觉得那一块空白成了一个变幻无穷的万花筒，把生活中的方圆曲直、红绿黄蓝都呈现在他眼前。生活中固有甜酸苦辣、千般滋味，可是，少年时代的甜蜜却总在他心中回味；自己和洪涛曾有过的那段难忘的友谊和生活情景，总在他眼前浮现。

刘放竭力不再想洪涛，那一切的一切，都成了遥远的记忆。记忆中那个敦实的小洪涛，显得更加遥远，更加模糊了。他只记得，洪涛挥着小红本，四处宣讲"活学活用"的体会，四处介绍舍己救人的事迹。"知代会"、"积代会"、"劳模会"，到处都有他的身影，大刊小报，到处出现他的大名。什么"烈火救同志"、"森林觅战友"、"傣家村寨宣传样板戏"、"灵魂深处帮后进"的动人事迹到处传颂。连被救者刘放，被觅者吕婷婷，被"帮"者汪飞，接受宣传者依香、玉罕、麻柳寨，都跟着出了名。事情被不切实际地传播，洪涛被言过其实地吹捧。吹得他已得意忘形，头脑发昏了！

是该好好找洪涛谈谈了，刘放想，我俩是一百多号人的头儿呀！

谈吧，洪涛也冷静下来谈。

刘放说，除了加紧建立生活基地，解决吃肉难、吃菜难、住房难外，还得考虑生产组织形式。男女混合编班，强弱劳力搭配，任务到班，定额到人，加强检查落实。这都是他从老工人和老齐那里讨来的经验。

洪涛又听不下去了，怎能倒退到小生产方式上呢？

他质问刘放："大兵团作战有啥罪过？'人多议论多'——"

刘放讨厌他处处背语录，忍不住嘲弄道："也可能，嘴杂嘛！"

"热气高。"洪涛照背不误。

"那当然，体温汇集。"

"干劲大。"

"这就未必了，人多也正好混。"

洪涛火了，他指着刘放喝道："你不是和我唱对台戏，而是对毛主席的态度！……"

"哼！我怕你上纲上线？！"刘放再次被激怒。

洪涛自知说话有点过头，望着刘放的怒脸不吭声了。

"算了，谈点别的吧，我俩老扯不到一起。"洪涛说罢，掏出厚厚的讲用稿让刘放过目，是准备到各连巡回宣讲的，必须要政治指导员过目。

刘放翻翻，除了"烈火救刘放"、"森林觅战友"那一套，加了如何学习王连长路拾锈铁钉的精神，如何批判陆澜用琴声动摇军心的问题，如何帮助可以教育好的吕婷婷改造小资产阶级世界观的问题，大标题是《献身革命突出一个"斗"字！》，刘放扔给他，没吭气。

"怎么样？"

"你的标题上多了两点，少了一横。"

洪涛想了半天，才醒悟过来道："'斗'字改成'干'！你还没认识到我们的分歧点呐？两条路线斗争的分歧点不就在这两个字上吗？"

刘放扭头走了，不想再争下去。

一周之后，洪涛在全连讲用。他特意放大音量："首先敬祝……再敬祝林副统帅身体健康，永远健康！"

此时，王连长气喘吁吁地从营部跑回来，急得直向洪涛摆手。洪涛却因太专注，没看见而照样读："献身革命，突出一个'斗'字！"

"别斗了！"王连长跑拢会场，上气不接下气地喝令道，"别斗了……林彪……爆炸了……"

十一 颤抖的银针

夏莉的腿功能恢复了。她和柳华相互激励，携手迈过了人生道路上的一大坎坷。正如老齐所说：委屈使人成熟，挫折使人坚韧。"掀被子"和扎伤腿的风波，使夏莉进一步懂得了世事的艰辛，品尝了生活的磨难，抛弃了那些天真烂漫、不切实际的幻想。她带着对理想、事业的新的认识和追求，投入了紧张的劳动和生活之中。

收工回来，月亮已挂在天边。夏莉来不及脱下糊满黄泥的解放鞋和打满补丁的劳动装，抓起一个干馒头，挎上药箱就往柳华房间走。

这是夜来香盛开的时节，一阵阵浓郁的芬芳扑面而来。夏莉忍不住停下脚步，鼻尖对着那些小花，贪婪地嗅着。

突然，夏莉的药箱被什么东西猛撞了一下。

回头只见，一个身背火药枪的傣家猎人，右肩扛着小麂子，左手抱着一捆草叶藤，正专注地盯着她的药箱。

月光下，猎人对夏莉抱歉地一笑，慌忙转身离去。

夏莉不觉一惊，又是那颗黑痣！不就是那射死花豹，救了我们命的老猎人吗？在去麻柳寨的小路旁，他也抱着一捆草藤，呆呆地站在一个医生的坟前，也是这样不眨眼地盯着我的药箱。

他为什么去悼念医生，为何又关注药箱？莫非，他家人有病？夏莉正愁没机会报答打死花豹的救命恩人呢！

"哎，老波涛，给你药！"夏莉追了过去。

那猎人摆摆手，加快脚步钻进了老林。

夏莉回头来到柳华房间，只见马灯亮着，人睡着了，一只手滑在床沿边。地下，摊着一本发黄的书。

"《牛虻》！"夏莉警惕地看看门外。真为他捏了把汗。前几天，营部兴师动众追查黄色书刊，正愁找不到藏书的罪魁呢！那个曾在芦花岛上大显身手的雷闯，在这次所谓"反腐蚀"斗争中又找到了"用武之地"。他在批修讲用会上，振振有词地质问："好端端一些年轻人，为什么要学流氓？流氓是什么人？不就是赌博偷盗搞女人么？真是一本流氓，教出了一片流氓！这不就是阶级斗争的新动向吗？"

"真会'活学活用'！"夏莉轻蔑地笑道，"无知的假革命，道地的老流氓！"

夏莉不允许那些臭嘴这样侮辱她心中的偶像。但自从《牛虻》被围剿以来，谁敢再为这本书唱赞歌呢？此时此刻，夏莉捧着《牛虻》激动地翻了起来。上小学时，她就看过这本书；中学时，不知又翻过多少遍。有些描写，她似懂非懂。但不少精彩议论，她能一字不漏地背出来，并当作做人的信条珍藏心里。夏莉贪婪地翻阅着、默念着，仿佛在校正六年记忆的误差。没错，一字没错！牛虻的话，夏莉背得和"老三篇"一样烂熟。

柳华喜爱《牛虻》，居然不怕被追查、批判！不怕背上传播黄书的罪名！夏莉庆幸在自己的精神世界里，又多了一个知音！

想当年，夏莉和陆澜是多么热烈地谈论过《牛虻》啊！可那时，他们都只是被亚瑟奇特的身世所吸引，被故事情节所打动。

如今"亚瑟"遭到诽谤，却仍有这样一个不怕被诽谤的崇拜者！真是"心有灵犀一点通"，夏莉感到自己和柳华的心更贴近了。

柳华醒来，望着专注读书的夏莉，笑道："怎么，不忌堕落之嫌吗？"他知道，夏莉不大在乎某些人对她"资产阶级小姐"、"争名夺利出风头"之类的攻击。

"你不是也不怕背上放毒的罪名吗？"夏莉合上书道，"借给我，秘密阅读，不传他人。三天后'完璧归赵'，行吗？"

"行，可你得包上宝书的红皮！"

　　"哟！看不出来，你窝藏'坏书'有方啊！还有些什么？都抖出来吧。"

　　柳华指指墙角的木箱，递给她一把生锈的钥匙。

　　夏莉匆匆打开木箱，"啊！"黄皮书、白皮书、蓝皮书、黑皮书，塞得满满的。

　　"《钢铁是怎样炼成的》、《勇敢》……"夏莉边翻边念，"《苦难的历程》、《被开垦的处女地》、《青春之歌》、《军队的女儿》、《约翰·克利斯朵夫》、《浮士德》……呵！你这木箱之谜可打开了——除了'修正主义'的，就是'资产阶级'的！"

　　"不，还有无产阶级的。这儿——"柳华举起几本绿皮书念道，"《橡胶栽培学》、《热带雨林气候简说》、《西双版纳经济作物介绍》、《割胶制度试验》。"

　　"你可是个'双料货'，小说迷兼橡胶迷！"

　　"你呢？小小崇拜迷、信仰迷！"

　　"可不是吗，我若没有信仰，早就跟我妈出去了！没有崇拜，当初也不会来给你扎针！"夏莉一边说一边取出针盒。

　　"是啊，人的一生不可没有信仰，也不可没有精神支柱！"柳华改换了刚才那种语气，一字一句地说："很难设想，亚瑟没有信仰，会身临逆境而矢志不渝！我给你讲过，我内心常常是软弱的，多亏了这些书上的人……"柳华陷入了沉思。他已不是从理论上议论"信仰"的时候了，步入人生就坎坷多艰。政治上、精神上、身体上，他都受到过非人的折磨。他懂得了"信仰"的分量，尝到了身临逆境的艰难，也明白了"磨炼"的内涵。可他常常扪心自问：能不能像亚瑟、保尔那样奋斗到人生的尽头？！……

　　夏莉默默不语，低头捻拨着针头。每当谈起信仰，思索人生时，当初那慷慨之词、轻松之感全都没有了。扎针引起的风波，失败带来的痛苦，一次又一次检验着她人生的理想、信仰和目标。她常常感到，小时候和陆澜谈论人生的那些话，显得多么苍

白无力、幼稚可笑啊！……人生、人生！……这两个字实在太沉太重……

"嗨——"柳华一声长叹，打破了沉默，"我悲观绝望过，自暴自弃过，甚至自杀过！……就在那边小桥下……那是第一次从医院出来，第一次听说我双腿无救的时候。我摸黑爬了几个小时，又在河边犹豫了好久好久，心一横，便一头扎进水里，强迫自己不再抬起头来……后来……我醒了，老齐的爱人正抱着皮包骨头的小疆，坐在我床边流泪。当时，我竟然恨她，为什么不让我去死？为什么还要救我起来受活罪？我抓住她的胳膊拼命地摇着、喊着。她却默默无语，泪如泉涌。过了好久，她才说：'老齐被关牛棚，顾不了你，我可要对你负责啊！好好活着吧！我还要把小疆养大呢'……"

"我松开了她的胳膊。顿时，我感到在她那弱小的身躯里，蕴藏着一股多么巨大的力量！……她怕我整日里躺着难受，便爬到床底，翻出了我寄放在她家的那些小说，又一本本塞在我枕头下，让我仔细重读这些书。我觉得，只是在那时候，我才真正读懂了这些小说，才真正认识了保尔，认识了亚瑟，理解了人生的真谛……"

"以后，我再痛苦、再失望，都不再想到死……"

人生多艰哪！夏莉在心里默默祝福这位不幸的兄长，一次次闯过了人生的难关！

停顿片刻，柳华转过头来，饱含激情地说："真的，人，不能没有信仰！不能没有精神支柱！"

"小夏，让我们共勉吧！推着拉着也要往前去，谁也不准在半路趴下！"柳华感到自己的命运已和夏莉连在一起，他庆幸在人生风雨的搏击中，又有了一位心心相印的同伴。

夏莉迎着柳华严峻深沉的目光，赞许地点着头："推着拉着也要往前去，谁也不准在半路趴下！"这话像巨石投进她平静的心海，激起强大的反响，洗涤了她灵魂深处那"人生莫测"的迷惘之情。她仿佛感到，有一股巨大的力量，正推动着她；柳华那堂堂男子汉的气派，震撼着她！她突然觉得，柳华那瘫软的病体，是那样高大、魁梧、坚实！

这些日子里，夏莉几乎每天都在柳华床前，用语言和目光交流心声。从生产到生活，从边疆到内地，从哲学到文学，从历史到现实，从橡胶到医学……在那斗私批修、反腐蚀、"触及灵魂的革命"漩流之外，他们开辟了一块属于自己的精神天地。

柳华隐隐感到，那神秘的"落叶"，已悄悄摇醒他青春的激情；夏莉却尚未意识到，那心中的"牛虻"，正轻轻叩击着她少女的心扉……

然而，陆澜却无法退到"漩流"之外，无力开辟自己的天地。

他的《小夜曲》和《命运交响曲》招惹了是非，成了"反腐蚀"的活靶。王连长和洪涛苦口婆心地帮助他说："你想想吧，大家病着你拉琴，中秋想家你又拉琴，客观上不是动摇了军心吗？这不是背离了毛主席'上山下乡'的革命路线吗？所以，你要认真改造……"

"够了！"陆澜打断他们的话，"我没有什么需要改造！"

"哎哟——陆澜呐，做啥子乱说哟？'改造世界观'是毛主席说的唷！"王连长还是耐心诱导他。

王连长哪里知道陆澜内心的痛楚呢？他想拉琴，是因为他想家，他想反抗命运。爸爸在牛棚里得了白内障，他想看看澜澜，怕失明再也看不见儿子。"动摇军心？""军心"本来就已动摇。陆澜不怕戴这顶帽子，只要能回家见父母。

于是，陆澜递交了探亲申请。

申请书被打了回来，理由很简单：问题没说清——本人的、父母的——不准走！

不批假就自己走！他走到汽车站，被王连长拦了回来。

回来后，他却不出工了。整日里靠着、躺着、胡乱想着。

夏莉来到陆澜床前，陆澜一下站了起来，也不叫夏莉坐。夏莉望着他的眼睛，见他是那样绝望沮丧，与柳华形成鲜明对照。柳华躺着，灵魂却站着；陆澜站着，精神却倒塌了。

夏莉的心在颤抖。当年那个手持《牛虻》畅谈理想的陆澜，多么棒啊！那时候，夏莉认他为是同辈人中最有才华、最有力量的人！因而信赖他，甚至崇拜他！可是今天……

夏莉直视着陆澜的眼睛说："你没有理由这样自暴自弃！亚瑟没有妈妈，生父欺骗他，恋人离开他，社会蹂躏他，疾病折磨他。可是，他没有垮！为了神圣的信仰，他不怕被亲生父亲送上断头台。他才是人间真正的男子汉！可你呢？即使社会践踏了你，人们欺骗了你，可你有妈妈，有一个比蒙泰里尼好千百倍的爸爸，还有……我……"

一场思想的暴风雨突然停息，两人默默相对，久久无语。

膝关节穴位的治疗，把柳华麻木的腿扎出了感觉，但夏莉脸上却没了光彩。有几次拔出针头，她都犹豫地拿着针头，望着柳华的腿发呆。

"怎么啦？"柳华不解。

"哦，没什么。"夏莉收捡着针头，脸上却涌起一阵潮红。

"我觉得针感还可以。"柳华以为她在为疗效犯愁。

"哦，可以。不过……现在得……找配合穴。"

配合穴？阴廉，秩边，这些穴的部位真使她犯愁：大腿根、内侧，柳华的。她想起就心跳。

记得十岁那年，夏莉刚到上海，路过陆家小院，见穿着小裤衩的陆澜冲冷水澡，她不好意思地低头走过。后来，小澜澜在她面前也懂得了害羞，从此不再当着她的面亮身露腿了。

小时候，他们手拉着手，懂事了，谁也不碰谁。随着年龄的增长，"青梅竹马，两小无猜"的关系结束了。尽管两人的目光总怕碰撞，陆澜有时还是要悄悄注视夏莉，夏莉有时也情不自禁地凝视陆澜，若被旁人发现，夏莉会脸红耳热，很不自在。再往后，他们成人了，交谈时也大胆对视，身子却始终保持着距离……

二十多岁了，夏莉还没见过男人裸露的身躯。现在，要让她在一个男人的下身行针按摩！夏莉想起就脸烫心跳，不行，说什么也不能走这步棋……

如果她是穿白大褂的医生，如果柳华是素不相识的病人，夏莉相信，自己的银针可以在病体上通行无阻，她可以沉着平静地按所有规定的程序进行。然而，她还没有穿白大褂，她和对方那样相熟。她认识他的脸！她看得见他的心！她懂得他的感情和那炽热的目光！

还有，别人会怎么看？大彭会惊奇，会再次把我当坏女人。雷某会高兴，又抓到一个反腐蚀的活靶子，一颗打击老齐的炮弹！还有陆澜，他会受不了这些舆论……退缩吗？让柳华永远钉在病床！让百多个日夜的心血付诸东流？让那本《针灸治疗手册》的主人失望？让我在医学的山腰"望峰"兴叹？

不！"推着拉着也要往前去，谁也不准在半路趴下！"这是柳华说的。

上帝啊！你为什么要在男人女人之间划出这道不可逾越的鸿沟？为什么要在男人女人间制造一种神秘莫测的情感？

夏莉生平第一次遇到这么个大难题，向谁求助呢？又怎么启口啊？！夏莉的心乱极了，怎么也理不出个头绪。她久久地徘徊在月光下，想让清冷的夜风拂去自己满脸的潮热。她望着又圆又亮的月儿，穿过高大幽深的油棕长廊，走过墨绿茂密的香蕉林海，又走进暗送清香的芒果菠萝地。月儿挂在天边，月影缓缓游移，衬托着她那修长迷人的身姿。

"噗"的一声，夏莉陡然被一块巨大的黑幕蒙住了。继而便是一张滚烫的脸贴来，在她腮边狂乱地亲吻。一双有力的手紧紧搂住她的腰，嘴里还发出颤抖的细语……

夏莉惊叫着，吓得浑身发软。

"依教，别怕，别怕！是我……我……岩青……"这岩青把她搂得越发紧了。夏莉拼命挣扎，岩青一边喊"依教"，一边又用颤抖的嘴唇堵住了夏莉的口。夏莉像在恶梦里挣扎，想跑挪不动腿，想喊发不出声，想推开他又没有力气，只感到眼前发黑，一切都完了！

"依教……依教！你……不喜欢……我？"岩青声音颤抖，

双臂软了下去，夏莉乘势挣脱出来，抛开蒙头的红毛毯，狠狠给了他一个耳光，拔腿就跑。

岩青先是一惊，再一愣，而后一声怪叫，便抱头鼠窜，魔影一般消失在月光下。

夏莉浑身颤抖，毛骨悚然，仿佛看见林间窜出无数手持红毯的人。她拼命跑，像死里逃生一般，想躲避那一张张铺天盖地的大红毯。

不知跑了多久，她才停下来，揉揉眼睛，望着月光下的凤尾竹。除了自己心跳的声音，四周一片宁静，就像什么事都不曾发生。

……他为什么老喊依教？为什么掀开红毯后，他又那么惊讶？夏莉突然想起了傣家人的婚恋风俗——情人相约，小伙子总要带上一条象征吉祥的大红毯，在预定地点等候姑娘。当匆匆赴约的情侣走来时，急不可耐的小伙便"呼"地张开红毯，把自己和姑娘紧紧罩在一起。红毯下，一对醉心的情人放纵地亲吻调情，直到捂出一身热汗，姑娘提出抗议，小伙子才很不情愿地揭去红毯，对羞羞答答的姑娘细细倾诉心中的爱……

啊！夏莉如释重负，庆幸自己没碰上流氓。可是，一想起那张滚烫的脸，和那张热喷喷的嘴，那怪怪的气息，她的心就"怦怦"乱跳，周身发麻。无论在感情上、心理上或是生理上都难以忍受。

"野蛮！真野蛮！"她在心里诅咒这所谓"古朴的文明"。她恨，恨那个被爱情冲昏了头的男人，带给她了一场不应有的"灾难"。

夏莉正愤愤不平，只见竹林里走出一个身材窈窕的傣家姑娘，焦急地徘徊在林边。望着这个钟情的少女，夏莉对那热情似火的岩青仿佛也消了气。她想尽快回避将要见面的这对情人，又怕受惊的岩青跑了，让依教失望。于是，她转身告诉依教，岩青在那边。望着急匆匆奔向情人的依教，夏莉暗自为这对情侣祝福。依教一定渴求着红毯下热辣辣的吻。人啊！真怪！夏莉不明白，同样的举动，不同人的感受却有天壤之别！

这不由得使她联想到必须进行的治疗方案。夏莉想象不出，当柳华的大腿裸露在面前时，自己会是怎样的感受？会像对岩青那样反感肉麻呢？还是会像医生那样无动于衷？抑或还有什么别的感受？她无法把握自己。她左思右想，决定向老齐的爱人求助。

老齐不怕姓雷的做文章，也不管两个年轻人那些奇奇怪怪的思想，他只要柳华给他站起来！他是过来人，总觉得柳华夏莉还是孩子。

老齐重重地捏着柳华的肩头说：

"给我好好地配合，再像上次那样胡闹，别忘了我的巴掌！"

老齐走了，柳华的心乱了。他想起三岁时，他告诉妈妈说：邻居的小遥遥耍"雀雀"。妈妈说：小华不耍，那样羞。从此他记着什么叫羞，再也不穿开裆裤了，尿尿也背着人。上中学时，他惊奇地发现了自己身体的变化，也就更怕羞了，邻居都说他像个姑娘。

长大了，柳华不害羞了，整日里穿个小裤衩在工地上转。有一次，老肖的小女儿好奇地望着他的腿问："柳叔叔，你的腿怎么长头发呀？"她大姐拧了妹妹一把，脸儿红着低下了头。柳华无所谓地笑笑，并不觉得有遮住胳膊腿的必要。穿着小裤衩干活儿，他感到方便利索。

瘫痪以后，多少次赤裸着摆在病床上，任凭那些白大褂捏来摸去。男的、女的、老的、少的，他都无所谓。他的心像一潭死水，泛不起一丝儿涟漪。他的腿麻木，他的心麻木，他没有了男人青春的冲动。

然而，奇怪的是，当夏莉来到他身边，少年的羞涩从心底的深处涌了上来。柳华突然想盖严自己的腿，不让夏莉看见。当她看见了，而且用她那轻柔的手指触摸自己的大腿时，柳华麻木的心开始复苏了。在青春的冰河深处，仿佛有股什么东西涌动着。一缕缕从没有过的情丝，悄悄地、慢慢地缠绕着他的心。柳华的

心在呼唤，像干涸的农田呼唤雨水，像冻僵的鸟儿呼唤太阳，像孤独的母亲呼唤儿子。可是，倾盆大雨会冲毁农田，火辣辣的太阳会热死鸟儿，重逢爱子的母亲会搂得儿子喘不过气来。柳华不希望自己渴求的东西来得太陡太急太猛烈！他来不及准备！他会束手无策！他更怕来者失望地离他而去，再也不回！

柳华希望夏莉每时每刻都守在自己身边，希望自己能一直看到她宁静的脸，听到她平静的呼吸；希望夏莉的手能按在自己的胸膛，听到自己的心声。但是，柳华却从没想过要把自己赤裸裸地摆在夏莉面前！夏莉受不了，自己也办不到！那样做，只会破坏他们纯真的友谊！亵渎他们之间崇高的情感！

"阴廉，秩边……这些该死的穴位，为什么要躲在那里？对夏莉敞开禁区？啊！不能这样！"这会使自己心中那朵洁白的荷花遭到玷污！它会使围绕这朵荷花编织的花环破碎！它会使这荷花引出的美梦化为乌有！不能！不能玷污我心中的"绿仙"！不能摧折那"最后一片绿叶"！

这天傍晚，柳华躺在床上，望着对面山上的大榕树，像一朵刚刚出岫的绿云，嵌在夕照里。树下，一个小白点，那是傣家小伙的头帕。从那里飘来幽雅婉转的箫声，不绝如缕，如泣如诉，分明是热恋的依崽盼望姗姗来迟的依英。

突然，门开了，老齐把夏莉拖了进来。当老齐几把拉下柳华的长裤时，回头却不见了夏莉。老齐按住柳华高喊夏莉，夏莉再次进门，镇静得如同一个老练的医生面对陌生病人，她竭力掩饰自己内心的慌乱。

可是，当她触及柳华腿根内侧的一刹那，手便有些不听使唤了。那微微的颤抖传递到柳华心中，犹如一道道灼热的电流，一阵阵铺天盖地的狂风。柳华扭过头去，闭上双眼，任凭那电流通过全身，任凭那狂风席卷整个心田。夏莉感到手中的银针沉重万分，老是不听使唤，怎么也扎不下去。她的手指在腿上寻找穴位，柳华的心却在寻找避风的港湾。昏热中，像蚂蚁咬了一口，针头扎进了他紧张的肌肉。针柄在夏莉的两指间剧烈地颤抖。可是，股动脉仿佛敲着警钟，伤腿的威胁镇住了夏莉，她咬着牙关，强迫自己从慌乱中平静下来。

不好，突然发生滞针！夏莉捻不动针柄，又取不出针头，柳华肌肉过分紧张。夏莉稳住自己的情绪，用指头轻轻按揉周围皮肤。可是，这种松弛肌肉的方法，对于处在特殊心理状态中的病人却适得其反。夏莉当机立断，采取了另一措施，在附近又扎上了一颗针。

"五秒、十秒、三十秒……"屋里静得能听见老齐手表的嘀嗒声，柳华紧张得冷汗直冒。

两分钟过去了，柳华的肌肉被强制松弛下来，好不容易扎进去的针，又不得不小弧度地捻转退出。

"怎么啦？"老齐有些不解。

"太紧张了！"夏莉抹着冷汗。

当第二颗银针扎进去的时候，夏莉的手像解了冻似地灵活起来。针头被她的拇指和食指稳稳地夹着，有节奏地拨动着、弹跳着。

"有胀感吗？"夏莉充满着希望。

柳华没有回答，齐书记焦急地看了他一眼。

"有胀感吗？"过了一会，夏莉又问。

还是没有回答。

夏莉轻轻地把针向深处推进，柳华那麻木了多年的腿居然抽搐起来。

"胀了胀了！"柳华激动地喊道，喜悦的神采飞上了老齐焦急的脸。

此时此刻的夏莉，竟像一个沉着老练的医生，时而捻进针头，时而轻轻提起；时而稳住针头，时而又轻轻捻转。医生的责任感完全控制了她的心跳……

走出了这第一步，她就一定能攀上顶峰。此时此刻，夏莉想起了姐姐的话：第一次拍片，对着镜头该哭哭不出泪，该叫妈叫不出口。当自己喊出了第一声，哭出了第一次，便觉得自己今生可以做演员，而且能做一个好演员。当夏莉看见《小月亮》里那

个可爱的女学生时，暗暗为姐姐的成功祝福。从此不再说丢下自己祖国往外走的姐姐是"狗熊"了。姐姐有她的志向抱负，她不是笨"狗熊"，而是香港电影界的女明星。她也要像姐姐那样，在中国针灸医学上探出一条自己的路来！

针感日趋强烈，腿部日趋敏感。柳华渐渐陷入难以抵挡的诱惑之中。一种从来没有过的青春的冲动，猛烈叩打着他的心扉。像一股热血汇成的激流要冲出胸膛，要寻找它们的去处。柳华拼命地挡住这股激流，在心扉上加了一把坚固的锁。他时时憋得面色发白，手心冒汗。他急促地喘息着，身子微微颤抖。他紧闭双眼，咬破了嘴唇，决不让那激流冲击自己心中圣洁的女神。他觉得自己不配，因为这双残废的腿。但是，感情这怪物决没有尊卑的划分和得失的权衡，它们需要倾泻的时候，是任何力量也挡不住的。当夏莉拔下针头，用手指轻轻按摩阴廉穴位的一刹那，柳华心中那股被堵塞了多年的热流，在一声轰响中决堤了。他捧住夏莉的手，发狂地亲吻着。如果说第一次握住这双手，更多的是感激的话，那么这一次，柳华无法说清还有什么别的情感……

"你！……"夏莉愣了好一阵子，突然慌乱地推开了他滚烫的脸。

柳华顿时瘫软下去，紧紧闭上了双眼。

夏莉的心剧烈地跳荡着，她拼命地搓揉着自己的手。她看见，柳华的眼角挂着一颗泪。她自己的脸，也烫得像盆火……

门外风雨大作，把两颗年轻的心搅得更乱。她突然冲出竹门，任凭那凉风冷雨吹打……

我做了什么？……我是个什么女人？……

你要对得起澜澜！不，你要理解你的病人！

啊……陆澜……柳华……我该对你们说什么……

风雨湿透了夏莉全身，她仍然觉得浑身发热。

风雨中，她仔细掂量自己内心深处的感情。

柳华、陆澜，陆澜、柳华……他们的面影交替出现在夏莉眼前。每当她呆在柳华床前，绵绵的情丝总是缠绕着陆澜的身影；每当她走到陆澜身边，脑海里却总是浮现柳华盼望渴求的眼神。

不管与他们中的任何一个在一起，夏莉都觉得情感上美中不足。但又不明白到底欠缺了什么。她有时想，或许三个人在一起会十分愉快。仔细想想，又感到那样会尴尬……

夏莉真不明白，自己的心，是从什么时候开始烦恼的……好久好久，她才从夜雨中清醒过来，回到自己的小屋。她捧起《针灸治疗手册》，可怎么也看不进去。她失神地坐着，苦思冥想着……

她又想起了陆澜送书的那个静静的夜……这本书，像雪中的一团火，灼热了她有些冷却的心，照亮了她灰暗的前路，使她在困境中得到了多大的帮助和支持啊！

因为有了这本书，治疗得以进展，柳华那双僵死了的腿才出现了一次有希望的动弹！也是因为这本书，试针得以深入，而伤腿的风险却沟通了自己和柳华的心。

还是因为这本书，才使自己那样深入持久地接近一个男性，看到了一颗美好的心灵，以至激起她对柳华的崇敬，推着她向柳华的心灵深处走去……

夏莉丢开书，取出银针，用消毒棉球擦一擦，但很快又把它收回药箱。她是那样踌躇不安，心烦意乱。呈现在她眼前的，时而是柳华的目光，火辣辣的炽热；时而是陆澜的脸，灰蒙蒙的绝望。柳华谈起保尔，是那样热切和刚毅；陆澜重提牛虻，却是一种讥讽的冷笑。

难道，昔日对陆澜的崇拜，开始向柳华倾斜；昔日对柳华的同情，已经转注到陆澜的身上？夏莉恨自己，却又原谅自己，因为崇拜和同情都不是爱！

夏莉一口气跑回八连找到了陆澜。她多么想找回当年那个英俊、潇洒，充满自信的澜澜。

望着那张熟悉而又有些陌生的面孔，夏莉声音颤抖地问道："告诉我，你还有信仰吗？你当年的气魄、当年的热情，都到哪儿去了？！到哪儿去了哇？！……"泪花充溢着夏莉的眼眶。

陆澜却麻木地回答："你别希望了！"声音是那样低沉，像闷雷打在夏莉的心上："我，不再是过去的陆澜！"

夏莉紧紧地抓住陆澜的胳膊："我不相信！我不相信！"她要全力保住那个支撑着她与陆澜相爱的精神支柱。

望着陆澜沮丧冷漠的脸，夏莉慢慢松开了手，挪动沉重的双腿，离开了陆澜的房间。

她心中那个有理想有信仰的澜澜，真的不存在了吗？！

不，她的良心不允许自己这样曲解陆澜，她的感情也不允许这样伤害陆澜！夏莉心中不能没有她的澜澜！

然而，夏莉心中又能够没有她的病人吗？柳华那惊人的毅力，对人生透辟的见解，对事业执著的追求，对信仰的坚贞不移，都是她所崇拜的品格，也是自己希望在陆澜身上寻找却没能找到的东西。

啊！女人的心啊，为什么一定要寻觅崇拜的偶像？女人的感情啊，为什么一定要寻求一种外在的寄托？夏莉仿佛发现，一个要强的女子，可以在一切方面自立，唯独在感情上却具有那么强烈的依附性，那么容易陷入无力自拔的困境中……

"我死不了，也不过是一具活着的僵尸！"一想起陆澜这句话，夏莉的心就会发抖，就会流血。

澜澜，你为什么变成这样？为什么变成这样啊？！

她仿佛感到，维系她和陆澜的爱情纽带，绷得那样紧、那样紧……

十二　森林之家

　　林彪爆炸了，洪涛沉闷了很久很久，在红书里没有找到答案。

　　林彪爆炸了，王连长回老家了，因为他一直紧跟的偶像彻底粉碎，他最最喜欢的小李子也没指望了。

　　林彪爆炸了，汪飞兴高采烈地回到八连。副统帅的坠毁使军人黯然失色，中央追究了兵团那些捆绑吊打知青的事。那个奸污女知青、打死男知青的某团团长贾大山被就地正法；那个捆绑吊打知青的保卫干事，因调戏婷婷而放回老家"修地球"去了。营长和洪涛也威风大减。于是，汪飞的"六百工分"也不找了。

　　林彪爆炸了，陆澜出工有了精神，他以为这场"革命"就要结束，父母的冤案就要澄清了。

　　林彪爆炸了，刘放兴致勃勃地找到老齐，畅谈橡胶事业的发展。

　　林彪爆炸了，"和尚头儿"和"尼姑头儿"正式结婚了，知青中的第一对。没有那些形式主义的大帽子，有情人可以成眷属了。

　　孙大个儿呢？他无所谓，爆炸不爆炸，他照样吃饭，也照样是半饱。

　　人们在各种各样的希望和失望中，等来了兵团撤销，农场恢复，军人撤走。齐正华"出山"，担任了副书记、场长。

　　雷闯脸上的蜂窝涨红了，他告诉洪涛："地头蛇出来

了！……哼！那个姓贾的死鬼，那个调戏吕婷婷的干事，不都是老P？都站错了队，和姓齐的一个阵营吗？而且姓齐的纵容夏、柳乱搞，为什么就没把他作为破坏上山下乡运动的罪魁，和姓贾的一起清算呢？"洪涛无言以对。

"走资派"东山再起便继续"走资"。齐正华对刘放谈起生活基地的建设，谈起农场的管理，两代人又想到了一处。老齐惊奇地发现：刘放身上有自己年轻时的影子。"一手抓生活，一手抓管理"，他这办场信条曾被红卫兵批判为"反革命"两手，为此整得他筋断骨折。这个从大城市里来的红卫兵，怎么与自己殊途同归，观点如出一辙呢？

何须惊奇，应当庆幸啊？真理被重新信奉有什么不好呢！当初全场职工饿得奄奄一息，是靠他们分场的包谷救了无数条人命；当一个个职工磨得面黄肌瘦时，是他费尽心力，领着大伙试种花生黄豆，养猪养鱼，"洗"去了人们肠上的"锈"；当人们的茅棚一次又一次被风雨掀翻，风湿病人一个接一个出现时，是他领着大伙儿打砖烧窑，建起一幢幢瓦房……当三十几元的工资拿得人心涣散、生产停滞的时候，是他坚持搞了个"四定一奖"，奖得那一个个舍得流汗的勤快人，笑哈哈地买回了收音机、自行车。工人收入增加了，生产效率提高了，劳动热情高涨了。人们个个争"放卫星"，抢"乘飞机"，唯恐"坐牛车"。可这一切，曾被攻击为"搞资本主义"。后来是中央发了《国营农场管理二十六条》，肯定了劳动与利益挂钩的原则。齐正华这套管理办法才没被那些坚持苏联办场模式的人推翻。可是，躲过了那一关，却没躲过"史无前例"的大革命。抓生活，被当作"腐蚀工人"来批；抓管理，被定为"管卡压"之罪。他这个"罪恶累累"的走资派，连同他那"反革命两手"一起搞臭了。到如今，旧话被新人提起，老齐百感交集……

如在小刘的设想里，要再加上奖罚分明这一条，而后行文下发立即推行，或许能改变农场的现状。可是，老齐话到口边又吞了下去。眼下条件成熟吗？林彪死了，刘少奇可没活。"三自一包"照样在批。能让这个年轻人和自己一起承受罪名，接受批判吗？老齐犹豫了。原谅老头子，这些年来，他也搞怕了哇！上下左右一起压来，即使自己咬牙硬顶过来，小刘的骨头却没长硬呐！

老齐蹲下来，提起烟筒，不露声色地吹着，吐着烟圈。

突然，老齐站起来，烟筒一丢，咬咬牙说。"先到你们队，搞岗位责任制试点。"

"好！我们等着你！"刘放由衷感叹：老齐呀老齐，你的脊梁骨可以敲断，却难敲弯呐！

那片被"理想之火"烧毁的老林子，是刘放一块难消的心病。那些"春风吹又生"的野草藤蔓，仿佛在与幸存的胶苗竞赛着长，很快就把老林子的两百亩胶苗淹没了。好几次，刘放对着那片幼林发愣。八队驻地离这儿太远，林地管理老跟不上。如果放弃这片胶林，那老林子就毁得更加冤枉，八队战士的血汗也流得更没价值了。刘放那负疚的心越来越沉重。要救这片林子，最好的办法就是进驻一个班，盯着锄草修枝。可是，这里荒无人烟，交通不便，还常有野兽出没，吃住都难。派谁来出这苦差？自己带人进来吧，队里又怎么丢得下？

一直回避着他又时刻关注着他的小李子，发现刘放常常对着老林子的方向发呆，有时还独自抽起烟来了。这天晚上，小李子推开了刘放的门。刘放甩掉烟头，"腾"地站了起来。

"你莫愁了，我带一个班去管那片林子，就试着搞岗位责任制吧。"小李子连头也没抬，也不待刘放回答，就转身退了出去。

"小李子！"刘放追出去，小李子却连头都没回。她怕影响刘放，她知道洪涛正想抓刘放的辫子。

刘放又惊讶又感激，惊讶小李子这么清楚他的心思！感激小李子这么及时帮他解决了难题。真是心有灵犀"不"点通，小李子是爱他的！爱，何须要说？他将把小李子的爱珍藏在心底。

林管班是自愿报名组成的：陆澜想找一条新的出路，婷婷是去改造资产阶级世界观，鲁人是争取每天三两饭的补贴。小李子

领着三个人，组成了"森林之家"。

昔日荒芜的橡胶幼林，在小李子几人手中变了模样——

油绿的三叶树在微风中点着头；

梯田带面的无刺含羞草，以它强大的生命力，压制了见风长的飞机草、烧不死的野茅草、无边蔓延的野葛藤、无名无姓的毒刺根，它像一床厚厚的绿毯，覆盖了曾在胶树边逞威的"群魔"。

橡胶保护带上，播下的花生、黄豆和巴西苜蓿草，都齐崭崭地破土抽芽。环山一带带嫩苗，在微风中轻摇，真像一弯弯月亮湖，在风中荡开层层涟漪；更像一条条绿绸带，萦绕在"山姑娘"腰间。

从山顶俯瞰山脚，两幢秀雅的小竹楼，沐浴在初升的霞光中，淹没在绵延苍山涌起的碧波里。就像那海市蜃楼、仙山琼阁一样迷人，又像碧波中的舸舰、舢舨一样飘浮游弋。

林间，百鸟组成合唱团，分散在各个枝头，此起彼落地轮唱着晨曲；万木列成舞蹈队，像一排排披着绿纱巾的"演员"，在乐声中翩翩起舞。

这一带，原本没有人烟，砍柴游猎的傣族老乡也只是偶尔路过。全凭小李子满腔创业热情，带着大伙在此安下了家。竹笆楼板离地两米高，既避虫害，又隔地气。席子一铺，舒软如绷子床。她们打井、开菜地、搭炉灶、盖猪圈，分了林管定额，便开始了与世隔绝的林中劳动和生活。

这天清晨，小李子沿着弯曲的小道，向林地走去。她不时放下大板锄，铲去林地的野草。

一团浓雾飘来，淹没了李芳小巧的身躯。

一会儿，小李子像莲花仙子，破云而出，向山顶爬去。

东方破晓，晨雾匆匆散去。小李子在半山腰的植胶带上停下，双脚一踢，两只黄泥"鞋底"旋到空中，像"飞蝶"一样落在夜露润湿的小道上。她习惯性地将将额前被露水浸湿的头发，随意把它卡在耳后，头微微扬起，深深吸了口清新的空气，让温柔的朝阳拂着她清瘦的脸颊。只见她满脸喜色，俯瞰山下层层叠叠、如螺丝盘旋的植胶带。继而转过身去，靠在一株最矮小的胶树上，踮踮脚尖，右手从头顶上斜向胶树。

"几天不见，你都比我高半个头了！"小李子压抑不住内心的喜悦，久久凝视着小胶树，仿佛看见它的杆在增粗又增粗，它的叶片在放大再放大。甚至连它舒展"筋骨"的声音，她都像听见了一般。小胶树也久久凝视它的女主人，仿佛看见了她胸中的血在奔涌，看见了她额上的汗在横流，甚至连她那累倒在林地的呻吟，都好像听见了一般。

是啊，整整两百个晨昏，她都和这一群娇嫩的橡胶"姑娘"生活在一起。小李子熟悉它们的一"手"一"足"，它们也熟识小李子的一举一动。记得老齐说，胶树有六十年的生存龄，三十年的经济龄，那么，这些姑娘，将与自己同存于这个世界，一直陪伴她成为八十岁的老太太。小李子经常喃喃地和它们对话，像姐妹般一往情深。"啊！好妹妹，你要为人类供上三十年的乳汁，我就为你献上四十年的心血。直到我们最后的时刻。"要是植物和人类确有共同的心声，她(它)们间多少次对话、交谈，定会录满这条宽阔的"磁带"；如果地球上确有跨类的"世界语"，她(它)们间无数诗一样动人的篇章，定已刻进了大自然这本活书里。

小李子深情地抚摸着胶树，独自在那里欣赏着、感叹着，完全陶醉在一种创业的甜蜜中。

初放的阳光迅速铺盖了大地。小李子满头热气蒸腾，埋头铲着植胶带面上重生的杂草。

"嚓！嚓！嚓！"一窝窝野草被连根铲除。小李子弯腰提起草饼，在锄把上拍了几下，根上的泥土便脱落得一干二净。再强的生命力也难复活了。

"嘣！嘣！嘣！"一根根粗大的葛藤断落了，小李子的每个动作都那样轻巧、利索，难怪人们总把"小四川"叫做"川耗子"。

"咔嚓"，一个又白又大的地果挖成了两半。果心白生生、

水灵灵的，就像重庆那种又甜又嫩的大地瓜。看得小李子干渴的嘴，不由自主地动了两下。

上小学时，妈妈从菜店买回几个大地瓜，小李子和姐姐都吵着要吃生的。大地瓜一分为二，一咬，脆生生的，像裹着一汪水，甜极了，吃得小肚肚鼓了起来。想到这儿，小李子不禁停下锄来，看着那劈成两半的大地果发呆，止不住的酸水，浸出了口角。强烈的食欲像个不懂事的小孩，老缠住她不放。她不由得想起姐姐从农村来信，说到知青们的一些趣事——

"一小坨牛肉掉到地上，我们心都痛了。于是，知青户全体动员，草堆里、床底下、粪桶边，旮旮角角都找遍了。最后，在一只又脏又破的胶鞋里找到。用水洗洗，还是投进了口中。难得呀，看年看月才吃一回肉……"

"……满山麻雀，我们不得不从早吼到晚。离开一步，麦子就会被那些小精灵叼得精光。日头当午，'户长'把三碗清稀饭摆在地头上，等我们赶走那一群麻雀，回头又见麻雀围成了三个圈，它们正以三碗稀饭为中心，你争我抢分而食之。我们气得狠狠追打，不料打走麻雀又来了瘦狗。三碗稀饭除脱了一大半。我们盯着那残汤剩饭，想笑又想哭，想吃又想吐，犹豫半天，心一横便闭着眼睛一扫而光……"

当时，小李子嘲笑过那群大巴山的饥民，可是，此时此刻，她完全理解了姐姐她们那帮知青。饥饿是多么难忍啊！要是眼前鞋里有坨肉，她也不会嫌脏；要是地头有碗稀饭，她也愿与麻雀、瘦狗同餐共享……

忍不住了，她擦擦额上的虚汗，提起锄头走出林带，继而又钻进森林四处寻找，砍下棵又粗又长的野芭蕉。没人帮她托上肩，她咬咬牙，把芭蕉杆移到高处，然后跪在地上，费了九牛二虎之力，才将芭蕉杆挪到肩头，摇摇晃晃撑起来时，腰部胀痛万分。走着走着，她觉得两腿直打闪，有好几次，发软的双脚都差点跪了下去。她停下来，定定神，又颤巍巍地挪步下山。

忽然，她感到心闷得发慌，清口水直往上涌。尽管放慢了步子，却总觉得，眼前的小道凸凸凹凹，走起来高一脚低一脚的不平顺。

马上就到竹楼了！马上就可以吃饭了！还有那两头小猪，马上就可吃到这鲜脆的芭蕉杆了！

小李子想着想着，眼前突然发黑，身子越来越重，不断地往下沉，往下沉去……

她昏过去了，身子斜倒在梯田带上，锄头横倚在身旁。亮花花的锄口，正对着她的额角，卡住了一绺从耳后溜出来的头发。

鸟儿依然悠闲地鸣唱，风儿仍在轻快地吹拂，树叶儿还在骄傲地摇摆着，明亮的阳光照在小李子那黄里带青、有些浮肿的脸上。

小李子昏昏乎乎，仿佛躺在歌乐山的三百梯上……她要去卖牛草，家里等着这钱买米。她背着一捆体积比自身大几倍的干草，从山腰崎岖的小道蹬上了三百梯。她的头几乎被裹在草里。正午的烈日，仿佛把全部的热量都聚向这捆干草，把干草灼成一块巨大的烙铁，沉沉地压在小李子背上，仿佛要把她浑身的水分，连同血液都一起烤干榨尽。

她睁开期待的大眼，望着松涛翻滚、罩着铅灰色云雾的歌乐山。那山仿佛被《西游记》中的金角大王驮来，一下子压到了她的背上。她低下头，盯着她落在青石板上的汗珠，那湿印在透明薄膜似的烈日下瞬息即逝。三百梯呀，怎么还有那么长，那么高？她抖抖草捆子，咬牙低头往上爬，两颗黑眼珠儿，一双小赤脚儿，仿佛都粘在石板梯上烫糊了。她的腰越来越弯，她的头越埋越低，整个身子被草捆覆盖，远远看去，像一个大草团在烈日下蠕动。

歌乐山啊，太高太高！小李子总难望到它的顶峰；三百梯啊，太长太长！小李子总难走到它的尽头。苍天是多么空阔旷远，四周是多么寂静荒凉！天底下的她，大山里的她，是多么渺小，多么孤独啊！她仿佛觉得自己缩成了一个小点，小得快消失了。她挣扎着，把头钻出草捆，眼睛却一下湿润了，凝望着路边那座孤坟，泪珠儿怎么也忍不住地滚了下来。那里躺着的，是她亲爱的爸爸。啊！是爸爸在喊小李子！是爸爸在叫她快歇歇……

婷婷惊叫着，在南面坡上锄草的鲁人，和北面坡上修枝的陆澜也都奔了过来……

小李子被抬回了竹楼。婷婷为她抹去脸颊的泪痕，用浸透凉水的毛巾贴在她额头上。当小李子醒来时，婷婷端来碗干稀饭，边喂边劝道："给你说了多少遍，你一个人管那么多林地，还帮大家挖板土，这样干下去，铁打的身子也得倒啊！……我除了煮饭喂猪，还可以分担一部分。真的，只有我们两个女生，你的难处只有我知道，别再固执了，把你管的地分给我吧！我下午就去锄草……"

善良的婷婷看着无言的小李子，又抹起泪来。

几个人围着小李子，真怕她起不来了。陆澜什么也没说，只是发呆。

小李子想要打破这沉闷的气氛，就对陆澜说："你呀，总是冷冰冰的，永远热不起来。"

"你呢？永远冷不下去。"陆澜苦笑道。

婷婷喂完稀饭说。"你不躺下休息，我就告你，齐书记要来了。"

齐书记来，刘放也一定会来！小李子蜡黄的脸上顿时泛起一阵潮热。

歇了一个下午，小李子总想起来干点什么事，无奈四处已一片漆黑。窗外的纺织娘不倦地唱着，身旁的婷婷早已进入了梦乡。

小李子睡不着，从天窗仰视着森林夜空。两百多个夜晚，这竹床帮她消除了多少疲劳，多少疼痛啊！有多少不快，仿佛都从这竹笆的缝隙漏出去，飘到了九霄云外。痛快啊，这是那些城里人所无法体验的痛快！这里没有闹市的喧哗，没有红绿的灯火，没有动听的音乐，没有艳丽的百花，但这里却有小李子的事业和理想。这不比在歌乐山上打牛草，那只是为了一家人的生计。如今，她是为了橡胶，为了祖国人民的事业。是刘放让她进入了一种新的精神境界，她牢牢地记住了刘放的话：当我们的几百亩、几千亩、几十万亩胶林，汇成茫茫绿海的时候；当我们亲手割出的胶乳，化成一只只车轮，变为一双双胶鞋，飞遍祖国四面八方的时候；当我们像甩掉"贫油帽"一样甩掉"贫胶帽"的时候；当伟大的中华民族在各方面都名列世界前茅的时候，我们就会明白，今天艰苦奋斗的全部价值和深远意义！人们将永远不会忘记——这一代或者这几代无私的、伟大的创业者！是啊，我们正在走前人所没有走过的路；我们正在做前人所没有做过的事业！我们的目的一定要达到，我们的目的一定能达到！刘放的话，渗透了小李子大脑的每一个细胞，支撑着她的全部精神，也支撑着她这几次都险些倒下去的瘦身弱体。

啊！刘放，你对橡胶火一般的热，为何对女人却冰一样的冷呢？你对同志的关怀细致入微，为何对我的感情却麻木无知呢？

"刘放……我恨你……"睁着眼的小李子说。

"不，我喜欢你，你怎么还不明白？"闭着眼的小李子说。

朦胧中，照片上那英俊的刘放向她走来了。小李子梦乡里的刘放，始终是照片上的俊模样。他看看那绿油油的胶树，那嫩生生的菜苗，圆溜溜的猪，别致的小竹楼。而后，他靠近小李子，仔细端详小李子晒黑了的脸……轻轻拿起她的手，抚摸着掌上那一个个硬茧……又脱下自己的旧军衣，披在小李子瘦削的肩头上……周围什么人也没有，只有那一弯月儿照着他们俩……小李子把脸紧紧贴着刘放激跳着的胸膛……

啊！小李子惬意地躺在哥哥宽大有力的怀抱里……

隔壁竹楼里的小油灯还亮着。陆澜正读着夏莉从柳华木箱里拿来的《苦难的历程》。发黄的纸上有这样一段描写：过惯了安乐生活的妹妹达莎，来到了一座条件很差的医院。她开始反省自己，过去过着只顾自己的高傲生活，如今她已经从云端里掉下来，掉进了鲜血，掉进了泥泞，掉进了这所弥漫着病体气息的医院……

面对现实，达莎怎么办？陆澜陷入了沉思。

他又想起夏莉那含泪的责问。是啊，自己当年的信仰和理想、热情和希望都到哪里去了呢？为什么要自暴自弃？二十多

岁，人生刚刚才开始呀！林彪爆炸后，他重新燃起过希望，他发现自己的心并没有死，而是在寻觅，在抗争！虽然父母问题没有出现他所盼望的转机，但恢复农场，齐书记来八队蹲点，他心中又萌发出一线希望。在与老齐推心置腹的长谈中，他感到了组织的温暖，如同看到了灰暗生活中的一线光亮。他主动申请来二班进驻森林，一是想支持老齐搞试点，二想回避人世纷争，三想寻找新的出路。可是进山后，他仍然有些徨惑：像这样三五成群、不成体系的生产组织形式，像这样笨重的板锄、砍刀一类劳动工具，像这种拼体力的落后劳动方式，像这种长期贫乏的物质文化生活，究竟能办出一个怎样的国营农场？究竟能建成一个什么样的原料基地？他常常在心中发问。他并不鄙视体力劳动者，但他打心眼里不愿意在这愚笨的原始劳动中消磨青春；他并不喜爱喧嚣的闹市，但他也决不甘心在这幽寂的原始森林里度过今生。一种蹉跎岁月、浪费青春的感伤之情依然笼罩着他。他自学过工科大学课本，但却找不到用武之地。刘放两次说到橡胶机械化生产问题，可他却始终没有勇气，也不愿付出那么大的代价，去做那种有害无益、招惹是非的拼搏……此时此刻，他长叹一声，吹熄了小油灯。

第二天，小李子早早地为大伙做好了饭，独自扛着锄头上山了。山顶上那片胶苗，今天得到了小李子的厚爱。本还未到第三轮锄草修枝的时候，小李子却围着它们打扮不休。胶苗苗们不知道，今天的小李子，"醉翁之意不在酒"，而在入山的那条小路上。站在山顶，就能早一点见到刘放的身影啊！

小李子不知望了多少次，小路上依然静悄悄的。难道是婷婷猜透了她的心思，故意说这话让她高兴吗？婷婷可从来不说谎话！难道齐书记他们有事，突然决定不来了吗？不，我们的米就要吃完了，刘放一定会记住什么时候送米来。

小李子眼都望酸了，难道会望穿秋水一场空吗！

"我真恨你！"她默念道。可她更恨自己，为什么和刘放在一起的时候，总要回避他，不理他？！为什么离开他后，又偏偏要想他、梦他、念他、盼他？！

北面坡上，陆澜正头枕锄把仰天寻思。一会儿又坐起身来，背靠保护带，望着半山上那株巨大的老榕树发愣。

这树像什么？像历尽沧桑的老人？陆澜记得，散文家秦牧曾这样写道："松树使人想起志士，芭蕉使人想起美人，修竹使人想起隐者，槐树之类的大树使人想起智慧、慈祥、稳重而又饱经沧桑的老人……"

尤其因为它"老"，那大把大把的气根，才像凝聚了一生智慧的胡须，像一群又一群儿孙，像老人生命的根。那些气根垂吊下来，入地再生，一茬接一茬，无限繁衍，它的领地便无限扩展，以至连成一片小树林。

啊，老榕树，你那无数的根系，为何扎得这般深，这般牢？！你的生命力，为何这样强，这样旺？！陆澜羡慕老榕树。

遐想中，忽见树洞里钻出一位白发人，老人满头灰白的乱发，一张瘦长的黄脸，额上皱纹交错，口里黄牙稀松。发亮的上衣不知原本是啥颜色，泥糊糊的裤管一高一矮地挽在两根"干柴棒"上。脚上那双湿胶鞋，朝天咧着嘴；手上提的柳条包里，塞满了各种奇奇怪怪的根根、藤藤和叶子，木然地朝这边走来。

老人似乎发现这山里有人，颤巍巍地加快了脚步。下意识回过头来，那干涩的目光，正好与陆澜的视线相交。陆澜不觉一惊，这不是毁老林子那天，惊呼"罪孽"的老技术员吗？老人转身要走，却猛地绊倒在地。陆澜箭步上前扶起老人，见他手臂划破一道口，却不见浸出血来，像一节失去了树浆的槁木。陆澜为老人拍去身上的泥土，擦去伤口的脏物。老人却挣脱陆澜的手，忙慌慌地蹲下去拾起那些倒出来的叶片树根，把一枝折断的藤蔓看了又看，又小心地放进破烂的柳条包里。而后，才回头打量陆澜，目光里含着感激之情。

"你怎么老在林子里转？"陆澜不解地问。

"唉，日子不长啦！只怕我的《植物志》写不出来喽！"老人一口江浙腔。

"你是干什么的？"

"50年代在国外，搞植物研究；70年代在中国，当反革

命……"老头子面有愠色，话带嘲讽。

"……"陆澜糊涂了，这位临死都在跋山涉水采集标本，矢志不渝为植物科学作贡献的老人。居然又和他爸爸一样，是"反革命"！

见这年轻人一脸同情的神色，老人又喃喃道："我的《植物志》初稿，被他们当黑材料烧了……我这倔老头不怕，还要搞，搞得更多！反正没人'解放'我，乐得有空往山里钻……"

陆澜默默听着，望着老人倔强的脸，像在细细寻觅着什么。老人收拾好标本转身要走，陆澜连忙上前扶他。老人推开陆澜。"不用了。"说罢，转身拾起一节树枝，拄着它一跛一跛向前走去。望着那枯瘦如柴的老人，陆澜仿佛发现了自己苦苦寻觅的东西——那就是力量，一股主宰自身命运的力量！从老人身上，陆澜仿佛明白了一些人生哲理：人活一生，贵在有为。在世受人诽谤，盖棺总会定论。闲言杂语无需看重，关键在于对社会是否有益。在这位执著的植物学家面前，他感到内疚了。达莎、夏莉、榕树、老人，一起推开了他的心扉，仿佛随着那微启的心门，缓缓涌进心间一种久违的热情。

小李子盼了两天，心中积压了许多话，想对刘放说。可当刘放来到她面前时，她却什么也说不出来。

"小李子，真苦了你！"刘放望着憔悴的李芳说，"是你们救活了这片幼林啊……真……"

"又说这些，我不想听！"小李子打断刘放的话，不好意思地低下头去，搓着手上的老茧。

刘放欲言又止，顺手抓起小李子的砍刀，用指头刮着刀锋，想以此掩饰心中的慌乱。

"前天就听说你和齐书记要来，我真高兴！"

"要来这里，我……也高兴！"

"我做了一夜的梦，梦见了齐书记……还……梦见了……"小李子低下了头。

刘放搁下砍刀，抬头期待地望着李芳的脸。

"还梦见了你……"小李子鼓起勇气说出这句话，羞得满脸绯红。

刘放的心突突地跳，他真想告诉小李子，自己也想她。可说出口的话却变了调："我可没做梦，累极了，一觉睡到天亮，什么人……也没梦见……"

像一把针插在小李子期待的心上，她连抬头再看看刘放的勇气都没有了。

正当两人陷入尴尬的沉默时，陆澜走了过来。

"刘放，来得正好，很想和你说说话。"

刘放望望小李子，又望望陆澜，回头便对小李子说："你早点歇着吧，我也想找陆澜。"

小李子咬咬嘴唇，心中酸涩，眼也潮润了。

"我恨你，刘放！"她对他喊出了多少次在心中默念着的这句话。

"……"刘放心绪复杂，脚步欲抬又住。

"算了，我们明天再说吧。"陆澜一眼看明白了他俩的心思，抱歉地转过身去。

"不，陆澜，我要和你说一件重要的事。"刘放脚步沉重地走了。

这天夜里，小李子伤心地哭了一场。她断定刘放对自己并没有特别的情意。她悔恨：自己为什么这样久又这么深地误会了他的感情？她羞愧：要是那王连长还在的话，会怎样耻笑自己啊！她自卑：刘放那么博学多知，自己文化低，只知道劳动，哪里配得上他？！

小李子想了整整一夜，觉得自己应该抛弃那点非分的妄想，她不应该恨刘放，刘放并没有让她恨的地方；刘放从没对自己许诺过什么。在医院帮点忙，那是尽自己的本分，为什么要向对方索取感情的回报呢？她小李子乐于助人，可是从没希望要别人报答偿还啊！

想到这些，她心情仿佛平静多了。做朋友也罢，做兄长也罢，做自己的领导也罢，反正，刘放总是她一生中碰到的最可信

赖的人，自己应该为刘放分忧，应该好好地跟他干……

就在小李子彻夜难眠的时候，刘放和陆澜正热烈地探讨着植胶机械化的问题。

"我认为，从砍坝，拔树桩，开植胶带，挖穴，到割胶、收胶，都有机械化的必要和可能。你自学过工科大学教材，能想出办法来的。就说拔树桩吧，听老人说，最初靠几十个人一起拖，后来是几头牛同时拉，再往后用炸药炸。现在呢，有的地方开始用拖拉机拔。但是，拖拉机在很多地方上不去。能不能研制一种适应坡地作业的拔桩机呢？……"刘放一边说，一边掏出包里的书，堆在陆澜床上。老林子烧了，就是因为拔不出那些老树桩，大片焦土才被弃置一旁无法植胶。刘放老在找"方子"治疗这块深沉的心病。

两人一口气谈到深夜。吹灭马灯后，刘放的心情还难以平静，他问陆澜："还记得老齐讲的那个故事吗？"

"当然记得。"

"印第安人发现天然橡胶，是对美洲，对人类的一大贡献！"

"但他们不思进取，不讲科学，结果被白人同化，遭白人奴役！"

"所以，我们办农场，不能永远安于挖大板锄。要讲科学，要改革原始落后的劳动工具和生产方式！否则，子孙后代会嘲笑我们！"

"我一直在想，我们是知识青年，但是很多人只知道我们是青年，忘记了'知识'二字！知识恰恰是我们不同于本地农民、工人的，最有价值的东西，结果被有的人当作罪过来批判、嘲讽！"

"真是，我们过去怎么都忽略了我们的名称？"

"不过，我们的知识，实在不够用，学过的东西，好些又还给了老师……"

鲁人早就打鼾了，刘放、陆澜却说到了东方发白。

陆澜出山，买回来一大包关于机械原理和设计制图的书。每天晚上，他就在油灯下啃着这些东西。熬过了无数个通宵，一张"坡地拖拉机"图样，在心中慢慢显现出来了。这种拖拉机，既能适应各种地形，又可运用于各种操作，如：拔树桩、砍坝、犁地、播种、挖穴……只需要更换相应的使用部件，就可以像使牛一样操纵它。按照这样的设想，他绘了无数张草图。所有能找到的专业书，他都啃过了。几十张图纸放在枕头边，成百张废图塞在棉絮下。真设计起来，才知一串串难题挡道。他时而自问：我读这点书，能搞设计吗？时而又自嘲，这是不是"闭门造车"、"纸上谈兵"？时而又自愧，真是自不量力，不知天高地厚！但是，那个不愿向命运低头的老人，镜子一般地照着他；正在医学领域勇敢探索的小莉，好像举着无形的鞭子抽打着他……想到这些，他又有了勇气，设计师、发明家，不也是人吗？！不也是慢慢学会的吗？！我的智力并不差，别人敢为，我为什么就不敢做呢？！何况，已费了那么多功夫，就甘心毁于一旦吗？

小莉的责问又在他身边响起，还有那失望的眼神，一直是他心中的痛。他不能让小莉的希望落空！

多少个工间休息时，陆澜丢下笨重的板锄，在地上铺开外衣，展开图纸，拿起轻飘飘的两寸笔头，颤抖地勾画着，图纸上印满了斑斑汗迹……

冬去春来，岁月匆匆。与世隔绝的森林之家，孕育着刘放、陆澜的"机械化"，培植着小李子的橡胶园，也试验着老齐、刘放的"岗位责任制"。

十三 "孔天子"的罪过

　　天上吹来一阵风，把森林之家的竹楼顶给揭了；地上卷起一阵风，把八队的人心搅乱了。

　　雷闯带着"尚方宝剑"——那个"女旗手"的讲话，来八队蹲点搞批林批孔。场部真还重视八队，齐书记来蹲过点，政治处雷干事又来蹲点。其实，正是因为前一点，后一个点才冲着来。

　　陆澜以为龟缩在竹楼里搞他的设计图，颇有"深林人不知"的安全感，不料洪涛却把他们全请了出去。

　　仿佛是迎接政治风雨，八队文化室闪电般落成。有顶无墙四面通风，虽是简陋，但采光效果和空气流通却比大上海的小洋楼强。顶上有茅草香，地上有泥土香，椽子上有翠竹香。地面还来不及刨平，便开始了它的"政治生涯"。只见木柱上，歪歪斜斜贴满标语，大大小小，长长方方；只有色调整齐划一，都是白纸黑字，严肃得冷酷，仿佛花圈中间那个字。前方横标——批林批孔动员大会，字体刚健粗黑，透出一股股杀气。

　　人们像小标语上的黑字，一个挤着一个，凳子高高矮矮，地上凹凹凸凸，人头也便参差不齐，显得有些零乱。

　　工作组长雷闯在上面站着，全组总共二人：组长＋秘书。秘书并不是通文墨的，而是擅长武功的"黑熊"。洪涛恭敬地送去一张高凳，雷闯不愿坐，站着威风些。加上有"黑熊"作后盾，就更加威风。

　　"……我们革命的青年"，"革命"加重了语气；"要争当运动先锋……"，"先锋"拖长了半拍；"争当阶级斗争的闯将"，"闯将"说得十分亲切——他对"闯"颇有感情，不然自己为何改名为"闯"呢？！雷闯说话时，不断地挥拳头，表示他有工人阶级的铁拳。不时又点头昂首，仅一个开场白，黄军帽就仰掉了两次。

了解雷闯根底的小李子、刘放和陆澜，对他的装模作样十分反感；洪涛却另眼相看他的气派，知道他的来头不小，是总场点名起用的。

雷闯身上散发出的火药味儿，使"运动"得半麻木的小青年们不再敢掉以轻心了。他们开始收起满不在乎的神情，注目观察这名"三个觉悟"都很高的新干部。只见他，从黄色军干服里掏出秘书给准备的讲稿念了起来：

"……两千多年前的没落奴隶主阶级的思想代表孔天子"，秘书把"夫"字写潦草了，雷闯实在也拿不准是天还是夫。于是，又重复了一遍"孔天子"。他话音刚落，笑声骤起。人们掂出了他的水平，又不在乎了。

孔天子？什么孔天子？孔天子是哪个国家的？人们七嘴八舌地议论开来。

雷闯愣了一下，马上厉声质问："笑什么？孔天子有什么好笑？"

又是一阵更加放肆的笑。

"雷组长，你读错了，天字出头为夫。"刘放抄着手，嘲讽地纠正道。

大伙顿时笑得前仰后倒，只听一声轰响，孙鲁人像蛤蟆晒肚皮一样仰倒在地。他本来在打瞌睡，陡然听得一笑，便失去了平衡。加上鲁人动作迟缓，傻呵呵的，半天没爬起来，屋里的笑声又增加了新的含义，笑得个死去活来。

雷组长只有片刻的尴尬，便在精神上转败为胜。一定得煞住这帮小青年的歪风！他心中虽有几分悬乎，但如此遭耻笑，实在有损他的形象和威严，他的自信心、虚荣心和好胜心，都使他难以容忍。雷闯的脑袋像林彪一样"特别灵"，几秒钟的考虑，就

以他当年造反夺权时练就的"顶天立地"之气派；以他多年来上蹿下跳，多角外交而获得的灵活战术镇住了全场。

"孔夫子原称孔圣人，因为是圣人，人们也称他为'天子'，所以，孔夫子，就是孔天子，孔天子也就等于孔夫子。"

真灵，笑声戛然而止，因为多数人没专门研究过孔夫子，不知是否真有"孔天子"的别称，一些人甚至还惭愧起自己的无知来。

刘放在鼻子里哼了一声，他明白强词夺理是这类人的通病。

"孔夫子并无'天子'的别称。"陆澜冒昧进言，洪涛瞪了他一眼。

雷组长仿佛没听见，即使听见了，此时也得装着没听见；跟这些咬文嚼字的人扯下去，自己要现相的。于是他说："亏你们还是'知识分子'，还不如我这个'工农兵'大老粗！"说罢，他也笑，笑得很狂放，以此回敬人们刚才的嘲笑。

一直在认真注意雷闯表演的洪涛，竟然对他刮目相看了：怪不得上面要起用他，还真有"两刷子"咧！

人们安静下来，左看右看这个雷闯，真还看出点名堂来。他身材魁梧，有点像电影明星王心刚；但脸面发泡，又略似叛徒王金标。更有甚者，"泡疤"上印着红黑麻杂的点点。吃饭时盯着它，会使你想起猪尿包而大倒胃口；口渴时看着它，会使你想起红锅炒干豆而皮毛火燥。如果不是那"满天繁星"，他一定可以扮演李铁梅的爸爸。他适合远看，气派也像雄赳赳、响当当、硬邦邦的"英雄样板"——李玉和。

"……批判孔老二，目的是要清除几千年遗留下来的封建意识，批判剥削阶级思想的代表人物，击退现实中的复辟势力。因此，必须紧密联系实际……对，'古为今用'嘛！"

"活学活用"真是渗透了他的灵魂！能在小知识分子面前出口成章，他实在太得意了。那种怎么也掩不住的自豪感，从他的心底涌到脑门，又从脑门向脸上扩散。他真想喊出来："怎么样？读了几年书又如何？老雷我，不比你们差吧？！"被嘲笑时的尴尬不安，早已消失得无踪无影儿。

这天晚上，雷组长找洪涛谈心，洪涛也正准备向组长汇报思想。

洪涛详详细细地向组长汇报了自己的全部经历，却并没有推心置腹地向组长汇报自己的全部思想。因为他的经历是鲜红的、光荣的，但他的思想却有灰色的，或不大光彩的成分。

雷闯对洪涛进行了一番严肃耐心的教导，他罗列了自己的光荣成绩，启发诱导洪涛要旗帜鲜明地站在革命立场上。但雷闯发现他说这些话时，洪涛听得并不专注，眼睛老在东张西望。凭着他的政治阅历，也知道这小子内心深处在渴求什么，便对洪涛露了一句能吊胃口的话。洪涛听了一晚上的开导，确实没听进去。唯有这句话，他听进去了，并刻在了心上。这话像"纲"一样，把雷闯说过的一大堆话串了起来。

走出老雷的房间，洪涛有些惶恐，又有些压抑不住的兴奋。那句话，像团又大又香的诱饵，他想咬却需付出很大的代价；那句话，仿佛从遥远的天边传来，却又像由他内心深处涌出。他渴求那个果实，但他明白，必须以出卖良心为代价。又得对同伴下手了，他有些犹豫，但又很快坚定下来。为了那个奋斗了多年，就要到手的果实，他还得斗争，只是要想法别让他们再遭皮肉苦，只要让雷组长看到我态度鲜明、立场坚定就行了。

于是，洪涛买笔买纸，钉大批判专栏，拼命动员大家写大字报。八队很快被闷热的政治空气所笼罩。

老雷也真辛苦，挨家挨户去"发动"。刚刚钻出女生宿舍，又猫腰往男宿舍走。他老这样一会儿进，一会儿出。人们渐渐发现他走路姿势很特别：两脚稍稍外撇，背却伸得挺直，大概是为了掩其老太相，显其造反威；他步子迈得碎，却翻得飞快，或许想表现自己工作繁忙，做事雷厉风行。但事与愿违，给人的印象却是浮躁不安，像只"三脚猫"。他有时走路一反常态地轻脚轻手，不时左顾右盼、回头张望，活像自己做了亏心事，生怕留下把柄，遭人报复、暗算。这些天来，他不分日夜，走门串户，而且总端着饭碗去"发动"。

雷闯听说，"小白脸"有口才，是"三句半"中专说半句

的那种角色；有心计，镜片后的眼珠总在滴溜溜转，一转一个主意；还有文采，造反时是文斗干将。于是，他端着饭碗在苏生床沿一坐："小白呀，听说，你笔杆子不错嘛，小白……"

"我姓苏！""小白脸"红着脖子分辩道。

"哦……小苏小苏。"人家都叫"小白脸"，雷闯就去掉"脸"，而只称"小白"。这本是雷闯的一番苦心，既免得小白认为我雷某不庄重，也免得小白联想到自己的麻脸。

"哎……雷组长，叫白叫苏没关系，你能光临寒舍，顿使我蓬荜生辉，不胜荣幸、荣幸！"

"什么生灰？我来就生灰？什么不胜荣幸……"老雷有些不解。

苏生的小眼睛在两块镜片后灵活地转着，尽管他对现实不满，但他嗅出了这场运动的火药味儿，担心自己说过的那些牢骚话被抓住，因而必须早早做出姿态，"好汉不吃眼前亏"，何必以鸡蛋碰石头。

"哎哟……来来来，看我妈刚寄来的香腊肉。"苏生只指给组长看，却并没说"请吃"，看组长自己动不动手。要讲客气，求之不得。这年头，肉是能随便待客的吗？

"小苏啊，听说你前段时间思想有些抛锚。"雷闯的"啊"字还没拖出来，苏生就调整了对策。

"吃吃吃，又香又爽，地地道道的苏式腊肠。"他边说边往雷组长碗里挑，雷组长呢，边说"不要"边接货。

"你一来，就到处走访，深入群众，群众喜欢你这样的好干部呀！""小白脸"只说群众喜欢，因为他本人并不喜欢；至于群众真的喜不喜欢，那是另一码事。反正，投其所好，"粉"他几句，对自己是有益无害的。

不一会儿，香肠消灭光了，碗底只剩下几片肥腊肉。

雷组长津津有味地嚼着香肠，不停地点头，既似满意他的奉承，又像夸奖他的广味。

"小白脸"灵机一动，不过再舍上一块腊肉的代价罢了。"来，再尝一块。"说着，一块滴着油水喷着香味的大肥肉，又塞进了雷组长的嘴。

不知是香味诱人，还是雷组长忙于作指示，那块大肥肉瞬间就在他嘴里消失，一咕噜滑进了胃袋。

"你们小青年没见到，我们'B派'的勇士可不怕那些'老当'。赵健民、阎红彦也得乖乖听我们摆布。那些'P派'老保，讨好佬当不成，反被我们弄得落花流水……"老雷又扒进一口饭，目光继续扫瞄着腊肉碗。"不是吹牛，那时候，我们场的老P人多，老保势力大，我几个就不怕他们，撑着头皮皮顶。有人要暗算我，老子他妈什么都不怕，'文攻武卫'嘛，你会我不会？！……"老雷越说越激昂，又忘了纠正好带把子的江湖恶习。

他吞了一口饭又说："最后如何嘛，云南大是大非弄清了，我们是这个——"老雷得意万分地伸出大拇指自夸，"正确路线的代表！"

腊肉一下肚，话又进出口："你们呐，阶级斗争经验少，农场的'水'深得很哩！我本来是革委会副主任，可前段时间，不明不白地把我'凉拌'起来。后来是省里一个新干部，点了那个头头的名，要他们用我。开玩笑，我雷某是硬邦邦的，从运动中冲杀出来的。论出身，我根子正；论表现，就不消说了。"他仿佛忘了自己贩过烟毒，即使想起了，他牛皮照样吹得流畅有劲！"搞文斗，哪个有我嘴巴会说？搞武斗，哪个不怕我的铁锤？就他妈写文章我不行。"说着又咬了口肥腊肉。

雷组长写文章不行，苏生写文章却在行。前几年的"文革"中，打笔杆仗，两派的人都知道苏生会写，都来找他。苏生分头接应，悄悄在自己的写字台上"打派仗"。两派都很满意他的文章，觉得他的文章最能击中对方的要害，最有逻辑性和说服力。两派拼命要，他就拼命写。写到最后，两派的论点殊途同归，合二为一了。人们拿着两边的大字报一对，文笔语气颇一致。才发现"捉鬼"、"放鬼"都是他。双方都愤怒已极，把他给捶了一顿。此后，苏生就远离了革命漩涡。

本来，苏生已不愿再涉足政治。但他从雷组长的话中，听出

些名堂来。自己人地生疏，无依无靠怕吃苦头。雷组长有后台，有势力，靠上去，就安全。

于是，苏生忍痛又夹了块腊肉，放进雷组长碗里，同时表示了自己革命的决心。继而，他想摸摸"阶级阵线"的底。

"组长，什么事都要找骨干，洪涛这个人……""小白脸"诡秘地试探道。当他发现雷闯对洪涛很感兴趣时，便当机立断地夸道："哎，不错！"尽管他实际上瞧不起洪涛，还是故意称赞说："洪涛革命立场坚定，比抓刘放靠得住！"

此话正中雷某下怀。自从动员会上被刘放当面"抵黄"以后，雷闯一直耿耿于怀。相反，洪涛对自己却毕恭毕敬。再说，自己撒下的诱饵，已使洪涛上钩，他相信那小子会紧跟自己。

"小白脸"拿准了虚实，不但决定要顺着雷某，还决定不和洪涛唱反调。

"小白脸"关上房门就开干了。他边吸墨水，边翻报纸，抄上"两报一刊"的最新提法之后，笔就打住了。过去打派仗时，苏生是笔走龙蛇、文思泉涌；如今却有文思枯竭、江郎才尽之感。小小笔杆，在他手中重若千钧。他搔首抓耳，两个酒瓶底似的眼镜圈，对着房梁久久发呆……

"孔天子"开始在20世纪70年代的国营农场寻找孝子贤孙了。

"孔天子的罪恶实质是复辟，齐正华在八队搞'经营管理试点'的实质也是复辟，他们是一丘之貉，如出一辙。"大字报这样写道。

正在林地里转的齐正华一听：

"什么孔天子孔夫子，我不认识他！"

"可'孔天子'认识你呀！"刘放说。

"他妈的什么'周礼'，我不懂！我只懂得全场几千人要吃要睡要种胶！"老齐气得独臂一甩，"我齐正华还是副书记、场长。他姓雷的算啥东西？！"

"老齐，我们该怎么办？"

"经营管理试点照样搞！他批他的，我们干我们的！"老齐坚定地说。

刘放回连队时，碰上雷闯，被他叫到办公室去谈话。进门一看，洪涛正在那儿抄批判稿。

雷闯面对刘放，开门见山地宣布："刚接到场党委的任免通知，根据你和小洪的表现，决定你改任生产副队长，洪涛改作政治副指导员。"

"齐书记知道吗？"

"是正书记主持召开的党委会！"

刘放这才看清正副职之间的重大区别，看清了他们硬给老齐前面加个"副"字的叵测居心。

刘放看看洪涛，洪涛有些惶恐。当刘放转身走出队部时，洪涛追了上来："我确实不知他们会这样安排。"

"这样安排也行。你适合抓革命，我喜欢抓生产，正好各得其所。"

在雷闯和洪涛的主持下，八队的火药味儿越来越浓。大批判专栏上，洪涛收集了孔老二在八队的表现共三百二十一条，"小白脸"从他的小脑袋里想出了一百二十三条。汪飞路过专栏，便唱起了童谣："一二三，三二一，解放台湾多安逸！"逗得人们大笑。熊秘书像黑铁塔般立在旁边看他笑："你汪飞要笑，我熊某要你笑不出来！""黑熊"暗自咬牙诅咒道。

大批判专栏一换板，汪飞、陆澜、李芳一起上了榜：

汪飞，一贯好逸恶劳，和"孔天子"的剥削阶级思想一脉相承！

陆澜，胡说什么"只有科学文化，才能消除愚昧，拯救中国"，这正是"孔天子"的"万般皆下品，唯有读书高"谬论的翻版！

李芳呢，尽管劳动最卖力，文化又不高，和"孔天子"很难挂上号。但是，转个弯也能作为批林批孔的活靶——她是为走资派的复辟活动卖命的黑典型！

洪涛本想点一串名，触及一下他们的灵魂，让老雷看清自己

的立场就行了，事情不要做得太过分，还是留点余地好。

"小白脸"却是"一发难收"。他原来也只想"明哲保身"，但文思一开闸，就不能自休，总想露一手，显示自己的思想敏锐，理论水平高。由于在校时，苏生追求过夏莉，夏莉却倾心于陆澜。陆澜虽不知苏生心思，苏生却早就视陆澜为情敌。前段时间学马列六本书，苏生以为队里的理论辅导员非己莫属。不知何故，刘放却让陆澜去参加了场部培训班。回队一讲，人人都说他陆澜理论水平高，让他好"风光"了一阵子。想到这事，苏生是"老醋新酸"一起涌上心头，泄到笔端。他对陆澜的问题，作了有声有色的专题批判。最后下结论说："由此可见，这个曾在全队大讲特讲《宣言》、《批判》，大讲特讲唯物论、辩证法的假马克思主义者，实质上是个孔老二的孝子贤孙！"

汪飞上墙后，跑去质问雷闯："老子剥削了哪个？别个出工我出工，我不出工记旷工，啥子剥削？老子没学会！"

"哟——你就这样认识自己的问题？！"

"老子根本没认识到有啥子问题？只认得你的问题！我磨洋工总出了工，你们光卖嘴巴子连工都不出！还要敲诈别人的东西，是哪个在剥削，你自己清楚！"

这汪飞真该死！怎专戳雷组长的痛处？他昨天才从"洋马"那里索取了两包川味香肠。

出乎汪飞预料，雷组长不仅没有暴跳，反而转身出了门。当汪飞气冲冲走出连部，拐弯上厕所时，一个黑汉不知从哪里钻出来，打得他气都憋了，等他回过神来时，四周早已无踪影。是谁打的，他根本没看清，真是哑巴吃黄连——有苦说不出！

汪飞被打，洪涛明白是谁干的，他感到自己已经控制不住局面了。他确实想止步，却又止不了步。

雷闯拿着一封挂号信，眉飞色舞地对洪涛说："这下有材料了。挑个典型出来，杀鸡吓猴，看那些老猴小猴还敢不敢跳！"

洪涛接过来一看，是陆澜母亲单位的公函，寄来一份有关陆母判为反革命的档案材料。

"给他'开小灶'，怎么样？一下敲不动老的，就先弄这小的！"

洪涛清楚，"老的"指齐正华，是自己往上爬的障碍，但这小的，与自己并无利害冲突。不过，不弄陆澜，雷不答应。失去了雷的支持，大的也就搬不动，唾手可摘的果实就会化为乌有。

怎么办？紧张的利弊权衡和精确的得失算计，苦得洪涛冒了一头冷汗。

很快，洪涛决定孤注一掷，背水一战！雷闯笑了，当他伸手想要抓回那封信时，洪涛突然发现雷闯手背上，有几个浅浅的牙齿印。洪涛的心，像被蝎子蜇了一下。因为洪涛曾向婷婷表示过，一定要找出大青树下企图侮辱婷婷的流氓。婷婷当时咬过那人一口，洪涛随时都注意观察人们的手背。只是，这牙齿印怎么会落在雷闯手上？堂堂革命干部、新生力量，难道是个流氓？无赖？！洪涛的心一下翻腾起来。

雷闯见洪涛突然发愣，还一个劲儿盯着他手背，便冷冷地哼了一声道："哦，这是被狗咬的。一头很乖很嫩的小花狗。我想抱它玩玩，它却狠狠咬了我一口。"

雷闯解释得那么自然流畅，洪涛第一次在心里诅咒这个伪君子。他面色铁青地盯着那两排齿印，只感到雷闯丢给他的那团诱饵，堵在自己喉中哽得发痛。凝思片刻之后，洪涛决定强咽下这个苦果。

躺在床上，洪涛心里开了锅。

过去那些桂冠、荣誉算得了什么？苦了多少年，得到的不过是几张纸。而今天的拼搏，或许就那么几个月时间，他得到的，将会是分场副场长的地位。他会让碌碌无为的洪家祖宗，看到扬名千秋的洪家子孙！为此，他得像老头子认准一笔好买卖，当掉家具作抵押那样，把自己的良心和爱情，全都押进去。他突然想起那个木材商的儿子，开始是多么被人小看。后来，凭着个人的奋斗，他爬到上流社会，得到了市长夫人和侯爵小姐。洪涛虽然记不清书名和作者，却清清楚楚记得于连往上爬的诀窍：每个人都有着自己的打算。在狼的社会里，必须把自己变成一只恶狼，然后去和狼相咬。洪涛心想，你雷某不怕被"狗"咬，我洪涛更

不怕被你这只狼咬！等你用奶水把我养大，我就有能耐把你咬死。我要像姓于的小子那样，先改变自己的社会地位，再找一个"贵族千金"。我要让那九泉下的黄老板知道，他的女儿是属于我的！属于那个曾被他任意作践后一脚踢出厂门的穷汉之子！

这时候，洪涛仿佛发现，自己对婷婷的爱情中，还有替父复仇的需要；在索取婷婷的感情时，还有这样一种奇异的心理满足。于是，在那美妙的未来图画中，出现了婷婷那张洁白红润、甜蜜温婉的脸……

夜深了，远山的糯修鸟，传来凄厉悠长的哭啼。八队批林批孔办公室的马灯还忽闪忽闪，冷冷地泛着昏黄的光。

灯下，洪涛神情麻木地读着批判稿。他根本不顾坐在对面挨批判的陆澜脸色如何，只是想念给雷闯听。

"……由于你坚持父母的反动立场，你大肆吹捧什么萨拉尔、杜林这些机会主义者，宣扬什么普列汉夫的修正主义观点……"洪涛并没发现稿子中的错误，反正雷闯也听不懂。

陆澜听得脸色发白、腮帮子直抖。他怒目注视着这个马列主义白痴的可笑表演。

洪涛却无所谓，照样读："第三，你把'我热爱毛主席'的'我'划成主语，把'毛主席'说成宾语，这是坚持资产阶级立场的错误作法！划句子成分也应当突出政治，但是你突出的是'我'！"

陆澜怒目喷火，雷闯连连点头。

"第五，你用舒××的黄色小调麻痹人们的意志，破坏上山下乡……"洪涛不知道舒伯特。

"你……混蛋……"陆澜怒吼。

洪涛不动声色。雷闯跳起来，把陆澜压了下去，示意洪涛继续说。

行了，洪涛的目的达到了。他望着一脸赞许神情的雷闯缄口了。任凭陆澜怎样骂，他都无所谓。

学习结束了，雷闯关上房门对洪涛说："你成熟了，进步了！我强烈要求营党委在火线上提拔你。”

"什么时候讨论？"洪涛迫不及待了，不然他还得昧着良心继续整人。

雷闯却凑近他耳朵说："搞阶级斗争，既要有铁腕，又要耍手腕。只要目的正确，方法就不算卑鄙。哎，我交待你那件事，谈得怎样了？"

"哦……"洪涛有些不自在，"我找婷婷说了，反复启发她的革命觉悟……"

"她答应了？"

"没……还没有。她说齐某是她的救命恩人，不能干这种没……没良心的事。"洪涛觉得不好向雷闯交待。

"良心？狠斗阶级敌人就是无产阶级的良心嘛。再说，那个保卫干事早已被清洗回农村，只要她一口咬定侮辱她的事向齐某揭发过，就可说明齐某是奸污迫害女知青的保护伞。到时候，谁能反驳？人人都清楚，齐某受到那些黄皮老P的重用，他们本来就是一伙的嘛！那个背着处分回去修地球的保卫干事，也怕无心来为他齐某作证了。"

"这些话我都说了。动员了三个晚上，她老说齐某把她从江中救起，从瘟疫里救活……"

"不说了，不说了！"雷闯讨厌谁为走资派评功摆好。"你呀，哪有点男子汉气魄？"他大失所望。心想，我给你提干，你却不给我点回报，再说，整翻了姓齐的，你也有甜头呀！真是懂不起。

两人面对面，一阵尴尬的沉默。

当初接受雷闯这点要求，洪涛也是不得已，他知道婷婷不会接受。如硬坚持，害怕婷婷把自己看"白"了；若不坚持，又怕失去雷闯的信任，更怕失去做副场长的良机。

老雷眯缝着眼打量洪涛，仿佛在目测一头蠢猪的肥瘦。当洪涛做出"再试试看"的表态后，他感到这头猪还可以"催肥"。于是，就继续加以引导。

"小洪啊，男子汉要有男子汉的气魄。这一点，你可得拜我

为师呀！一不做，二不休，不达目的不回头嘛！告诉你吧，十多年前，齐某反对我进场部，进了场部又反对提拔我。我雷某硬吞下了窝囊气，记下了那笔账。怎么样呢？山不转水转，如今，他成了我的刀下肉！君子报仇，十年不晚！不剁碎这块肉，我誓不罢休。报了当年仇，还要他哑巴吃黄连……"

雷闯发现洪涛瞪着他时，目光有点狠。他愣了一下又说："小洪啊，无毒不丈夫，这话适应当前的阶级斗争需要哦。在政治上不是东风压倒西风，就是西风压倒东风。你这次整他不倒，他可对你小洪不客气哟……"

洪涛觉得只能进不能退了。

当天晚上，洪涛又去找婷婷。婷婷把自己怀疑已久的想法告诉了洪涛。她说她观察了很久，发现雷闯的身胚、动作，还有那双手，都很像大青树下那个流氓。

洪涛的脑海里，好像丢进了一颗炸弹。想起那张蟾蜍似的面孔擦过婷婷细白的脸蛋，想起那双罪恶的爪子，抓过自己还从未碰过的婷婷的身子，他只觉得一股热血直往脑门涌，恨得咬牙切齿。如果雷闯就在眼前，他定会不顾一切地冲上去，揍他个灵魂出窍！

但是，他仿佛又看见有顶乌纱，在他头上摇晃；一把金椅，在他面前闪光……揭露此事，无异于在自己步步登高时，脚下的基石突然崩塌！……要是没有雷闯的抬举，他能登上"副场长"的宝座吗？

婷婷闪着大眼期待着洪涛，把全部的信任和依靠，都寄托给他了。那眼睛多么清澈、多么纯净！即使最凶残的豺狼，也不会忍心对这可怜的小羊羔下手！即使再无耻的骗子，也不至于对这真诚的人儿撒谎！

洪涛愣了好一阵子，深深地吸了一口气，低声回答婷婷："别瞎猜了，不会是他！"说这话时，洪涛的心有些发颤，手也有点发抖……

远山上，仿佛又传来小顽童的唱读声："狼来了！狼来了！山下的人听见了……"

十四 割不断的情丝

残疾人的爱或许有些残缺，因为有残疾的障碍；病患者的情或许有些病态，因为它涂上了感伤的色彩。

正因为残疾人认识了这个障碍，他的爱才显得更加痛苦；正因为病患者多感伤，他的情才那么动人心魄。

当夏莉推开柳华的一瞬间，柳华敏锐地感到夏莉拒绝了自己。他从没像现在这样深刻地意识到：自己的残腿，是一座阻挡爱情之箭的高山。他从没有像今天这样痛切地看清楚，自己无权爱一个康健的姑娘！一种强烈的自卑感，笼罩着柳华的心。

既是不能成立的爱，那么，自己对夏莉的吻，是多么的不理智！是多么的卑微！这种一厢情愿的吻，只会亵渎他们间的纯洁友谊，伤害夏莉对他的真诚感情！一种深深的自责，揪着柳华的心。

五天五夜了，柳华片刻不能安睡。他从床头取下小刀，狠狠划破自己的手，让鲜血尽情地流，流去他深深的自卑和自责！他要强迫自己触及过夏莉的手，今后绝不再越轨；他要告诫自己记住这个血的教训，今后决不再去爱！他要让伤口的疼痛缓解心灵的剧痛！

多么难熬的一周啊！柳华终于迫使自己心中的那场急风暴雨，渐渐平息下来。他把自己的情和爱，压到了心底深处。从此后，他必须以一个病人对待医生的态度去对待夏莉，必须以一个厚道的大哥哥对小妹妹的情感去与夏莉相处。要是再有非分的幻想，他真会宰掉自己的手！

当夏莉再次走进柳华房间，看见他平静得像陌生人一般的脸；当夏莉再次把针头扎进"阴廉"穴位，感到他冷漠得麻木的神情，夏莉突然醒悟到，自己深深地伤害了柳华。这种内疚，成了夏莉无法摆脱的心灵重负，而这种重负，使她更加迫切地希望治好柳华的腿。只有让柳华站起来，让他像正常人那样生活，像健康的男子汉那样去爱，自己才能彻底解脱，而获得内心的安宁。

正当夏莉为新的治疗方案而苦思冥想的时候，老齐来到二队，和她一起研究治疗方案。

"……推拿、中医，到哪儿去找医生呢？"夏莉实在犯愁。老齐也一筹莫展，蹲在屋角呼噜噜地吹水烟。

"还有别的法子吗？"老齐又一次问夏莉。

"叔叔来信说，这阶段最好能配合中医治疗和推拿。"

"哎——"老齐长长地叹了口气。"要是他还活着就好了！"他又这样自言自语："要是他还活着，柳华就有救了！"

"谁？"夏莉不明白老齐干吗老是这样感叹。

"哦，一个土医生？"夏莉欣喜地追问，"谁？"

"雷闯的哥哥。"

"哼！"夏莉因讨厌雷闯，对他哥哥也就不屑一顾。

"不，他们虽是同胞兄弟，人品却有天壤之别。大老雷是个好医生，推拿、按摩、中草药，样样在行……"

"他在哪儿？"夏莉急切地追问。

"死了。就是麻柳路边那堆坟。"

"麻柳路边的坟堆？"夏莉突然想起傣家猎人在坟前徘徊的情境。

"是的，他埋在那儿……可我至今都觉得他没有死……高高的个儿，满脸和善，左面颊有颗黑痣。"

"有颗黑痣？"那坟前徘徊的人，那打死花豹的人，那撞着她药箱的人，不正长着颗黑痣吗？

"是的，这是大老雷的特征，好多人认识他。去年有人说看见他在山里转，我追到大山里找了他几天几夜，没见人影。"

"他还有什么特征？"

"腿有点跛，在牛棚里替我按摩被造反派打跛的。"

"有点跛？"夏莉仔细回忆那个猎人，好像是有点跛，特别是他慌忙离开的时候，更明显。

"哎呀！我见过这人！"

"你见过？"老齐闪过一丝希望。

"确实是他，脸上有黑痣，腿有点跛，个儿高高的。他特别注意我的药箱，还在坟前徘徊过。"

"真的？！"老齐激动地丢开烟筒站起来，"咱们找他去！"

几个月来，夏莉四面打听，八方寻找大老雷。好几次被野兽拦路，被麻蛇追踪；好几回在傍晚迷路，在老林里过夜。为了解脱心灵的重负，为了抚平柳华那颗受伤的心，夏莉吃苦冒险心甘情愿，只要能让柳华站起来！

听好几个人说，曾在麻柳寨附近见过脸上有痣的猎人。这一天，夏莉带着侥幸心理向麻柳寨寻去。

几身大汗湿透全身，又几番凉风吹干衣裤，夏莉翻山越岭，寻觅着五年前走过的小路。

一走进麻柳寨，几个年轻姑娘便认出了当年的"喜儿"，都亲热地叫她"白毛女"。夏莉找到依香嫂子的竹楼，推门进去，只见屋里收拾得干干净净，竹墙上还贴着红红绿绿的画儿，像刚办过喜事一样。她以为走错了门儿，正要离去，依香却迎面上来。

依香笑眯眯地拉着夏莉进了屋。一会儿，有个四十多岁的男人走进屋来，一见夏莉，转身便走。

"岩坎，来！"依香叫住了他。

那人扭过头来，真使夏莉惊奇：他脸上也有一颗黑痣。虽说胡子剃得光光，头发也理得挺精神，比过去见到的那个老波涛年轻得多，但他们的模样却很相像。

岩坎是一眼就认出了这个背药箱的姑娘，夏莉却迟迟不敢肯

定他就是那个打猎人。岩坎点头应酬后便匆匆退去，夏莉立即发现了他的腿跛。一道惊喜涌上心来。

"雷医生！"夏莉的喊声出口，依香、岩坎同时愣住了。

"他不是医生。"依香分辩道。

"我是傣族人。"岩坎用汉语补充说。

"这是怎么……"夏莉疑惑地望着依香。

"他从远乡来……我们……才结婚。"

"不，你不叫岩坎，你是雷医生。"夏莉确信不疑。

岩坎神情有些紧张，他瞪了夏莉一眼，转身又走。

夏莉追了出去，把老齐的条子递给他。

读着条子，岩坎眼里露出异样的神色，手也微微有些颤抖。但他很快恢复常态，冷冷地退回条子说："我不认识他，雷医生早就死了！我叫岩坎。"

依香不知啥时候凑了过来："他真是外乡的流浪汉，不是医生。"说着，把一串香蕉塞进夏莉手中。

第二天，老齐和夏莉一起来到依香家。

岩坎拉着老齐的手，半晌说不出话来。

"你真的还活着？"老齐哽咽着，"都说你死了，清明节我还去给你上过坟哩。"

"全靠乡亲们救了我一命。出了牛棚，埋了老婆，他就来逼我撤回告他贩毒的状子。他是迫不及待地想要抹掉黑疤往上爬。我狠狠打了他几个耳光，惹下了大祸。老乡们见势不妙，连夜把我送进大森林，而后捡回几根兽骨，才解了他的心病。我，也从此变成了傣家人……"

"我好像见他去给你上过坟。"夏莉插话说。

"哦，那是鳄鱼泪。他只记得告发仇，哪还记得养育恩！"岩坎脸色惨白，提过烟筒吹了起来。

"唉——别提这些了。人各有志，乱世之秋，他走他的阳关道，我过我的独木桥，就这么隐名埋姓，了此一生吧！"

屋里的空气很沉闷，三人好久都没说话，依香端来饭菜，才打破了这种气氛。

岩坎突然丢开烟筒，开了一瓶白酒："来，痛痛快快喝一杯吧。这里平安无事。"

吃罢饭，夏莉急不可待地扯上了正题。详细讲了柳华的病情和针疗的进展情况。

"老弟呀，难为你了！还得请你出山救人呐！"老齐拍拍老雷的肩头劝道。

说起治病救人，医生全然换了个模样，反应也敏捷了。听罢柳华的病情，他一边吐着烟圈，一边对夏莉说："股内侧揉捏，从大腿内侧上端的穴位。"

就是那让她羞红了脸的阴廉穴。

"沿经五里、阴包。"医生边说边示意，"喏，到这儿。"

"血海穴。"夏莉插嘴道。

"对，再往下，到这儿。"

"阴陵泉！"夏莉准确地说出了穴位名称。

雷医生想不到这姑娘还挺在行的。高了兴，便丢开烟筒，滔滔不绝地说："有揉、有捏、有按。后面这儿，就是这儿。"他指划着。

"髀关穴、梁丘穴。"

"往下，刨、推、拿、提。还有背后这儿，在这儿。"

"哦，是承接穴、殷门穴、委中穴、承山穴……"

"一直到足跟，必要时，还得重重地压、重重地踩……"

好客的依香又端来了糯米茶，屋里萦绕着一股清香……

运动中，老齐名声虽"臭"，人却照样吃"香"，说话照样有人听。经营管理试点搞不下去了，正好有时间为柳华治腿东奔西跑。此时，他捧着一个大纸包对夏莉说："你看，大彭献出了他的祖传秘方，还托人从湖南带回来两味主药。老肖进深山找了几味，我去药店抓了几味，还让景洪药研所的朋友寄来几味。这儿，全配齐了！"老齐有说不出的喜悦。

真是双喜临门啊！夏莉高兴得撞翻了箱上的瓷杯，老齐忙着就去为那牛棚难友准备竹床。

大老雷三两天来一次，每晚踏着星月来，天不亮就走。他每做一次推拿，柳华的感觉就明显一分，每调整一次中药，柳华的腰身就多了一些劲儿。

俗话说，"三个臭皮匠，顶个诸葛亮"。针刺、推拿、中药三结合，产生了前所未有的效力。当夏莉第一次看见柳华的腰自己扭动，第一次看见柳华的腿自觉弹跳的时候，她几乎是流着泪跑出去的。

"……柳华，我欠下你的债，终于有了偿还之日！你就要站起来了！柳华，你是战胜了千难万苦的保尔！你是经受了情感熬煎的亚瑟！你是高大伟岸的男子汉！柳华……你不用再自卑，你可以像所有康健的男儿那样去追求！去爱！你不用再自责，你应该得到爱！任何一个好姑娘，都会掂出你爱的分量！都会珍视你纯真无瑕的感情！真的，柳华……"

"……亲爱的妈妈、姐姐，你们不要再责备我，我没有白白留在祖国！姐姐能够在影坛上成功，小莉也会在医学海洋里拾到一颗珍珠……。"

"澜澜，谢谢你的《针灸治疗手册》，小莉没有辜负你的一片心……"晶莹的泪珠儿挂满了夏莉的脸。

近些日子里，柳华话虽少了，神情却平静了许多。在夏莉眼中，他又是先前那个大哥哥。两人相处，仿佛又恢复了昔日的平静和谐。每次进柳华房间，夏莉都要先叫一声，每一声后面，都有一个亲切而浑厚的回音"请进"。两人相处得似乎很自然，但却添了几分生疏。

这天晚上有些例外，夏莉在门外连叫几声，都听不到柳华的回答。

夏莉听见，屋里竹笆床吱吱嘎嘎地响，猛地推开门，只见柳华额上挂着豆大的汗珠。他侧着身子，紧紧抓住床栏，咬着牙关撑起上身。

"你干什么？"

"想……想坐起来！"

"现在……还不行！"

"试……试试看！"只见他双手放开床栏向中间收拢，颤抖地撑着沉重无力的身子。

一下，再移动一下！上身的重量，越来越沉地加压在双臂。

再移动一下，他苍白的脸上泛起红晕，苍白的双手鼓起了条条青筋。

夏莉睁大眼睛，提心吊胆地看着柳华艰难的举动。她清楚：此时此刻，要制止是不可能的。

在头部、肩膀离开枕头的一瞬间，柳华突然感到房顶在转动、泥墙在转动、门框好像要倒过来……

失去平衡的大脑，轰轰作响。柳华只觉得眼前一黑，双臂一软，头，又沉重地落回原处。

夏莉的心"怦怦"直跳。她希望柳华坐起来，站起来，走在人群中！这希望已经很久很久了。可是，她又怕见柳华这般痛苦的模样。

"你，你还是……躺着吧！"

夏莉的话反而坚定了柳华的决心，他睁大眼睛，牙关紧咬，双手又撑起身子。

又是一阵晕眩，柳华颤抖的手臂死死撑着，双眼紧闭，大气直喘。

夏莉见状，情不自禁地走上前去，一边搀扶，一边打气。

"再使把劲儿！"

柳华顺势用力，直直地坐了起来。

长久的平卧姿势扭曲了他的视线，改变了他五官的方位感。他顿时感到心悬了起来，头转了起来，周围的一切都仿佛翻了个跟斗。

柳华又闭上双眼，喘着粗气……

夏莉一手托着柳华沉重的身子，一手抓过枕头、被子、塞在柳华腰部。而后，她倒了杯开水，放了一大勺白糖。

"你喝点水，一会儿就会适应的。"夏莉把冒着热气的甜水，轻轻送到柳华嘴边。

柳华微闭双眼，慢慢喝着。

夏莉听见，柳华的心跳得那样急。

坐起来了！终于坐起来了！夏莉眼中又涌出了泪。

"滴嗒……嗒……"

安静的屋里发出轻轻的滴水声，糖水顺着柳华的嘴角流在床上。

夏莉深情地注视着自己的病人——她似乎才发现，那是一张透着刚毅气质的、英俊的脸。她轻轻托着水杯，完全没注意病人是否还在喝。

柳华此刻正在细细地倾听着，倾听着使他获得新生命的"医生"的心音；他在幸福地领受着，领受着姑娘崇高的情意。他忘记了夏莉依然轻轻上托的水杯。

"滴嗒……滴嗒……"

夏莉猛然醒悟到自己的失态。

柳华猛烈敲打着自己别再走神。

两双深邃的眼里透出的光波交融了，传递着彼此复杂的情感。但他们的目光又像触电般闪开。

柳华发过誓，绝不让夏莉再看出自己内心的激动，绝不再放任情流奔向它渴求的地方！否则他会宰掉自己的手！

柳华的突然沉默和有些发白的脸，使夏莉的心又搴动了一下。

"你回去休息吧！"柳华连看也没看夏莉一眼。

"那你还是躺下来。"

"不用，坐着舒服。你走吧。"他再次催促。

可是，当夏莉走出房间后，柳华又像失去珍宝一样，空落落的，感到孤独、难受。夏莉的离开，并没有换来柳华的平静。

夏莉回到宿舍，久久难以入睡。她一直望着柳华的房间，见那盏油灯迟迟未灭。

柳华在做什么呢？没有人扶他，能睡下去吗？能盖好被子吗？夏莉默默地想……坐久了，他腰疼吗？刚刚知道疼就让他疼上几天么？我为什么不能帮他搭把力呢？……

她翻身下床向柳华的茅屋走去。

啊……不行……不行……她觉得脸上有些发热，捂着脸回转身来，六神无主地靠在老榕树下，呆呆地望着柳华的房门。

朝夕相处已几百个日子，桩桩往事放电影一样，在茫茫夜幕上叠印着。所有的镜头，都围绕着那间小屋。柳华爱自己，夏莉心里明白；自己对柳华呢？是尊敬？是崇拜？她不清楚。只觉得那微弱的灯光，多么孤独；那小小的土屋，多么冷寂……

又一次感情的暴风雨席卷着柳华，但柳华要让这感情的暴风雨自生自灭！他必须在夏莉面前绝对保持平静！他不能让对方有任何不安。

然而，夏莉已不是小孩儿，与柳华交往已不是三两天，她哪会看不出平静后面潜伏着暴风雨？！她常常看到柳华苦笑时，面部肌肉的抽搐。柳华的心在滴血，夏莉的心在淌泪。她竭力克制、压抑自己的感情，但却像陷进泥沼后奋力扑打、拼命自拔而不能的人。她不愿亵渎自己神圣的理想，不愿改变自己选定的奋斗目标，但更不能伤害她的澜澜。她宽慰自己：她只是为了挽救一个边疆的建设者！只是为了探索中医科学！除此之外，别无邪念。

夏莉想了很久，也想了很多，她决定直率地告诉柳华：自己已经有男朋友了。

预定练习站立的这天早晨，柳华很早就醒来等着夏莉。这是一次多么重大的行动啊！千百个日日夜夜，不就为了这一天么？可是，最迫切希望见到这一天的夏莉，却迟迟没来。柳华不安地向门外张望着。

……难道她不想见到这即将来临的胜利？难道她不愿见到我走出残疾的深渊？不，不可能……柳华默默地想着，期盼那熟悉的脚步声，渴望着夏莉的身影出现在门前。

盼来的，却是二队的卫生员小何。

"她呢？"柳华忍不住问道。

"哦，她说有事，让我今后负责扶你练习。"

柳华的心微微颤抖着，一种难言的痛楚缠绕着他。

"你来也好。"柳华喃喃道。

小何急出一头冷汗，终于将柳华扶起，并移到床沿坐着。

"哎，稳住！"小何吃力地抱着他，让他双腿慢慢着地，轻轻地，像放置一件名贵的工艺品。

老齐买来的新布鞋套在这双多年赤裸的脚上。洁白的鞋底落到褐色的地上，柳华双腿开始搭力。可是，当全身的重量压向双腿时，一阵剧烈的刺痛迅速传到他的中枢神经，他顿时眼冒金花。

小何用力抱住柳华的腰，想让他缓解一下再着力。但是，柳华吊在小何脖子上的手慢慢在放松，他强忍剧痛，继续增加腿的压力。

"你慢点儿，慢点儿着力。"小何累得满头大汗，柳华痛得大汗淋漓。

"你这样行吗？"

柳华痛得无力回答，他紧咬牙关，发出"咯咯咯"的声音，身子直向后倾；吊在小何脖子上的手，渐渐减轻了拉力。

柳华的脸涨得通红。酸软剧痛，使他双手颤抖起来。嘴角渗出一滴殷红的血。他感到身子像钢锭般沉重，双腿却如鸿毛一样轻飘。无论怎样用力，他的双腿都无法撑起身子，搭力的双手始终不能从小何脖子上取下来。

"队长，是不是……暂时别练习走路，过些日子也不迟呀。"小何焦急地劝道。

柳华无力地摇摇头："不……不……我一定……一定要……要……"他喘着粗气，猛然直起腰来，松开小何的脖子，随着喊出的三个字——"站起来"了！

柳华像个未满周岁的婴儿初次站立一样，眨眼间便倒了下去。

"队长，队长！"小何抱起跌在地上的柳华，把他放上床沿，拍去身上的泥尘，埋怨道，"你呀！真没法子。看，手上又擦去一大块皮……"

此时此刻，夏莉站在门外，从门缝里看到了屋里的一切。她几次想进去扶住她的病人，然而，一种复杂的感情却拖住了她的腿。当柳华一跟斗扑倒在地的时候，她的心犹如乱蛇穿梭，原想今天对柳华说的那句话，顿时消逝得无踪无影。她揉揉泪眼，悄悄离去了。

夏莉清楚，柳华爱她，尽管柳华什么也没对她说，但她从那每一个眼神、每一声喘息中，都能体会到一种饱蘸着苦汁的、浓烈的爱恋。然而，她不能接受，她有澜澜的爱就够了！真的，只要有她的澜澜……

可是，夏莉没法否定，柳华在她感情天平上的分量。柳华和陆澜仿佛在以同等的引力牵扯着她的感情，他们好像不约而同地钻进了她的心房，日渐剧烈地撕扯着她的心。使她老觉得有两股同等巨大的磁力，同时在强烈地吸引她，把她的心，分成了两瓣；又仿佛是黑夜中有两匹力量相当的骏马，正从相反方向拉着同一辆车；二马不知个中情，车却经受着粉身碎骨的痛苦。

她有着陆澜纯真的爱，还有着柳华深沉的爱。这有什么不好呢？小时候，不是常跟自己的小伙伴比着谁的朋友多吗？那时候，有两个、三个，数不清的小朋友喜欢她。和她玩的人越多，她越高兴，越自豪！她可以跟很多小朋友手拉手地玩、脸挨脸地做游戏，可以跟许多小男孩保持纯真无邪的友情……现在为什么不能了呢？

不！不能够……

她自嘲地摇摇头，一种苦涩之感涌上心来。

好像处在三角情网的一端，虽然身受另两点的拉扯而无力摆脱，便希望三者能"和平共处"——建立儿时的"纯粹友谊"。但理智又告诉她：这不可能！

她从没想过与谁组成家庭更幸福，但她却清楚地知道：拒绝了任何一方的爱，都将对他们造成感情伤害，也会给自己带来更深的痛苦。

还是维持现状吧，她不忍心伤害任何一方。与其三方都痛苦，不如一人承受……

就这样下去吧？只要他丢开了拐杖，只要他回到了胶林，只要……我就离开他，永远永远不再见到他！

柳华不知道夏莉和陆澜青梅竹马的过去，陆澜不知道夏莉和柳华感情微妙的今天。只有夏莉自己明白这一切，忍受着两个人一起加给她的心理重负！她常常因为过去而沉浸在痛苦的现实里，又常常因为现在而沉溺于痛苦的回忆中。为了实现自己心中那神圣的医学理想，为了让她心上的两个人都不受伤害，她决心默默承受一切磨难。

当夏莉的心快要磨碎的时候，她想到了一条出路——上大学，彻底摆脱困境！上大学，到医学的海洋里去拼搏！尽管她是那样撇不下澜澜，那样丢不开她的病人！她可以教小何扎针，让小何接替她……

夏莉照常给柳华扎针，也扶他练习起坐站立。当夏莉那轻柔的手指触摸到柳华的腿时，柳华须显得若无其事；当夏莉那修长的胳膊抱起柳华的腰时，柳华须保持心平气和；当夏莉的秀发无意间拂着柳华的脸时，柳华须做到麻木不仁。柳华暗暗发过誓，他要挡住诱惑的洪水，他决不再扰乱夏莉心中的宁静……

柳华时时感到，有一把钝刀，在自己心上反复地切割；有一股文火，在自己心上断断续续地燎烧……如果是一把利箭，猛然间穿透他的心，放尽他的一腔血，让他的心陡然枯死，或许他也会好些。然而，情魔却拿着一把钝刀，在他心上一点一点地剜割，让他的心血，一滴一滴慢慢流淌。如果是一把烈火，陡然间烧干他的心血，让他的心迅速化为灰烬，或许他会好受得多。然而，情魔一手举着钝刀，一手擎着火把，只要自己伤口的血一凝结，它就会挑开血痂，复插一刀，让自己的心血再度涌流；只要自己烧干的心一恢复知觉，它便又灼上一把，使自己疼得死去活来……

柳华一天天枯萎下去，但他从没向夏莉做出任何一个暗示爱恋的眼神，没有在夏莉面前失过态，没有主动去挨过的她手甚至衣角……

这一天，当夏莉推开柳华的门，一下给惊呆了：柳华正用刀子在手上划着血口！她一下明白了，上一次的刀口不是无意碰伤的！他是在切割自己的爱，在踩躏自己的心啊！

夏莉望着柳华手上的血，一点点淌下来，她的脸色是那样惨白。

"柳华……我什么都明白……你……别折磨自己了……我……我已经有……有男朋友了！"说罢，她泪如泉涌，扭头冲出了房门……

"啊——啊——"柳华的神情骤然凝固，淌血的手抓着自己的头发，一绺绺地飘落在枕头上，凝结在血口中……好久好久的沉寂、木然之后，他像一头受伤的猛虎，发出撕裂人心的呻吟……

他猛然间翻身下床，站起来，倒下去；倒下去，又站起来；站起来又倒下去……他的头磕破了，手擦破了，腿挂起了口子，却还在挣扎着要站起来……

夏莉不知什么时候跑回来，站在门口。见柳华额上淌着血，牙齿淌着血，手臂腿上全都淌着血。

"柳华！"夏莉惊恐地叫喊。

他照样爬起来，摔下去，摔下去又撑起来……

夏莉扑上去，拼命抱住了他……

他躺上了床，像一具血糊糊的尸体，一动不动……

夏莉抽泣着，为柳华洗去血污，包扎了伤口。柳华闭着眼睛，听夏莉讲述着她和陆澜的一切……

一股前所未有的力量，支撑着柳华的双腿；一个前所未有的信念，鼓舞着柳华练步。我要站起来！站起来！顶天立地地站起来！

一个月之后，柳华站起来了！

"柳华站起来啦！"人们奔走相告，喜讯像春风吹遍全场。老工人亲手扎成一双双布鞋，堆满了柳华的木箱！年轻人亲手钉成的一副副拐杖，放满了柳华的屋角；大医院无可奈何的瘫子，居然在年轻姑娘的针头上站了起来！一具躺了几年的"僵尸"，居然活生生地立在人们眼前！

夏莉望着祝福的人流，眼眶潮了……

用新针治愈了久瘫的病人。这成功的事实扫荡了那些从始到终困绕着夏莉的流言飞语。夏莉的名字，闪电般传遍了分场、总场，传到了昆明、上海，乃至北京的一些医院。

过去那些讽刺她的庸人，羡慕她今天光辉的荣誉；过去那些担心她的朋友，钦佩她坚韧的毅力；过去那些对此漠不关心的报道员，争相草拟出一篇篇传奇似的报告文学……

这一天，苏生来到夏莉的房间。

"请过目，这是雷组长让我起草的报道。他也祝你成功！"

夏莉冷漠地接过那厚厚的一叠纸——《射向"男尊女卑"的重型炮弹——看八队批林批孔的伟大胜利！》。

夏莉冷笑一声，慢慢地把稿纸撕得粉碎。

"你！……你这是……"

夏莉望着苏生，把碎片捏成一团，扔了过去："拿去请功吧！"

"小白脸"目瞪口呆……

夏莉走出门去，迎面看见心花怒放的雷闯，泡粑脸先是一愣，然后鼠目生辉。"你……是夏莉吧！"他背后造过夏莉那么多谣言，这还是第一次打照面，一下子就被夏莉的美色迷住了。

"干什么？"夏莉讨厌他饿狼般的眼神。

"祝贺你呀！夏莉同志，苏生写的文章过目了吧，这可是批林批孔的伟大成果呀！"

"哼，成果！是被你逼'死'的哥哥一起创造的，能拿给你去请功吗？！"夏莉在心中诅咒这头恶狼，恨不得用唾沫填满他的脸窝。

"我特意上二队来看望你，你为八队争了气呀……哎，你这是上哪儿去……"雷闯说着说着走了神，他既不关心夏莉要上哪儿去，也不需要夏莉回答，他的鼠眼，集中了体内的全部光和热，不停地在夏莉周身扫瞄。

夏莉穿着一件玫瑰红的确良衬衣，因近来精神苦恼而清瘦的脸，更透出女性的秀雅；由于面对恶狼的气愤，她丰满的胸脯急剧起伏着。

雷闯贪婪地从头到脚，然后集中小眼睛全部的光，盯在"三点"上不动。他看女人是要看实质、看要害，抓住关键处看的。因为只有上身那隆起的两点、和下身那三线交叉的一点，才使女人成其为女人，才使女人有别于男人。眉眼胳膊谁没有，不看那"三点"，他不如就看自己。自己的身子，他看不全；老婆的身子，他看腻了；唯独眼下这美人儿的身子，他第一次看见，虽有衣服挡着，但他尽可以想象衣服里的模样。他有些醉了，不知夏莉到底回答他的问题没有。只听得一声刺耳的"讨厌"，夏莉已转身远去。

"讨厌我？喜欢那瘫子？喜欢那黑崽子？"雷闯早就听说陆澜与夏莉好，他早就在心中琢磨，什么样的妞儿，会使这个美男子动心。不料，正是天生一对，美在一起了。一种莫名其妙的醋味儿，顿时涌上雷闯的心来。

哼！走着瞧吧！你的上学申请还捏在我手心哩！到时候，你会乖乖来求我……

他鼠眼里的光消失了，嘴角上的口水流淌到衣襟，又滴落到地上……

十五 流放原始部落

心猿意马的雷闯，从二队回到八队办公室，情绪好久才平静下来。一看表，快收工了，就叫人找刘放来谈话。

刘放啊，刘放，老雷要让你尝尝流放的滋味儿了……谁叫你当初要取这么个名儿呢……

雷闯高高跷起二郎腿，想到这着高明的棋，竟得意地敲起了桌板。

……撤他的职吧，不好找借口；不撤吧，又碍手碍脚的。看来，最好的办法就是这样"软打整"了！……真是，只有高明的政治家才想得出这个高招。这高招既然是自己想出来的，那我雷闯，当然就是个高明的政治家哟！嘿嘿……他下了这么个判断后，桌板敲得就更响了。

刘放推门，身子还没进屋，雷闯就立即起身调整表情，笑容可掬地面向门口说：

"来来来，告诉你一个好消息……"他亲昵地拉刘放坐下，拿起一个脏口缸，破天荒地给刘放倒了杯白开水。

"小刘啊——你年轻有为，前途远大呀！"说着，他像老前辈一样拍着刘放的肩膀。刘放下意识地退让开来。雷闯愣了几秒钟，便郑重其事地告诉刘放："团州委要组织民族工作队，到兄弟民族中去蹲点，宣传无产阶级专政理论。我千方百计给你争来个名额。到老山寨去滚一身泥巴，炼一颗红心，加深对运动的理解嘛……更重要的是，你可以在州上大显身手，机会难得呀……"雷闯一边说，一边踱来踱去，为自己编得这般天衣无缝、滴水不漏而自豪。"不过，你别误会，这不是流放……"他突然做贼心虚地声辩。

"此地无银三百两！"刘放愤然插话道。

"你别不识抬举！"老雷收敛了笑语，威严地逼问，"去，还是不去？"

"谁决定的？"

"场党委。"

"……"刘放沉默了。是党员，他不能不服从。

雷闯立即转怒为喜，拍拍刘放肩膀道："年轻人，好样的！"

"不过，我希望你们别再批陆澜，他正在设计坡地拖拉机图；不要再打汪飞，他本质上并不坏；也不要再斗李芳，她拼命劳动没有半点罪过。还有，老齐错在哪里？你们不能整他这样的好干部！"刘放越说越气愤。

"队里的事，你大可不必操心。"雷闯很不耐烦地打断他的话。

"我还得说一句，党中央并不是叫你们这样搞运动！"

"用不着你来教育我！正因为你至今还没领会中央精神，才让你去受教育！"雷闯提起烟筒气呼呼地吹。

刘放愣了一下，转身走出了房门。

雷闯吐出烟圈，喃喃自语道：看你顽固到几时？你嘴硬，没有老子臂膀硬！你在连队拉得住一伙伙人；到边寨，嘿嘿……他雷闯深知边寨的现状。他断定：去深山蹲上两年，是孔明也会变傻，铁骨也能磨断。到那时，这小子不服输来问我……

他心中暗暗叫绝，让这小子哑巴吃黄连——有苦说不出。他再一次自我证明自己是个高明的政治家。

刘放去找老齐，老齐被困在场部批林批孔学习班；他去看陆澜，陆澜木偶般望着他不说话；他去看汪飞，汪飞捂着被打伤的腰部，一个劲儿地骂姓雷的龟孙子。刘放又去找洪涛，说："你想往上爬，谁也不妨碍你。希望你不要把无辜的同伴当垫脚石，

当敲门砖！"

洪涛不回答，也不声辩。知他者，莫过于刘放。

就要离开连队了，刘放的心还被什么东西揪着，觉得不能丢心落意地走。他翻山越岭到老林子去，想看看那两百亩幼林，看看独自固守着那片幼林的小李子。

上次离开森林之家时，他本想找李芳好好谈谈，是说自己爱她？还是说不爱她？或者是说不能爱？不忍爱？他想不清楚。觉得不管按哪种说法，都会把自己和小李子的关系越弄越复杂。见小李子能与自己平静相处，也就决定不再说什么，但是，一想到小李子为了替自己分忧，自愿去搞试点管幼林，结果被雷闯当作靶子批得那么苦，而自己作为一队之长，竟然无力保护最优秀最忠诚的队员，就感到万分内疚。一天夜里，刘放愤怒地撕毁了批小李子的大字报。雷闯追查了半天，怀疑是他，但抓不到把柄。这次他被雷闯发配边寨，或许与这事有关。刘放曾找到小李子，向她说了自己的愧疚，小李子只说了一句话："为你遭批，我没有怨言！"还用得着解释吗？小李子理解自己心中的一切。

此时此刻，刘放去找小李子，还说什么呢？此去边寨，何年能归？托出自己的爱，只会给小李子增加感情的重负和政治上的麻烦。他只能以同志的身份，平平静静地向她道别。

走进那片幼林，见林中又冒出了杂草野藤，刘放的心很沉重，自己身为抓生产的副队长，却无力挽救这片胶林。全队人被雷闯逼着坐下来闹革命，老齐、小李子和陆澜他们流了那么多心血和汗水，就这么白白断送了！他对着老林子喟然长叹：这是为什么呀？！

好久好久，刘放才转过身来。

"小李子！"刘放不知李芳是什么时候站在自己身后的。

"你撕了大字报，雷闯不放过你？"小李子问。尽管刘放并没对她说过是自己撕的大字报，更没说这次边寨之行与撕大字报有关。但凭着小李子的直觉，感知了这当中的真实原因。

"不……去边寨，是宣讲无产阶级专政理论……"

"别说了……我明白……"小李子说着，递给刘放一个挎包，里面装着固体酱油、咸菜、肥皂、两件背心、一把刮胡刀。

"小李子……"刘放声音有些发颤。他真想亲亲她，但他克制住自己的感情，用颤抖的手接过了挎包，"你……多保重……"刘放毅然转身离去，他不愿让小李子看见自己湿润的眼睛。

小李子哭了，怎么也忍不住……

刘放被派到最边远的云里山，那里有一个"文革"前夕发现的少数民族分支。他揣着团州委组织干事画的路线图和用象形字写的介绍信上了路。

清晨的林海，被乳白的薄雾笼罩着，恬静迷茫。待那薄雾从"绿毯"上消失后，冉冉旭日便在雄姿挺拔的两山之间升起。绵延起伏的浓荫绿峰，仿佛印上了蔚蓝的天幕。林间小道边，金竹、慈竹、凤尾竹间杂而生，风姿各异。修长的竹枝，像纤细的胳膊亲密相挽，搭起一蓬蓬天然的"绿帐"。它们参差不齐，晨风吹来，一起一伏，宛若万顷荡漾的碧波。在这无边的绿海中，燃烧着朵朵火红的木棉花，闪烁着串串金黄的牛角花，开放着点点洁白的缅桂花，还有那马樱花、树都拉花、灯台花摇曳其间，真是花团锦簇，令人目不暇接。一粒粒亮晶晶的露珠儿，好似珍珠撒落翡翠盘，从花瓣滴落到竹叶上，又顺着叶尖儿滴进松软的泥土中。啊！好一个世外仙境！这清新消淡了人间的烦恼，刘放寻着小道深入山间。

"咕——咕——咕——"一只艳丽的茶花鸡，站在凤凰树上鸣唱着。尾巴一翘一翘地跳来跳去，得意地炫耀着自己的美丽。正当茶花鸡"自我陶醉"的时候，一只孔雀"呼"地飞到菩提树下。它偏着带羽冠的脑袋，用爪子扒着落叶觅食。当它发现那只高傲的茶花鸡时，便轻轻翘起团扇似的彩屏，那数不清的翎眼顿时金光灿烂，透出一道道幽蓝的光波，深绿的，紫红的，橙黄的，洁白的，以及乌黑的翎眼若隐若现，交相辉映，绘织成一道道动人的光环，一幕幕迷人的光网。绿孔雀摇着大"彩扇"翩翩起舞，嘲弄着那只缺乏自知之明的茶花鸡，引来了四面八方的鸟儿。椋鸟、八哥、黑枕黄鹂、绿斑鸠争相飞来比美。那灰头鹦

鹛、金丝雀、翡翠鸟，那来自高山的血雉，那头上长角、腰围红巾的野鸡，那黑衣、黑帽、白长袍的红脸白鹇，那戴红帽、敲木鱼的金背啄木鸟，都争相斗艳，互不示弱。刘放看得眼花缭乱，不由得停下了脚步。转过身来，只见一只山雀，睁着又圆又亮的小眼睛，迷惑地看着他，似乎在问：你怎么闯进了我们的王国？

眼前的鸟儿、花儿，仿佛将刘放带进了童话世界，使他净化在真、善、美的境界里，暂时忘记了人世间的丑恶和纷争。

"哇——哇——"乌黑的老鸦惨叫着从他头上掠过。把刘放从幻境中拖回到现实里来。他痛苦地自问：百鸟可以相安无事，各得其所，人们为何要互相残杀、尔虞我诈呢？万木要争夺养料和阳光，人类就一定要争夺权势和私利吗？雷闯那肮脏的嘴脸，洪涛那扭曲的灵魂，陆澜遭遇的蹂躏，小李子那颗被伤害的心……想起这一切，刘放真觉得人类原本不该从大自然中分离出来，而应返璞归真回到"人之初"！只有大自然才是纯朴、真实而干净的！

沉思中，忽听得背后有声响。猛然间，只见那密密的树影后面，几个端着火药枪，挎着长刀的年轻男人，正纠缠着一个带项圈的年轻姑娘，姑娘尖声尖气、咿咿哇哇地吼着、反抗着。几个男人却呜呜喔喔、嬉皮笑脸地拉扯着她。

刘放毅然向出事地点跑去，边跑边喊："不准你们欺负人！不准耍流氓！——"

刘放的呼喊并没触动那几个男人，他们简直像"色迷心窍"，仍然簇拥着那个姑娘调笑拉扯。见刘放跑来，一个男人端起了长枪。刘放顾不得生命危险，高声呵斥他们住手。

几个家伙一边挡住他，一边还嘻嘻哈哈地纠缠姑娘。

"你们干什么？！"刘放气喘吁吁地抓住一个家伙的手，愤怒地质问道。

那被抓住手的男人，本来满脸激情，眼角眉梢都流闪着异样的神情，被刘放这突如其来的一吼给搞懵了！瞬间，他转喜为惊、转惊为怒，一拐子向刘放打去。

姑娘在一旁愣了一阵。奇怪的是，她不但不站在"救命"恩人一边，反而心痛地望着被刘放"惩罚"的那个男人，甚至帮那个男人反抗刘放。另几个人突然醒悟似地上前抓住刘放不松手。

一个男人突然举起铜炮枪"嘭嘭嘭"地朝天乱放一气。

说时迟，那时快，枪声落，人声起。只见对面小路上，兴高采烈地涌来一大群黑衣人。

刘放哪是这些人的对手？几个回合就被打得头昏脑涨，立不住脚。

看见欢腾涌来的男女老少，那个调戏姑娘的男人转怒为笑，迎着人群走去，那姑娘也笑着追了过去。

刘放真是丈二和尚摸不着头脑。他嘴角流着血，看着欢乐的人们把姑娘抬了起来，像在庆祝一个伟大胜利似的。那姑娘呢？居然温顺地偎依在刚才被刘放抓住的那个"流氓"怀中！

像是做了一个梦，刘放还没弄清来龙去脉，人声就已消逝，林中又是一片寂静，他忍着伤痛站了起来。

从那人群消失的方向，传来"乓——乓"的声响，像是竹筒敲击和象脚鼓的声音。刘放渐渐醒悟过来，想起老齐给他们讲过的抢婚习俗。他抬起被抓伤的手，抹去嘴角的血，自我解嘲地笑了。他在心中喃喃道：

批判吧！斗争吧！地球照样按它的轨迹运转，森林人照样按他的方式生活。

钻出草蓬，眼前出现了一块空地。刘放正在找路，忽见对面有个身着黑布衣、肩披芭蕉叶的中年男人，从几株大树间的茅棚里钻出来。或许是长年累月的强光辐射和湿空气熏染，使那人皮肤黑里透黄，古铜面孔半掩在棕黄乱发之中。

黄脸汉子走过那烧荒的野火堆，用竹棍掏掏，冒出一股青烟，袅袅飘散，继而化作残丝碎絮。黄脸人手持竹片，在那野火烧过，又被雨水浸湿的土地上，截开一条条缝，扔进一颗颗黄色种粒。

刘放正想上前问路，那人却突然抬头转身，接连抛出几根大竹签子。一声惨叫，有只麂子在不远处挣扎着倒了下去。黄脸男人猛扑过去，对准麂子喉部又插上几竹签，接着便伏下身去，

咂了咂那汩汩流淌的鲜血，然后，把还在抽搐的麂子扛上肩头就走。

"啪"的一声。麂子扔在茅棚门前。一个身子应声探出，胸前用黑布斜挂着个孩子，小孩正吮吸着她干瘪的乳房。看着地上的猎物，又望望黄脸男人，她咧开了两排槟榔染红的牙。男人拔出刀来，几下就剥去麂皮，割下两只血腿，就和女人各拿一块，津津有味地啃了起来。

那男人不时打量对面老林，不知是害怕野兽袭击，还是担忧异族来犯，或是畏惧本部落仇人的追杀？

刘放鼓起勇气上前问路，话没出口，那人便惊恐地抓起竹刀。女人吓得怪叫，男人狂吼着向刘放砸来。刘放头一偏，竹刀挂破了他的耳垂。那男人举起竹刀逼将过来，刘放只得夺路而逃。待他定下神儿来，只见四面深山，八方无路，自己从何而来也辨不清了。

手臂，脚肚、脸面，到处都火辣辣地刺痛。

腰间、背上、腿杆，周身酸溜溜地胀痛。

可怕的寂静笼罩着他，奇特的空虚包围了他。这么静的山林，能展开轰轰烈烈的革命运动吗？这么青的山林，能点燃通红的大批判烈火吗？这么远的山林，能听到祖国心脏的搏动吗？这么古老的山林，能接受当代高深的意识形态吗？刘放在心中发出一连串疑问。"无产阶级革命"、"无产阶级专政"、"资产阶级法权"、"阶级斗争"，这些东西离山林中的现实，离那抢婚的部落，和刀耕火种饮毛茹血的人，实在相距太远！

想着想着，先前身体的沉重感不知不觉移向大脑，转入心中，一种渗透灵魂的沉重压得他喘不过气来。

落日，像吝啬的葛朗台老头，正大把大把地将那散失在大地上的万千金条，匆匆收进他滚圆的口袋，森林里顿时昏暗下来。

不知摸黑走了多久，刘放隐隐听见"呜哦——呜哦——"的叫声。他迅速以同样的叫声与之呼应，终于唤来了一个黑衣人。

来人面色如同他的衣服和夜色一般昏黑。他头缠青帕，双脚赤裸，手里捏着把竹矛。他"咿咿哦哦"地对刘放指划着。

刘放镇定下来迎上前去："你好！"刘放做着刚学会的手势，从恐惧的脸部，挤出几丝轻松友好的微笑。

那中年男子把刘放上上下下打量了一番后，突然转过身去，对着村寨吼了一阵，刘放紧紧尾随他去。

几个青衣人，从低矮的茅棚里钻出来，困惑地盯着刘放，这个来路不明的夜客。

"老乡们，你们好！"刘放壮着胆子招呼大家。

"砰"的一声，老女人手中的纺锤惊落在脚背上。她恐惧得连地上的线团都顾不得捡起，就躲进了茅棚。

刘放正不知所措，一个头戴蓝卡其帽子的人走了过来。他没有迷惑，没有惊奇，没有畏惧，神情安然地望着刘放。

莫非是乌依队长？刘放试着掏出了介绍信。

"刘……同记！""蓝帽子"咧开满口黄牙，露出友好的笑意。"好……你好……"他一把拉着刘放的手，不住地点头。

此人正是乌依队长。"文化革命"前，政府抽他去学习，使他懂了几句汉话，识得了几个汉字。"文革"开始，他从州里带回个小本本，上面画着造反司令部的战斗动员令。很费了他几个夜晚的心思，才把这个动员令图解出来。画面是一座高而尖的山顶上，托着个大张的口，叫做"最高指示"；一个人砍下另一个人的头，左手的人头在淌血，右手的砍刀在闪光，这叫做"史无前例的文化大革命"；一群人举手挥拳，大张着嘴，这叫做"造反有理"。他确实是有一定理解能力的。可没想到，他照着本本，对乡亲们吼了无数遍，人们竟然如听天书，不知所云。"文革"烈火始终没能点燃。可怜的乌依，因此被造反派冷眼相看，好多年没人理他。

乌依队长亲热地将刘放拖进了茅棚。刘放开门见山说明来意："团州委派我来了解你们学习无产阶级专政理论的情况……"

乌依偏着脑袋，吃力地听着，一双眼睛直勾勾地盯着刘放的嘴。

"你……嫩……哦哟哟……"乌依迷茫地摇摇头。刘放再重

复一遍，乌依的头摇得更快，目光更困惑。

刘放缄口了。他望着乌依的眼睛发愣。这眼神，多么冷淡、多么木然！他们几乎处在原始社会末期，能要求他们理解社会主义革命的理论吗？乌依的的确确是个忠诚的共产党员，像尧舜一样不辞辛劳地领着大伙儿劳动！……他对什么理论，对马列，对举世无双的"文化大革命"毫无兴趣。九亿人的冲杀都没触动这云里山寨，我来这里能做什么呢？刘放一脸茫然。

沉默中，乌依那游移不定的目光，一会儿盯着那与无产阶级专政理论毫不相干的锄头砍刀；一会儿瞄着那与阶级斗争毫无联系的稻种瓜秧；一会儿又看到了与批林批孔毫无关系的刘放划破的手，划破的衣服、裤子和鞋袜。一种淳朴山民的同情心驱使他拉起刘放，直往屋角地铺上推。

乌依咕哝了几句，又做了一个闭眼的手势，便一把将刘放按倒在地铺上。

"厕所在哪里？"刘放从铺上翻起身来。

"厕所？"乌依不解地重复着。

刘放只得做个解带和"蹲点"的动作。

"哦！"乌依想起来了，十多年前在外面学习的时候，常听人们问起这个词，他指一指外面，随手递了几块竹片给刘放。

刘放跟着乌依，走到了一个黑洞洞、湿漉漉、臭烘烘的地方。刘放硬着头皮蹲了下去。

回到地铺上，刘放久久难以入睡。四处黑沉沉的，空气凉幽幽的，整个山林都静悄悄的。刘放置身在这个原始部落，脑海里思绪泉涌，却又仿佛一片空白。隔壁茅棚里，乌依和一个妇人"咿咿哇哇"地说着什么，时而又传来孩子的啼哭。一会儿便万籁俱寂。

晨曦从竹墙缝漏进床头，刘放一骨碌翻身坐起，一阵散了骨架似的酸痛向他袭来。他弯腰走出茅棚，贪婪地吮吸着清新的空气。

一幅云里山特有的美景，像挂图般铺展在刘放眼前。真不愧为"云里山"，乳白色的云雾弥漫在山林间，久久不愿离去；争辉的太阳却匆匆升起，迫不及待地将万簇金箭射下山野。雄鸡在啼，百鸟在鸣，水蛙在叫，露珠儿在滴。这一切交织成一组多么动人的晨曲啊！

哎，人呢？刘放无心静观良辰美景，急匆匆转身找乌依。

回到茅棚，只见床边放着一堆芭蕉叶包的饭粑和一块麂子肉干。这大概是给他准备的早饭。刘放顾不得吃，走出茅棚就高吼"乌依"。

山野里发出清晰的回声。刘放顺着山道寻去。只见一群黑衣妇人和孩子在后山上干活。刘放走过去，女人们慌忙躲避，孩童们恐惧地钻进母亲的衣襟。只有乌依的老婆，一动不动地站在地头，手里攥着一把刚采下的棉花，毫无表情地盯着刘放。

刘放上前询问乌依，妇人眼睛眯缝作端枪姿势，而后指指对面的老林，表示乌依进山打猎去了。刘放只好留在女人堆里摘棉花。

渐渐地，妇女孩子们怯生生地回到地头，但总与刘放保持着距离。刘放靠近一步，她们就退两步。弄得刘放好不尴尬。

怎能生硬地向她们讲专政理论呢？刘放想到自己的责任，只好将道理降到最浅显的水平。他问女人们："知道我们都是中国人吗……"

"哦——果——果——"妇人们面面相觑，大感不解。

刘放沮丧地摇摇头，感到无话可说，随即陷入沉思之中。妇人们站得远远的，却总是注视着他的一举一动。

刘放越想越沉重，和这些黑衣妇人相对无言地干了一整天闷活儿。

晚上，乌依和男人们扛着猎物回来了。

刘放和乌依的交谈，又以昨晚那简单然而亲热的推倒在地铺而结束。

两天过去了。一周熬过了。刘放每天跟男人们钻老林、打猎，累得精疲力竭。由于语言障碍，他一天难说两句话，整日憋得心慌。那本谈专政理论的小册子，原封不动地放在挎包里，团州委精心制订的学习计划全泡了"汤"。

云里山的月，特别的大，也特别的亮；云里山的夜，特别的

静，也特别漫长。刘放睡不着，便悄悄爬出茅棚去看月。

月光下，山水林木全都清晰可见。夜幕盖不住云里山的真面目——它美，但却是原始的美。山里人的情爱也没有什么遮掩，总是赤裸裸的，近于原始状态。小伙子高了兴，当着众人就敢和姑娘搂搂抱抱。只要姑娘不反抗，小伙子就会拖着姑娘离群而去，大白天也要与之扭成一团，尽情做爱。月夜里，更是情人们尽兴的天地，赤条条两个人，总要在林子里玩个大半夜才肯回到茅棚。刘放对这种现象非常反感，觉得他们只有性爱而没有情爱，因此，他处处回避着这类事。

静静的月夜里，刘放总是想着那遥远的森林竹楼，和竹楼上那孤单单的小李子，想到分别时，小李子眼泪欲落还住的模样儿……

突然，对面树下传来姑娘咯咯咯的笑声。在月光映出的剪影里，一个赤裸裸的男人，正紧紧搂着个赤条条的女人，刘放迅速背过身去，紧闭双眼。他想尽快逃离，却又怕发出声响惊动那对男女，使自己陷入更难堪的境地。他蹲在树影下未动，那对男女调情打趣的哼哼声，却拼命往他耳朵里钻。渐渐地，刘放感到全身发热，心儿突突乱跳，一种不可遏制的冲动，像汹涌的海浪拍打他的心房，翻卷在他的脑海……

青春的冲动像一道阴影攫住了刘放，缠得他透不过气来。他用双手紧紧抓住自己的头发，又用拳头捶打自己，想驱赶这冲动的魔鬼。他转身向水塘跑去，一头扎进凉浸浸的水中……

这一夜，刘放翻来覆去睡不着觉，眼前老是浮现出小李子的身影。他拿出小李子给他的军挎包，吻着小李子亲手缝的那块补丁……

小李子那瘦剥的肩头，为他撑了多重的担子；小李子那长满硬茧的小手，为他做了多少事；小李子那双明亮的眼睛，为他噙过多少次泪水；小李子那颗纯净的心灵，为他担过多少忧，又为他受过多少屈。小李子对他的爱，只有给予，没有索取。而他呢？已不具备男性的英俊，也未曾给予对方一点爱的安慰，这已经是愧对小李子无私的爱情，难道还要夹着那种向对方索取某种满足的念头去接受那份爱吗？他不知道，天底下的男人，是否都带着这种动机去追求女人；他只知道，小李子对他的爱，是以牺牲自己为前提的。

……要是小李子真的不嫌弃自己的丑陋……不！要是小李子看见他的脸不再感到遗憾和不舒服，要是自己的爱会给小李子带去幸福，要是自己和她相爱，不至于在连队造成消极影响，自己会毫不犹豫地对她倾诉心中的爱……

一个月的沉默，实在太漫长、太难熬了。刘放越来越思念小李子和八队同伴。也越来越感到边寨生活的枯燥、原始。他真怕自己被同化为原始部落的一员。每天每夜，除了打猎就是睡觉，他怎么也睡不下去了。他心中有那么多的话，无法对人说，没人听得懂。他想写下来，找不到墨水。他被人们当外星人一样观赏、指点。这个部落根本不需要他！

尤其因为不说，刘放脑海就翻腾得越发剧烈，想得更多更广更深。爸爸曾说，战争年代，共产党发一句话，就像在干柴上丢一把火，一下子就燃烧起来。老百姓听毛主席的话，就像听皇帝的圣旨。可今天，上面为什么老叫人们斗争啊，批判啊？既不能给落后的民族山寨带来进步，给贫困的民族兄弟造福谋利，又不能给国营农场带来转机，给知识青年指出奋斗方向。反而，得势的倒是雷闯这类人，遭殃的却是老齐、小李子这样的创业者？面对云里山寨的现实，他觉得共产党多么需要领导人民搞建设，而不是无休无止地谈革命、专政……

刘放决定回到同伴身边去。

一月之后，全村男女老少都身着黑衣黑裤，站在山顶上目送刘放——一个不明不白跑来，又不明不白离去的天外来客。

刘放走了一程，又回过头去。那些黑色的人影已连成模糊一片，像山崖上挂着的一团乌云。刘放感到空气沉闷极了，仿佛那团乌云已化成倾盆大雨，淋湿了他的衣裤，浑身虽然沉重，头脑却被暴雨泼得更加清醒了。

此行让他清楚地看到，远古时期的刀耕火种，中世纪的纺车织布，原始社会的人类意识，封建家族的组织形式，还这样根深蒂固地保留在20世纪社会主义中国的土地上。什么"驳物质基础"？什么"限制资产阶级法权"？什么"填平三大差别的鸿沟"？什么"建设共产主义大厦"？这与山寨的现状形成了多么强烈的反差啊！猛然间，刘放仿佛悟出了那个百思不得其解的答案：中国的问题出在北京！

　　刘放惊奇自己的发现！妈妈一直教育他要听话，他确实是个听话的乖娃娃；从小听父母的话，读书听老师的话；"文化革命"、上山下乡都是听毛主席的话。就是这次来云里山，也是听场党委、州团委的话，怎么会怀疑起我们共产党中央，怀疑起党的领袖来？

　　大森林被难分难解的乌云压住了，显得这般沉重！这般肃穆！这般阴冷！人们说："山高皇帝远。"我们的党中央真的忘了这些遥远边寨的贫困百姓吗？这儿怎么看不见共产党的影子呢？！

　　刘放禁不住对着云里山呐喊：

　　"共产党到哪里去了？！——"

　　大森林发出沉闷的回响："哪里去了？！——"

十六 舌战洋女士

人们诅咒"命运莫测"，其实，命运并非莫测。如果说"命"是指人生，"运"则是指机遇。幸运的人，在于他会把握机遇。机会总是悄悄来临，稍纵即逝！谁最先发现它，谁最先抓住它，谁善于利用它，谁就是命运的主宰，谁就能成为生活的强者、时代的宠儿！

雷闯，毕竟吃了多年的"政治饭"。当刘放自己返回农场时，他先是气，转而喜！觉得这是一个"换马"的机会，一个拉拢洪涛培植党羽的好机会。就立即召见洪涛："老弟，听我的，不会错！"雷闯一副稳操胜券的神态："你去，换个提法，不学什么理论，就说扎根边寨……"

"还听你的？"洪涛望着雷闯手上的牙印，心想，以往因为听你的，我已愧对婷婷，现在又怂恿我和刘放相争，让你坐收"渔翁之利"？哼！……要我去扎根？去受苦？作为你的重大成果报上去请功？让我给你当垫脚石？……

洪涛越想越愤怒，久久没有吱声。

"小洪啊小洪，你莫天真了，我老雷吃的盐比你吃的饭多，过的桥比你走的路多。你想想，各级都在抓批林批孔成果宣传，你一走，丢下封告全省知青的公开信，我拿着这信在全场宣扬，还寄一份给总局苏局长，恐怕你洪涛就是全局全省甚至全国的知青典型了，出名的是你还是我？！一旦出名，事情就好办了。懂吗？"

洪涛的心给说活了："要我付出多大代价？在那里呆多久？"他直截了当地问。

"哎呀！呆上个一年半载算什么？搞政治，还不就像你爹做生意，不花本钱，哪能盈利？不吃点小亏，哪能占大便宜？不敢冒风险，哪能成大事？"雷闯说话这样露骨，是因为他懂得洪涛的心思，觉得没有必要再兜圈子，就继续授机宜、打招呼，"当你坐上'火箭'的时候，你才会看到，你得到的比支出的多得多。到那时，你小子该好好感谢我老雷……"

"能上去吗？怕不那么容易……"洪涛半信半疑。

"怎么不可能？当前正在学习专政理论、限制法权，你一头扎进最落后的山寨，就能当上限制法权的先锋。现在，中央正强调从运动中选拔中青年干部，老弟，你的红运来啦！机不可失呀！省里的×××，是我们一起造反的战友，我如果不是有点'疤疤'，早就上去了！我在他们面前提过你。像这样外面造舆论，内部暗使力，把你推到省里去，不成问题！另外，你不是说，只有刘放才是你的对手吗？他刚从那个地方回来，你乘势扎进去，不就形成一个鲜明对比吗？他是怕苦怕累的逃兵，你是知难而上的勇士！这样，你不是就可以压倒他了吗？"说罢，雷闯大大方方递给洪涛一支香烟。

洪涛点了几下才接上火。当两股烟圈螺旋般上升时，两双眼睛都眯成了缝。他们默默对视着，透过烟雾，琢磨着对方的表情，掂量着对方的斤两……

一夜之间，洪涛给农场党委的公开信印成纸片，四处飘撒。紧接着，电台播送，报刊发表，洪涛顿时名噪全省。

舆论造够了，洪涛便带着"革命先锋"的桂冠，披着"知青样板"的红袍，到那黑衣部落所在的云里山去了。

洪涛与刘放不辞而别，刘放那些百思不解的疑团中又增加了无数新的问号……这场破坏生产的所谓"革命"，去山寨那种形式主义的所谓"结合"，原本就完全错了。雷闯、洪涛如此热衷，到底是为什么？

西双版纳州招待所，在晨曦中露出了精巧的轮廓。

夜露从树叶上、藤蔓上滑落下来，点点滴滴，仿佛倾洒着伤逝的泪珠。

鸟儿醒来了。它们叽叽喳喳，打破了清晨的寂静。

花儿醒来了。火红的灯笼花、血青的叶子花、白黄的鸡蛋花、淡绿的鹰爪花，还有浅蓝的牵牛花，经晨露洗涤，睁开了明丽的大眼。

树儿醒来了。油棕树撑起冲天的大伞，芒果树摇晃着青壳"鸭蛋"，槟榔树高悬着黄绿"乒乓"，香蕉树垂吊着密集的"象牙"。

澜沧江也醒来了，正抖动它那宽柔的裙带，在晨雾中缓缓流向远方。

州招待所那别致的望江楼，像亭亭玉立的少女，在黎明的江边凝思遐想。

当鸭蛋黄似的太阳从水中跳出的时候，澜沧江抖开了一身金鳞，望江楼披上了万道霞光。此时此刻的招待所，绿影婆娑、一片静谧。

突然，望江楼上传出几声怪笑，两个蓝眼钩鼻的"狮子头"摇晃着唱道："东方红，太阳升，中国出了个毛泽东。"歌声未落，笑声骤起："哈……毛……山沟里的土……包子……"

女招待怒目横对两个洋人，当面将他们用过的湿毛巾倒进了痰盂。

两个家伙脸颊微红，耸耸肩头，双手一摊，自我解嘲似地相视而笑。其中一个像发现新大陆似地转身拿出相机，对准一个穿补疤衣裤的来人就按"咔嚓"。这几天，他在附近到处寻觅，摄下的都是草棚、茅坑、乞丐、垃圾堆和城市知青在边疆的愁苦镜头。拿着那些彩照，他边看边点头："ХОРОШО，ОЧЕНЪ ХОРОШО！"（俄语：好，很好！）又得意地对他的同伙说："姓毛的批我们修正主义，说什么知青下乡是反修防修。我要将这些东西公诸于世，揭开中国人口大迁徙的秘密，看他们在穷乡僻壤

怎么反修防修！……"

刚被摄入镜头的来人是洪涛，他按团州委的通知前来参加知青座谈会。其实，他平时开会很注意衣冠的整着。但今天，他将以与工农民众相结合、接受贫下中农再教育样板的身份重点发言，因此，他足足花了半小时来考虑如何打扮。这次会非同寻常，是与外国人座谈。更重要的是团中央、团省委都有人到场，云里山的赌注就押在这会上了。外观上，得给各级首长一个深刻、良好的印象。

穿那件蓝的卡中山服，里面白衬衫，再加黄军裤、解放鞋，背个黄挎包，还特意别两支钢笔在衣兜里。一定要打扮成个其貌不俗的知识青年形象。一会儿，他又推翻这个设想，拿出劳动穿的补疤衣裤，戈拉就是以最土气的衣着，表现自己最坚定的信仰。洪涛想，也应该让外国人看看，中国大城市的青年，已经完全和工农群众融为一体，彻头彻尾、彻里彻外工农化了！于是，他自以为高明地扮出了一副无产者的形象。

提议召开这个座谈会的，是欧洲笔会的副会长——民主德国一个五十多岁的女作家安妮女士。参加座谈会的还有东欧一些国家的青年作家，包括为洪涛拍照的那两个"狮子头"。

安妮女士一头金发，体态丰满。她带着善意和困惑，向到会的七八个知青频频点头，并随着翻译的介绍与大家握手致意。

一个个知青屏声息气，紧张地注视着安妮。会前，书记、队长和州委领导三番五次打招呼："答问要沉着小心，不要脱离中央精神，要和社论口径一致。失漏半句，国际影响不可挽回！这些人都是有世界影响的喉舌！"洪涛却不很在意。他经常"讲用"，大场面见得多，紧跟中央的话也讲得熟、记得全。平时的社论、文件，他都不过夜地研读。最近在云里山，报纸文件虽未及时见到，出来后却已全部读完。肚内虽然有"货"，心却不知为何还是有点跳；场面虽见得多，但参加外国人召开的会毕竟是初次，目光与外国人一对视，神情就显得惶恐。这个豪气十足的男子汉，原来也潜伏着某种奴性。他强迫自己勇敢地与外国人对视，但一碰上那鹰钩碧眼，他的眸子就不由自主地避向一旁，手脚也不知如何摆放才好。

洪涛稳住神，认真研究如何对话，脸是低是仰？还是平视的好？其实，洪涛一向对脸的倾斜度是有考究的。对上级领导说话，他总是低头弯腰、轻言细语把脚蹭，以示谦恭；对陆澜讲话，却要昂首挺胸、大声武气、抬头踮脚，表示不屑一顾；对刘放讲话，则又腰摇头，取平衡状，以示你我不相上下；和老齐讲话，他深感对方有种压倒自己的气势，但又不服气地把脸仰起来；跟雷闯讲话，他本能地想蔑视，但却故意把脸低下去；与婷婷讲话，公众场合是仰脸以示居高临下，个别场合则平视以显大哥哥般的亲切。

除了面部表情和姿势问题，洪涛对发言内容和腔调的把握也是颇有考究的：在哪种场合，向哪些对象，讲什么？讲到哪种程度？用什么语调？音量大小强弱，他都有所研究。至于心里想的什么他不管，他只推敲嘴里该讲什么。至于事实的本来面目他也不怎么管，他关注的只是对方想听到什么。例如，他心里明白，云里山生活，是那么枯燥、那么艰苦、那么令他难忍。而且，贫下中农并没给他什么再教育，反以愚昧、麻木同化他。他不仅没能改造那个山寨，那原始生活反而使他大脑迟钝、退化。这一切，都是他心里的话，灰蒙蒙的。但他说出来的话，却是光闪闪的。

副会长通过翻译发话了："中国大批城市青年离开学校，下乡支边，世界各国都很关注。东欧青年尤其希望了解……"

真不愧是久经沙场的洪涛！安妮女士的话一下子提起了他的精神，脸低脸高问题顿然消失，牢骚怨言全都咽下肚去。冠冕堂皇的话，迅速涌出口来，而且是那么恰到好处。

"是的，这是中国青年史无前例的伟大创举。"说罢，他望了望州团委书记的脸色，很满意。

"你叫什么名字？"安妮女士善意地望着洪涛。

"哦，洪水的洪，波涛的涛。'文化大革命'运动，知青上山下乡、支援边疆，就是革命洪流，波涛汹涌，我就根据这个意思来改的名字！"洪涛慷慨激昂，再一次为自己改名的创举自豪。

"哦！"女士笑着点点头，并在她的小本上端端正正地记下了洪涛的大名，团省委书记也满意地掏出笔来。

洪涛见状，又是美美的一笑。有一天，我洪涛的大名，将要在世界青年中传扬……

"你能谈谈上山下乡是怎么回事吗？"安妮问道，"听说你们中有很多人中学没念完。为什么不继续升学？要来这里干活呢？"

"我说说吧。"洪涛从容不迫地接过话头。

安妮的目光停留在洪涛打满补丁的衣服上，仿佛在询问：为什么穿得这么破旧？又望望兴奋的脸，不知他为何这样精神焕发。

洪涛振振有词地回答："这个问题很简单，为了反修防修，防止变成资产阶级的千金公子、花花小姐！"人们真为洪涛捏了把汗，怎么把话说倒了呢？幸好翻译反应快，立即按"千金小姐"和"花花公子"顺译过去。

安妮女士听得皱眉头，她合在胸前的双手一摊，两眼闪过一道灼人的光，仿佛集中了全世界的疑惑，直射向洪涛："我不明白这是什么意思？"

洪涛灵机一动，很快编了个故事作论据："我表哥在重点中学读书。他班上有个农村同学，成绩很好，读了一年，乡土气没了，衣服全换了新的。有一次，他母亲进城看病，顺便来看望他。当他从窗口认出那个土头土脑的农妇是自己母亲时，立即皱起眉头从后门溜走。母亲好不容易找到他，他却三言两语把母亲打发走了。同学们问他那是谁，他却说是他家的保姆。"

安妮女士两肩一耸："真有意思！"

洪涛一听说"有意思"，话就更带劲了："这说明，旧学校培养出来的人，很容易忘本、变质！就像有人说的那样：'一年土，二年洋，三年不认爹和娘！'所以，毛主席要我们上山下乡支边，接受再教育，就是为了防止我们思想变修，成为好逸恶劳的花花公子和千金小姐。"这次倒说顺了，但却听得为他拍照的"狮子头"头直摇。

"嗯，你结合得好！"团省委领导对洪涛的发言大加赞扬。洪涛自得地端起糯米香茶猛喝了几口，又对刚才发表的真理补充说明：

"比如我，到了云里山寨，就受到了很大教育。过去吃大米饭，现在学会了吃包谷和兽肉干巴；过去假爱干净用勺吃，现在可以直接用手抓；过去睡觉要上床，现在倒在哪儿都能睡；过去解便要进厕所，现在哪儿都可以'积肥'；过去每天都要漱口，现在半年不刷牙也行……"

洪涛还想充分发挥，但发现外宾们全都皱起了眉头，就迅速作出结论："我们完全工农化了。"

"这就是反修防修吗？这是退化返祖呀……"安妮女士越听越困惑，"请问，你们来边疆，是用城市文明改造农村的愚昧，还是让愚昧退化文明？是用先进改变落后，还是让落后同化先进？"

安妮女士这一问，洪涛才发现自己的话有漏洞，把事情推向极端，被外国人看出了破绽。于是他再作补充说明：

"民族兄弟过去不理发，我帮他们剃头；过去不懂汉话，我教他们说；过去不认识毛主席、共产党，我使他们认识了……"由于他没说清楚是认识这几字，把大家弄糊涂了，真以为毛主席到了云里山。

安妮女士眨眨那黄亮眸子又问："听说你们很多是产业工人的子女，为什么不接受工人的再教育？一定要接受农民的再教育呢？"

"因为贫下中农更穷，思想觉悟更高，革命性更强。毛主席就是农民出身。"洪涛对答如流。

"按照你们的观点，只要是体力劳动都能锻炼人的意志，做工不也是体力劳动吗？"

"工厂用机器，这里用人力，因而更锻炼人。"

真是天衣无缝！令首长们折服，却令安妮女士更加困惑不解。美国人开发西部，俄国人开发西伯利亚，虽也是从城市到边疆，开发处女地，但他们发展了经济，传播了现代文明。中国是

农业大国，农村人多耕地少，为什么让城里人来和农民、边民们抢地？中国工业不发达，城里工人老化，为什么不让年轻人去做工？在安妮看来，一个农业国的文明在于实现工业化现代化而不是城镇市民农村化。当农民固然可以炼筋骨，但炼得头脑简单四肢发达后又干什么？

为解除沉默的尴尬，安妮又转换了话题："按你们的话说，要扎根一辈子，你们安心一辈子过艰苦生活吗？"

这话倒问到了要害处，几个知青面面相觑。劳累过度和营养不足所致的蜡黄的面色，干涩的眸子，枯焦的头发，都深深打上了艰苦生活的烙印。要说，人们打心眼里安于这种生活，显然不是。他们已没有了先前那些慷慨激昂的言辞和无所畏惧的情怀，也没有了刚来边疆时的好奇和兴奋，但他们都是先进知青，决不能说出落后话来。

"是的，我们都是自己三番五次申请，有的还是写血书才获准支边的。"洪涛又作出了圆满的回答。但他话虽出口，心中却不很踏实。安妮问的不是过去怎么来，而是问现在向何处去的问题呀！眼前还喜欢艰苦生活吗？……令人精疲力竭的大会战、烧荒、砍坝、挖梯田；使人捞肠刮肚的盐巴汤、鼓眼饭(没菜，只好鼓起眼睛吞白饭)；还有那潮湿的茅棚，闭塞的云里山生活……

"艰苦"二字，顿时化作一幅幅活生生的画面，在洪涛眼前铺开，他打心眼里不愿再领略那些难忍的滋味了！

可是，等待他的，将是辉煌的前景，短暂的艰苦，将换来一生的幸福，从这一点上讲，洪涛确实还是喜欢这个"艰苦"的。于是他回答："我安心艰苦生活。"

"没有想回去的吗？"

"我们有的同学已经病退回去了！"姓张的"小四川"接过了话头。旁边的小于着急地拉拉他的衣角，大家都为小张捏了把汗，怎么信口开黄腔，破坏这革命的气氛？

这时，小王心里七上八下，口袋里还有封妈写来的信，劝他设法搞病残证明，告诉他家中正在为他四处奔波，塞包袱，找门路。他原本想说两句真心话，但见小张被责怪的情境，立即醒悟过来，把就要蹦出口的词儿又吞了下去。

"不过，我们都是响应党的号召自愿来的！决心要扎根边疆干一辈子革命！"小张生硬地为自己刚才的失误圆场。

"我们不想回去了！走与工农相结合的道路，是反修防修的百年大计、千年大计，"——"万年大计！"安妮女士与洪涛异口同声。洪涛尴尬片刻又说，"而不是权宜之计！所以我们要扎根一辈子！"洪涛接过话头把小张捅的破绽补了起来，说得婉转动听，尽管他急切盼望着早日上调。

"那么，你们怎样在这里干革命呢？具体要做些什么呢？"安妮步步紧追道。

"我们不想成名成家，就在这里劳动一辈子。我们爱边疆的山山水水、一草一木，愿在这里滚一辈子泥巴！"洪涛回答得很干脆。

几个青年作家眉头皱得更紧了。他们实在无法理解，中国青年为什么没有一点建功立业的雄心。

"你们滚泥巴，是要达到什么目的呢？"安妮女士一定要解开这个谜底。

"改造资产阶级世界观呐！"

"哦……资产阶级？你们怎会是资产阶级世界观？……"安妮两手一摊，不解地笑道，"我看呐，边疆民族兄弟很勤劳，但他们经济落后，还需要进行文化科学知识的教育，需要传播生产技术，你们对此有打算吗？"

有什么打算呢？洪涛什么打算也没有。他虽身处边民之中，却从没想过怎样帮助他们发展经济。他只盯着想一个问题：什么时候能离开？他是一分一秒也难呆下去了……然而，他还得咬牙熬下去，忍受到众所周知、层层领导皆晓，他洪涛是怎样深入工农、扎根边疆的时候为止。要说打算，真实的打算只有一个，往上走！当然，这个念头只能意会不能言传。

会场陷入沉默，旁边的小于呢，阶级斗争的弦绷得和洪涛一样紧，他以为安妮是要探听我们橡胶发展的秘密，以为大家的沉默是为了保密。所以，他也保密，也沉默。

不沉默又说什么呢？农场的现状和前景，一言难尽。三年计划落了空，五年规划更渺茫。要说建场的雄心壮志，过去，洪涛是大大的。现在，虽没全丧失，但难以乐观。洪涛也找不到出路啊！

"你们和本地傣族的关系怎样呢？"安妮只好再换话题，以缓和气氛。

"接触不多，但还不错。"洪涛继续对答。

"昨天我上街，看见一群像你们这般打扮的年轻人，围着个傣族妇女，不知吵些什么？"

"哦……知青对民族兄弟很尊敬，但也有些好奇，想看看她的装束打扮。"洪涛又胡诌一通。明知是少数知青洗劫傣家市场，与当地老乡闹纠纷，但这是家丑，岂可外扬？！

"你们生活习惯吗？"

"习惯。"

"想家吗？"

"革命者四海为家。"

"身体适应吗？"

"还需加强锻炼！"

"恋爱呢？"

"事业要紧，晚婚好！"

洪涛由对答如流的优势，渐渐陷入牵强附会、勉强招架的境地。安妮女士步步紧逼的追问，使会场时而冷落，时而紧张。

灵机应变，长于外交的安妮女士，便客气地发了结束语："我们要把你们的……什么呢？用你们的话说，就是先进事迹吧，向全世界的青年宣传宣传，让他们也向你们学习学习！最后，我代表欧洲所有关心你们的青年人，向你们表示感谢！"安妮女士好不失望，她费了那么大的劲儿来开导，得到的全是报上的东西，听了半天，知青们心中的真实想法，她一无所知。

望着这帮退化得像原始人的知青，安妮心中感慨万千……五千多万知青啊！相当于一个法国的人口。试想，把一个法国塞进山乡僻壤，还谈什么工业化？城市化？现代化？人类还得在愚昧中徘徊多少年呐？……

会一散，那个一直沉默的"老北京"，冲着洪涛说："你演什么戏？"丢下厌恶目光转身离去。

"演什么戏？！"洪涛对着"老北京"的背影冷笑道，"世界不就是个大舞台吗？人生不就是演戏吗？"他低声骂了一句，"老天真！"

其他知青都好像回避着洪涛，他们相约一起匆匆离去。洪涛愣了片刻，立即又笑了，就是成了孤家寡人又怎么样？只要有一个"关火"的人物看重我就够了。

于是，洪涛主动上前与团省委领导握手告别。当然，目的不是道别，而是想听听反响，加深印象。领导好不亲切地拉着他的手说："小洪，好样的。你为全国知青做出了榜样！今后多联系……我们的事业需要像你这样年轻有为的人呵！"

洪涛的心又掣动了。最后那句尾声，像一条铺在他面前的金光大道。

我在云里山的赌注没有下错！我的汗没有白流！从中央到农场，从亚洲到欧洲，我洪涛的大名出去了！

洪涛庆幸自己只用了一个月，就登上了第一个台阶。想来真后悔过去六年傻卖力。搞政治啊，真得要有术，真需要走捷径才成。

放眼望去，晴空万里。洪涛仿佛看见，蓝天里突然升起一道五光十色的彩虹，一头在自己脚下，一头通向首都北京……

望树梢，鸟儿在为他点头唱歌；看苗圃，花儿在对他微笑放香；瞧园中，梧桐树叶在给他鼓掌。唯有那草上的露珠儿，像在因他而哭丧……

十七　泪湿结婚报告

二队的赵书记告诉夏莉：上大学的事，因政审卡壳了。

是海外关系吗？的确，夏莉的妹妹在英国留学，弟弟在美国读书，姐姐和父母在香港定居。但是，舅舅是有名的爱国科学家，对祖国的核物理研究有贡献，曾受到周总理的亲切接见，还和姐姐一起，应邀参加过天安门国庆观礼。姐姐、姐夫都是香港电影界的名流。海内外"红"、"白"相抵消，夏莉自然成了"中间人士"，再倒霉，也应算作"可以教育好"的角色，上大学为什么还会卡在这上面呢？

"小夏呀，别愣了！我看你努力上进，想好心规劝你一句：别再跟姓陆的好了！他妈才被判了刑！"

"什么？判刑？！"夏莉的心不觉一惊。

陆阿姨，一个多么和蔼善良的人啊！在夏莉孩提生活的记忆中，陆阿姨总是笑嘻嘻的。见老人过街，她总要上前搀扶；见小孩乘车，她总要起身让座；见邻居困难，她总是慷慨解囊。一个见杀鸡都害怕的女人，怎么会是反革命？……

离别上海的前夜，夏莉去过陆家小院。只见"彻底批臭反动学术权威陆××"的横标，在清冷的夜雨中飘飞。陆教授的书房，被抄得乱七八糟；重病卧床的陆阿姨，一手拉着她，一手拉着儿子，含泪叮嘱他们俩："走那么远，我真放不下心！只有你们能相互照顾……今后的路，靠你们自己走了……"陆阿姨的话，像一条无形的纽带，系紧了两颗早已相连的心。从那时起，夏莉感到自己长大了，感到自己对澜澜负有照顾之责。此时此刻，一种深深的负疚感，笼罩了夏莉的心。

近些日子里，夏莉既回避着柳华，也没去看望陆澜。她以为，自己的隐退，会使两个男人将她淡忘；自己的沉默，可以使两个男人的心渐渐平静。她怎么也没想到，陆家的不幸遭遇，会给澜澜带来多么沉重的打击！承受着致命打击的陆澜，又是多么需要亲人的安慰！

"赵书记，我想请三天假。"夏莉递上假条。

"干什么？"

"回八队，看看陆澜。"

赵书记长长地叹了口气："小夏，你再考虑考虑。又去找陆澜，上大学的事，我怎好到上面帮你争取？"

"我……不上大学就是了！"夏莉心中的苦泪，随着这句话一起抛了出来。

赵书记愣了。他知道，夏莉想上大学的心情很迫切，又见她这样痴痴地难以割舍对陆澜的爱，犹豫片刻之后说："去吧，我不告诉别人……"

蜿蜒的山路，在黄昏中依稀可见。夏莉来到三岔路口，腿像灌满铅一般沉重。她踟蹰着，不知该上哪一条道。

望着那崎岖的小路，夏莉想起《创业史》中的一段话来——"人生的道路虽然漫长，但紧要处常常只有几步……没有一个人的生活道路是笔直的……有些岔道口，譬如政治上的岔道口，事业上的岔道口，个人生活上的岔道口，你走错一步……可以影响一生。"夏莉真不知道，自己是该去读书？还是该留下来陪伴不幸的澜澜？或是继续照顾她的病人柳华？是顾前途？要政治清白？还是要事业？要爱情？她越想越乱……

徘徊良久，夜幕已罩住了弯曲的小道。夏莉的脚步，还是迈上了去八队的小路……不能进高等学府深造，我可以在实践中自学；不能在设备先进的大医院攻尖端，我可以在边疆的茅屋里为同伴们治点小伤小病……为了澜澜，夏莉可以舍弃个人的一

切……然而，能舍弃柳华吗？夏莉的心又被堵上了一团乱麻……该怨谁呢？夏莉恨那个姓雷的，他凭什么不让我上学？

凭什么不让夏莉上大学？雷闯最明白。自从和夏莉打了照面，他是半个月没理老婆。见到老婆就讨厌，想起"鹅蛋脸"就神摇。能轻易让那个漂亮妞儿从手中溜走吗？得把她卡下来，咬不着一口，看着也饱眼福。何况，咬不咬得着，还事在人为呢！这些美美的打算，雷闯怎能对人说呢？要说的，只能是突出政治。他清楚，这年月是政治统率一切！捧一个人，压一个人，都得借助于政治；包括要发泄性欲，也得用政治手腕。愚昧的人，被政治玩弄；聪明的人，则可玩弄政治。我雷某的政治饭是白吃的吗？顺手拈来个理由，就可以让人们相信：夏莉的阶级感情和立场确有问题，而无产阶级的大学只能接收可靠的红色接班人。我雷某略施小计，夏莉的政审哪有不卡壳的？

当得知父亲双目失明，母亲又被判刑的消息，陆澜的精神崩溃了。他不再痛哭，也不再说话。刘放从云里山回来了，他就木讷地跟着刘放，像机器人一样干活。刘放一心想为同伴们盖一幢能抵挡暴风雨的瓦房，陆澜就跟他上老山伐木。可是，当他从刘放口中得知，夏莉上大学因他而卡壳时，淌血的心仿佛又被人撒了一把盐，使他悲痛难忍！想起拄着拐杖在黑暗中摸索的父亲，想起在阴森的铁牢里呻吟的母亲，想起被无辜连累的小莉，想起被雷闯撕毁的一张张设计图纸，陆澜欲哭无泪，欲诉无声！自己既不能解救父母，又不能为边疆造福，还成了小莉前进路上的绊脚石！我不就是这个世界的"多余人"吗？！不，比"多余人"还要可悲！因为自己是一股玷污别人的祸水，是颗害人的灾星！谁沾上自己都倒霉！我为什么还要活在这世上？为什么……

当砍断的大树倒过来的时候，陆澜两眼一闭，想就此了结自己的一生……

就在大树倒下的一刹那，刘放猛地推开了坐以待毙的陆澜。刘放咬着腮帮，狠狠给了他一记耳光："混蛋！没出息的家伙！你死了就能帮助夏莉吗？！"

陆澜木然地望着自己腿上被树丫挂开的大口,任凭那鲜血流淌……

刘放撕下自己的背心,给陆澜扎住了伤口,默默地把他背回了宿舍。

……我活着干什么?干什么?我没有比任何人少干活,我没有做过一件亏心事,可是,斗私的重点是我!批修的靶子是我!反腐蚀的目标是我,批林批孔的对象还是我!我是专门为那些"革命家"准备的工具吗?我希望了多少年,我强迫自己振作起来,去追求早年的理想、抱负。然而,社会回答我的是什么?除了牛一样下苦力,私生子一样受歧视,剩下的还会有什么?我活着还有什么意思?……

看了这么多年,陆澜仿佛是第一次看明白:他看不起洪涛,却成了洪涛向上爬的垫脚石;他讨厌雷闯,却成了雷某玩弄政治权术的工具;他敬重老齐、刘放,但是他们却因保护自己而遭攻击;他爱夏莉,却成了夏莉前途上的障碍!他活着只能使仇者快亲者痛!还活着干什么?!

陆澜多少次努力枉然了!多少次拼搏失败了!连同自杀也没能成功!他还有脸见谁?还活着干什么?

一直默默陪在陆澜身边的刘放,沉重地扬起头来劝道:"别老让自己的心在那颗锈铁钉上磨了!退后一步自然宽。古人说:'自古雄才多磨难,从来纨袴少伟男!'我相信,吃苦和成功是成正比的!"

"不!我知道'物极必反'。磨过头会烂下去。我们这代人,还磨得不够?还'难'得太少吗?我们岂止是肉体上的苦,我们的心更苦啊!这样无休无止地苦下去,到底为了什么?这样没完没了的磨难,到底换来了什么?!是刚强的意志?不是!你没见多少人颓废绝望?是钢铁般的筋骨?也不是!你不知道多少人年纪轻轻成了病残?是广博的知识吗?更不是!你不承认多少人成了现代白痴吗?磨难到头是'英才',熬不过去就是'庸才'、'废物'!生活对于我,努力和成功是成反比的!磨难,可以是铸造英雄的上策,但也能成为扼杀生灵的凶手!……"

"苦难总是有头，我们只有咬紧牙关磨到头，才有出路啊！"刘放仿佛是在自言自语。

"这是一场灭顶之灾，我……是走不到头了！"陆澜的声音颤抖着。

"陆澜，别这样！你是有才华的！只要社会向前发展，你的才能就会派上用场！"

"你别再这样宽慰我！我知道：我是祸水！是灾星！是灾星——是祸水——祸水——"陆澜绝望地捶打自己的胸口，抓扯自己的头发。

"砰"的一声，夏莉破门而入。

她惊奇地望着陆澜："你……为什么？！"

"我是灾星——我是祸水——"

"陆澜！"夏莉大声制止他。

陆澜扭过头来："你来干什么？！出去！"

"你！……"

"你出去！出去！"陆澜几乎丧失了理智。

"陆澜！"夏莉的心像刀子在剜。

"出去！你出去！——我跟你毫不相干！"陆澜发疯似地狂叫着。

刘放起身对夏莉说："好好劝劝他！"转身欲出门。

"刘放！别走，我要你作证我从此和她一刀两断！"

"陆澜，你胡说八道些什么？！"刘放呵斥道。

"夏莉，你出去！出去！不准你再进我的门！"陆澜一面阻挡夏莉，一面对刘放说，"麻烦你，去把姓雷的叫来。去，一定要他来，我有话对他说。"

刘放一出门，陆澜便倒床不语，面朝墙壁急剧喘息。既不看夏莉一眼，又不叫她坐下。

夏莉想为他重新包扎腿上的伤口，陆澜粗暴地拒绝。

夏莉站在床边，任泪珠儿无声地滴落。

等雷闯进屋，陆澜猛地翻身坐起，一反常态地对雷闯大声直言："今天，劳你大驾，请你到这里来，是想当着你和夏莉的面，对你说清楚：我和她没有任何关系！我不喜欢她，我讨厌她！我恨她！我和她从来就没有谈过什么恋爱！我恨她，你明白了吧！我与她毫不相干！你们放了她，你们让她去读书！你们放了她！我和她没关系……"陆澜激动得语无伦次。

雷闯先是一愣，很快便镇定下来。他心里暗暗说道：哼，你以为这样声明一下，我就放她走了！天真！雷闯忍不住冷笑一声：你恨她，我倒喜欢……他两眼直勾勾地望着呆立的夏莉。

雷闯那贪婪的目光一下刺醒了夏莉，她愤怒地对雷闯说："姓雷的，我可以不去上大学。但我得告诉你，我喜欢陆澜！我要同他好！我还要和他结婚！你没权力干涉！你没有这个权力！"夏莉气得浑身发抖，陆澜惊得目瞪口呆。

"好哇，好哇，你们一唱一和，戏演得好哇！"雷闯"哼"了一声，拂袖而去。

夏莉望着陆澜，什么话也说不出来。原想对澜澜诉说的一切，此时此刻，全都化作了泪水……

夏莉已经一周没回二队，柳华的治疗和练步全由小何负责。夏莉离去的七天中，柳华冷静地追溯了自己感情的渊源，清理了狂飙过后的思绪。

自从夏莉向自己谈过陆澜之后，柳华仿佛被巨浪抛上了荒滩，只觉得眼前海天茫茫，渺无生路。汹涌的海涛，无情地冲打着礁石，卷走了岸边的一切……

柳华的心潮剧烈地翻滚着。一桩桩往事，像一轮轮浪波，连绵不断地卷来，又毫不留情地退去……

坎上飞来的黄泥，盖满他麻木的双腿。一双内疚的眼睛望着他："真对不起！我不知道下面有人"……

一双白皙的手，端走了他的便盆……"我想试试，相信我吗？"……

"你走，你走开！"他蒙头高吼，夏莉委屈的热泪夺眶而出……

夏莉拄着拐杖走进来："看过《最后一片落叶》吗？生命的

力量就在于希望！"……

夏莉红着脸掀开他的被盖……那令他颤抖的"阴廉"穴行针，那滞针后轻轻的搓揉，那抱起他身子的修长胳膊……

啊！柳华心中的绿衣仙子！永不凋零的生命绿叶！

是夏莉，给自己绝望的心田注入了希望的血液！

是夏莉，给自己孤独的茅棚带来了青春的欢乐！

是夏莉，使自己麻木的肌体产生了再生的活力！

……

柳华觉得，自己的每一条血管，每一根神经，每一缕肌纤维乃至生命线，都与夏莉紧紧相连、息息相通！

夏莉就是柳华的心！就是柳华的生命啊！

"我有男朋友了！"一想起这句话，柳华的心和整个身子，都会剧烈地颤抖。

她有男朋友了！她将把她全部的热忱，全部的情感，全部的温柔，全部的爱恋，献给另一个人。她将把曾给予我的欢乐、幸福，又全部带走！……

熄灯后的茅屋里，从来没有这样阴冷孤独！从来没有这样空虚、窒息，从来没有这样令人心碎……

"嘘——嘘——"野外蟋蟀的鸣叫如泣如诉……

"呜——呜——"下夜的冷风似哀似怨……

"叽——叽——"近山的麂子似惊似梦……

夏莉走了，只留给他眼前这冷冷的一切……

"啊——"柳华软软地瘫在床上，茫然地望着窗外黑洞洞的夜空。

精神折磨比之肉体的折磨，对于人的摧残是更大更快。如果可以列成比例式的话，一定是十比一，百比一，甚至千比一！

每当夜幕降临的时候，柳华的头就像要爆炸一样难受。他辗转反侧，通宵难眠，仿佛看到：在一片黑洞洞的巨幕上，到处是夏莉的身影……

夏莉穿着粉绿色衬衣，用花手绢扎起曲卷的秀发。像春天的蝴蝶，在柳华眼前飞呀飞。夏莉甜甜地笑着，奔向一个英俊小伙，投进他宽阔的胸怀，接受他热烈的亲吻……

柳华紧紧抱住似乎要炸裂的脑袋，竹笆床随着他痛苦的翻转，吱吱嘎嘎响着。像抱怨，像哀叹，像哭诉……

柳华终于想明白了，自己对夏莉一往情深的友谊中，早已渗透了不可解脱的性爱，尽管他曾认为这种爱是不光彩的，但这样"不光彩的爱"，却按照自己的逻辑孳生出"得到她"的念头。哪怕他曾认为这种念头是可耻的，而这种"可耻的念头"却仍按照自己的本能，派生出忌妒心理，哪怕他一向认为这种心理太卑鄙！

怪什么呢？

难道可以责怪夏莉对他的诚挚？为别人的自我牺牲精神？！

难道可以责怪夏莉那妩媚的容颜？动人的身姿？甜美的笑声？！

难道可以责怪夏莉那纤细的手，和由此传递出的、令人心醉的女性气息？！

啊！不……不！都不……

柳华又想起那天晚上——从恶梦中醒来，见到渴望了几天几夜的，为他而扎伤了腿的夏莉的情景……想起那《最后一片落叶》，想起那"希望"的忠告，想起那神秘的感觉……

柳华只有恨！痛恨那可怕的一瞬——性爱觉醒的一瞬！——悲剧开幕的一瞬……

远山上的"歌乐多"又叫起来了。每天晚上，它都有唱不完的歌。它热恋这静静的、墨绿的山，热恋这悄悄的、漫长的夜，更热恋那羞涩的、缠绵的月。而今夜，它的恋歌里分明浸透了哀伤，充满了凄凉……它孤单单地，在黑夜的幽林中，唱着一支催人泪下的、失恋的歌……

那个长着金翅的"丘比特"，你怎把"爱情之箭"射向一个残疾人的心？爱神啊，你为什么要这样作贱他心中那神圣的情……

一种前所未有的痛苦，检验着柳华超乎常人的毅力！此时此刻，柳华更加深刻地理解了亚瑟！更加透彻地看清了"钢铁是怎

样炼成的"！

柳华拿出笔来，给老齐写了一封短信。

当夏莉回到柳华身边的时候，柳华已恢复了先前那种平静的神色。他告诉夏莉："我已经请求老齐，让你回八队。"

"可你还需要继续扎针呀！"

"小何可以帮助我。你……应当回到……陆澜身边……他……更需要你！……"

夏莉望着柳华惨白的脸，好久好久才说："谢谢你！"此时此刻，她真想靠着柳华的肩头，叫他一声"哥哥"！

第二天，从学习班溜出来的老齐，单独找到夏莉："柳华最近情绪不太好。"

"是的。"

"病了？"

"没有。"

"和你闹矛盾？"

"不是。"

"你也想回八队？"

"你……你定吧！"

"还需要扎针吗？"

"当然。"

"那你留下。"

"不……让小何给他扎吧。"

"你……有什么事儿瞒着我？"老齐觉得夏莉神情不大对劲儿。

"不，不！没有什么！"夏莉信任老齐，像信赖自己的爸爸，可毕竟是爸爸而不是妈妈呀！即使面对妈妈，她也说不清自己的感情呐！

老齐提起烟筒，呼噜噜地吸着。他从不强求别人说不愿说的话。看看低头沉思的夏莉，他深深地吸了口气，吐出一个大问号似的烟圈。很多恼人的事摆在面前，老齐的心情也很乱。

"好吧，另外抽时间聊聊。回八队，我不同意。"

于是，夏莉和柳华，又在压抑的气氛中挨着日子。她真怕柳华问到陆澜，想起陆澜当着雷闯那样狂吼，想起自己几次被陆澜拒之门外的情景，夏莉的心就发抖。是怨？是恨？是屈？她说不清。夏莉去找赵书记，赵书记说，顶她上大学的人已经走了。夏莉想找柳华说点什么，柳华冷冷地回避着她。夏莉回八连找陆澜，陆澜总是不在。夏莉又去找齐书记，却又什么都说不清楚，也说不出口。整日里，夏莉像丢了魂儿似的，心神不宁。黑夜中，夏莉总看见一个青面獠牙的魔鬼追赶陆澜，看见柳华一个人孤单单地躺在茅棚，不知是恶梦还是幻觉？

有一天，苏生告诉夏莉，陆澜去"森林之家"当了"隐士"。

夏莉爬山钻林、汗流浃背地往老林子奔。六年前，大队人马开进这里，哪有这么遥远？这么阴森？今天，夏莉感到林子里回旋着一股彻骨的冷气。古老的大榕树，枝丫四面伸张，气根八方串连，是那样神圣威严，不可一世。它那巨大的主干中，露出盆口般粗的枯树杆。这缠绞榕，曾寄生于那棵大树，等长出气根，绞满大树后，便入地生根，争夺养料，渐渐壮大自己的躯干，日益收拢气根织成的网络，把大树活活勒死在自己腹中。此时此刻，夏莉憎恨这缠绞榕，觉得那树身的裂口，像魔鬼大张的嘴，随时准备并吞生灵！不能让澜澜隐居在这冷酷的森林中，被那凶狠的气根绞死！

夏莉加快步伐，仿佛要逃出大森林"贪婪的血口"。可是，路漫漫，总不到头；林森森，总不见天，她仿佛听到密林深处，传来陆澜的呻吟、陆澜的呐喊！夏莉的心回应着澜澜，急切地向那森林竹楼奔去……

夏莉推门进去，竹楼里黑洞洞的。好一阵，才依稀可见，一床破草席铺在地上，被子像个心烦意乱的人蜷缩在破席上。旁边，一双没了后跟的解放鞋，一件汗巴巴的脏衣服，一堆胡乱叠积的纸片，一个打着大补丁、露着粗针脚的军挎包……整个竹楼里散发着霉冲冲的气味儿。

夏莉呆呆地站在地铺前，枕头边的日记本，一下吸引了她的目光。这是她临别上海时，回赠给陆澜的礼物。

夏莉出神地望着本子，就像注视着主人那关闭的心扉。小时候，他们什么悄悄话都说，如今，夏莉已不知澜澜心中想的什么。她犹豫片刻，禁不住翻开了陆澜这黄泥斑斑的日记。

……我要让我的心冷却、僵死、腐烂！连同那不该有的情爱，一起埋葬在这千里异乡的原始森林，以作为她光明前途的殉葬品……

夏莉的心剧烈地颤抖着：澜澜坠入无底的深渊，我却只站在上面呼喊！他在深深的苦海里挣扎，我却在海岸上徘徊！夏莉闭上双眼，热泪从长长的睫毛尖上掉下来，洒在日记本上，渗浸在一道道竹笆地缝里……

忽然，竹楼微微颤动，猛回头，夏莉愣了：站在她面前的陆澜，长发蓬乱，胡茬浓密，面容是那样憔悴！一双忧郁的眼睛被灰色的雾纱蒙着，又脏又破的衣服肥大地在身上挂着，一把用得又光又圆的锄头在手上捏着，一双开口胶鞋在脚上拖着……

"你来干什么？"陆澜冷冷地问。夏莉泪眼模糊，没有回答。久久地，他们凝目对视，相向无言。

陆澜避开夏莉的目光，直勾勾地望着茅棚顶盖。竹墙缝透进血红的夕照，横一笔竖一画地落在他脸上。陆澜嘴唇发紫，目光混浊，那副用胶布缠着的白框眼镜早不知去向。他紧闭着嘴，思维仿佛也冻结了一般。一会儿，他微微张嘴，长长地吁了口气，像在诉说什么——

是问苍天？还是问老林？

是诉说悲伤？绝望？还是愤怒？

夏莉的心在紧缩、在颤抖、在哭泣，像剜割般地痛！

风拍打着竹门，"啪——啪——"地响，仿佛一下下抽打着夏莉滴血的心！

"澜澜！……澜澜……你……"夏莉禁不住浑身颤抖，她突然觉得冷，仿佛凉风穿透了她的心！她本能地抱紧了自己的肩头。

陆澜转过身来，看到泪人般的小莉，多么瘦弱，多么凄婉，多么委屈！一股热血冲开了他的心扉，他一把搂住小莉瘦削的双肩。

"……原谅我……我不是有意要伤害你……"

一汪心酸的泪，涌出夏莉的眼眶……还用得着解释吗？她知道澜澜的心！

夏莉忍不住扑在澜澜怀里放声痛哭……

陆澜紧紧地搂着夏莉，用颤抖的手抚摸着小莉瘦伶伶的脊背，用滚烫的脸摩擦小莉柔软的头发。青春女性特有的气息笼罩着陆澜，使他感到一阵阵昏热。他和小莉，还从未贴得这么近，拥得这么紧。一种从未有过的冲动，狂风般席卷着陆澜的心。他的心原本没有麻木，更没有僵死！陆澜的心还在跳荡，跳得那样快那样急，那样有力！他狂乱地吻着小莉的泪眼，吻她的脸蛋，吻她洁白的脖颈……他的情爱像堵塞太久而决堤的洪水，像缠得太紧而突然脱缰的野马，凶猛地向前奔去……他想吻小莉的唇，吻她的胸脯，吻遍她的全身……

"澜澜……我……是你的……"夏莉紧紧地靠在陆澜怀里，感受到了爱情折磨之后的一种巨大的满足和幸福；她觉得，在感情的漩涡就要吞没她的时候，她却登上了一座美丽的小岛，她终可安放惊恐的灵魂了……

夏莉怎么也没想到，陆澜会猛然推开自己！她惊诧、委屈，羞愧的夏莉不知所措地低下了头，她不明白这是为什么！？

陆澜推开了夏莉，双手握成了两个铁团，猛烈地捶打着自己的胸膛！他不能，不能断送小莉的前程啊！失去了今年上大学的机会，还有明年！只要小莉不再沾上自己这股祸水，不再靠近自己这颗灾星！……他不能让他的小莉和自己一起跌进深渊……陆澜的心在哭泣！在流血！一滴滴苦涩的泪，从他心底溢出，"嗒嗒"地落在竹地板上……

是澜澜的泪？还是柳华的泪？夏莉仿佛看见两个痛苦的男人同时站在她的面前。

是因为柳华？

是的，她对不起深深爱着自己的澜澜！一想起自己对柳华产生过的那种复杂情绪，夏莉就陷入深深的内疚和自责中不能自拔！

"澜澜，是我……对不起你……当柳华在我面前流露出那种神情的时候，我慌乱过，我痛苦过，我徘徊过……我……对不起你……"夏莉真想跪在陆澜的面前，向他忏悔心中的一切，请求澜澜的宽恕！

"说什么傻话？！"陆澜知道他的小莉不会说谎，纯洁得像玲珑剔透的玻璃娃娃，不会夹杂他看不见的杂质！

"你……会像亚瑟那样嫉妒吗？"

"不，我不会像幼稚的亚瑟嫉妒波拉！即使柳华就是波拉，我也……相信……我的琼玛！"

"澜澜！"夏莉忘情地扑倒在陆澜怀里，抽咽着，"谢谢你，原谅我的过错……"

"不，你没有过错！罪过……在我……"陆澜依然搂着夏莉，但已没了先前那种冲动。"可是，我也会像亚瑟那样，"他又轻轻推开了夏莉的手，"即使认出了他的琼玛，即使原谅了他的琼玛，也决不会与她结婚！"

"……"夏莉睁大惊疑的眼睛。

"因为他已病入膏肓！"

"你是说，你的处境？"

"你……走吧……"

月光下，夏莉和陆澜默默前行。弯曲的小路向远方伸延开去。路边，大青树像一把幽暗的巨伞，挡住了明月倾注给大地的情爱。

大青树那古老的传说，又在夏莉耳边回荡。一个傣家姑娘为了赎债，被迫卖给土司作妾。姑娘的心早已许给同她一块长大的穷小伙。每逢月夜，他们就双双在大青树下幽会。土司发现后，将这对情人一起吊死在大青树上，并放火焚烧了尸身。树叶树枝虽被烧焦，但春风吹来的时候，大青树长得比过去更加苍翠茂盛。树身长得有多高，它的根就扎得有多深；树冠伸得有多宽，它的根分布得就有多广。那树根树冠，就是那对情侣心心相印、终年相望的写照。那根的深广，象征他们爱情根深蒂固；那叶的繁茂，象征他们爱情之树万古长青。傣家人因此叫大青树为相思树。多少年来，情人幽会，总要躲进大青树的浓荫里；夫妻新婚，总要在大青树下度过甜蜜的初夜。

"你知道大青树的传说吗？"夏莉打破了长久的沉默。陆澜转过身来，沉重地说：我知道一个并不遥远的传说——说的是一个北方小姑娘，十三岁那年，她跟着家乡的男孩到南方求学谋生。生活的艰辛曲折使她爱上了文学。同乡男孩便介绍她参加了一个文学团体。在那里，小姑娘认识了一些进步作家，有位青年作家介绍她加入了地下党。很快，她的介绍人牺牲了，姑娘并不知是自己的同乡告密所致。失去了和党的联系，同乡却加紧了与她的联系。那时，姑娘已才貌出众，一位年轻的教师向她求婚，她同意了。同乡从此不知去向。解放后肃反时，同乡在监牢里揭发姑娘参加过中统。但那同乡临死时，又推翻了供词。不料"文化革命"初期，同乡的揭发材料抄了出来，而临终翻供的记录却没找到。她就被定为特嫌，因不服、申诉，又加码定为现行反革命；她上书北京，刑期又翻番。霎时间，众叛亲离，谁为她说公道话，谁就遭株连……

"你是说陆阿姨？！"

陆澜痛苦地点点头。

凄清的月光，撒在两张憔悴的脸上，辉映出斑斑泪痕；撒在一片岑寂的山野，投出两个紧紧相依，缓缓移动的身影。

"小莉，明白我为什么要对你说这些吗？"

"因为你，太委屈、太痛苦！"

"不！"陆澜停下脚步，炽热的目光注视着夏莉，"因为我要你远远地离开我，永远不要沾我们陆家的边儿！"

……不，澜澜，你想错了！你上刀山我会跟你走，你下火海我会跟你跳！我决不再看着你独自背负沉重的十字架！我要和你

并肩携手，一起趟过人生的苦海……夏莉在心中默念着：我将正告雷某，我要和姓陆的黑崽子结婚……

陆澜痛苦地陈述着必须分手的理由，夏莉却什么也没听进去。她的决心已经下定。

"澜澜，别说了！送我回二队吧！"夏莉此刻冷峻得像个冰人。

陆澜挪动沉重的脚步默默地走进了二队驻地。夏莉突然回头要求他："看看柳华去！"

陆澜愣了一下，还是顺从地随她跨进了柳华的房间。

柳华惊诧地望着夏莉和陆澜这两个半夜上门的不速之客。

"柳华……我要结婚了！和他，陆澜……"

陆澜和柳华同样吃惊！

柳华颤抖地握住她和陆澜的手："我……祝你们幸福！"那神情，宛若一个宽厚的大哥哥祝福心爱的小妹妹。夏莉多么感激这位兄长的慈爱啊！

突然醒悟过来的陆澜，猛地抽回被柳华握住的手，质问夏莉："你开什么玩笑？！"随即冲出了房门。

夏莉追出来时，陆澜已经远去。她独自站在夜幕中，心就像被人一条条撕扯着。血淋淋的，奇痛难忍。望着柳华房间里那凄冷的孤灯，和林中小道上陆澜那远去的孤影，夏莉感到自己造下了扼杀两个生灵的罪孽！

要是自己一死，能解脱陆澜和柳华两个人的痛苦，要是自己消失，能给他们带去同等的安宁和幸福，夏莉将在所不惜……可是，茅棚里那盏孤灯好像在呼唤着她；远去的那个孤影，仿佛带走了她的心……她久久呆立在黑夜里，听着远山上的夜猫子凄惨地哀嚎……

不知过了多久，夏莉抬起沉重的双脚，回到自己的小屋。她抖索地拿出一叠白纸，失神地望着窗外……

怎么写？怎么写啊？！她问茫茫的黑夜！问稀疏的残星！问沉沉的山影……回答她的，仍然只有夜猫子凄惨的哀嚎……

"咔嚓"一声，笔杆被咬碎了……

对陆澜的同情和强烈的爱，推着她落下笔头；而对柳华失恋所感到的心灵重负，又使她一次次划去写下的字句……

铺在眼前的白纸，被热泪泡湿，又被夜风吹干；再次浸润，又再次吹干……

天边已经微微露出晨曦。

写吧！夏莉咬紧牙关，横下心来，提笔疾书："……我与陆澜青梅竹马，多年相爱。请求组织批准我……"她停下笔，撕去了这一页。此时此刻，她仿佛发现柳华正睁着饱含情爱的眼睛注视着自己。

当陆澜痛苦的脸再次浮现时，夏莉又提起笔来：

"请求组织上批准我们结婚……

夏莉"

写罢，她扔掉笔头，伏在结婚报告上，任凭泪河静静地流淌……

十八 洁白的胶乳

1975年春天，在那因寒冷而使人颤栗，因沉闷而令人窒息的氛围中，透进了一股清新、和暖的气流。缺"氧"的人们从昏睡中复苏，停滞的社会在凝固中解冻了。

人称"中国二号走资派"的邓小平，被老人家请出来主持中央工作。他接过毛泽东的"三项指示"，便开始了大刀阔斧的整顿。"把国民经济搞上去"的口号，一下覆盖了全国的各种噪音。那猖狂一时的派别势力遭到了压抑，被压抑多年的正义力量得到了保护。人们开始把打嘴巴仗、笔杆仗的精力，转向经济建设。被"批林批孔"搅得乱糟糟的农场，仿佛也清静了许多。

刘放惬意地穿行在胶林，深深地吸了口气，自言自语道："党中央到底还是明白老百姓想的什么呀！"

三月的西双版纳，乍暖还寒。千山万林染上了一层鲜活的嫩绿。六年前定植的橡胶树就要开割了！刘放有一种抑制不住的喜悦。

越冬的枯枝黄叶，在春风中缓缓落去；新生的枝芽，在春风中突突放大。新的，替换了旧的；绿的，取代了黄的。每一缕春风，都催动着更新。

"哗……哗……"轻轻地，缓缓地，悠悠地，胶林伴随着春风，奏出了温柔和谐的交响曲。它舒心地摇曳着，像要抖落满身的尘沙。

"哗……哗……"胶林翻着绿浪，仿佛在沉思，在追忆那并不遥远的过去；仿佛在吟诵、赞美那些为它流血流汗的创业者。

　　刘放眼前，又浮现出曼景山上那些烧黑的树桩；植胶带上老齐吐出的鲜血；柳华那双被泥土掩埋的瘦腿；夏莉那只被芽接刀划伤的手；鲁人那条挑胶苗时压断的铁刀木扁担；施青肥时，背着大捆飞机草栽进土坑里的婷婷；还有那在孤寂的森林之家拼命苦干一两年，却被当着走资派的社会基础而挨批判的小李子……都是为了这片胶林啊！刘放下意识地抚摸着那滋润青绿的树身，耳边又响起老齐讲过的印第安人的传说。真是人世无情树有情呐，这树会流泪！积蓄了八队知青六年的酸楚，吸吮了姑娘小伙六年的血汗，它就要化作洁白的泪珠，向八队的创业者们倾洒……

　　一轮明月挂在清空，万点晶星眨巴着孩童般的眼睛，好奇地注视着脚下那黑黝黝的大地，乌蒙蒙的山林。

　　黎明前，那黑魆魆的林间，像有流星落在树梢，像是织女挑灯下凡。那星光闪烁着、移动着，一点、两点、好几点……又像是六仙姑下凡接织女。

　　天上的星星闪烁着，林间的"星星"也闪耀着。她们对视着、映照着，仿佛是仙女和村姑在相互比美。

　　不知过了多久，那遥远的地平线，好似弓弦，晨光像簇簇金箭，仰天齐发，射落了天边的群星，射穿了黑夜的幕帘。然而，那蒙蒙山林间的亮光，却久久不愿隐去。

　　"得儿……嗒……"林间何处有琴泉？一阵银铃碰击碧玉的声音，从星光闪烁的八队胶林里传出。伴合着一阵阵"嚓嚓嚓"的声响，和"瞿、瞿、瞿"的蟋蟀鸣唱。

　　星光依然在晨雾笼罩的胶林里闪烁、移动。"乓儿……嗒……"胶刀碰击胶碗，胶碗触及铁圈儿，错落有声。

　　那像星光闪烁的胶灯光环，照映着刘放那浅淡的花斑，脸上虽早印上了细细的皱纹，但那双眼睛却分外明亮。皮带系着腰间的胶篓，身子显得更加瘦长，却也更加精神。今天开割，刘放是凌晨四点就起了床。技术员说，割得越早胶水越多。他是恨不

得让那泪珠儿倾囊倒尽。培训了半个多月，他算是学员中的佼佼者，但真正到了"胶刀见白"的时候，却又像个初次行刀的实习医生，面对活生生的人、红殷殷的血就慌了手脚。甩惯了大板锄，握惯了长涮刀，提起二两胶刀觉得轻飘飘的失去了重心。刘放入神地盯着三角刀锋，对准齐肩高的割线，细心地沿四十五度斜角向上反推刀。当一股牛奶似的胶乳"咕嘟"冒出割线，顺着牙舌滴进胶碗时，刘放突然觉得有点紧张。

别看这薄薄的一层皮，它是里三层、外三层，误伤一层都不成。什么青皮层、沙皮层、水皮层、木质层……入刀过浅则乳管不断，胶水不出；入刀过深则会损伤再生皮，导致乳管枯竭，乃至树皮凹凸而报废。下刀须不深不浅，切皮须不厚不薄。刘放不知在黑板上画了多少次示意图，把这些皮层标得清清楚楚，其要领也对大伙讲得明明白白。但是，当胶乳挡住割线时，理论套套乱了。他竭力稳住情绪，镇住双手，缓缓推刀。不料那白花花的胶乳流出割线，给树身刷了个一面白。刘放停刀修补外倾的割线，却又被胶乳挡住刀锋，他想用手擦去胶乳，但这会刺激树皮老化，胶乳减产。只好凭手感将胶乳引回正道。

每割完一棵，免不了冒一身冷汗，吐一口大气；割上几十株，才渐渐平心静气。刚觉得顺了手，刀锋却碰上了硬疙瘩，胶乳又"咕嘟儿"冒出一大股，刀尖插进了木质层，给弄了个"特伤"。刘放好不心痛，摸摸树身，又看看刀锋。怨谁呢？只怨那莫名其妙的政治冲击，天天学社论，天天大批判。管理失误，导致杂草丛生，与胶树争夺养料，妨碍了胶树的正常发育，一身长得筋筋疱疱，就像严重缺乏营养的畸形儿。真是一时之灾，殃及百年呀！刘放又愤愤然骂起那些"职业革命家"来。

"你唠叨什么？"老齐不知从哪里冒出来，把专注的刘放吓了一跳。

"哟！是你？这么早！"

"你不是'半夜鸡叫'，把大伙吹起来了吗？"

"我可不像周扒皮钻鸡圈，用的是这个——"刘放指指胸前挂着的口哨。

"你呀，刀还稳。但沙皮割得太厚。"老齐把刚捡起来的树皮，指给刘放看："这样会减少刀次，影响单株产量。"他一边说，一边做示范；"像这样，薄薄地起一层，只要准确地切断乳管就行。"老齐独臂一推，割皮串儿便刷刷落地，洁白的胶乳像一串珍珠，颗颗落进了胶碗。

"别慌，多上几次树位，心中就有谱了。"老齐转身向另一片胶林走去。盼了多少年，好容易盼来了"把国民经济搞上去"这句话，好容易从文山会海和大批判中解脱出来！他得抓紧一分一秒干实事呐！

就在这开割的第一个清晨，老齐转完了几匹山的几百亩林地，对初上阵的胶工进行指导。露水湿透了他的鞋袜裤腿，他捏把水又走。不时停下来扶正胶碗，卡进牙舌，修复外倾的割线；不时又猫腰拾起一串割皮，仔细察看刀法。

老齐转完了，刘放也割完了。两人坐下来，取出了磨刀石。

"没想到哇！原以为我这把残骨真的废了，邓副主席一出山，我这骨头又派上了用场！"

"我也以为我们党没指望了，没料到，气候变得这么快。他们说的'人心党心'，我看，这才是我们党员之心啊！"

两个人低头磨胶刀，话一停下来，便是一阵嚓嚓嚓的声音。

"不过，你被抹掉了副书记职务，雷闯的主任位子照样坐着。夏莉上学的事他卡了，人家打结婚报告他又不批，陆澜、小李子不明不白遭批一通，就这样不了了之吗？安定团结就是把问题捂起来吗？"刘放深感潜在的矛盾没解决。

"'冰冻三尺，非一日之寒'呐！你记得我给你讲过我的老首长。最近我去找过他，讲了雷的问题。老首长一直闷着不表态。我把他骂了一顿，他才说：'雷的问题，我比你更清楚。有人要提他做党委书记，我坚持把他卡在政治处主任位子上。他说我支持他，公开场合我不能不支持。老人家还支持王洪文呢。我有啥办法？我的老战友们教我顺着上面来；我老婆哭着要我这么办；我儿子，靠总局那几个人的门路上了大学，他也要我护着他的恩人……小齐呀，做人难！当局长更难呐……你保留了副场长

职务，是我给那几个副局长拍了桌子的呀……这些话，按党的原则我不该讲。不过，这些年讲他妈什么原则哟，大家讲的都是权……我见老首长气得吹胡子，水也没喝一口就跑了回来……"

两人沉默了好一阵子。

"那，留下雷闯这些祸根，气候一变不又翻烧饼吗？"刘放心中还梗着。

"关键是那条线呐！邓小平一出场，把'三项指示'后面加个'为纲'，一下就压了邪。雷闯个人并不可怕，其实，他也是被那条线弄坏了的呀。我刚来农场时，他才十多岁，整天跟在他哥屁股后面扯草药。他也不是天生就毒啊！现在，倒是不可救药了！整人整红了眼，收不了场，收不了手啰！"

"依我看，有条件就得治治这些人。夏莉、陆澜、小李子受的屈，就这么含含糊糊算了吗？不让这些人尝尝厉害，今后还会整人，还得爬在你老齐头上拉屎！"

"我这把骨头也贱，整不死又干呗。受点窝囊气，遭点皮肉苦也就算了。是非曲直，留待历史去评判吧。眼下还是听老人家的，'以安定团结为好'。中国的事，难得一个'安'。平平安安爬着走，也比你争我斗跑着快呀……"

"……安定……团结……好！捂着吧！较量吧！看谁笑到最后，我刘放还有的是时间和他们拼！"刘放动了气，胶刀一下划破了他的指头，口子浅，血不多。

"你看看，刀还没磨快呀！"老齐一语双关地结束了他们的谈话。

刘放望着那一排排胶树上的一条条弧形割线，割线底端那直愣愣的牙舌下圆圆的胶碗，仿佛连结成了一串串大大的问号，深深地刻印在刘放心中……

三号林地里，小李子已割了一大片。她那条肥大的背带工装，被胶林的露水湿透了，那卡在耳背的头发，被汗水凝成一股。她蜡黄的脸上挂着豆大的汗珠，每割一株，她都捂着肚子蹲下来，痛苦地扭动，稍有缓解，她又咬紧牙关走向第二株树。这两年来，每月到了这几天，都把她折腾得够呛。"单方"用得不少，就是不见效。今天第一次割胶，她怎好意思请"例假"。裤腿一湿，小腹痛得如刀绞，血顺着腿流下来，点点滴滴洒落在胶林。一向以"手脚麻利"著称的小李子，割得是那么迟缓，那么艰难。那"嚓嚓嚓"的行刀声，一声比一声慢；那"沙沙沙"的脚步声，一声比一声沉。

还剩三十株……二十五株……十株……

小李子一定要把它割完、割好，一定要割出满满一挑胶乳！流了六年的汗呐，她一定要加倍地收回！

……还剩五株……三株……

小李子只觉得恶心想吐，眼前的胶树像太空失重般，在她眼前歪歪斜斜地晃来晃去。她蹲下来，捂着绞痛的肚子，又捶捶痛得像要断裂的腰。肚子饿着，清口水一汪汪涌出来，浑身像起了鸡皮疙般难过。医生多次告诫她：这期间千万别淋雨受凉洗冷水。小李子哪记得住这些话，雨季里照旧出工。原想自己命生得贱，从小苦惯了，硬着头皮淋几场生雨，干几番重活儿，久而久之适应了就好了。哪能为女人家的平常事影响工作呢？殊不知，这毛病越拖越深沉，弄得她月月都像害了场大病。此时此刻，她只觉得头昏眼花，赶紧抱住一株胶树。歇息片刻，又挣扎着走向另一株树。

还剩两株……一株……

当小李子割开最后一株胶树的时候，只觉得眼前一黑，脑海嗡嗡作响，几团迷雾飘来，便什么也不知道了……

正在林地巡回察看的刘放，一下看见了曲蜷在地的小李子。他走上前去，发现小李子脚腕处有摊血，以为是被锋利的胶刀割破了腿，挽起半节裤管一看，腿上并无伤口，顿时明白了几分，不觉脸上一阵潮红。此时，胶林四面无人，他又喊不醒小李子，叫不应任何人。他不知道女同志这类毛病会不会危及生命，望着小李子清瘦惨白的脸，他又心痛又着急。拉起小李子瘦骨伶仃的手，他的心怦怦乱跳。在云里山的日日夜夜，他是怎样想念小李子啊！多少回梦中，他吻过小李子清瘦的脸，抚摸过小李子打满

老茧的手。而今天，小李子就躺在他面前，偌大的一片胶林，就只有他们俩，怎么就没有勇气去碰她，抱她？真怪，思念中，自己的情丝是那般执著地萦绕在小李子身上，那般亲密无间地不愿离去。现实中，自己又将感情的野马死死拖着，不准它靠近心上的人儿，仿佛他们中间横着一条无形的鸿沟。此时此刻，刘放的心跳那么急促，是因为初次单独面对小李子，还是怕病魔夺走她的生命？他说不清！好几次，刘放想要抱起小李子，双手伸出，却又缩了回来。

"吕婷婷——婷婷——"刘放拼命呼喊。

"小李子！小李子！"他轻轻推摇小李子。

可是，小李子双目紧闭，唇色渐渐乌黑，脸色更加惨白。

胶林里毫无动静，只有刘放自己的回声。

望着小李子的身躯阵阵抽搐，刘放不再犹豫了，他把小李子背起就跑。

小李子瘫软地伏在刘放背上，不时发出轻微而痛苦的呻吟。

刘放第一次紧紧地贴着心上人，小李子怦怦的心跳，仿佛呼应着他的脉动。不知是他俩的心在交替搏动，还是发生了共振？刘放感到自己的心跳是那样急剧、强烈！小李子微微隆起的胸脯，仿佛在不断地向他传递着一种异样的电流，促使他周身热血奔涌，从背心一直热到了脚尖。随着小李子短促的呼吸，一股股热浪拂过刘放脸颊，使他从耳根到脑门都暖洋洋、昏昏然。小李子痛苦的呻吟和轻微的蠕动，都牵掣着刘放的心弦，使他感到隐隐作痛。

当刘放把小李子放上床时，汗水已湿透他的衣裳。以往挑百斤担子翻这几匹山，心跳没今天这么急，汗水没今天这么多！

刘放急匆匆去找钟琴，钟琴见他满手是血，以为出了事故，赶到宿舍一看，才知小李子又是"痛经"。钟琴迅速为她脱去湿衣湿裤，用热毛巾捂住她的腹部，几推几揉，小李子醒了过来。钟琴端起红糖水就往她嘴里送。

"我……怎么……回来了？"小李子问。

"刘放背你回来的。"

小李子看见手上沾满血污的刘放，苍白的脸一下红到了耳根。

"没危险吧？"刘放问钟琴。

"问题不大。"

"能治好吗？"

"结了婚就会好。"

刘放一听，满脸绯红，立即避开钟琴的眼光，低头对小李子说了声："你好好休息。"便转身离去。

钟琴像大姐般望着小李子。"真的，结了婚生了孩子就好了。你还等什么呀？难道你还看不出来？刘放喜欢你！"

"你别再乱说了，我哪儿配得上他？！"小李子羞得满脸通红。

"小李子，你别以为我是那种专门捉弄异性的坏女人。过去是年幼无知，但我知道好歹。我们女人，最大的幸福是得到忠贞不贰的爱，最大的不幸是遇到三心二意的男人。像刘放这样的男人，少有！真的，小李子，你有福气。刘放讨了你这样的女人，也真是命生得好。再说，远在他乡，我们这些女人，没个依靠，日子也太难了。劳动定额做不起，谁来帮你忙？柴禾烧完了，谁帮你进大山砍？生了病，谁会翻山越岭送你上医院？朋友都靠得住吗？说实话，小李子，你比我们能干，你总去干那些大男人干的重活、粗活，我们吃不下这份苦哇！"

"钟琴，别这样说。我也和你们一样！"

"小李子，我们就不说找男人少吃苦的话，就说'扎根'嘛。在这里结婚安家生儿育女，根子不就扎下来了吗？……"

钟琴正滔滔不绝，隔壁传来婴儿的哭声。

"洋洋醒了。"钟琴边说边出门，回家抱起刚满百天的宝贝儿子，又是亲来又是拍，尿撒完后，便把自己胀鼓鼓的奶头，塞进那张小嘴巴里。而后，看着门外那株望天树，静静地领受着做母亲的幸福滋味。

每当钟琴对着望天树给儿子喂奶的时候，她都会想起那个偷偷摸摸走进她的生命，又偷偷摸摸送走了的大儿子，心中涌起

无限的愧疚和痛楚。她将自己对那个儿子欠下的母爱，加倍地倾注给这个正大光明生下来的小洋洋。因而整天抱着洋洋不丢手，生怕秦大军又把他拿去送人。随着年龄增长和生活的波折，这个漂亮轻浮的"尼姑"，越来越懂得了怎样做母亲、做妻子、做女人，也越来越爱她的"长老和尚"。

钟琴记得一位傣族母亲讲的故事：西双版纳有一种美丽的鸟，人们叫它钟情鸟，传说是一对相爱的夫妻变的。女子品貌出众，出嫁后，还有四方小伙纷纷前来求爱，可是，这女子忠诚于自己的丈夫。每当丈夫出门狩猎，她就反锁竹楼不越房门一步，任何英俊小伙来找，她都毫不动心。有一次，丈夫打猎七天七夜未归，这女子怕出门遇上求爱者，宁肯挨饿，也不出门寻食。丈夫回家见到饿死了的妻子，悲痛欲绝。于是，他抱着妻子，点燃了竹楼。只见烈火中，飞出一对美丽的犀鸟，头上顶着鲜红的火焰，双双飞进了大森林。从此终年相守，再不分离，到哪儿都成双成对。只要死去一只，另一只很快就随之而去。

钟琴一直为这个故事深深感动着，她决心像那钟情鸟，专一不二地爱自己的丈夫，决不再做年轻时的爱情游戏。她爱秦大军，还不断鼓励秦大军像刚来时那样要求进步。今天本该带洋洋去看病，但钟琴五点钟就把秦大军叫起来，无论如何要他参加第一次割胶。自己也不去给孩子看病了，第一次收胶，她这个收胶员可不能拆台。

汪飞割完胶回来吃饭，见钟琴抱着小洋洋，忍不住过去揪揪胖脸蛋，叫了一声"小和尚"。

"去去去，我看你该当一辈子和尚！"钟琴拍掉汪飞的脏手。

"谢谢老尼姑的祝福！"汪飞对"长老和尚"夫人鞠了个九十度的躬。

胶林里，婷婷正准备收胶，转过身来，却突然愣住了，形容憔悴的洪涛站在她面前。

"你……回来了……"婷婷不知所措。

洪涛盯着婷婷不转眼，一句话也不说。

"你……回队里去……"婷婷紧张得声音发抖。

"不，不回去了。"洪涛冷冷地说。

"那你……还要走？……"

"只是回来……看看你！"

婷婷望着他，感动得半天说不出话来。

"给你。"洪涛递给她一封信，转身走了。

婷婷拿着信，呆呆地望着洪涛的背影消失在山脚。

洪涛是悄悄从云里山溜回来的。他怎么也没想到，仕途一波三折、坎坷多艰。原以为，座谈会不久，他的生活就会发生一个质的飞跃。咬着牙关在山寨里熬呀熬呀，熬到今天，又听到外面起了新的风浪。他姓雷的是在耍我？！把老子扔进大山，他龟孙子躲在机关享清福！一股按捺不住的火冲上脑门，他得去找姓雷的问个明白。

洪涛怨气冲冲去到雷闯家。只见雷家凌乱不堪，脏裤子臭鞋子东一堆西一团。老婆因他在外拈花惹草而大闹一通，赌气带着女儿住回了娘家。雷闯一天到晚躲在家中，像头笼中狮子，整日里坐卧不安。见洪涛进门，也不想理睬。听洪涛发牢骚，他没好气地瞪了洪涛一眼道："你有气，老子还有气呢！造反这么多年，姓邓的一出来，老子们白干了……你的日子难熬，老兄又好过么？！"

洪涛才不关心雷某的处境呢，要紧的是自己的命运。他单刀直入地问："我究竟还要在那里呆多久？"是雷某把他引上这条路，得对他洪涛有个交待。如今他名声在外，骑虎难下，除了提拔，别无他法逃离老山榭榭。

雷闯仿佛没听见他的问话，继续感叹："权力呀权力，有了权就有了一切！"他又想起了"林副统帅"的教导。人虽"爆炸"了，这话却有理儿。"只恨那个整不怕的邓老修一出来，就把我们的战友整得口渴，他妈的鸡巴'三项指示为纲'，就让姓齐的一伙得势了……"

"我问你，我怎么办？！"洪涛打断他的话。

"哎呀呀，你又没听懂。抓权呀！为了权，得拼命，得舍老本，得吃人间苦中苦！我遭冷落就白冷了吗？你受苦就白受了吗？搞政治，得要有毅力，叫什么？好像是'委曲求全、忍辱负重'。你呆上几个月就受不了啦？'君子报仇，十年不晚'呐！该张则张，该缩得缩；该收得收，该放再放。老子费了快十年工夫，还不就是个副主任。你小子想一步登天呐？登天那么容易呀？！"

"这话，当时可是你说的！"洪涛心里嘀咕，嘴唇紧咬未吱声儿。

"沉住气，呆下去，省里的战友对我说，谁胜谁负还没成定局哩！各级都有我们的人，量他姓邓的还没那么大能耐！"

"好吧。"洪涛重重地吐出这两个"铅球"，"到时候你忘了老弟，我可得拉你一起跳河！"他对着那张丑脸，又在心中嘀咕道。洪涛决心"破釜沉舟"了，是飞黄腾达，还是身败名裂，反正洪家得出一条好汉！他决不像老头子那么窝囊一辈子！他咬咬牙，又踏上了回云里山的路。

三号林地，李芳的树位上，传来刮胶碗的"噗噗"声和倒胶乳的"哗哗"声。脸上还在发烫的刘放，一边帮小李子收胶，一边默默地问自己：

"你既然喜欢她，为什么不对她说呢？"

"……不，不能！"刘放下意识地摸摸脸上的伤疤。

"不，小李子不会在乎这个！"

"但是，那么多同伴都没结婚，那么多'和尚'找不到女朋友，我怎么能只顾自己？"

"不，同伴们会理解！"

"眼下气候刚刚好转，工作上的事还那么多……"

"不，应该对小李子说，应当让她明白我的心……"

刘放脑子里像有两个人在论辩，始终没有定局。

一碗碗胶乳倒进胶桶，鼓起一个个气泡。一点点白浆溅上衣裤，很快由白变黄、变灰、变黑，把衣裤凝成一块块僵硬的胶板，仿佛也把他纷乱的心绪凝结了起来。

刘放真佩服小李子的割胶技术。同样的品种、同样多的树，她割出的胶乳就比自己的多上大半桶。真苦了小李子，忍着剧痛割出来，居然还割得这么好！比起很多女孩子来，她算不上聪明、漂亮，但却比她们能干、淳朴、可爱……

刘放挑着满满一担胶乳，右手还提着一大桶。第一次割胶，就满载而归，这胶树真通人性啊！小李子为它多流汗，它就为她多流泪。万物都是以心换心，更何况人呢！

太阳像个红皮球，在胶林汇成的碧波上跳荡。风飒飒、凉悠悠的胶林里，不知名的虫儿鸟儿，一齐放开了歌喉，有的唱着高腔，有的唱着清音，有的像短笛，有的像琴声，起伏交响的声浪，谱成了一首动人的丰收之歌。

八队收胶房里，白花花的胶乳一桶挤着一桶，汗涔涔的年轻人，一个推着一个。扁担、铁钩、空桶碰击声，姑娘小伙的笑闹声，钟琴热情的吆喝声，洋洋响亮的啼哭声，组成了一曲欢庆丰收的交响乐。人们几经冷却的心，仿佛又热了起来。

苏生从宿舍出来，鲁人帮他扛着铺盖卷，他正准备搭乘送胶的拖拉机到分场。是刘放推荐他去做分场小学老师的。

"苏生，好好干！过不了几年，知青的孩子就要送来了。我们这批人没上大学，我们的后代可要补上这一课啊！"刘放叮嘱苏生，一定要教好那些孩子！离开大伙后，自己要多保重。

苏生拧着洋洋的屁股蛋说："小洋洋，你该成为我们八队的第一个大学生！"

"哦——大学生！"汪飞把洋洋抛了起来，吓得钟琴惊叫。

婷婷扶着一脸病态的小李子，出来为苏生送行。

"苏生，多回来，也教教我这个小学生！"小李子深为自己文化低而不安。她常感慨自己书读少了，没知识，配不上刘放。

"小李子，别客气！过段时间，我给你带几本书回来。"苏生对李芳印象一直不错。

"谢谢你了！"小李子无力地点点头。

送胶乳的拖拉机"突突突"地远去了，苏生望着生活了六年

的曼波山，对着望天树下的同伴们，十分动情地挥手告别。

刘放深深地吸了口气，他抱着肩头，望望"大学生"，又凝视着小李子，别有深意地喃喃道："一定要给我们的下一代盖砖瓦房，盖托儿所，盖学校，盖医院，盖娱乐场……真的……只要雷闯那伙人别再捣乱……只要我们的党中央一抓到底，不再回头！……"

十九 竹楼上的阴影

　　历史，本不以少数人的意志为转移。但是少数人的意志一旦和大人物的意志合拍，历史潮流也可能人为地逆转。

　　当人们认真贯彻"三项指示"，全面开展整顿的时候，王洪文副主席瞅瞅气候不对，就站出来为同他一起从"文革"中冲杀出来的"战友们"叫屈了。一时间，王洪文的讲话稿在各级造反派中争相传抄，想要和邓小平的讲话相抗衡。"老邓"的讲话从正道传，"小王"的讲话从小道传；老邓的讲话在"老家伙"手中抢来抢去，"小王"的讲话在"少壮派"手中抓来抓去。老的传得眉开眼笑，少的传得心花怒放。老的笑，笑出满脸皱纹；少的笑，笑得满面红光。笑吧，看谁笑到最后？少的说，拼年龄吧，自然规律可不饶人！

　　真是天助"少壮"啊！"老家伙"又死了一个，周恩来去世了，"少壮派"真想拍手，只是害怕被周围伤心落泪的人们扇耳光。

　　尽管在广播里、荧屏前，以至整个中华大地，都被沉重的哀乐笼罩。但在造反派的"战壕"里，野心家的密室里，"小王"的讲话却吸引了中国社会的污垢残渣。烂泥浊水，汇成一股蠢蠢欲动的暗流，在中国大地涌动。

　　农场的上空有哀乐，农场的地下却有欢乐。齐某捧着"老邓"的讲话大胆干活，雷某揣着"小王"的讲话上蹿下跳，各自心中都有杆秤。

雷闯的病似乎也好了。他跷着二郎腿，悠悠然哼起了小调。该动手了！大气候虽然还不够，小气候也照样宜人。一月的寒流还没过去，雷闯却已感受到了春风。

雷闯左兜揣着王洪文的讲话，右兜揣着老白干，口里哼着："我吸足了一口白面儿，我快活得像神仙儿……"他常把"白面儿"指代"白干儿"，却忘了"白面儿"正是他为之坐了"鸡圈"的烟毒。吸起快活倒是快活，就是活不长啊！

雷闯悠哉游哉地走上了森林竹楼……

"黑熊"早已等候在竹楼上。今晚幽会的倒不是情人，而是"一条战壕"的难兄难弟，他们要躲开人群，商量分场大事。

不一会儿，殷老头子迈着八字脚走了过来。这是个既不参加造反，也绝不参与保皇的机关内收发，是造反派公认的高参。不是他投靠造反派，反有点像造反派投靠他。因为他有一个比造反派复杂得多的脑袋瓜子，掌握了比造反派多得多的内部材料。他一头花白的乱发，脸上的皱纹分布得与众不同。就像造物主用钩子将他脸盘的中轴线提了一下，使满脸的皱纹成人字形。中唇上翘，嘴角下扯，仿佛始终不满地嘟着嘴，对一切都嗤之以鼻。看着他，你真想象不出他年轻时会是什么样儿，仿佛脱了娘胎就老谋深算。他心眼儿多，多得令人想象不出他的小脑壳怎么装得下？鬼点子又怪，怪得常人无法理解，但仔细想想又觉得高明，因为他的点子拐了几道弯，当你弯到目的地时，才惊叹他有多么精明！或许就是这曲折的心路，把他脸上的皱纹也弄曲折了吧。殷老头子还有一个特征与众不同，那便是他的微笑。他笑起来，嘴角一扯一扯的，扯的幅度很小；笑得来，小脑壳一摇一摆的，但是动作不大；笑久了，脸皮子一白一红的，像在压抑心中的浪潮；笑够了，鼻翼一鼓一鼓的，像有无数的点子，从那里钻了出来；笑完了，头便一点一点的，像才子盯着注目他的一群蠢驴。

殷老头子一进门，雷闯连忙起身相迎："你来了？！"

"嗯！"一个字掷出后，便坐下来吹烟筒。睁只眼，闭只眼，阴私倒阳地吐着烟圈。

殷老头子刚刚坐定，又来了黄干事。黄干事真长于"干事"，风风火火，节奏好快，恰与殷老头子形成对照。他将发话时，总得火辣辣地盯你一眼，而后身子一转，侧着脸对你说，而且是望着远方跟你说话。听来，声音时强时弱；看他，表情若明若暗。听者，困惑不解，莫明其妙；说者，侃侃而谈，旁若无人；旁观者，糊里糊涂，既不知所云，也不知他在对谁"弹琴"。他的思维也不同凡人，属跳跃型。素以脑瓜灵光自豪的雷闯与之对话，都会自愧不如，感到自己像只笨拙的熊，在和机敏的猴儿捉迷藏。黄干事思路转换的频率很高，总使人跟不上。当你正想回答他的第一个问题时，他的第二、第三、第四个风马牛不相及的问题又提了出来，弄得你被迫缄口。他仿佛也不需要你回答。因为他提的问题，一般都想了很久，心中早已有答案。这个黄干事，"文化大革命"前就是生产干事，只因贪污公款影响了晋升。听说是齐正华从中作梗，误了他的仕途，因而对齐某很不了然。齐正华重返岗位后，雷闯指使他暗中监视，他从此卷入帮派，随时寻找齐正华的"岔子"，盼望着有朝一日坐上"副场长"的位子。没料到，齐某又官复原职。而自己已四十五六，还在原地踏步。雷闯好像也不怎么为他使力。不过，凭良心说，"文化大革命"他没为雷闯立什么功。只向雷闯要果实当然不行。这一次，他想早点参与，不然，摘桃子时，又没他的份儿。得"争朝夕"啊！不然一晃，就年过半百，再蹦也上不去。所以，他利用职权搞到一大包鱼，让老婆炸得油汪汪的提来了。

四个人，少而精，有通晓权术的雷闯，有会"促生产"的黄干事，有擅搞武斗的"黑熊"，还有工于心计的殷老头子。这不就是个理想的分场班子吗？

鱼摆开，酒斟满，四人东南西北各霸一方。仿佛，天下已经是他们的了！

灯光忽明忽暗，把四个交头接耳的阴影，投在陆澜睡过的破席上。

"老兄，如今气候怎么样？老子说的该没错吧！"雷闯酒瘾正浓，脸疱子像成熟的荔枝壳一样红，"来头不小啊，该动了！"

"又该我们出口恶气了！老子的胸口都憋痛了！""黑熊"高吼着。要不是忙于挑鱼，他的拳头定会捏出水来。

"洪文发话了。"雷闯从左边荷包掏出一份皱巴巴的抄件丢给殷老头子，"昨日妄动，是自我爆炸；今天不动，就是自我毁灭！你们看'车夫'，方向盘不跟着马路弯弯转，就会翻车！"

该怎么转？什么时候转？黄干事逼视着雷闯，还没从他脸上看明白，问题就卡在喉咙吐不出来。雷闯连声叫着："喝酒，吃鱼！"仿佛是他在办招待。黄干事被岔了一下，继而又直视雷闯，心路一通，便把脸猛然扭到一边，放了一通连珠炮："别的分场动没动？齐正华看到王洪文讲话没有？分场可以设几个副场长？政治处下面能不能设保卫科？苏隆冬了不了解我几个？……"

雷闯又像个大笨熊，反应不过来。别人没动，我们正好当先锋嘛……革命政权还要讲啥鸡巴编制吗？他只对头尾两句作出了反应。黄干事的思路却很清楚：即使雷闯盯着书记位置，不屑于做副场长，但"黑熊"对自己也有威胁。因为政治处下面不设科，"黑熊"当不成保卫科长，就得打副场长的主意。还有，即使各得其所都报上去，苏隆冬是齐正华的老首长，会不会批准我几个？这些问题听来跳跃性虽大，想来逻辑性很强。只是雷闯没摸到黄干事的脉络。雷闯不答不睬，又怕露出笨态，便用"吃鱼、喝酒"的吆喝来转移黄干事的注意力。

殷老头子拿着"王洪文讲话"，"咕噜噜"地吸了口水烟，把闭着的一只眼睛睁开。而后，两眼重又眯成一条专注的缝隙，汇聚起一道混浊的目光，投进密密麻麻的字里行间。他素来善于推敲文件精神，领会首长意图，听出弦外之音。此时翻来覆去看了几遍都不吭声。

"你还没看懂啊？"雷闯急不可耐。

"懂了。"殷老头子又掷出一个短句，连同"讲话"一起砸到地上。

"懂了什么？"雷闯急于知道下文。

"小王只喊屈，没喊动！"

"叫屈不就是喊冤么？他怎么好当着邓老修喊冤？"

"造次行事，会打乱阵脚！"

"你的意思是？……"雷闯的脸涨红了。

"看看再说！"

雷闯"腾"地站起来，又"咚"地坐下去！脸由红变白。"迂夫子！"他在心里嘀咕。嘀咕当然不实惠，他气不过，便张开鲢鱼嘴，塞进一大块黄焦焦的非洲鱼，挤眉弄眼地嚼着，心中恶狠狠地骂着："臭老九！紧要关头就软弱动摇，当'缩头乌龟'……"雷闯嘴一"缩"，一大坨鱼肉就进了食道，一口鱼骨乱刺，便从右嘴角噜了出来。紧接着，又一大块从左嘴角塞了进去，随即挤出半句话来：

"大老粗，打头阵！"雷闯决定"明砍"："丑话说在前头，夺了权，莫跟老子们抢功！"雷闯吊二郎当地望望殷老头，又正儿八经地盯盯黄干事，而后一语双关道："老子当了司令，你们他妈莫来平分秋色——抢政委椅子！"

雷闯语音落，鱼进口，一斗碗煎鱼独吞了大半，又一次显示了"好吃猫"的拿手本事。他这种"怪才"，在"文化革命"中是远近闻名的。人们常说，鱼一上桌，老雷便三条路线进军：左边入鱼，中间(喉咙)进肉，右边吐刺，流水作业似机器。说起来，这也全靠"文化大革命"的锻炼，造反派会餐顿顿有大鱼大肉，老雷的吃鱼技术因而练得炉火纯青。

碗里只剩下几个鱼脑壳了。雷闯抹抹油嘴，拍拍油肚，话题又发了岔："这个鱼好吃！好吃！也是他妈这两年，才这么窝囊。造反那年头，这一带出产的鱼，老子吃遍了，什么鲤鱼、青鱼、鲫鱼、草鱼、乌蚌、黄腊丁……一吃就是一大碗，白鲢花鲢，老子还嫌难得理刺呐……"

"扯远了。"殷老头又一个短句掷出来，堵了雷闯吃油了也说油了的嘴。

黄干事拿出雷闯授意起草的大字报，准备作为反击的第一炮打出来。

殷老头子看看大字报上的落名道："把我换成大彭、洪

涛！"他深知，有了湖南老工人和知青代表，各股势力就汇拢来了。至于他自己，不能过早抛头露面，和雷闯这帮人并列亮相。

殷老头话音刚落，黄干事就添上了那两个人。

雷闯立即制止道："洪涛，不好办。这小子心大。""大"音未落，黄干事已把洪涛叉掉了。心大的人，也会和他争位子。

"洪涛这小子，咱们把他往上面捧。捧上去，对我们有好处。年轻人图的是虚名，当个什么团委书记，他就觉得脸上有光、心里舒服了。我们这些人，图的是实惠，当个场长什么的，虽不显眼，肚里有肉。"

"嗯，知事了。"殷老头子第一次信服地点了点头。过去只知"闯"，现在知道"想"了。

雷闯见状，更是得意："今后会议，就定在竹楼。来路僻静，没人注意。墙虽漏风，老林隔音。"回头，他又对殷老头子说，"老夫子呀，你这个中专生喝过几年墨水儿，写点纪念文章怎么样？！这可是我们农场无产阶级第二次革命的策源地呀！"

殷老头子从鼻孔发出一声不冷不热的笑："等大功告成，为时不晚嘛。"

"第一步，造舆论发动群众；第二步，大批判会；第三步……第四步……以后见上面精神行事。目标：姓齐的及其心腹。目的：改换领导班子，左右全场大局……"雷闯侃侃宣布。

"急不得！"殷老头子不由分说地把大字报稿揣进了自己兜里。到什么火候抛出来，他心中有数。

忽闪忽闪的灯光下，几个人忽而窃窃私语，忽而哼哼哈哈，忽而指指划划，忽而又摇头晃脑。丑态映在竹墙上，活像动画片、皮影戏。

一张秘密串联的地下罗网，在这里织成了；

一场以齐正华为目标的反击计划，在这里酿成了。

"拈，你们怎么不拈嘛？这个好吃。"接连打了几个臭嗝后，雷闯才指着碗里的鱼头鱼尾，一个劲儿地劝别人拈。

"来，为我们的成功干杯！"几个酒杯碰得怪响。

"雷兄，敬你一杯！"黄干事殷勤劝酒。

"再来一杯！"殷老头子是只喊不喝。

东一劝，西一劝，雷闯被灌得昏昏欲醉，二麻麻的。他的话，也东一句西一句，越来越多，越说越乱，一会儿说班子组建，一会儿又说女人，一漏嘴，居然夸起夏女子好乖、好水灵……

"老雷！""黑熊"拧了他一把。"你胡说，不怕老婆把你一脚蹬下床啊？！""黑熊"怕他出洋相，急忙夺了他的酒杯。

"我要喝，偏要喝！老子没醉！老子高兴，就要喝！……谁怕老婆了？老子耳朵不缺钙……"雷闯夺过酒瓶，咕嘟咕嘟地喝，咿咿哇哇地嚷。

"收场！"殷老头子起身就走。

四队，伍计金家中，"黑熊"去做个别发动工作。粗人对粗人，话也粗，声儿也粗，直来直去，短兵相接。

"老雷说你划线站队还是条好汉。""黑熊"是以出手轻重论英雄的。

"好汉又没多吃糖。"伍屠夫影射"黑熊"跟着雷闯到处吃福喜。

"这回有搞头。"

"有搞头老子也不干了。"

"为什么？"

"我的手还在痛。"伍屠夫那推陆家老婆下水的右手有点抖。

"好哇，你要背叛我们？！到时候才晓得我们的厉害！"

"老子还有左手！试试看！"

"黑熊"慌慌忙忙又怒气冲天地退出了伍家门。

黄干事去二队找大彭做思想工作。对大老粗说话，思维跨度不能那么大，得抓住要害慢慢引导："大彭啊！知不知道肖家要翻案哪？！"

一提肖家，大彭就来气了。但他仔细一想，肖老头天天都在

干劳动，到哪里去翻案？翻个么子案？

黄干事见大彭迟疑，便一改快节奏，慢条斯理道："划线站队，你彭家站对了，肖家站错了。现在有人要翻过来，说你彭家站错了。肖家站对了。你看看，你彭家争了几十年，不就是要争口硬气，压倒他肖家吗？"

大彭仍然惶惑：他老肖自家说自家站对了就对了么？他还没得那么威风！不过，我也没听他港(说)过翻案的话，估里(怎么)好批判人家？

黄干事一急，思维又跳跃起来了。他不管大彭想通没想通，就掏出那张大字报，把上面他彭心善的大名指给他看："你看，彭心善写在上面多威风！过上过下的，成百上千的人都知道你心善，哪里不好呢？"

大彭一听，脸儿果然笑眯眯的了。他反复看看自己的学名，好不惬意。他觉得，名字能够上墙，不管黑字红字，总归是光荣的。年年评先进，他大彭的学名年年上墙，看得自己也认得那几个字了。小时候，父母喊他"崽"；长大了，人们叫他"大彭"。他没上过学，从没谁叫他的学名。只有当先进时，墙上出现一回学名，发奖时喊上一声学名。一年就那么一次。这几年闹革命，先进倒还是评，只是评"活学活用"的，"三个觉悟"高的。大彭只知埋头劳动，当然没份儿。好几年没见大名上墙，如今，彭心善，和政治部主任、生产干事排在一堆儿上墙，尽管是黑色的，那也比不上墙好哇！大彭笑眯眯地端详着自己的学名，那"心"字的两点还飞起来了呢！他像吃了"小米辣"一般，口里直嘘，忍不住伸出粗糙的手，摸摸那三个大字，生怕把它们擦模糊了。他得让全场人清清楚楚看到，他的大名儿又出来了！看把那肖家眼红死了！

想到这里，笑纹布满了大彭那张粗黑的脸。不用再费口舌啦，黄干事满意地卷起大字报走了。

老齐家里，殷老头子来作客了。老齐对这个兢兢业业的内收发秘书印象不坏，找个什么文件，陈古八十年的，他忽地就给抽了出来；叫他讲讲文件要点，他背书般给你说得简明、扼要、准确；抄抄写写什么的，又工整，又清爽；党内秘密、机要文件、人事档案，老齐还没发现他泄漏过。特别是对于他们这些头儿的心思，老殷也真能理解：你要去开会，他准时把有关材料送到你手上；你要去蹲点，他早早地给点上通了电话安排了吃住。殷老头子当然知道自己给老齐的印象怎么样。

"老场长啊，我跟你这么多年了，你了解我。我听说，雷闯几个要'动作'了。给你通个信儿，看着点儿来！"殷秘书对上级是不砸短句的。

"我知道了，他们正在四处串联。"

"凭着对老领导的信任，想给你提个醒：要学会转弯子，要不，还会吃他几个的亏。"

老齐眯缝着眼揣摸着：你老殷是什么意思呢？是警告？还是劝告？为我好？还是威胁我？老齐风闻过殷老头子与造反派早有瓜葛，但他的确没见老殷公开出来做过什么，有时还在新老干部间做点调解工作。

"老齐呀，该用的人要用，不该说的话莫说，这次整起来，恐怕不比过去手软呐！"

"哪些人该用？哪些话不该说？"老齐单刀直入。

"老场长，你心中还没数吗？！还用得着小秘书说吗？！"老殷说这话时的模样儿，即使是多疑的曹操，恐怕也不会怀疑他的诚恳和好意。

起风了。四人大字报贴了出来。殷老头子当然没"亮相"。各队有些七零八落的响应。

场部大门左侧的"大力发展橡胶事业"，被"动员起来，击退修正主义复辟势力！"所覆盖。右侧的"建设边疆，保卫边疆"，被"复辟派不投降，就叫他灭亡！"所取代。那杀气腾腾的架势，真像把守庙门的哼哈二将！然而，场部的白墙上，却没有那么景气，四人大字报的四周都是空白。大字报孤零零的虽有些冷落，但大字报上的语言却热辣辣的，按照黄干事的跳跃思

路，发了一串为什么——为什么有人对"文化大革命"不满，对造反中冲杀出来的新干部耿耿于怀，不提拔重用？！为什么有人以生产压革命，把群众往资本主义道路上拉？！为什么有人要包庇反革命罪犯的黑崽子陆某？为什么有人要对毛主席亲自发动的"文化大革命"反攻倒算？！……

为什么？天知地知，你知我知。没有谁来回答这"十万个为什么"。

汪飞路过，骂了声"屁眼虫！胀饱了没事干！"知青们对之漠不关心。管他妈"牛打死马，马打死牛"！管他妈谁当官儿，自己把自己的"稀饭"吹冷就是了。

老工人多数不识字，只是肖家的"崽们"，看着彭心善的大名在榜，总得"呸"两声扬长而去。彭家人看着大彭的名，总得笑眯眯站站、指指，然后昂首挺胸而去。

小娃娃们看见墙上飞"白蝴蝶"了，觉得真好玩。他们呼呼地撕下几只角，折纸飞机，比赛哪个的飞得高。

冷落倒是有些冷落，但各队重点发动的运动骨干们还是热火的。大字报贴出的当天晚上，各队汇成的单车队直奔齐正华家。以"黑熊"为首，像背诵大字报一样，提出一连串为什么，强迫齐正华回答。

"出去！我没有义务回答你们！"齐正华面色铁青，挥动着他的独臂。那一群单车队员一下子威风大减，先先后后梭了出去。"黑熊"见势单力薄，弟兄们不齐心，也只好退场。

这一回，雷闯算是服了殷老头子。时机的确还不成熟啊！

于是，竹楼会又开了一次。几个人决定调整方案，收回拳头，蓄备力量，等王副主席喊动时再动……

二十　魂断木桥

叔叔得知送夏莉去深造的名额，被一个对医学毫无兴趣的人顶了，十分愤怒。他凭着自己在医学界的声誉和老关系，把夏莉和雷医生用新针疗法结合推拿治疗瘫痪病人的材料送到了中医学院。同时，又接连给夏莉写信，要她在人生的路口保持清醒，作好选择，不要因一念之差而误了前途。叔叔信中句句都是肺腑之言，他是把小莉当作亲生女儿来爱来疼的。小莉父母不在身边，当叔叔的就得为侄女计长远。误了她的前程，他怎好向哥嫂交待？叔叔来信情深意切，夏莉读得热泪涟涟。想想叔叔的苦心规劝，在眼前这种"剪不断，理还乱"的痛苦状态下，上大学或许真是解脱困境的上策。

几经周折，中医学院决定破格吸收夏莉入学，录取通知挂号寄到了分场。与此同时，夏莉的结婚报告，也几经转送，报到了分场。两件事都得通过政审，因而，两张纸都落到了分场政治处雷主任手中。

雷闯自然要先看结婚报告，突然，鼠眼贼亮：哼！什么？陆华！妖女子，和哪个结婚都搞不清楚？雷闯又看另一张纸，眼中的贼亮变成两道凶光。还想走？我说过，你得乖乖来求我！

夏莉走进政治处办公室，并不是雷主任想象的那样"乖"，更非他预料的那样来"求"。

"我的结婚报告为什么压着？"

"结婚？和哪个结婚？陆华？陆华是谁？是陆澜？是柳华？

是两个男人？和两个男人结婚？自古一夫多妻，哪有一个女人讨几个男人？只有妓女才……"

"你！"震惊与愤怒的夏莉一把夺过结婚报告，才知自己在复杂的心绪中写错了名字。望着面带淫笑的雷某，夏莉感到一种莫大的侮辱。

"流氓！"夏莉满脸通红，胸脯急剧地起伏着。这神态，使雷闯感到十分开心。

"小夏小夏，别生气，我还要告诉你一个好消息呢。你看，中医学院的录取通知又来了。"

夏莉简直不敢相信自己的眼睛。她激动地拿起通知书，细细地看着。当确认是事实时，她的眼睛潮了，心中喃喃道："谢谢你，叔叔！小莉让你操心了！……"

没待夏莉回过神来，雷闯夺回了通知书："这可得慢着点。我先把条件讲清楚，还是老问题，是和姓陆的结婚？还是上大学？"

"我要结婚，也要上大学。"

"我又问你，和谁结婚？"

"陆澜，就是被你们批判的那个反革命的'黑崽子'！"

"再请问，你的未婚夫陆澜的签名在哪里？别拿你模仿的字来糊弄我。姓陆的写了那么多检查，尽管写的内容是假的，字却是真的。他的字化成灰，也别想躲过我雷闯的眼睛。你当我是'大老粗'、'鱼脑壳'、'木人子'？我没长眼睛，你也还长着脸嘛！我活了几十岁，没见过哪个女人强迫男人结婚的！"

"呸！"一口唾沫吐到雷闯那很不光滑的脸上。

又一次使夏莉感到意外：雷闯仍然没有跳起来——在他认为，美人儿的口水也是香的，哪个男人搞漂亮的妞儿不被吐几口唾沫？不挨几个耳光？膝头不叩几次？这便是大丈夫的胸怀，忍了！

夏莉转身走了。雷闯手中的两张"王牌"，像两片祭灵的纸屑，飘落到地上。一阵阴风吹来，两张白纸时而重合，时而分离，像两个"格斗士"进行着你死我活的肉搏。

夏莉冲出办公室后直奔八队。她找遍了每间寝室，不见陆澜的影子。

刘放对她说："你别使孩子气了！他不会和你结婚！你叔叔给他写过信，他知道医学院又来了通知，你不走，他不会出来。"

或许，我……真的该走了？夏莉木然地自言自语。想起柳华的孤独、陆澜的痛苦，想起雷闯那一嘴下流话，委屈、心酸、自责、愤怒的千般滋味，都一起涌上心头。她望着刘放伤心地抽泣。

"收回你的结婚报告，走出去。能走一个，就走一个吧！"刘放话语沉重，像吐着一个个铅球。过去，他竭力挽留一同支边的伙伴们，想把他们紧紧拴在祖国的橡胶事业上。可是，眼下风声又紧，如果真搞第二次"文化大革命"，农场前景实在无法预料，同伴的青春全得陪进去！

夏莉含着热泪撕毁了结婚报告……澜澜：我永远不会忘记你为我作出的牺牲……不管走到天涯海角，我都会记住你，记住这片淹没了你的大森林……

临别前夜，夏莉去向柳华告别。

柳华拄着拐杖，执意要送她出门。一路上，两人默默无语。夏莉一再劝他回去，他不吭声，只是吃力地拄着拐杖前行。直走到两山交界的古木桥上，夏莉无论如何要他留步。

天空中，月亮冷冷地照着；小桥下，溪水缓缓地流着；远山上，麂子凄切地叫着。夜风吹着柳华单薄的衣衫，夏莉的心不觉有些酸。

"你一个人走几千里，没人照顾，自己要多加小心……饭要吃饱，觉不要睡过头，洗脸洗脚什么的，想法找点热水……"

夏莉默默地听着，一种兄长的关怀温暖着她的心。她紧紧握住柳华的手，抽咽着叫了声："哥！"

夏莉掏出手绢，柳华接过来，为她擦去脸上的泪珠："好了，你……走吧！"

夏莉轻轻点点头，泪水又不住地流。

"好好读书，让更多的瘫痪病人站起来！"

夏莉又点点头，摇落串串泪珠。她迟疑了一会，挪动了沉重的脚步。那抹泪的手绢儿，飘落在小桥上，像是丢不下她的大哥哥。

当夏莉含泪回首小桥时，柳华还僵直地站在桥头。夜风吹乱了他的头发，瘦削的双肩微微上抽，单薄的身子在桥面投下一条长长的阴影。那双腿，恍若两截干枯的树杆立在桥头……

夏莉向他挥着手，带着哭声喊道："你……快回去啊！……"

夏莉的身影消失在月光下。柳华还呆呆地站在桥头。他发过誓：决不再碰她；他强迫自己，要像大哥哥那样冷静地送走他的小妹。夏莉走了，柳华强压着内心的激情而扮演的戏也结束了。他仰天长叹，无声地抽泣着，任凭热泪尽情地抛洒……

那凄神寒骨的冷月，从天边爬上当空，又从中天缓缓地向下沉去……

"啊！都结束了……该结束了……一个绿色的梦……"柳华望着桥下那哗哗流淌的小河，望着那"落"进小河的惨白的月，他真想一头扎下去，拥着那白月沉入水底，像七年前那样，彻底摆脱心中的剧痛……

冷月向下沉啊，就像沉到了柳华的心底，把他的心尖冷得痛；河水哗哗流啊，就像流过柳华的每一条血管，浸得他浑身发麻……

月儿渐渐模糊，东方出现了鱼肚白。

在微微的晨曦中，柳华猛然看见老张那瘦弱的身影。她托着自己从小溪边爬回场部的情景，又在柳华眼前浮现……

啊，老张的心，老齐的泪，夏莉的血汗，老肖、大彭，以及那隐居密林的雷医生……这条生命是大伙给的，你有随便抛弃它的权利吗？……

晨曦在天空蔓延开去，当柳华望着那朦胧的胶园时，突然感到有一股强大的力量在拉扯着他，阻挡着他就要扑进小河里去的身子……

　　"推着拉着也要往前去，谁也不能在半路上趴下！"难道你忘记了自己的话？为什么要轻生？！为什么要久久陷在个人情感的漩涡里？！……

　　她走了，还有无数亲密的同伴，还有把自己当亲儿子一般的老齐和老张，还有无数人为之奋斗的橡胶事业啊！

　　他渐渐感到，在自己沙漠般空虚的心上，隐隐显出了一片片充满生机的绿洲……

　　"走，回到同伴中去！回到事业中去！过去的一切，就让它永远永远关闭在心灵深处吧……"

　　柳华移动拐杖，决心沿着当年寻死爬来的小路，顽强地走回去！可是，几欲挪步，下肢却飘然若无。他双臂挟紧拐杖，想提起腿来活动一下。或许是在凉风中站立太久的缘故，他轮番摇动两腿，忽而酸胀，忽然刺痛，一动步，如重千斤，眼前顿时涌起黑雾，冒出金花。他猛然丢下拐杖，扑下来往前爬去。每一步挪动，都伴着一头冷汗。突然，眼前黑雾团团，金花闪闪，他伸手抓桥栏，却不知，身子怎么空落落地悬着了！危急中，他抓住两把野草，猛地用力想托起身子，不料草断身坠，只听得，冷冷的小河里发出一声沉沉的闷响……

　　清晨，大雾笼罩着蜿蜒的山间小路。夏莉带着一颗破碎了的心，走出生活了六年的深山老林。当她路过那片稀疏的树林时，她的心像被什么东西扎了一下。那是当年进山时露营的地方，欢庆的篝火仿佛还在眼前燃烧，她和婷婷的二重唱，仿佛还在耳边回荡……还有那有节奏的手风琴声，和拉琴的陆澜，以及陆澜那深情含蓄的目光……

　　哦，她又来到那条河边。清澈的河水折去过柳华的双腿，无情的河水险些吞没了柳华的生命……桥下，小河哗哗流淌着，那样悠然自得，那样轻快温柔。还记得你是怎样无情地抽去一个年

轻人的青春活力？毁灭一个年轻志士的理想和爱情吗？可知道，因为你的过错，又牵引起一个姑娘对你的"摧残者"那么深深的敬慕之情，和那样难言的愁思、愧疚……

夏莉频频回首凝望小溪流水，仿佛看见柳华的双腿还浸泡在冰凉的水中，让她久久不忍离去。

陆澜、柳华，柳华、陆澜……

一路上总是这两张面影，或交替浮现，或同时叠印在她眼前……同样的深情，同样的痛苦！

晨雾，还片片萦绕在林间。像漫漫绿海上，朦朦胧胧的孤帆远影……

夏莉翻过山崖，一条银带似的公路在茫茫绿海里，划出了平静、漫长的白浪……她来到小路的尽头，凝视那伸向远方的公路，一股强烈的离愁别绪涌上心来。

我真的走了？永远地离开这里？离开他们了……惆怅的离情冲击着夏莉。她微微低下头去，不想让路人看出她满目的感伤；尽管四周悄然无声，渺无一人，她还是低头回避，总觉得这绿海里眨着无数双眼睛，她不愿让谁看出自己内心深处的纷乱思绪。

夏莉低头沉思着，又沉重地挪动脚步。两眼专注地盯着地面，好像要寻回她的脚印，寻回她的歌声、她的情爱……

这时，一辆急驰的汽车迎面冲来，猛然刹住。几乎同一瞬间，一双有力的手将她一拖，汽车"呼"地擦身而过。

驾驶员伸出头来，只见他额上挂着冷汗，用发抖的声音骂开了："你找死？你聋了？按喇叭都听不见？你想死，还要拉我作陪？！"

"啊！"夏莉望着驾驶员，目瞪口呆，脸色死灰，什么也说不出来，连刚才那几颗离别苦泪，也好像突然凝结了。

看着远去的汽车，她突然想起，刚才是谁把自己从死亡线上拖了出来？

猛回头，她呆了——

"是你！"夏莉木然的面神经，已无法表现她那复杂纷乱的内心世界！

只见陆澜面色发紫，眼窝深陷，两颌高隆，下巴尖削。

夏莉忘情地扑向陆澜怀抱，压抑已久的一腔苦泪，再也忍不住地涌了出来。

陆澜脸上手上冰凉，眼睛混浊无神，面部冷若寒霜。不管夏莉怎样推他摇他，不管夏莉怎样撕人肺腑地哭泣，陆澜都处之漠然，如同一个大木偶，毫无反应。

"你为什么躲着我？！为什么？！为什么……"她像孩子似地哭喊，像对久别的母亲一样倾诉着……

麻木的陆澜没有回答她一个字。

"喂——夏莉——夏莉！"几个人的惊叫声，从山崖上传来。

夏莉抹掉泪水，只见有几个人惊慌地向她奔来。

小桥下，柳华被打捞起来平放在岸边。卫生员小何失神地坐在遗体旁。岸边那蓬枯萎的斑竹，也垂下悲伤的头，洒下斑斑泪滴……

"柳华——柳——华！——"披头散发的夏莉，不顾一切地向这边奔来。她衣角被荆棘划破，几缕头发被泪水沾在两鬓。双手挥着，行李早不知丢到哪儿了。

"柳——华！——柳——华——"夏莉泣不成声的呼唤，在山林间回荡。

青山默默，不解地望着飞跑的夏莉和躺着的柳华……

白雾漫漫，久久地滞留在柳华的身旁……

流水潺潺，负疚地绕过躺着遗体的地方……

桥头上，楠木拐杖各自东西。主人握杖的体温，早已在寒风中散尽。拐杖上布满晨露，像无数滴伤心的泪珠！你也悲哀吗？！为什么要把你的主人托到这可怕的地方来？！……

"柳——华——"夏莉发疯般扑倒在冰凉的遗体上，"柳华……你都站起来了呀……为什么要倒下去……你说过……谁也不能在半路上趴下的呀！……你为什么……"

青山，在陪着她哭喊；白雾，在陪着她流泪；古树，也在陪

着她默哀！小河，仿佛集聚了夏莉和人们全部的泪水，呜咽着流向远方⋯⋯

"柳华⋯⋯柳华⋯⋯你为什么？为什么呀！"夏莉用滴血的心呼唤她的柳华大哥哥⋯⋯

陆澜默默地走上前去，拖开了泪涔涔的夏莉，背起了湿漉漉的遗体，沉重地向二队走去。陆澜突然觉得，生和死，原本靠得这样近！只要那么一刹那，就可以得到永恒的解脱！或许有那么一天，他也会这样投向另一个世界⋯⋯

二队，柳华的遗体旁，雷闯组织一伙不明真相的人，围攻批斗夏莉。他想借此事点燃分场的第二次革命烈火。

我亲眼见她借治病之机卖弄风骚，哭哭啼啼地勾引柳华⋯⋯

她脚踏两只船，找不到姓陆的，又死皮赖脸来纠缠柳华⋯⋯

她就像她那专演黄色电影的姐姐，想把资产阶级的臭气带到社会主义农场来⋯⋯

雷闯指定的几个人，在台上捕风捉影、添油加醋地发言批判。

"我说两句！"一个"炸雷"从会场的一角蹦出来。"黑熊"从容不迫地走上台，按照事先和雷闯统一的口径，振振有词道："人们说了些现象，我来讲实质。为什么柳华死在夏某离开宿舍之后和夏某离开连队之前？这难道是偶然巧合吗？绝对不是！不管从时间、地点、根源来看，杀人凶手都只会是这个下流女人！这个用软刀子杀人的女妖！"

夏莉哆嗦着站在台前。她头发散乱，呆若木鸡，面色如土，眼圈青肿，视线无力地投向地面。不管人们如何狂吼，也不管谁跑上台揭发批判，甚至在她背上胡乱地指指划划。她都一概听不见，看不见，感觉不到！

她脑海里叠印的，是柳华那张苍白的脸、坚毅的神情、深沉的目光、和蔼的微笑⋯⋯

她耳朵里听见的，是柳华激昂地谈论事业、人生、理想和文学⋯⋯

而她眼前浮现的，却是柳华僵直的尸体、惨白的遗容、孤独的拐杖……

　　"黑熊"提高了嗓门作结论："毛主席说过嘛，'重证据，重调查研究'，柳华是与夏某一同出的门，这有人证；二在落水处找到了夏某的手巾，这是物证；三见人落之处有挣扎抓草的痕迹，证明柳华不想死。这完全可以证明，是姓夏的骚货怕暴露他们之间的关系，想杀人灭口，走得干净……"

　　"黑熊"咆哮着，把虚弱的夏莉狠狠推倒在遗体上，拿出棕绳要将两人捆在一起。

　　"她生不肯陪柳队长困觉，死也要她陪倒困，把她和柳队长埋一个坑儿……"不知哪个湖南人吼了几句。

　　几个打手冲上前来，帮助"黑熊"把夏莉捆在遗体上。

　　全场骚动起来了。

　　这时，预知势态不好的陆澜正好带着刘放等八队知青赶到了会场。

　　陆澜怒不可遏地冲上前，猛地掀开了所有的打手，夺掉了"黑熊"手中的绳子。

　　"黑崽子，你被戴了绿帽子，还护着这妖婆干啥？"雷闯咬牙切齿地嘀咕道。陆澜忍无可忍，冲着雷闯刮了几个响亮的耳光。

　　"黑熊"反扑过来，刘放、小李子纷纷参战，赤手空拳与"黑熊"肉搏……

　　"别打了！"雷闯喝住了"黑熊"和那帮打手。他认为，这些草包在夏、柳身上费心是徒劳，他只想弄那个姓齐的！

　　"黑熊"住了手，看看晕倒在地的夏莉道："哼！装什么死？！简直是个作风败坏的烂货，还有几个男人护着呢。"

　　夏莉被"黑熊"的吼叫声震醒过来。

　　"她哪里是救柳华的腿，分明是要柳华的命！"

　　夏莉斜躺在地，急剧地喘息着，挣扎着想爬起来。

　　小李子一把扶起她来，冲着雷闯、"黑熊"把夏莉扶上了靠背椅。她含泪对夏莉喃喃道："你该早些把话给柳华说明白就

好啦……"

夏莉拉着小李子的手，心如刀绞。她没有推柳华下水。但她知道是自己伤了柳华的感情！想起桥头上那孤零零的身影，她相信柳华是因失恋而自杀的！

小李子，你骂我吧！我有罪于那无辜的魂灵！你骂个够，骂个痛快吧！只要能代我慰藉九泉下那颗痛苦的心……任随你们怎样处置我，陪葬也行，只要能抵偿柳华的生命……夏莉在心中默念着，凄然地望着小李子，一句话也说不出来。她身子蜷缩成一团，心随着人群中低沉的哭声和高亢的吼叫剧烈颤抖着。

夏莉又一次昏厥了。

陆澜、刘放冲上前去扶住夏莉。知青们拥上前去，不由雷闯分说地抬走了夏莉。

批判会不欢而散，然而，雷闯导演的"抬死人整活人"的好戏，怎会在序幕拉开时就结束？

以雷闯为代表的分场政治部决定，对主要嫌疑犯夏莉进行隔离审查。隔离室，是雷闯选定的。他们把夏莉押进了森林之家的竹楼上。看守人，也是雷闯亲自选派的，"黑熊"和大彭的女儿。隔离审查纪律，也是雷闯亲自宣布的：受审期间，任何人不得单独接近受审者。

竹楼上，散发着熏人的潮气和霉味儿，残留着分场"四人帮"吐的鱼刺。竹墙的一角，两只滚圆的蜘蛛在拼命编织大网；竹梁的一端，几条蛀虫蠕动着，推出一堆堆白粉；黑暗的屋角，蹲着木然失神的夏莉。柳华走了，这几年的奋斗、希望和那小小的成就感都烟消云散，青春成了一个巨大的虚空。唯有陆澜那些旧衣破书，能给她一丝安慰。

天黑尽了，小彭为她点上了蜡烛。昏黄的火苗摇晃着，反为这间小屋增添了些阴惨气氛。她仿佛觉得，这灯光就像灵台上的烛光；光环里，是柳华那张惨白的脸……

夏莉想搜寻过去的回忆，脑海里却是一片空白；她想哭，泪腺却早已干涸；她听见夜风搅出种种奇怪的声响，但却早已不知什么是怕；她拼命抓扯堵得难受的胸膛，却早已感觉不到什么叫疼痛……

她木然地望着点点滴落的烛泪……

在孔雀山脚的胶林边，二队男男女女，老老少少都沉默地低垂着头，一动不动地站着。

一堆新土一铲一铲地垒起来，又一铲一铲地加高……那沉重的铁铲，有节奏地一抬一挥，把一铲铲细碎的黄土粒，从坑里撒了出来，像大地抛洒着一把把黄泪。

老齐紧握着铁铲，站在那已掘成长方形的墓坑里。他弯着腰，用独臂铲起黄土，一撮一挥。豆大的热汗，豆大的泪珠，一起洒落在越来越深的墓穴里。

全队人围着老齐，上百双眼睛注视着他。任凭他把墓穴拓宽又拓宽，掘深再掘深……

好久好久，老齐才沉重地爬出墓穴，最后一次揭开已经入殓的棺材盖，端详着柳华的遗容。十多年来，他看着柳华从一个半大孩子，成长为一个坚强的战士。他和柳华一起拉过大锯，一起砍过坝，一起挖过橡胶穴，一起植过胶苗。他是柳华的入党介绍人，他亲自教会柳华独立领导一个连队，亲眼见到柳华在久瘫的病床上搓绳打草排，又亲眼见柳华挂着满面伤痕练习重新走路……大姐，我对不起你呀！……

老齐相信，柳华决不会自杀，他了解柳华的性格，相信他坚强的毅力。老齐更坚信，夏莉决不会谋害柳华——夏莉的诚挚和品德是经过检验的！然而，柳华确实是死了！……多么好的孩子啊！你都站起来了，怎么就突然倒下呢？……

老齐泪如泉涌。他伏在棺材上，浑身颤抖着，就像哭别心爱的儿子，凄凄然令人心碎。

人群中发出一阵阵悲痛的抽泣……

柳华，你不该呀！你不该溺死在儿女情中！你不该为一个轻佻女子舍命啊……年轻的伙伴认定他是因失恋而自杀的。

九泉下的柳华，他该怎样向人们解释啊！他不想让生命轻

抛，他留恋人生！他热爱生活！他丢不下橡胶事业！丢不下昆明的老母和像父亲般疼他的齐叔叔啊……

柳华的棺材放进了墓穴，全队老少以及闻讯的邻队职工，自发地前来为他送葬。人们流着泪，依次为柳华盖上一铲告别的黄土。

一个跛脚老人，牵着他的孙子，战战兢兢地走到墓前。老小各捧起一把黄土，分别撒在坟头坟尾。老人抹着泪，又牵着孙子默默离去。据说，柳华曾救过他儿子的命，添这个三代单传的小孙孙，全托柳华的大恩呐！他今天特地赶了十里山路，来为柳华送终。

黄土撒得这样沉，这样慢！人们似乎不忍心用它盖住柳华那年轻的身躯，不愿让它遮住柳华刚毅的面容……

老齐盖完了最后一铲黄土，深深掩埋了亲手栽培，还没完全成材就折断了的绿树……

他低着头，久久地站在坟前沉思……

二一　地动山摇

　　大头娃娃长大了，离开妈妈不哭了。小疆疆跟着爸爸漫山遍野转，照样挺好玩。只是，这些天爸爸老不高兴，有一次还哭鼻子呐！小疆羞爸爸，爸爸不理他，把他一个人扔在鲁叔叔的连队，不要他了。

　　"鲁叔叔，你和我玩好不好？"小疆疆趴在孙鲁人肩头上问。他听叔叔阿姨叫他"鲁人"，也就跟着叫"鲁叔叔"。

　　鲁人多次纠正道："我姓孙，叫孙叔叔。"

　　"孙？孙悟空？你是孙悟空！"小疆疆吼了一阵，发现有些不对："不像，孙悟空没你高，没你胖。我还是叫你鲁叔叔。"一旦决定下来，小疆便连叫了几声。"鲁叔叔，鲁叔叔，鲁……"

　　"哎，小疆。"鲁人拍拍小疆的大头说："你再叫我鲁叔叔，我不理你了！"鲁人真的逗气了，厚唇一呶，脸歪到一边。

　　"不同我玩了？那……我不叫鲁叔叔了。"

　　"这才是乖娃娃。"鲁人的白牙笑咧了。

　　"你要同我玩啦？我们两个是好朋友！来，拉钩钩。金钩钩儿，银钩钩儿，我们两个是老庚儿。"

　　"谁和你是老庚儿？我和你一样大？"鲁人好不委屈。

　　"老庚儿就是好朋友，我就是你的老庚儿。"小疆边说边用瘦小指头，钩住鲁人的粗大指头。鲁人一拉，小疆惊叫："哎哟，你的手像铁钩钩，把我钩得好痛啊！我不要你当老庚儿

了。"说罢，他抓起支铅笔就开始画画。

鲁人出门洗脸，小疆自作主张地画香蕉、菠萝和小船儿。不管画什么，他总要在旁边加个人，这人总是一只手。妈妈多次纠正道："小疆疆，人都是两只手，你不也有两只手吗？"小疆眨眨眼睛望望妈妈，又看看画："就画一只，一只好看！"妈妈真拿他没办法。此时此刻，他又画一只手，以为妈妈又要说他了。抬头看看，才想起妈妈不在身边。那天晚上，一些骑单车的叔叔围在屋子里，好凶好凶呀。他们走后，妈妈就和爸爸争起来了。妈妈一定要去找那个苏爷爷。爸爸不让她去，妈妈偏要去，连我也不要了，妈妈真坏！我也不要妈妈了……不，还是要！妈妈不在，我画个妈妈就是了……哎，爸爸怎么还不回来？他说在家里天天有人找，在办公室也被那些好凶好凶的叔叔伯伯围着。他把我带到这儿来，他怎么还不来？爸爸也不要我了……我都画了五个爸爸了……

画着画着，外面起风了。哟！小疆疆高兴了，他抓起一叠"爸爸"，就开始折纸飞机。

"呜呜——呜——"他一边放出两架纸飞机。

"飞机飞高啰，飞机飞高啰——爸爸上天啰——爸爸……"

门外下雨了。来得那么突然，"哗哗哗"地下得好大呀！小疆疆不怕雨，他喜欢下雨。转过身，他又把"爸爸"折成小船。这还是脸上有花的小刘叔叔教他折的。他开始以为刘叔叔是麻老虎，后来觉得"麻老虎"叔叔还真好，于是就改叫"花叔叔"了。为这事，爸爸揍了他一顿，他从此不再喊"花叔叔"。刘叔叔的小船折得比谁都好。小疆看着自己今天折的船，觉得比刘叔叔的还好。因为船上有爸爸。他把自己的"杰作"欣赏了半天，而后抓起"孙悟空"的脸盆放到屋檐下，接满雨水，开始划船。

划呀划呀，小疆划累了。鞋也不脱，就爬到"鲁叔叔"的床上睡着了。

刘放拼命往砖窑里加柴，想把火烧得更旺一些。政治气候的变化，使刘放更增了紧迫感。他需要抢时间实施他的计划，尽快掀掉那几个大落大漏，狂风一来就揭顶的茅草棚，让同伴们早日住上砖瓦房。

看看天，感到今夜的雨来得猛，不知房顶会不会又被掀开？他添上几节柴，便急匆匆地往宿舍走。

爬上山腰，风更狂，雨更急。一道电光划破夜空，大地顿时像洒满了水银。倾盆大雨当头泼下，有如"黄河之水天上来"。恶风好似持刀的凶手，把刘放推倒在地，头上的破草帽"呜"地被抛到九霄云外。刘放只好两手着地，艰难地向山顶爬。

暴雨当头，冲得刘放的脸上白一块黑一块。雨水将他头上的灰尘冲进眼睛、耳朵、嘴巴，使他视线模糊、呼吸困难。他站起来，想走走不动，身子吹得打转转！一想起累倒在床的人们，一想到稀牙漏缝、摇摇欲坠的危房，他眼前就不时出现房倒人亡的幻影，一股巨大的力量推着他往山上爬。

几座茅棚，像苦命人一样，在风雨中瑟缩硬撑。刘放悬着的心落了下来。他摸进屋，像一只脱险的落汤鸡，独自靠在竹门上大口大口地喘气。还没回过神来，一阵狂风猛然掀起房顶，倾盆大雨顿时泼进屋来。黄泥拌稻草糊起的土墙，上半截被顶上流水浸润着，下半截被盖过脚背的积水浸泡着。湿印从两头向墙中间扩展。刘放箭步冲出宿舍高喊道："墙要倒塌——快出来！——"

又是一阵狂暴的恶风，卷走了房盖。刘放站在雨幕中，高喊人们撤出房间。

霎时，一个响亮的炸雷，敲得人们心惊胆颤。闪电像特大的镁光灯一亮，摄下了即将倾塌的茅棚和惊慌失措的人群。风雨声、呼喊声、哭叫声响成一片……

又一个电闪临头时，刘放见到老齐穿过暴风雨走来了。他的衣服贴在身上，身子突然显得那么瘦弱，飘飘然像要被恶风卷到九天之外。

"小刘——小——刘！——"呼啸的暴雨压住了老齐的喊声。他刚从场部围斗他的圈子里冲出来，冒雨急行二十多里路。此时，他顾不得看看小疆，便迎着刘放走了过来。

刘放一把扶住老齐："怎么办？房要倒了！"

"先把人拖出来，性命关天！"老齐边说边抹脸上的雨水。又一个炸雷和电闪，映出老齐惨白的脸和高突的颧骨。

风雨中，刘放、老齐的身影，穿行在摇摇晃晃的草棚之间。

"赶快跑出来！——房子要垮了！——"

"是齐书记在喊！"几个女生顿时勇气倍增，像落难的孩子突然见到父母，不顾一切地冲出房门向老齐靠拢，仿佛老齐就是安全岛。

汪飞用塑料布包着头冲了出来。婷婷战战兢兢地拖着小李子的衣角，身子不住地抖。

突然，大地一阵颤栗。

"怎么啦？小李子！"婷婷带着哭声问道。她觉得天旋地转，以为自己又昏迷了。

小李子还没反应过来，便听见老齐、刘放高喊"地震了——赶快离开屋子！别站在房子周围——"声音冲破风雨雷电，灌进人们耳朵。

顿时，妈呀娘的呼喊声搅成一片。人们的视线花了，找不到门在哪里，辨不清逃命的方向；人们的声调变了，惊呼哭叫与风嚎雷鸣搅在一起；人们的手脚乱了，都想抓住一件救生的东西，哪怕是根稻草！人们的心紧了，仿佛被死神牢牢地攥住……

有的呆在风雨中，有的愣在屋子里，有的抱着被子不知所措，有的提着箱子东奔西跑……

为了引导人们尽快撤离，刘放、老齐各负责一幢宿舍，他们冲进一间间茅屋把抓东西的手掰开，把靠在门口的推出去，把躲在房檐下的喊开去……两个人跌跌撞撞地从这间屋跑进那间屋，从东边跑到西头。逃命的人相互冲撞着，抓扯着，哭喊着，老齐、刘放把他们扶着、拖着，指挥着人们疏散、撤退……

木棒铁钉挂破了刘放的衣服、手、脸，溜滑的泥地使老齐跌倒一次又一次……

有人已经绝望地闭上眼睛，等待那天崩地裂的一瞬，不愿看见人们临死前相互抓扯争斗的惨景……

风吼着，雨打着，地抖着，电闪着……老齐、刘放沙哑地嘶叫着，精疲力竭地奔波着……

此时此刻，场部雷闯的家中，却另是一番景象——桌上一碗盐肉、一碟笋干、一碗芭蕉干烧肉、两杯酒。"黑熊"坐着，没吃没喝也没说。雷闯脱掉破鞋，光着臭脚丫盘腿坐在床沿上，独自喝着闷酒。

门外风狂雨骤，不时拍打着门窗。惊雷，他们仿佛没听见；地摇，只让他们惊了一下。这幢结实的新房依然稳立风雨中。因而，他们只管丢心落意地喝，喝醉了才舒服呢！

"黑熊"几次想动筷子，但想想是吃雷闯自家的东西，哪怕口水都流出来了，还是得忍嘴。他的任务只是陪，光坐光看也叫陪。

雷闯闷着喝了好久，心里仍然没痛快。刚才围攻齐正华，弟兄们关键时刻都不开腔，就看他老雷一人唱独角戏。最后还是让"齐老当"溜走了。他雷某还从未在众兄弟面前这么丢面子！大字报，没几个响应；批判会，开不起来；攻心战，是"七爷子八条心"，让"齐老当"走得那样威风！这个还在"走"的"走资派"，我不再次把他打倒就不姓雷！他在心中暗暗诅咒那个该死的独拐子。忍不住"啪"的一声，将筷子摔在桌上，把发愣的"黑熊"吓了一跳。

"……柳华那个死人没帮上忙，现在得在那个臭不要脸的妖女子身上做文章……哎，'黑熊'，你提防着点，要是姓陆的还和妖女子有联系，这文章就做出来一半了……"

"黑熊"盯着老雷，不知道下一半文章怎么做，他只善武功，不通文墨。

雷闯看着傻乎乎的"黑熊"指点道："夏、陆再搅在一起，就可以说夏妖女勾结奸夫蓄意加害柳华，以间接杀人论罪。如姓齐的不同意处理夏、陆这对狗男女，文章就出来了——'包庇坏人'！"这个点子，真把雷闯给想苦了。

"黑熊"却不以为然。他挥挥胖硕的拳头道："我看呐，还

260

是这个来得快！”

"黑熊"跟着雷哥吃通了四面八方，吃得是越发肥了。原来那张国字脸，方轮早已吃圆，成了一团荞麦大发面；原先那对牛眼睛，早已吃成两条缝；原先那只朝天翘的大鼻头，也吃得陷进了肉堆里；唯有那张鲢鱼嘴，上下两片还是那么厚，洞门还是那么大，那么显眼；原先就短得出奇的脖子，已吃出三重四叠，挤在一堆，和下巴齐边了；原先那件军干服，被一身的贼肉撑得滚瓜流油，到处绽线，起码有三颗扣子扣不拢。他躺着，是一堆肉泥；他坐着，是个肉球；他站着，像条肉袋；他挥拳头，好似丢出两个"狗不理"的大肉包子；他伸巴掌，犹如落下五根良种胡萝卜。若要再操"手锤"，恐怕没当年展劲儿了。他得留把力气支撑自己的身躯。一身肥肉挡着，动作也没先前灵活了。林子里的熊瞎子，不就是因为肥，才愚钝笨拙吗？只是再笨也能置人于死地。

雷闯用发红的眼睛把"黑熊"瞪了好久，没点头也没摇头。突然间，他转过脸去，拼命地将肥大块、芭蕉干往嘴里塞，仿佛生怕"黑熊"跟他抢。

门外，暴雨倾盆，一道电闪，一声剧烈的破响雷，惊落了已到嘴边的肥肉。"黑熊"一身的肥肉抽紧了。他太了解雷某的心有多毒，不知雷哥是不是想对他下手了！直到听清了雷哥的嘀咕，才定下心来。

一定要把那个老走资派打下去……雷闯狠狠吞下一块大肥肉，就像一口吞下了姓齐的。雷闯又瞪着"黑熊"："你也吃两筷子嘛。"为了他们共同的目的，"黑熊"拼命地夹了一大筷子……

此时此刻，八队驻地，那个老走资派不仅是在"走"，而且是在跑。他在风雨中，为抢救年轻人的生命而奔跑着！

钟琴的房门口，小李子正用淌血的手，拼命地拉那歪斜的竹门。钟琴在里边高喊救命，小洋洋在母亲怀里拼命哭叫，秦大军在外面用脚猛踢压变了形的房门，还用肩头猛撞泥墙……

又一阵狂风乱刮，草棚的支架嘎嘎直响，钟琴母子的生命危在旦夕。小李子使出吃奶的力气，猛然推开竹笆门，冒着被砸死的危险冲进去，抱出洋洋，拖出吓呆了的钟琴……她那满手的血，滴落在洋洋的花脸蛋上……

鲁人一直守在伙房里，眼见房顶被揭去，便转身跑出来，不知从哪里拖了块塑料布，盖住了队里刚刚运回来的一千斤大米……

大地，又在剧烈地摇晃；

暴雨，依然发狂地泼洒；

惊雷，又声嘶力竭地怒吼；

恶风，照旧撒野般地乱刮……

婷婷吓得直往屋里钻。刘放一个箭步射去，一把抓出她来。顿时，土墙倒了下来，横梁一下打在刘放小腿上。婷婷急得拼命呼救，老齐一只独臂猛地掀开了压在刘放腿上的房梁……

女生宿舍倒塌了……

男生宿舍也倒了下来……

就在男宿舍倒塌的瞬间，老齐听到一声孩童的惨叫，他像触电般地弹跳起来，连声惊呼他的儿子。

"小疆！小——疆——"他伸出独臂，像铁爪似地挖开土墙，里面没有他的小疆啊！

"小疆！小——疆——"他的声音里呛着血和泪。他扒开房梁、草顶，还是不见他的儿子！

"小疆……小疆……爸爸来了……你……在哪儿呐……快回答爸爸……小疆……小疆！……"

他用血糊糊的手挖开一间又一间宿舍。他的小疆，正压在一根粗大的房梁下。老齐发疯似地掀开梁木，紧紧抱住儿子。小疆的大脑袋淌着鲜血，热乎乎地流过他的手腕。他擦去儿子脸上的血流，硬撑开儿子的眼皮哭喊着：

"小疆疆，快睁开眼睛看看，是爸爸来了，爸爸……来了……小疆疆……爸爸……来了……"

他看见，小疆疆的嘴角微微动了一下，他仿佛听见，小疆还

在喊"爸……爸……"

"小疆！小疆！爸爸抱着你！爸爸来了！爸爸抱着你……抱着你……"

闪电中，只见小疆的眼皮抽搐了一下，两颗又黑又大的眼珠子，盯着爸爸再也没动了……

老齐盯着他的大眼睛，多黑多亮，像浸在一汪清水中……老齐的心剧烈地颤栗，他像只猛虎咆哮着，想喊醒他的儿子……

惊雷敲破了苍天，闪电照亮了大地。天幕上、大地上，全是小疆疆……儿子的大脑袋、大眼睛、翘鼻子……儿子的画儿、纸船、小泥人……儿子喊爸爸、喊妈妈、叫叔叔的声音……出门时，儿子还吵着要他早点回来，看他画一只手的人啊……我为什么忘记了……为什么……老齐不忍再看着那双不肯闭上的大眼睛，只觉得无数个小疆在自己周围捉迷藏，兜圈子……他想抓住小疆好动的手，小疆的手却从他指缝里滑脱；他想搂住小疆的大脑袋，小疆的脑袋却从他的夹肢窝溜过去了……小疆静静地躺在他的怀里，沉沉地压着他的独臂，压着他的心……压得他喘不过气来……

刘放拖着淌血的腿，清点男生人数。

小李子甩着流血的胳膊，清点女生人数……

女生哭成一团，爹呀妈地喊个不住。

男生绝望地怪叫，仿佛想驱赶笼罩着曼波山的死神……

汪飞不禁想起峨山那次地震，血肉模糊的尸体，摆满公路。一种绝望的情绪，从心底里涌出来："妈呀！我才二十几呀，死得早哇……我还想回上海呵……"他忍不住嚎啕大哭。

人们挤成一团，像即将押赴刑场的囚犯，惊恐地等待那一声枪响。大地一陷裂，他们将全部葬身于密林深处的大坟墓里……人们怎能甘心啊……

不知过了多久，老天变了脸——风住了，雨停了，雷哑了，大地仿佛在动荡后的劳累中睡去……

人们竟然逃出了虎口！死神居然在伸出魔爪之际，顿时"天良发现"，倏地转身离去！

好像突然弄清自己只是"陪杀场"而已，人们长长地舒了口气。

小李子半背半扶地拖着刘放，艰难地在人堆中寻找老齐。四顾不见他的身影，刘放的心一下紧了："快，快找齐书记！"

"哎呀！小疆！"鲁人惊叫着，飞也似地跑回自己那间倒塌了的寝室。

老齐和小疆躺在地上，小疆枕着老齐的独臂。老齐已昏了过去。

鲁人呆了，浑身血液仿佛突然凝止。好久好久，他才撕心裂肺地喊出一声："小疆——"他拼命地摇着独臂，"老齐、老齐呀！我对不起你……对不起你呀……我该死……该死呀……"鲁人从来没这样痛哭过，那沉闷的哭声，从心底传出，带着血，带着悔恨，带着无以言表的罪过感……那大串大串的泪，仿佛从他的血管里流出，是红的，而不是透明的……

人们围了过来，小李子抱起了小疆，刘放扶起了老齐，鲁人"咚"地跪在老齐面前哭喊着："你打死我！你杀了我！我孙某人伤天害理呀！老齐，我对不起你呀……"

全队男男女女哭成了一团……

"老齐呀！我做你的儿子……我……做你的……儿子……"鲁人跪着，拼命拉扯着独臂人的裤腿。

人们全都给老齐跪下了："我们……都做你的儿女……做你的儿女……"

"老齐呀！我对不起你呀！我作孽呀！我该遭天雷打呀……"鲁人哭得变了人样儿，头磕在地上闷声声地响。

"老……齐！……"

老齐从麻木中醒了过来。他没有哭声，只是剧烈地抖着肩头，忍受着心的刺痛。他用独臂抓着自己的胸膛，一口鲜血吐了出来。

"老齐！老齐！"刘放轻轻拍打着老齐瘦骨伶仃的背脊。

老齐擦去嘴角的血迹，用颤抖的独臂扶起了鲁人：

"你……们……都是……我的儿子……我的儿子……"

人群又爆发出一阵令人心碎的痛哭……

　　被云里山的孤苦日子折磨得忍无可忍的洪涛，在地震之后回到了农场。当他奔回八队，远远看见一片倒塌了的宿舍和荒凉悲惨的景象时，他那本已动摇的精神支柱仿佛也倒塌了！他知道自己那些高调已不能再唱，他实在不知该如何去面对。但是，他的心仿佛又被八队的什么东西勾扯着。他在孔雀山崖口犹豫了大半夜。天已微明，他决定返回场部，匆匆写了封信，约婷婷在老林边相见。

　　洪涛的政治命运前途难测。他多少年苦心经营的八队，成了一片废墟。他咬着牙关在云里山熬煎了一年多，难道都前功尽弃了吗？七八年了，他吃尽了生活的苦头。他干着牛马一样的苦工，他忍受人们的冷眼，他压抑着自己的爱情，他与世隔绝，同化在原始部落群里，品尝了人类祖先的千般滋味儿……

　　难道这一切，都将付诸东流吗？洪涛徘徊在老林边，望着带血的夕阳落下远山，又看见惨白的月牙升起在老林上空。他感到孤独，觉得渺茫……

　　婷婷终于来了，还是那件红毛衣。她急切地向林边那熟悉的身影靠近。两道目光相对的瞬间，婷婷真怀疑自己认错了人，她不敢相信，眼前就是她日夜思念的洪涛！

　　婷婷凝视着洪涛：满脸的胡茬，又浓又密；露出的脸皮，泛着青紫；蓬乱的头发，枯若秋草；破烂的衣裤，疤上重疤。他站在一网绞杀藤下，多像自己在大森林中见过的野人。

　　“洪涛！”一声酸涩的呼唤，牵出一串辛酸的热泪，洒在洪涛的手上。

　　“婷婷！婷……”洪涛滚烫的手搓揉着婷婷柔软的手。他没说“我爱你”，他从来没对婷婷说过这句话，但婷婷从他来信的字里行间，从他呼唤自己的颤音中，从他闪亮的眼睛里，早已听到、看到了这几个字。

　　婷婷只顾流泪，忘记了述说。一想起地震时的恐怖，地震后的凄凉，她多么希望能靠着洪涛有力的肩头，痛哭一场，倾吐一番啊！

洪涛猛地抱住了婷婷。多少个日夜的思念，多少个日夜的孤独，多少次涌起的冲动？都一起化作狂乱的热吻……

不知是洪涛的大胡子扎痛了她的脸颊，还是婷婷想起了妈妈的反复告诫："女孩子家，切莫让男人靠近！"她猛地推开了洪涛。

"婷婷！婷婷！"洪涛惊了，柔顺的婷婷竟这样果断地拒绝他！她不爱我？！我真的毁灭得这么干净吗？！

"我受不了了！"洪涛痛苦地呐喊着，双手拼命抓扯自己的乱发。"八年了！八年了！我苦，我累，我拼命！换来了什么？荣誉、地位、爱情全都完蛋了……八年呐！八年呐……我为了什么？为了当个赤条条的光棍熬下去？为了在大山里找个埋尸骨的地方……"

洪涛泪如泉涌……

婷婷惊呆了，她第一次看见，这个刚硬的男子汉哭了！她第一次发现，这个从未丧失信心的强人绝望了！她第一次感到，那颗钢包铁裹的大丈夫的心，裂开了一道血红的口子！一股怜爱之情油然而生，强烈地推动着婷婷，使她忘情地扑进了洪涛怀里……

洪涛抬起绝望的脸，又一阵强烈的冲动席卷着他，使他忘记了自己曾慷慨激昂教训别人的道德观念；忘记了自己带着民兵包抄捉奸的情景；忘记了那对情侣半裸着站在众人面前，自己打自己耳光的场面……他抱着婷婷，躲进了密林丛中……

婷婷无力地躺在洪涛怀里，任凭他滚烫的脸、滚烫的手和滚烫的身子，紧紧地贴着自己的唇、自己的脸、自己的身子……

此时此刻，柳华的坟边，又掘了一个小坑。

鲁人把冰凉的小疆抱了一天一夜，不吃不喝，不睡也不说……

"你是孙悟空！……"

"不，我还是叫你鲁叔叔。鲁叔叔，鲁……"

"我们两个是好朋友……"

"哎哟，你把我的指头拉得好痛哟……"

鲁人捏着小疆那冰凉的小指头："就叫鲁叔叔吧……叫鲁叔叔……我还是……你的好朋友……我们再拉金钩钩……"鲁人喃喃自语，泪水直往肚里流……

"小疆疆，你要走了，让爸爸再抱抱你、亲亲你……"老齐从鲁人手中接过儿子，凝视着儿子那瘦伶伶的脸：

"……爸爸对不起你了……三斤半的小猫长到八岁了！你是叔叔阿姨从上海出发那天降生的，你八岁了呀！可你的头为啥还是那么大？你的身子为啥还是这么细？小豆芽，爸爸没能照顾好你……你三岁的时候，还不认识爸爸呢……你刚刚认识了爸爸……你刚刚离得开妈妈……你刚刚会写爸爸妈妈的名字……你刚刚会画两只手的人，会折飞机……你刚刚才脱掉乳牙呀……小疆疆……"

老齐的心一滴一滴淌着血……

刘放从那边爬过来，一把抓住小疆的手："你再叫声'花叔叔'吧……"

老齐把儿子放进了土坑，想起儿子因为叫刘放"花叔叔"而挨过自己的巴掌，他的独臂便剧烈地颤抖。

小李子从土堆里挖出了那只小纸船……是小疆疆送给她的，他叫李嬢嬢别让小刘叔叔看见，他怕小刘叔叔说他折得太差劲……

老齐转身走了，他不忍看着人们用黄土压住他的儿子……

他的"大儿子"死了，他的小儿子也死了……剩下一个孤零零的"独臂人"……

而今，他没有什么后顾之忧了！他可以赤条条地和那些狗东西拼！即使把这条半残的老命豁出去，他也毫无顾忌了……

齐正华走上山崖，面对滚滚的澜沧江……

他身后，人们静静地望着他……

寒月下、夜风中，他显得多么单薄！多么瘦弱！多么孤独啊！

然而，他的脊梁骨却是那样挺直！那样坚硬！

雷闯一伙，能第二次把他打倒吗？

……

二二 夜沉沉

　　一个月中，老齐失去了两个宝贝儿子。接连的打击，使坚强的独臂人病倒了。妻子小张去总局向苏隆冬求援，至今未归；老齐独自躺在病床上已有半月。脑海里，梦境中全是儿子那双不闭的大眼睛，还有柳华惨白的脸。

　　想到柳华，便想到了夏莉。他不知雷闯把她怎么了。

　　"我想，他应当重新站起来！让我试试吧！"

　　"让人们说去吧，我走自己的路！"

　　夏莉的话，不时在老齐耳边响起。

　　夏莉羞涩地走到柳华床前，在他腰部扎下了第一针……

　　夏莉两颊绯红，撩开了柳华的衣襟……

　　夏莉羞得满眼泪花，第一次扎进柳华的"阴廉"穴……

　　夏莉纯真、执著的面影，不断在老齐眼前闪现。

　　夏莉不是那种轻佻下流、勾引异性的女人，她不可能去蹂躏一个残疾人真挚的感情！

　　老齐又想起那次谈话，柳华要求让夏莉回八队，夏莉好像有很多话要说而没说出口。我当时怎么那样糊涂？竟没看出两人在感情上的烦恼？我怎么忽略了青年男女间这个要命的问题？齐正华好生内疚！他咬牙坐起来，决定去找夏莉好好谈谈。

　　正要出门，殷秘书来了，恭敬地呈上一份文书：《关于法办杀人犯夏莉的请示报告》。

　　老齐一看，双眼喷火，直射殷秘书。他"哗哗哗"地把报告

撕成碎片，向殷秘书砸去。

"你真的上钩了！"殷秘书心中暗暗欢喜。"包庇坏人的铁证有了。"他小心地拾起《报告》碎片，依然那么恭敬地说："我就觉得不合适，才送来你过目。"好像他早就反对这么做。

"你告诉姓雷的，我还是副书记！"只要乌纱帽还戴着，齐正华就要阻止雷闯乱来。他看看恭顺的殷秘书，有些内疚地说："我不是发你的气。"

"老齐呀，我跟你这么多年，还用得着给我解释吗？"殷秘书"宽容"地笑笑。

老齐拖着沉重的病体，一口气翻过两座大山，走进关押夏莉的森林竹楼时，他浑身汗水湿透，面色铁青。

夏莉见到老齐，泪如泉涌。与世隔绝的一月里，除了持枪民兵和两个女看守，就是夜夜伴随着她的柳华的遗容。见到老齐，就像见到亲人，她拉着独臂泣不成声：

"我……对不起柳华……对不起你呀……"夏莉最清楚，老齐对柳华那胜过亲儿子的情感。"你骂我……你打我吧……"她拉着独臂往自己脑门上撞，"你打我吧，我心里难受啊……"夏莉忍不住失声痛哭。

望着被折磨得不像人样的小夏，老齐深深感到自己失职。他没有了儿子，他一定要保护这个无辜的女儿！老齐在夏莉肩上沉沉地拍了一下："别哭了！我知道你不会害死柳华！"说罢，他冲下竹楼，怒斥跟踪而来的雷闯：

"你给我立即解除隔离审查！"齐正华的独臂颤抖，目光令雷闯不寒而栗。

"这是政治处集体决定的，还准备报批法办。"

"我是副书记！"老齐再次声明。

"我请示过郑书记！"雷闯仿佛有恃无恐。

"好！好！我去找书记！你不要编起圈圈让书记钻！你们再折磨小夏，我不会饶你！"齐正华愤怒地甩着独臂走了。

夏莉在楼上，清清楚楚听到了老齐和雷闯的对话。当女看守走上楼来，夏莉急切地问："老齐呢？"

"他走了……这老场长也怪可怜……救了知青的命，自己的儿子却没了……"女看守喃喃道。

"你说什么，他儿子，小疆……"

"地震时砸死了……"女看守认识那个活泼的大头娃娃，提起这事也很难过。

"小疆，死啦？！……"夏莉的心又一次撕裂般痛。她曾给小疆许过愿："等你门牙长起来，我给你买棒棒糖吃！棒棒糖，就像你，大圆脑袋小身子。"那孩子水灵灵的眼睛仿佛还望着自己，可是，他的门牙还没长齐，我的愿还没了呀！怎么就……老齐呵老齐，你好苦啊！夏莉双手抓扯着蓬乱的头发："我对不起你啊！"

又是一个漫长的夜，夏莉翻来覆去睡不着。柳华、小疆、老齐的面影总在眼前浮现，她在竹笆床上痛苦折腾，一根支出来的竹签挂破了她的脸，她仿佛毫无知觉，任随血珠儿滴落。

实在看不过意的小湖南，抓起几张发黄的破纸，帮夏莉揩着脸上的血。

夏莉接过小湖南手中带血的纸片。

靠近昏暗的油灯，夏莉突然发现纸片上有陆澜的字迹，她急切地展开纸片默念着：

夜，两千个边疆的夜，
你像婴儿的摇篮，
曾使我疲惫的肌体安歇；
你像舒缓的旋律，
曾使我紧张的神经松懈；
你像恬静的西子，
曾陪我挑灯读写；
你像朦胧的帷幕，
曾向我呈现美妙的幻觉！
……

夏莉紧紧捏着纸片，吟着这首以《黑夜》为题的小诗，往事像过电影一样，迭迭涌来，又像澜沧江水，滔滔流去，只留下眼前这片漆黑的夜空——

她的目光，又投向纸片。

可今天，我怨恨夜！

我讨厌这夜的星空，夜的冷月；

夜的细雨，夜的音乐；

夜的一切，一切的夜。

我仇视夜！

因为一切的光明，一切的美好；

一切的欢乐，一切的向往，

全都毁灭在夜！

我惧怕夜！

因为一切的阴暗，一切的丑恶，

一切的痛苦，一切的渺茫，

全都集中在夜！

我诅咒夜！

因为不该的追忆，不该的相思，

不该的凄凉，不该的恶梦，

全都呈现在夜！

……

黑夜中的澜澜在干什么呢？地震中他受伤没有？他们会怎样折磨他呢？……

夜，好深好沉好漫长啊！

夏莉不知怎样熬过这冷酷的夜！

雷闯知道齐正华的脾气，他执意坚持的，要阻挡很难。眼下大权还不在我几个手中，万一姓齐的说动了郑书记，把夏妖女一放，我雷某不是前功尽弃了吗？

这天晚上，雷闯打发走了所有的看守。

天黑尽了，森林里死一般静。

雷闯急不可耐地打开了夏莉房门的锁。

"你！干什么？"夏莉惊恐地坐了起来。

"小夏呀，别紧张。我是想来帮助你的。你好好把经过给我说说，我们保卫科给柳华作个自杀的结论，你就什么事也没有了，懂吗？什么事也没有了！"

"你给我出去！出去！"夏莉怒吼着。

"小夏呀，你别动怒，我是真心想帮助你的，你看！"他从衣袋里掏出一张介绍信，"你受柳华的牵连一时走不了，我已设法把这名额换成了陆澜，让他顶替你上大学，该满意了吧！"

"……"夏莉不相信。

"你看，这介绍信不是盖着大章吗？"

"通知陆澜没有？！"夏莉掠过一丝希望。自己拖累了柳华，良心上已不得安宁；若能让陆澜走出去，她坐牢上绞架也无憾了。

"可是，你得……答应我一个要求……"

"什么要求？……我都答应！"夏莉想，不过是承认谋杀，让我偿命！"但是，我必须看着陆澜从这里走出去！"

"你答应？！我的要求？！"雷闯兴奋得满脸通红，眼里荡着饿狼般的淫光。

"什么？答应什么？！"夏莉发觉雷闯的神情不对，一下站起来，想冲出去，门却被锁上了。

雷闯一下跪倒在夏莉脚下：

"小夏，你可怜可怜我……我自幼没有爹妈疼，哥哥又把我打入牢房，让我受了那么多苦……呜——"他居然声泪俱下，"劳改释放出来，我已经三十多岁，找了个老婆凑合。那女人粗壮得像个男人……你可怜可怜我，我还没真正尝到女人的味道……你可怜可怜我……第一次看到你，我就喜欢你……你知道，为了你，我整天吃不香，夜夜睡不着……我一生想的女人只有你一个。相信我，答应我，就一次……我就让陆澜走……"

吓得发抖的夏莉高声呼喊："救命啊——小彭——快来人啦——"她拼命捶打竹门。

雷闯一下子站了起来，眼里的泪早干了，放出来的是兽欲和淫光。

"你'敬酒不吃吃罚酒'！她俩早走了，这儿只有你和我！"雷闯边说边扑向夏莉。

"妖女子，三角恋爱的滋味还甜吧！你杀了柳华，又在马路上和陆澜调情，玩得还真开心哩！哼，缺了一角，老子来补，让你好再尝尝三角恋的滋味！"

夏莉一个耳光打在雷闯欲火中烧的脸上。她拼命呼喊，拼命反抗。

雷闯猛地撕开夏莉的衬衣："妖女子，你不是闹着要结婚吗？老子今天就让你尝尝结婚的味道……"他一边口水滴嗒地说，一边敞开他那毛茸茸的身子，接着又疯狂地扯下夏莉的皮带，"老子就要在你情人的床上搞你！你这个不识抬举的东西……"

夏莉拼命撑起身来，拣起皮带，向赤身裸体的两脚兽狠狠打去。但是，弱女子哪是饿狼的对手？雷闯很快就夺过夏莉手中的皮带，又用他那双鹰爪剥光了夏莉的衣裤……

夏莉的脑子嗡的一声炸裂了……

当夏莉醒来的时候，她大腿上的血，已经板结；她心里的血，已经凝固……她缓缓地穿好衣服，捋了捋蓬乱的头发……

夏莉眼前，浮现出陆澜冲动的脸。也是在这间屋里，陆澜那么热烈地吻她，却又那般痛苦地推开了她……

夏莉眼前，浮现出柳华痛苦的脸。当柳华感激地吻她的手时，她是那么慌乱地推开柳华。痛苦的柳华拿着刀，在自己手上划开一条长长的血口……

柳华那样爱她，但至死也没有再碰过她……

陆澜那样爱她，但却那么果断地拒绝和她结婚。

夜风拍打着竹门，像催命的魔鬼敲打着丧钟……

那天被捆在柳华遗体上，她就感到已无脸爬起来站在人世间？那种非人的羞辱，就曾使她想到过与柳华一起去死。当这个禽兽从她身上爬起来的时候，她的灵魂被彻底打垮了。

她从陆澜遗留下来的乱纸堆里，找到一支绘图的铅笔。在那首黑夜的诗稿后面，歪歪扭扭写了好久好久……

夜风卷起林涛，像黑海沉闷的呼啸……夏莉扔掉笔头，将皮带挂上房梁，失神地望了很久很久……

柳华……我跟你来了……

夏莉毅然把头伸进了那个黑色的圈套……

晨曦送走黑暗，也送走了一个年轻美丽的生灵……

当陆澜冲进小竹楼，望见小莉瘦弱的遗体躺在自己脏乱的床上时，他像一尊木刻，一动不动。老齐用力推摇着他，他一下栽倒在夏莉的遗体上，哭不出声来，只用颤抖的双手，抚摸着那早已冰凉了的身子……

老齐捏着夏莉苍白的手，喃喃道："我来晚了，来晚了。你为什么不多等一天呐？郑书记答应今天研究解除隔离的呀！"

小李子挂着泪珠，轻轻给夏莉抹去脸上的泪痕，又轻轻给她扎着小辫。她抹下自己头上的橡皮筋缠在夏莉的小辫子上……

刘放急促地翻找着，突然发现了那张带着血迹的诗稿：

……我受不了雷闯的迫害，只有以死洗雪他在我身上留下的污垢，求得永生永世的解脱……我应该离开人世了，因为这里再也没有我的立足之地……

澜澜，我已不配再对你说"爱"，只求你看在童年友谊的分上，转告我的妈妈和姐姐，我不后悔当年的执拗，我依然深深爱着我的祖国！哪怕国土上还有雷某那样的恶魔……

永别了！我的澜澜！我对不起你！愿你宽恕我的亡灵！愿你代我走完人生的路……

你儿时的朋友：小莉

"小莉……小莉！……"陆澜捏着遗书喊小莉、摇小莉，一声声，呛着血，浸着泪；一声声，颤抖、微弱、沙哑，直到喊不出声来。从早上，到中午；从夕阳西下，到冷月升空……

　　竹楼上，孤灯下，一具冰凉的女尸、一个僵直的木人……

　　竹楼外，黑夜里，一片浓密的树影、一弯凄瘦的冷月……

　　老齐、刘放，他们早早地离开了竹楼，把这死寂的夜，留给了这对永远不能再成眷属的情侣……

　　"澜澜，我是你的……是你的……"幻觉中，那深情的呼唤，把陆澜的心都喊碎了。多少次，他靠近小竹楼，都被几个男看守的棍棒打得鼻青脸肿。他怎么也没想到，与小莉重逢竟相隔天上人间！陆澜痛苦地扑在夏莉身上哭诉道："你是我的！是我的……"他紧紧搂抱冰凉的遗体，将一连串滚烫的吻，印在夏莉冰凉的嘴角、冰凉的额头；用火热的胸膛，去温暖小莉冰凉的身躯；他想将满腔的热血，注入小莉的每一条血管，让他的小莉恢复活力；他要用自己全部的爱，去补偿那一次次对小莉的伤害……

　　他吻小莉细柔的头发，他曾为他的"喜儿"扎过红头绳；他吻小莉光洁的额头，那里面贮存着对他的思念、挂牵和热爱；他吻小莉上翘的睫毛，那两汪清波曾荡漾过多少柔情，为他抚平创伤、驱除孤独；他吻小莉微张的嘴唇，想起小莉唤醒过他一度丧失的理想、信仰和抱负，指责过他不应有的悲观、绝望和懦弱，敲打过他麻木的神经、冰凉的心，谴责过他不应有的自卑颓废；他吻小莉苍白的手，这双手从几千里外带来他的小提琴，给他包扎过挂伤的腿，这双手搂过他的脖子，写过令他心碎的结婚申请；他吻小莉隆起的胸脯，里面是一颗属于他的心，一颗纯真善良、却被感情的苦水浸透了的心；他吻小莉冰凉的脚，这双脚载着小莉跑到森林之家的竹楼，跑遍全队，走遍每一座林子寻找他的足迹……

　　罪过啊！无法补偿的罪过！当小莉依偎在他胸前时，自己推开了她；当小莉风尘仆仆赶来看他时，自己却吼着叫她出去，高喊着不爱她、讨厌她、恨她；当小莉写下结婚申请时，自己骂她疯了，还把那张结婚申请从她手中打落在地；当小莉离开大森林四处找自己道别时，自己却躲着她，让她跑了多少冤枉路，流了多少辛酸泪啊！当小莉被抓上批判台，被捆在柳华遗体上时，自己却没能保护她！当小莉被隔离在这间阴冷的竹楼时，自己却没能冲进来救走她……

陆澜呐，你算什么男子汉？！你是什么保护人哪！如今，你推小莉，小莉再也不能动弹！你摇小莉，小莉再也不能醒来！你喊小莉，小莉再也不能回答！你哭小莉，小莉却再也不能为你抹去泪痕……

陆澜给小莉拍去裤腿上的灰，抚平衣袖上的皱，给小莉扣上敞开的领口，理顺额头上的乱发。然后，紧紧挨着小莉躺下来，陪伴小莉度过这阴森森的夜……

是跟着小莉一同去吗？不！不！他现在不想去死！

他一定要活下去为他的小莉伸冤！为他的小莉报仇！从今后，他决不再当忍气吞声的懦夫！他要控告那个姓雷的劣种！他要报复那些以整人为业的恶魔！

被陆澜揍了一顿的雷闯，赖在场部卫生所的病床上，强迫医生给出具了脑震荡后遗症的证明，他要上诉，要求法院对那个搞阶级报复的黑崽子追究法律责任。

找谁写状子呢？雷闯肚内没有墨水，怕写不好状子把自己网进去。不由得又想到了苏生。一是知道那个小子会看风向，二是知道他对陆澜有醋意。凭这两条，他也得动笔呀！

当苏生被叫到雷闯床前时，雷闯突然从苏生脸上发现了一种从未有过的神情。一种强烈的厌恶情绪，从苏生心底涌上脑门。为夏莉之死，苏生曾躲着人们伤伤心心地哭过一场。"自古红颜多薄命"呐！杨贵妃被绳子勒死，珍妃被落井下石；夏莉呢，受尽屈辱含冤而去！虽说苏生曾经怨恨夏莉清高难攀，但如今夏莉被雷闯糟蹋，他又十分痛心，叹惜鲜花插到了牛粪上！天鹅肉掉进了蛤蟆口！每当想起夏莉把他写的批判"男尊女卑"的文章，撕成碎片掷给他去请功的窘景，他那写文章的手就会颤抖，他那被纸片砸过的

脸还会生痛。夏莉死了，苏生和陆澜之间的芥蒂不解自消。自从夏莉死后，苏生宿舍的马灯每晚都亮到深夜。他曾想来边疆寻找诗情画意，看到的却是你争我斗，整人害人。于是，他夜夜地写，写农场的斗争，写支边运动的历史，他要用那支流畅的笔，写尽人世间的悲欢离合，勾出运动中的各色脸谱……

此时此刻，他两只眼睛躲在反光的镜片后滴溜溜地转。他抄着手，望着雷闯偏过去看，偏过来看，就是不搭腔。雷闯给看懵了、看慌了，以为苏生看见了夏莉吐在他脸上的口水。他下意识地抹抹脸，把那石榴壳似的脸皮抹得泛红光了。他感到"小白脸"今天的神色实在有些古怪。

"你到底写不写？！"雷闯确信自已脸上没有口水，"小白脸"并没看出破绽时，便理直气壮地问。

"写！"苏生重重地回答。

雷闯转怒为喜："对、对、对！要写出姓陆的阶级本质是仇恨共产党！仇恨革命造反派！要写出他的实质是进行阶级报复！反攻倒算……"

"够了！"苏生打断了雷闯的话。

"你明白怎样写了吗？"

"明白了。"

"明白什么？"雷闯觉得苏生的神色更加不对了。

"明白了你的嘴脸！你的灵魂！明白了你是怎样钻进竹楼，发泄兽欲！怎样害死了一个无辜的女知青！明白了你……"

"你！你！你'小白脸'，敢胡说八道！你看清楚现在是什么时候没有？"

"呸！"苏生一口唾沫，填平了雷闯那张正反合一的"石榴壳"。

苏生回到宿舍奋笔疾书。他帮助陆澜，一起写下了厚厚的起诉书，控告那个披着人皮的狼。

场部，几幢瓦房在地震中安然无恙。雷闯坐在床头，和"黑熊"频频碰杯。陆澜那几捶，根本没伤着他的筋骨。

"告诉你那丫头，就说那天晚上我不在竹楼。取尸体时看见了什么，不准对任何人说！说出去，老子找你说'聊斋'。"雷闯说着，又夹了块肉给"黑熊"，仿佛是对他的奖赏。

"我反复叮嘱过我丫头。虽说她十八九岁知事了，但她还是怕我的拳头和棍棒。她说出去，看我不打断她的腿！"

"说出去才打断腿？他妈的说出去我得'二进宫'！我雷闯就值你丫头一条臭腿么？！"

"那我得先教训教训她！你放心，我老熊要是连这桩小事都办不利落，是枉自跟你造反这么多年……"

恶人先告状了。陆澜接到了法院的传票，刘放、小李子陪他到了法院。

他原没想到借助专政机构，既然雷闯要捅到法院，他陆澜可以拿出证据反败为胜，把姓雷的恶狼押上被告席！

法官审问他伤害革命干部的动机何在？

陆澜呈上了夏莉的遗书："这就是原因！"

法官推敲遗书多时，而后丢开了它："这不能说明问题。"

"为什么？"

"迫害，包括政治迫害、思想迫害、肉体迫害。把嫌疑受审说成政治迫害是错误的，把批评教育说成是思想迫害也是错误的。那么把它理解为肉体迫害？证据不足。还有'污垢'，辱骂、唾沫、调戏，对于承受者都可叫做污垢，如果一定要认定是'强奸'，证据何在？"

"我在死者的脖颈发现了被抓扯的血迹。"小李子插话。

"上吊自杀者，脖颈当然有痕迹。是抓扯还是磨勒，没经法医验尸，不足为证。"法官否定道。

"我还在雷某脸上看到被抓破的血痕！"陆澜补充证明。

"你仔细想想，是原本就有血痕，还是被你打伤？起诉人现在满脸是伤，无法鉴定哪些是死者抓的。"法官真是稳扎稳打。

陆澜气愤了："如果人证物证还不足为凭，还有旁证——负责看守夏莉的小彭、小熊，当晚都被姓雷的支开了，整个森林就

剩下雷闯和夏莉，这说明雷闯蓄谋作案！"

"如果那两位确实被叫走，就根本没有资格作证！"

一直在静观发展的刘放，再也忍不住地高喊："你们强词夺理，公开偏袒一方，压制一方！"

"综上所述，陆澜伤害雷闯，纯属行凶报复，证据确凿……"法官根本无视刘放等人的抗议，宣布完了便走。

一个陌生的围观者，拉拉刘放的衣角："别喊了。这法官和姓雷的，是一个战壕冲出来的！"

"好哇！你们这些混蛋！勾结起来把社会主义的法庭糟蹋成了什么样子？！你们……"

那个陌生人把刘放拉出法院大门道："小伙子，没意思，你喊你叫，没用！比这更大的事儿都没把他告倒，何况……"

"我还要告！我要向高级人民法院上诉。不告倒他姓雷的，我不姓陆！"陆澜对着众人怒吼。

共产党的天下怎会是"有理寸步难行"啊！刘放预感到一场暴风雨又将来临，他为我们的民族悲叹！为我们的人民悲叹啊！

法官已扬长而去，听众已纷纷散尽。疯了一般的陆澜也不知往哪里走了。挂着国徽的法庭门口，就留下了孤零零的刘放。他呆呆地盯着那庄严的国徽……

我们的人民共和国哟，为什么不能保护一个无私献身于你的女知青？为什么不能维护一个公民正当的权益？柳华、夏莉的相继去世，小疆的惨死，陆澜的败诉，雷闯和法官一伙人的嚣张，使刘放陷入悲痛和忿怒交织的氛围里不能自拔。

小李子默默地站在刘放身后，从他那微微外凸的眼角伤疤里，她看到了一颗豆大的泪。

"刘放！"小李子打断了他的沉思。

刘放回过头来，正碰上小李子那痛苦中透着坚毅的目光。

"外面变天了，还有我们连队的小天地……我们回去吧！"

精神快要崩溃的刘放，顿时感到小李子那瘦弱的身躯里，有着多么坚定的意志和多么巨大的韧劲！他情不自禁地，紧紧握住了小李子的手："我们……回去！"

二三 分道扬镳

场部办公室旁边，静立着古老的菩提树。高高的树梢上，挂着一弯冷月。地上的大字报碎片，被夜风轻轻卷起，飘飞一阵，又缓缓落下，像送葬时撒开的片片纸钱。

古树的荫影中，一个女人凄凄切切地喊着："小疆——快回来——小疆——快回来呀——小疆——是妈妈在叫你——你听见没有……"

此刻，刘放跛着脚往老齐家走去。只见老齐正将那个披头散发像在招魂一般的女人往屋里拖。透过窗棂的微光，刘放见那单薄纤弱的女人像幽灵般晃来荡去，像在寻找失落的魂魄……

"我不该走……我该守着他……我不该走……我该守着他……"那声音沙哑、颤抖，使刘放的心，一下子揪紧了。

"……我不该去……他帮不了你……我不该去……他帮不了你……他帮不了你……"她在小屋里来回跛着，不停地走，不停地自言自语。

老齐站起来，一把按着她瘦削的肩头："你坐下，你听我说……"

她挣脱独臂，还是念着、走着……

"小张！小张！"老齐拼命摇她，制止她。

张玉兰站住了，痴痴地望着丈夫继续叨念："把小疆找回来！我们回昆明去！把小疆叫回来，他该睡觉了……"

刘放再也听不下去了，他贸然推开门，一把抓住老张的手：

"是我们对不起你呀！老齐他，都是为了救我们呐……"

老张愣了一阵，突然放声大哭……她的精神崩溃了……为了救丈夫，她去找苏隆冬。苏隆冬也是"泥菩萨过河"，顾不到老部下了……没能救丈夫，儿子也丢了……她那瘦弱的身躯实在难以承受这些打击！结婚十年，她就为丈夫担惊受怕了十年，儿子八岁，她为儿子操劳了八载！她全部的感情，都给了丈夫、儿子；她精神的寄托，也是丈夫和儿子！虽才三十五岁，她脸上却布满皱纹，头上已添了白霜……丈夫、儿子各是她生命的一半，她不能没有老齐，也不能没有小疆啊！

"……我们回去……我们回昆明……"

老齐和刘放的心，被她的哭喊撕裂着……

老齐沉重地拍着刘放的肩头："这世道不对呀……你出去，看个明白！中国到底是怎么回事？".

老齐抓过一张《生产简报》写道："场部急需购置拖拉机零部件，特派八队刘放前去北京采购，请有关方面办理出差手续。"

老齐大大地签上自己的姓名，就将纸条递给刘放："拿去，我还没被打倒。他们必须照办！"

洪涛做梦也没想到，在"山重水复疑无路"的绝境中，陡然出现了"柳暗花明又一村"！他原来希望的，也不过是调州委，没想到通知他去省委组织部报到。通知一到手，他就披星戴月地离开了云里山寨。所有的生活用品都没拿，连乌依队长那里也没道声别。

雷闯告诉洪涛，是他在省委的战友帮的忙。到底是雷闯的战友起的作用，还是自己在那次知青座谈会上的出色表演结的果，洪涛不是很明白，但他清楚，雷闯的话，水分重。

雷闯酒杯一放，话便出口："老弟呀！怎么样？证明我雷闯有眼水吧！'小不忍则乱大谋'，不硬着头皮顶下去，哪有今天的飞黄腾达？搞政治，要有深谋远虑。山不转水转，转着转着，又得回到原地。像你穿衣服一样，至今还不是延安作风吗？"

雷闯稍停片刻，酒肉滑过咽喉，便又高谈阔论。"像你去的那个老山寨一样，不就是搞的共产主义么？所以说，第二次，文化革命还得转起来。毛主席说的：'过七八年又来一次'"。

"咕嘟"一声，雷闯又喝了一大口酒。在他咀嚼大肥肉的当儿，洪涛讥讽道："老兄的革命看来就是坐在原地等啰？'以不变应万变'，这策略你还掌握得不错哒。我洪涛真该感谢雷兄的这番教诲！"

"哪里哪里？"雷闯只顾欣赏肉味儿，没嚼出洪涛话中的毛刺儿，反而得意忘形，"到了省委大机关，可别过河拆桥，忘了我雷兄啊！"

"你不必谦虚也不必担心。搞政治，还是你懂窍啊！小弟我甘拜下风！"

"什么窍？不就是'心毒手狠'吗？俗语说：'无毒不丈夫'，古人才真懂窍呢！"

……我也懂，只要我骨头长硬，我会咬死你这只没有心肝的老狼！……洪涛在心中切齿咒骂，夏莉被这条色狼奸污而自杀的事，深深触动了洪涛，他的确不愿与雷闯狼狈为奸。他憋在心中很久的那句话，是非说不可了："雷兄，我希望你在吕婷婷面前自重一点！"

雷闯诡秘地一笑："怎么样！够味儿吗？"

"你，不要欺人太甚！你手上的牙齿印，知道是谁的吗？"

"哦——"雷闯这才恍然大悟，大青树下那没能上手的嫩妞儿，原来是洪老弟的相好吕婷婷。不过，雷闯也不在乎，没上手的事算得了事儿么？胡扯几句就过去了。可当他一抬头，便感到洪涛眼里仿佛有两道凶光，穿透了他的五脏六腑，使他不寒而栗，顿时便言不由衷支支吾吾，十分尴尬。

过了好一阵子，雷闯才镇定下来说："老弟呀，女人的事不必认真。到了省委机关，漂亮妞儿有的是，何必……"

"呼"的一声，洪涛拍桌而起："我丑话说在前头，你敢再碰她一根毫毛，我会报'恩'的！"

"哟！你小子还没长大，就忘了我老雷的举荐之恩，爬到我

头上厕屎啦？！"雷闯也"啪"的一声站起，筷子一丢，"老子一封信发出去，你还得翻！"

洪涛的心不禁一紧，不再接腔。"等我坐稳后，第一个就要把你弄下去！"他在心里叨念着，口中却被酒肉堵塞了。

于是，杯子再次碰响，二人又握手言欢。

次日清晨，洪涛上路了——别了，可怕的原始森林！再见了，倒塌的茅棚！谢谢了，这座使我高升的桥梁！洪涛远远地望了一眼生活了八年的密林，长长地叹了一口气⋯⋯

山崖上，婷婷久久伫立，直望着洪涛的背影消失在天边⋯⋯

到处都是乱麻麻、闹哄哄的。列车慢腾腾地按着老节奏挪动铁轮。厢内乘客密密匝匝，像一听塞得满满的压缩饼干。刘放挤在人群中，跳芭蕾似的脚尖立地，四肢却不能动弹。厕所的尿臭、热烘烘的汗臭、黄板牙的口臭，以及腋臭、脚臭，汇成一股股气浪，横行霸道地穿行于人缝，灌满了空间。人们耳朵挨着耳朵，鼻尖碰着鼻尖。个个愁眉苦脸，咬牙忍着，尽量不相互咒骂。这年月，是"泥菩萨过河，自身难保"！能苟活下去，便已不错！

"哐当！——咔嚓！——"车头陡然急刹，车厢里顿时倒成一片。

"哎哟——"一声惨叫，有个孕妇被压在厕所门边。

"快，拉她起来！"刘放惊叫着，拼命往厕所挤。但谁也不让谁，谁也不好让。孕妇在厕所喊爹喊妈没人理。

"哎呀！你们看那个老不要命的！"一个粗嗓门高叫，人们探出头去，看见一个衣衫破烂的老太婆，木然地坐在铁轨上。

"讨饭的，想卧轨自杀。"

"唉，造孽哟。这些地方的农民当叫花子的多得很。老了，讨饭都走不动了。"

"你我坐车不造孽呀？我看，中国人还是多死些才好！"

刘放惊叹，中国人不是最富有同情心吗？为何现在变得如此冷漠，如此残忍了？！

"真他妈倒霉，老子等了五天五夜！车晚了点不说，老太婆又来拖时间……"

"老太婆为啥要死哟？饿起肚儿也可以闹革命嘛！"

"哎哟，没法子，我都超了一个星期假啰！到时做不出那批零件，我还脱不到手呐！"

"老头子，你急什么生产嘛？现在是闹革命的时候，你还翻老皇历干啥？！"

"郑州铁路局出了毛病，全国铁路主要干道都跟着出毛病了。火车到处都误点，你们耐着性儿慢慢等吧。"

"你老兄乱说些啥呀？人家郑州铁路局是反击右倾翻案风的先锋！"

"叫那些'抓革命'的狗杂种，来尝尝坐车的滋味！"

骂声中，火车启动了。把那找死的老太婆丢在身后。人们看见，那个渐渐缩小的"逗号"又爬进了作文格似的铁轨，等待下列火车的到来……

"轰——隆隆……轰隆隆……"车轮在钢轨上滚动着，仿佛从刘放心上碾过……

车到郑州站，高音喇叭里突然传出女播音员声嘶力竭的呐喊："……紧跟毛主席，把反击右倾翻案风的斗争进行到底……"

接着是铺天盖地的巨幅标语涌来眼底。"宁要社会主义的晚点，不要修正主义的正点！""誓与走资派血战到底！"那"血"字上还架着一把刀，涂了几团鲜红的油彩。好一派杀气腾腾的景象！

刘放的思绪翻滚着——这动乱中，到底包藏着什么？中国，到底要向何处去？

"轰……隆隆……"回答他的，只有时起时伏、时快时慢的车轮运转声……

四月的北京城，被严冬的余寒笼罩着。这里，没有像昆明、郑州那样的指名道姓的大字报、大标语；没有像农场、连队那样

公开粗野的吼叫声；也没有小镇街头东一伙、西一帮进行舌战的人群。

无轨电车，默默地行进着；地下火车，悄悄地奔跑着；自行车，有秩序地穿流着；"11号车"，机械地移动着……仿佛人世间突然失去了惊诧、哀伤、兴奋、希望等等一切情感，呈现出一副冷漠的神色。

在这"滴水不漏"的北京城，刘放无法找到任何探索的入口和现成的答案。

"红头文件"说，清华、北大走上了正轨，刘放想去看个究竟。

跨进清华园，巨幅横标、批判专栏顿时塞满他的视野。古老的教学楼、空阔的大操场，全都被这些黑白大字挡住了。

正在东张西望的刘放突然被谁拍了一下肩膀，回头一看，是农场推荐来读书的知青薛林。他一言不发，拖着刘放就往宿舍走，关门便问："你怎么钻到这个是非之地来呢？！……"出于对刘放政治态度和为人的了解，薛林忠告他立即离开北京。刘放想问个明白，却突然听见敲门声，两人的心都紧了。

"谁？"薛林慌忙把刘放推到门角，而后堵住门口，探头一看，来人是班主任。

"批判稿。"班主任手一伸，来得十分干脆。

"哎呀，结尾那一段我还得推敲推敲，看怎样说才更有火药味儿！"

火药味儿，班主任倒蛮喜欢。只是这交稿时间又得推迟，他的脸色自然不好看。

"明天一定给你送来。"

班主任既不点头也不摇头，转身便走。

薛林吐吐舌头眨眨眼，抽了口气："你看，就这样天天催，像地主逼租讨债一样。学校说这是政治课作业，人人必交，要记入政治成绩，写入毕业鉴定。不过，也无所谓，'你有多少门枋，我有多少对子'。大家都来个软拖硬磨，按照上面'调'，比着抄'梁效'，前头戴帽子，后头呼口号。捡战斗性强、火药味儿浓的抄就是了。"

"中央文件说，你们是有组织有领导地搞运动。大概不像农场，踢开党委闹革命。"

"唉——实质一样。我们是有组织呀，刚才那人就代表组织，代表领导。大字报也不准乱贴，但可以乱点名。白纸黑字任你写。各年级专栏不准空白。你没必要去磨损你的视力，什么有组织有领导，这只是形式。内容的本身，就是最大的无政府。那上面写的，不是野心家的谎言，就是违心者的假话。不是鹦鹉学舌就是照犬画狗，问题全不在纸上……"

"那……在哪儿？"刘放仿佛发现了谜底。

"一言难尽呐。不过，北京人清楚。你看！"

薛林用食指在桌上划了个大大的、然而却不留痕迹的"权"字。

"争权？和谁争？"

"小声点。"薛林重重地捏了他一把："你真不知道水深水浅呐！我只想真诚地劝你一句：赶快离开北京！政变，是要以一场血腥镇压为前导的！"

"谁搞政变？！"

"还不清楚啊？"薛林用食指沾了点唾沫，在桌上划了两个潦草的大字——"王"、"桥"。很快，又用抹布把它擦去。

谜底出来了。字虽抹去，但却刻进了刘放的脑子里，成了他一年前在云里山寨那一切问题的最终答案。

沉重的悲哀涌上心头，共产党到哪里去了？刘放在心里诘问。

共产党被这帮野心家糟蹋了！

雷闯为什么那样嚣张？

因为有这些大人物作后盾。

"反击"为什么弥漫着血腥味儿？

"反击"就是要把真正的共产党人打下去。

难怪雷闯一伙仗着"小王"讲话之势反击老齐。原本是各层的"小王"都想称"王"了。

两年来产生的无数个问题，此刻浓缩成了一个惊心动魄的解——野心家在篡党夺权！

刘放沉重地走出清华大学，望着那穿流的行人，依然板着一张张毫无表情的面孔；望着那往来的车辆，依然循着老路默默行进……

北京人！会永远沉默下去吗？刘放沉思着走进了地下铁道。

四月五日清晨，天低云暗，大地没有一丝春意。刘放匆匆走向西单，想早点办完事赶回农场，把祖国心脏正在发生的一切，告诉老齐，和他们一起同野心家斗。

想到将投入一场你死我活的斗争，这次或许就是永别北京，刘放步履沉重地向天安门走去。啊！令人思念的金水桥！令人向往的红墙、城楼！你的主人将是谁呢……你是劳动人民垒起来的，你应当属于劳动人民！

忘不了1966年的金秋，毛主席站在城楼上，向红卫兵招手致意。刘放拼命挥舞"红宝书"，高呼"万万岁"！他从那湛蓝的天空，仿佛看到了祖国光明远大的前程！谁知十年后的天安门，竟是这般阴冷灰暗？十年前站在老人家身边高举语录本的"战友、学生"，竟会是篡党窃国的野心家、阴谋家！……明察秋毫的老人家啊，怎么没发现身边睡着的毒蛇、恶狼？！

低沉的哀乐，从天安门传来，在灰蒙蒙的天空中盘旋着，悲调不绝，如泣如诉。一月的哀乐还没消失，难道又有老一辈革命家去世了吗？！难道我们的党和国家又倒了一根栋梁？！

刘放步履匆匆、忧心忡忡，沉重地步入了天安门广场，只见十年前的一片红色海洋，变成了一片白色世界！白纸剪碎的"雪花"，在寒空中纷纷扬扬地飘洒着；白纸叠成的"菊花"，在小姑娘的头上、老爷爷的胸前、学生们的臂上颤抖着；白纸写成的挽联哀诗，在人民英雄纪念碑上飘飞着……

人们在自发地悼念敬爱的周总理。

刘放奔过去，垂首伫立在纪念碑前。三个月前，他做的青纱，还没能戴出来；他做的白花，还没能挂出来；他的热泪，还没能痛痛快快地洒出来；他的心里话，还没能明明白白地说出来……今天，他要把心里的话儿，对总理诉说；他要把心中的泪水，向总理倾洒；他要在庄严的纪念碑前，宣泄那被压抑已久的哀思……

纪念碑前，花圈如山；松树枝头，白花铺雪；痛哭哀号之声响遏行云。人们对总理无尽的爱，对王、张一伙野心家无穷的恨，全都泾渭分明地展现在这幅悲壮的画卷上。

刘放被这一切深深感动了。他含着热泪，望着纪念碑前默哀的人群，听着那令人心碎的哀乐声，和悲壮的国际歌旋律。好久好久，他掏出笔来，拼命抄录挽联上那些动人的小诗。

"当敌人妄想把太阳推向海底上锁钉枷，我们将用钢铁的胸膛，护住上升的红日，我们将用青春的热血，烧红满天的朝霞……"

刘放的心，从沉重陷入悲哀，又从悲哀中升起希望。是的，人民不会永远沉默！北京城决不属于野心家！中国决不是阴谋家的乐园！天安门属于人民！万里江山属于人民！

尽管野心家的魔爪在人们头上挥舞着，人们却无所畏惧——藤本花圈收掉了，他们做木质的花圈；木质的花圈烧掉了，人们再做钢架花圈；小的花圈搬走了，人们再做巨形钢架花圈……让他们烧不掉！砍不烂！运不走！像钢铁巨人一样站立在共和国的旗帜下，保护着总理的光辉，维护着人民的尊严……

警察、民兵出动了。他们从东边扑来，人们从南边涌进；他们在前面开车宣传，人们在后面追踪呐喊；他们撤掉一个个木台，人们架起一条条人梯，高高举起演讲者；他们抓走一个，人们又举起一个；他们堵了一个人的口，千百张口却一起呼喊，同声控诉……

刘放激动地登上纪念碑的高台，慷慨演说："同胞们，这帮野心家在全国各地网罗党羽，拉帮结派，与人民为敌。哪怕在祖国偏远的西双版纳，也有他们的追随者。他们集合在'反击'的黑旗下，向党和人民反攻倒算。他们才是党内的资产阶级代理人！才是真正的反革命复辟狂！

"我亲眼看见：西双版纳的一些民族兄弟，还处在原始社会

末期的落后状态，而那帮野心家根本不管当地人最迫切需要——解决衣食住行，反而让他们学专政理论，批物质基础，他们不抓生产建设，不顾民族兄弟的死活。他们搞什么马列主义？马列主义就是与人民为敌吗？他们才是披着马列主义外衣的修正主义！披着共产党员外衣的营私团伙！

"我还亲眼看见：祖国第二个橡胶基地的创始人——一个忠心耿耿献身祖国橡胶事业的老场长，被他们打断了肋骨！由于他们的围斗，致使他那八岁的独子无人照管而惨死在地震中……这一切都是为什么？是因为老场长不愿让出抓生产的权力，所以他们至今还在围攻他、迫害他！……

"同胞们，他们上整我们的好总理，下害我们党的好干部，什么'革命'？他们是真正的反革命！

"同胞们，全国有多少像我们老场长那样的好干部，正在受着折磨！遭到摧残！他们正在流着血啊！阴谋家多猖狂一天，人民就多受一分罪！同胞们，我们要团结起来！我们要奋起反抗！我们要早日把这帮野心家赶下台！……"

武警和民兵扑过来了。人流筑起一道钢铁长城，挡住了镇压者。人们掩护着刘放，向镇压者挥舞着拳头！人民不是有意与专政机关作对，人民是在和野心家对着干！人民不是有意使人民警察为难，人民是要让野心家看看人民的力量！

人们哀哭，不仅哭一个倒下了的总理，而是哭我们的民族陷进了苦难的深渊！

人们呼喊，不仅呼喊一个倒下了的总理，而是在呼喊那个全心全意为人民的共产党！

人流，像决堤的洪水，冲过天安门广场；像点燃的干柴，燃烧在天安门广场；像喷涌的火山，爆发在天安门广场……

历史，到底是人民创造的！历史的潮流终归是顺着大多数人心流去的，而决不会随着几个野心家的意志倒转！一股巨大的力量支撑着刘放！一种崇高的民族责任感和历史使命感鼓舞着刘放！他一定要回到农场，和老齐他们共同战斗，他随着纷乱的人流，机敏地躲过了警察的视线……

省委机关宿舍，洪涛房间里，台灯久久亮着。夜深了，桌上的烟灰缸已装满烟头，十二平米的小房被烟雾笼罩着。

两封信摆在洪涛面前，又一次检验着他的良心。他原先想，只要躲进云里山受点皮肉苦，不以批判同伴作代价爬上去，算理想的了。后来又想，只要到了省里，他就结束那一系列昧良心的把戏，堂堂正正做个好干部，堂堂正正做个好丈夫。可眼下！还要他付一次昧良心的代价，不肯付出，又会前功尽弃！付出去，得毁掉自己的灵魂！

一封信，是从曼波山发来的。婷婷告诉他：肚里有了……怎么办？

另一封信，是省委组织部部长那个三十未嫁的老姑娘写的。老姑娘就在机关工作，比洪涛大。长相，恰与婷婷相反：一张马脸、粗糙、黄黑；身子干瘪，瘦骨嶙峋；说话从不脸红，性格泼悍骄横。众人皆说她精灵、有心计，这也与婷婷相反。

洪涛不喜欢这个女人，本可以爽快地回绝，高兴时还可以戏弄戏弄。但是，老姑娘的爹，却使洪涛着了迷。他来机关这么久，一直没正式任职。升降沉浮，全押在老姑娘爹的笔头上。七年的农场生活、一年的大山煎熬，能让它付诸东流了吗？他仿佛已经站在桃树下，他已经看见那红扑扑的大蜜桃，只要用臭脚踏上那块晶莹的玉砖，他就可以……

那块玉砖就是他的婷婷，那么洁白无瑕，那么娇嫩，那么善良温柔，他怎么忍心把自己粗大而肮脏的脚踏上去……

但是，"马脸"是厉害的！她挑选了这么多年，她有那么多的社会关系，她会很快查明自己的"秘史"，而且可能把私生子之事公布出去！她做得到：谁敢伤害老姑娘的自尊，谁就要承担那超凡女人不同寻常的报复！

洪涛坐了三个通宵，沉默了三天，两个女人又等了他三天。

洪涛心中，像台风席卷海面，激起千重巨浪。八年呐，八年的炼狱生活，能这样白过吗？！唾手可得的宝座啊！能把它让给别人吗？！他奋斗了多少年？他斗得好苦好累啊！

仿佛有一个阴沉沉的声音，从炼狱里传出：洪涛啊洪涛，你

是大丈夫！你是强者！你是冷酷的魔鬼！你还犹豫什么呢？！

洪涛终于提起笔来，决定扼杀自己的儿女情。

"婷婷，尽快设法处理掉那个包袱！或者回上海。如果你还爱我，就要为我的前程着想，向所有的人保住这个密！

"如果省里有人写信问你，你切不可承认我们的关系！你明白，我从来没对你说过：'我爱你'……

"望你把这封信，和那个包袱一起毁掉……"

信写完了，洪涛浑身都软了……他仿佛又听见，在那遥远的山间，放羊的孩子在喊："狼来了——狼来了——"山下的人听见了，可是，谁也不理睬那个撒谎的孩子了……

三天三夜的站立，使刘放满眼血丝，双脚浮肿，疲惫不堪。然而，离开昆明时的苦闷、疑惑和彷徨，却被希望和信念所取代。他感到自己是一个战士，一个强者！随时准备为人民献出自己的一切！

昆明街头，大字报大标语的碎片，像一群黑白蝴蝶四处乱飞。随着一股股干燥的季风，飘落在肮脏的角落，再也拍动不起残缺的"翅膀"。刘放踏过那些"死蝴蝶"，穿过乱糟糟的街和脏烘烘的巷，转到了省委机关大门前。一条醒目的横幅挡住了他的视线——"对天安门反革命事件的暴徒必须严惩！"

"卖报卖报！特大新闻——'四五事件'是反革命事件！要知真相请买报！看了就知道。卖报！卖报！"

刘放并不吃惊。他知道，阵线已经分明，白色恐怖已经笼罩了全中国。他加快脚步，恨不得立即赶回农场，去联合一切正义力量，同真正的反革命作斗争！

此时此刻，洪涛正领着一队乱七八糟的人马，从南边游行过来。他只给那"马脸"作了一点小小的暗示，很快就调到省"反击"办公室。组织部有关领导暗示他：好好干，在阶级斗争第一线锻炼锻炼。洪涛明白，他们还要看他，位子不会轻易给他，他还得继续演戏给部长看。为了立功领赏受衔，他还需继续干那些昧良心的勾当。于是，他领呼口号，散发传单，张贴大字报，重演十年前造反时的旧戏。他领着的人马手舞小白旗，肩扛大横幅，传出混乱的呼声，时高时低、时起时落。一会儿，队伍中拉出几个人，把大卷大卷的白纸黑字贴在商店门口。只要有墙壁，便从左到右、从上到下，覆盖得严严实实，密不透风。

宣传车上的女播音员高喊："捍卫'文化大革命'成果，把反击右倾翻案风的斗争进行到底！"男播音员疾呼："狠狠打击天安门暴徒的反革命气焰！把党内二号走资派打翻在地，让他永世不得翻身！"

警车"呜拉呜拉"地开过来叫过去，刘放突然听见："天安门反革命事件的暴徒，已潜逃昆明！"他的心不觉一紧，注意听那警车的喇叭里叫些什么。只听得一个昆明腔从喇叭里扩出来："该犯学生头、瘦高个，身着褪色的黄军服，脸上有被烧伤的花斑。该犯气焰十分嚣张，在天安门发表反革命演说，公开攻击我们党和国家的领导人……该犯是从西双版纳农场流窜到北京参加暴动的……"

刘放看见，警车走过之处，已张贴出通缉令，上面是他在天安门演讲时被拍下的照片。

刘放机警地转过一条小巷。拐上了南边的公路。万万没料到，会和领着游行队伍的洪涛正面相迎。

洪涛脸上奇怪地抽搐了一下，他看看那张通缉令，又看看脸色铁青的刘放，面部抽得更厉害了。突然，像一声闷雷砸向刘放："你快滚！"

但是，游行队伍里已有人对上了刘放的相，他们一挥手，警车便陡然在刘放身边刹了下来。

当刘放被手铐铐上的时候，运动办主任问洪涛："是你们农场的那个暴徒吗？"

刘放远远看见，洪涛点了头！

刘放被押走了……

洪涛领着队伍，继续呼着口号游了过去。刘放在警车里听见，洪涛的口号呼得更响亮了……

二四 "小月亮"的愤怒

夏莉那久久不散的冤魂，随着陆澜的信件，从阴冷的竹楼悄悄飞出，悲悠悠穿过绿海，绕道上海，冲破阻力，飞出大陆，引来了海外亲人。

昆明机场，天地空旷。滑翔道两旁的枯草，在倒春寒中战栗。出站口，省外办的老余，分局办公室的老丘，和夏莉生前的好友小李子，焦急地等待着从广州来的"三叉戟"，那上面有夏莉的胞姐夏虹。

老余有些犯愁，恨自己摊上了个"烫手的汤圆"。一方是名扬四海的电影明星，一方是响当当硬邦邦的革命新干部。他自己呢，由于造反派的恩典，才得到了一顶"有觉悟的走资派"的帽子。因此，这次得保持中立。若稍有偏差，都得把"有觉悟的"丢掉，而只剩下个"走资派"，再次靠边。那么，过分伤了女明星呢？一个外事工作者的道德良心又何在？女明星本来就恨大陆的"文革"，她与白杨、秦怡有交情，好友挨整她当然不平，对整那些名演员的造反派，她都讨厌，这就使处理此事多了一层感情障碍。这回得考考当"泥水匠"的本事了。尽量"和"，把稀泥和转就行了！

老丘呢，是胸有成竹，自有良策对付此事。本来，总局的苏隆冬要把此事揽过去处理，手下人发现老局长这次是想借"竹楼事件"把老雷弄下去。就千方百计说服老头子，把这事交下去处理，不沾手为妙。交下去由谁办？几经周折，交到了与雷闯颇有交情的老丘手中。老丘是"少壮"中的稳健派，与老雷在"文革"中观点有分歧，老丘主张文攻，反对老雷武斗；老丘办事稳重些，不喜欢雷闯锋芒毕露。但不管怎么说，到底曾是同一条战壕的，如今战友遇险，还得"拉兄弟一把"。抓住"自杀应自己负责"这个立足点就行了。

小李子来接待夏虹，是外办想缓冲矛盾而提出的——要夏莉生前的好友，女的，能够照顾夏虹生活。老齐提出让小李子去，小李子知情、正直，能够帮助夏虹澄清夏莉的冤案，心虚的雷闯坚决反对。老齐说服了郑书记，使雷闯的反对没成功。出发前夕，老齐叮嘱小李子既要注意策略，又要说实话。老齐想借助夏虹揭露雷闯，即使自己第二次被打倒，农场的大权也不至于落入雷闯手中。他把收拾雷闯的希望，寄托在小李子的春城之行上了。

陆澜交给小李子一包材料：有夏莉的遗书；有陆澜和小李子出具的夏、雷双方都带抓扯伤痕的证明；有小熊反映的取下尸体时，发现夏莉下身带血的谈话记录；有雷闯老婆对人说，她男人那晚大半夜才回家的证明；还有陆澜去小楼上找到的雷闯的一颗扣子。陆澜把希望寄托在夏虹身上，把为小莉鸣冤的大事全拜托给小李子了。没想到，一到省城，总局向小李交待的第一条纪律就是：不准对此案插嘴，并要以党籍担保。是对党讲真话还是对夏虹讲真话，她实在为难！若瞒着夏虹，她愧对屈死的夏莉啊！

飞机引擎的轰鸣声由远而近，小李子的心"怦怦"跳了起来。

一位个子高挑的女士走下舷梯，向四野投去深情的一瞥，她长长地吸了一口气，继而若有所思地向这边走来。她三十多岁，苍白的脸上架一副茶色镜，黑色的紧身衣勾勒出高隆的胸脯和苗条的腰肢。她身躯挺直，目不斜视。那高雅的风姿，一下就吸引了人们的目光。

是她，《小月亮》里那个活泼的女学生！

是她，那嘴角酷似夏莉！

瞧她，披发、高跟、喇叭裤，完全是资产阶级那一套！

老余、李芳和老丘各自在心中下了判断。

"请问，您是香港来的夏虹女士吗？"老余彬彬有礼地迎上前去。

夏虹摘掉茶色镜，那睫毛上翘的大眼睛里，带着细细的血丝和忧伤的神色："是的，先生。"

"久仰久仰，欢迎你重返故园，光临春城。"老余的外交辞令弄得小李子不好意思开口。

夏虹抽回手来，微微点头："谢谢！"

老余向夏虹介绍老丘、小李。

老丘大咧咧地伸出手去，似乎对这个资产阶级小姐不屑一顾。

李芳战兢兢地伸出手去，生怕自己的老茧戳伤夏姐姐那细柔的手。夏虹得知她是妹妹的好友，便紧紧握着她的手，好久没有放开。脸上那礼节性的微笑消失了，眼圈飞上了一层淡淡的黛色。小李子真不知该如何称呼夏虹，想起夏莉再不能与胞姐相见，心里真有些酸楚。

春城旅社，504号房间。

"夏女士，你先洗洗尘，好好休息休息。生活上有什么要求，请叫小李子与我联系。在昆明期间想到哪里玩玩，需要会见什么亲朋故友的，打声招呼，我们会妥善安排……"

"谢谢余先生。"夏虹对故乡这位彬彬有礼的先生印象不坏。

淡蓝色的粉墙上，嵌着素雅纤柔的云南百合欢，和妩媚繁茂的云南红山茶。

夏虹疲惫地倚在沙发上，望着这两束故乡的花，往事潮水般涌现眼前：

……红山茶花蕊里，露出莉莉那胖乎乎红扑扑的脸蛋。

"姐姐、姐姐，你看！"莉莉指着她的红领巾，"我和你一样是少先队员了！"

"你呀！小胖子！"夏虹拧了拧莉莉的脸蛋。她喜欢莉莉那张肉嘟嘟细嫩嫩的脸，拧着它就像触着一团软缎。

"看还叫我小胖子？！"莉莉打掉她的手，小嘴翘着找妈妈告状去了。

百合欢里，又露出莉莉那张白净的脸。那是莉莉十三岁的时候，叔叔带她到香港探父母。

"哟，这莉莉，你脸上的肉蛋儿丢哪儿去了？"她惊奇小胖子的脸怎成了标准的鹅蛋形，红扑扑的脸蛋变得这么白净，那圆滚滚的身子怎么一下拉长拉细了？一条白色连衣裙裹着她细长的身子，细长的胳膊，细长的腿。

"哟，小胖子，我真该叫你白鹭鸶了！"

"小月亮，小月亮，你又乱叫我了！"莉莉不去告妈妈了，只拍着姐姐的胳膊直叫"小月亮"。

"哎呀呀，我们的二丫头长乖啰！"妈妈笑得眼泪花花的，直抚摸着莉莉的头。

没想到，半月过去，莉莉硬吵着要随叔叔回去。

"这丫头啊，从小就是个犟脾气，真拿她没办法……"妈妈伤心地抹着泪。

"莉莉，你干吗要回去？和姐姐在一起不高兴，还得为妈妈想想呀！"

莉莉望着姐姐不说话，随后跑进里间悄悄对妈妈说："叔叔阿姨喜欢我，邻居家的陆阿姨、小澜澜都喜欢我，老师同学们也喜欢我。"

"妈妈爸爸不喜欢你吗？"

大家都喜欢我不更好吗？……

万万没想到，那只讨人喜欢的鹭鸶一飞走，就再也不能回来……

两颗泪珠，从夏虹眼里滴落在沙发上……

"夏姐姐……"小李子怯生生地叫道。

夏虹如梦惊醒，用手绢擦去脸上的泪痕。她回头望望瘦弱憔悴的小李子，望着她粗糙的手、枯焦的头发、打着补丁的蓝布裤，仿佛看见妹妹也被折磨成这样，不觉更加心酸。

小李子见夏虹哭得更加伤心，便默默地退出了房间。

夏虹站起来，拉开那淡蓝的窗帷，想让故乡的美景平复心中的浪潮。

一股清新的空气迎面扑来，葱绿的春城尽收眼底。啊！我的故乡，一别十七年，你变成了这般模样！一股游子的乡情，伴着对胞妹的哀情，一起在夏虹心中翻卷。

昔日的旧街旧容，昔日的故居故人，都不见了。一种伤逝的悲哀，笼罩着她。尽管那繁华的"近日公园"有绿的喷泉、绿的花圃；宽阔的"东风路"旁，有绿的香樟、绿的柏树，但这一派春绿也驱赶不了心中寒冬般的凄凉。只有那远方的西山"睡美人"，那五百里滇池还依然如故，给她空落落的心中，添了一丝安慰。

她无意中看见，公路旁的巨幅标语，写着"彻底清查天安门反革命暴徒"，广播里高声叫喊的是"誓死捍卫'文化大革命'的胜利成果！"她看着、听着"革命"两字就觉得心紧、发颤。这些年来，大陆革命革掉了多少人的命，她在香港是有所风闻的。她反感这两个字，她讨厌这两个字！这两个字意味着什么？不就是一些人整死另一些人，不就是民族内部相互残杀么？想到她的莉莉，会无缘无故自己革掉自己的命么？她这样一个柔弱姑娘的命，又招惹了谁，谁又要革掉她年轻的生命呢？！那广播里的革命声还在高喊着，她仿佛听见魔鬼的狞笑，听见刽子手的霍霍磨刀声；听见妹妹那孤独的哭泣，那微弱的呼喊声……

她毅然拉上窗帷，不再往外看，尽管她思念故乡已经整整十七年了……

四杯绿茶升腾着热雾，给这四人的会谈增添了沉闷的气氛，也给这明丽的房间染上一层薄薄的浊雾，使对话双方，都窥视不到对方的心思，探测不到对方背景的深浅。夏虹和老丘对视着，用冷静的品茶抽烟掩饰不安的内心世界。

"事情发生已经几个月了，不知贵局是否查明死因？"夏虹打破了沉默的局面，品了一口家乡的绿茶。

老丘清了清嗓子，从容不迫地抽出一支过滤嘴"春城"，在精致的烟盒上叩打着。

"夏莉自杀后，农场党委十分重视。"他漫不经心地吐出一口白雾，而后抬起耷拉下去的眼皮，继续说："据调查，夏莉在恋爱问题上有波折，死前很长一段时间情绪不好。她曾单方面提出和原来的同学陆澜结婚，而陆某拒不递交结婚申请，并处处回避她，使她受到很大刺激，这是导致她自杀的原因之一。第二，她长期为一个瘫痪的男青年柳华进行针灸治疗，后期疗效明显，患者已能站立，并能借助拐杖行走。因此，中医学院正式录取夏莉为该校学生。就在她起程的头天晚上，柳华淹死在河里。夏莉自感压力沉重，经受不起群众的批评指责，这就是她自杀的两个主要原因。"

莉莉写信提到过陆澜，他俩青梅竹马、情笃爱深。夏虹有些疑惑地问："请问，陆澜为何拒婚？柳华的死与夏莉有什么关系？"

"据说，夏莉与柳华关系不正常，陆澜不能忍受。"老丘那个年轻的快嘴秘书插嘴道。

夏虹不觉一愣，难道妹妹真的陷入了三角恋？是以自杀来解脱困境？但陆澜信中谈到莉莉遗书上写的是，"受不了雷闯的迫害"，雷某的迫害才是她自杀的主要原因呀！

"我妹妹遗书上提到雷某，请问，姓雷的是什么人？与夏莉自杀有什么关系？"

"好哇，姓陆的，你果真是把问题捅出去了！"老丘狠狠地捻灭烟头，为雷闯掩饰道："雷闯是政治处主任，负责对夏莉进行帮助教育。他方法确有简单之处，我们已经对他提出了批评。"

快嘴秘书见夏虹仍没解除疑惑，又插话道："请恕我直言，据雷主任说，夏莉承认和柳华有不正当关系，雷主任就此批评得严厉了一点。这一情节已死无对证，正如我们不能偏听雷闯的一面之词一样，也不能偏信夏莉遗书上的一面之词！"

老余见夏虹十分难堪，连忙起身倒茶："你品品家乡的绿茶，还有什么问题，慢慢想想，明天还可以谈。"

第一次会谈，不欢而散。

小李子走进门来，见夏虹一脸沮丧，知道他们欺骗了她。

"小李，你是莉莉的好朋友，告诉我，莉莉真的和柳华有不正当关系？陆澜真的是因为柳华才不肯和她结婚吗？"

小李子的心不觉发紧，没想到，屈死的小莉还被他们泼了一身污水！他们不都是共产党员吗？他们要我对党忠诚老实，他们自己诚实坦白吗？要我拿党籍担保，难道让我拿党籍担保他们的狼心狗肺吗？难道让我拿党籍担保他们撒谎骗人的黑心吗？

"李小姐，告诉我，莉莉怎会……？"夏虹的泪又淌了出来。

"不，他们骗你！小莉不是那样的人！他们给夏莉泼污水，是为了保护那个姓雷的造反派！"小李子激动地掏出那包材料交给了夏虹："这才是事情的真相，是陆澜冒着风险搞到的。我们找过法院，法院不受理。小莉的冤要靠你给伸了！"

夏虹紧紧握住小李子那双打满硬茧的手："谢谢你……我替妹妹……谢谢你了！"

四行泪珠，一起滚落在紧紧相握的两双手上。

小李子是豁出去了，什么"里通外国"、"出卖机密"、"破坏外事纪律"，她不怕那些大帽子！什么"开除党籍"、"开除公职"、"劳教判刑"……她都无所谓了，既然这世界没有了真理、没有了正气，她还要"党员"的桂冠做什么呢？！

第二次会谈，老丘觉得夏虹神态不对，又打电话找来几个助威的人，而后把会谈移到花园的树荫下，中间放了个大圆桌，七八个人围成了个圈。

"我希望贵局不要再回避实质。"夏虹不想立即抛出那些材料，怕牵连小李。

"难道一定要满足你的要求？按照你的意志定性？"快嘴秘书愤愤然，他确实不知雷闯奸污了夏莉，只有对夏虹的满腔义愤，"你有眼不识时务，现在中国已是造反派的天下，哪是你资产阶级阔太太随心所欲的地方？"他在心里骂道。

老余多次向秘书递眼色，他事先就一再告诫这个年轻人，夏虹是有国际影响的明星，她回去要是发表个什么"当局草菅人命"的演说，世界舆论会对我们不利。可这年轻人就是不知天高地厚。

　　"我看大家冷静点，以事实作结论吧。"老余暗示老丘主讲，又有礼貌地向夏虹点点头。这话倒说得妥帖，夏虹也想以事实作结论，老丘也想按编的那个"事实"作结论。只是想到雷闯已露"马脚"，心中有些不安，埋怨老余说这模棱两可的话。

　　"是的，贵党历来讲实事求是。而我了解的事实是，姓雷的侮辱了她。"夏虹不得不用材料说话了。

　　"证据何在？"老丘沉不住了，断定是李芳在捣鬼。

　　"遗书上写明了，她受不了雷闯的迫害，只有以死洗雪身上的污垢……"

　　"迫害和污垢不能和强奸画等号！"

　　"小李看见了夏莉脖上被抓伤的痕迹！"

　　"那是上吊时勒伤的。"

　　"陆澜看见雷闯脸上也有伤痕！"

　　"那是被陆某打伤的。"

　　"看守取尸体时，看见夏莉下身有血！"

　　"空口无凭，没有材料可以证明……"老丘知道"黑熊"已强迫他女儿推翻了这个口供。

　　"姓雷的女人说他当晚大半夜才回家。"

　　"那不能证明雷闯前半夜就在竹楼上。"

　　"但那里找到了雷闯衣服上的一颗纽扣！"

　　"……"这个重要情节，老丘事先确实不知道，但他很快镇定下来："谁能证明这颗纽扣就是雷闯的？"

　　"可以找雷某的衣服验证。"

　　"你这是偏听偏信！"

　　"你们到底如何结论？"

　　"自杀，全部责任自负！"

　　夏虹的胸脯剧烈地起伏着，她的全部努力都化作了会场中间

那个大大的零……

圆桌扯开了，大零破碎了，夏虹的心也碎了！

老余面色苍白，良心被折磨着，他带着十分内疚的心情来到夏虹房间。

"你还有什么要求吗？"

"想去给妹妹告别。"

"去西双版纳？！"这倒是件棘手的事。不过，为了偿还良心的欠债，老余决定去和省公安厅交涉，冒点风险，也要给她办到边境通行证。

这天晚上，夏虹一支烟接着一支地抽，烟雾弥漫了整个房间。她望着窗外那一轮冷月，坐到了三更……

昏昏沉沉中，她看见烟雾萦绕着，天地旋转着……一条瘦长的阴影，在惨白的月光下缓缓移动。黑影移向紧闭的大门。寂静中，"吱嘎"一声，笨重的楠木大门打开了。……突然，一股殷红的人血，射向莉莉洁白的蚊帐。莉莉被魔法定在床上，一动不动。那阴影向她靠近再靠近。魔影猛然伸出锋利的爪子，直插向莉莉心窝……

"莉莉！——鬼要掏你的心啦——"夏虹喘着粗气拼命吼道，"鬼！鬼要害你！鬼要——"

无济于事了，莉莉鲜红鲜红的心肝，已经血淋淋地挂在魔影的爪子上了……

"莉——莉——"夏虹怎么也跑不过去，怎么也喊不出声来。

一颗血淋淋，还在颤动的心，投进了长着三尺獠牙的恶魔之口……

"啊！——"夏虹惨叫着，"莉莉！——"

此时此刻，那恶魔已将莉莉的心吞进肚里。摇身一变，成了一个比莉莉更年轻漂亮的美女。

夏虹惊恐地望着那个美女，依稀看见，美女脸上印着几颗白斑，突然带着杀气迎面逼来……

"她是鬼！是披着人皮的鬼！是吃人的鬼！夏虹拼命地跑着，竭力高喊："她不是人！是披着画皮的鬼！……"夏虹对人们喊啊喊啊，可是人们不知她在喊什么，只是木然地望着她。

"美女"早已混入人群，夏虹死死盯住她，盯着那与众不同、无法抹掉的白斑猛喊……"她不是人！她是吃人的魔鬼！"

突然，"美女"回过头来，对着夏虹喷出两团绿火……

在"啊"的一声惨叫中，夏虹从恶梦中醒来。屋里明净安宁，一切依然如故。窗外树影轻摇，月光如水，哪有鬼影在月下移动？哪有"美女"对她喷火呢？

不知愣了多久，窗外依稀可见晨曦。夏虹抹去满面冷汗，苦苦思索着前后发生的一切。当年，导演要她扮演《画皮》里那化成美女的魔鬼，她是多么害怕啊！她从没见过鬼，也不知鬼到底有多狠毒、可怕。而今天，她却看到了一个还混在人世间的魔鬼，比她演过的蒲松龄笔下的那个披着画皮的厉鬼，不知要阴险毒辣多少倍。似乎到此时，夏虹才真正认识了鬼，了解了鬼。如果再让她担任鬼的角色，她相信会演得比《画皮》更真实更成功。因为，她找到了雷闯这个高超的导演和标准的模特儿。

夏虹沮丧地走在西双版纳外宾招待所的林荫道上。这颗世界闻名，为她向往已久的"绿色宝石"，曾伴随妹妹度过了人生最宝贵的八年。"宝石"的美景，不知多少次和莉莉的音容笑貌一起出现在家人欢聚的节日里，出现在她和妈妈的交谈中，出现在她的梦乡里。而今天，"绿宝石"却黯然失色，因为，它和莉莉的死连在一起！它浸透了莉莉苦涩的泪，吸干了莉莉青春的血，吞噬了莉莉年轻的生命，而至今捂着莉莉的冤屈不肯声张！

走出油棕林，夏虹看见那蓝天白云下葱绿的槟榔树、小叶桉、凤凰树，以及那浓密的香蕉林、椰子林、芒果林和橡胶林。然而，这一切都使她感到绿气森森，冷落寂寞。

走出招待所，乱糟糟的景洪大街横在她眼前。昆明街上那杂乱的大标小报，混乱的秩序，肮脏的环境，怨声载道的人群，蹲在墙角乞求施舍的流浪儿……像一幅简化后复制的图案，挂在景

洪大街上……

她幻想中的西双版纳美景，顿时化为乌有！

她珍藏心中的"绿宝石"，顷刻砸得粉碎！

她真想闭目塞听，摆脱这无端的烦恼。可是，那刺眼的大红标语硬撑开她的眼皮，"彻底清查天安门反革命暴徒！""誓死捍卫'文化大革命'的伟大成果！"塞进她的视野。她强迫自己把视线移向那绿色的自然界。她不明白，置明星、才子和无辜百姓于死地的"成果"，为什么还要誓死捍卫？像姓雷的这种作恶多端的暴徒为什么不清查？！

曼波山的傍晚，太阳刚刚落山，隐隐的月儿已经挂在天边。在曼波山和孔雀山交界处，夏莉的孤坟静静地躺在那儿。坟头已长出青青的香茅草，一束百合欢在黄昏的凉风中摇曳着。

一只鸟儿哀叫着，盘旋在坟头，卷起一番"雁过也，正伤心，曾是旧时相识"的哀愁。

鸟儿飞去了，百合欢孤独地垂下了头。

坟前，陆澜面对那孤独的百合欢，动情地拉着提琴，琴声如泣如诉，像在哭喊他的小莉。

"啊……奔流的大川，你伴随过我金色的童年。你不要悄悄离去，请带我一起流向遥远的天边……"

是小莉，伴着陆澜的琴声在唱，对着澜沧江在唱，坐在陆澜的病床前唱。

"啊……挺拔的青山，你萦绕着我少年的梦幻。你不要惊动了我，请让我细细品尝理想的甘甜……"

是小莉，她正对着孔雀山唱，正向着蓝天白云唱，正走在胶林里唱。

"啊……大川、青山，你可听见我心中的呼唤？你是我亲爱的妈妈，女儿的青春将为你奉献……"

陆澜分明听见，他的莉莉在唱，伴着他的琴声，唱得那样甜美，那样婉转，那样动情。

"嘣"的一声，琴弦断了，余音围着小莉的坟头，振颤着，渐渐远去，消失了。

坟前，依然只有那孤独的百合欢和悲伤的陆澜……

陆澜默默地蹲下去，吻着百合欢：

"小莉，你不孤独，我……永远陪着你……"

百合欢摇曳着，醉在陆澜的热吻里。

陆澜匍匐在坟头伤心自语："小莉，我还没能为你伸冤，你责怪我吗？姐姐的努力也失败了……"

月光下，姐姐走来了！姐姐看妹妹来了！

夏虹穿着黑色西装，翻出一匹雪白的尖领，在月光下显得那样肃穆！

夏虹看见，妹妹坟前站着一个高挑的小伙，他面坟伫立，沉沉垂首，肩背抽搐着，默默无声地哭泣着。她断定这就是妹妹的恋人。

"陆澜！"她轻轻唤了一声。

陆澜回过头来，面颊清瘦，却不减他的魁梧；神情憔悴，却不失他的英俊。可是，你为什么穿着乞丐般的衣裤？为什么长发盖额，胡茬覆面？几个月了，你好像还刚刚哭过……一种对弟弟的柔情涌上了夏虹的心……

月光下的夏虹，一双泪花晶莹的大眼，多像含泪向他诉说扎针风波的小莉啊！是小莉！小莉回来了！

"小莉！小莉！"陆澜呛着心血呼唤着，忘情地奔过去，张开双臂要拥抱他的小莉。

"我是夏虹！是姐姐！"

陆澜猛然后退了几步，像木人般望着夏虹。好久好久，他才回过神来，痛苦地低下头去：

"姐姐！对不起……我……没有保护好小莉……"陆澜像见到亲人般失声痛哭。

夏虹理理头发，望着痛苦得恍惚的陆澜。

"告诉姐姐，你爱她吗？"

"……"陆澜以沉默回答夏虹，这还用说吗？

"那你为什么拒绝和她结婚！？"

　　"……"陆澜没法对她说清，他认为夏虹无法明白大陆这复杂的一切。

　　山风吹得密林飒飒作响，落叶被夜风卷起半尺多高。鸟儿回巢了，长蛇归洞了，八队宿舍的灯火熄灭了，孔雀山巨大的阴影罩住了坟头。

　　天上的大月亮洒着寒光，地上的"小月亮"却淌着热泪……

　　天上的大月亮移动了，地上的"小月亮"也要离去了……

　　"妹妹……我……走……了……"

　　"姐姐……再陪陪我……姐姐……"夏虹仿佛听见了莉莉的哭喊。她再一次回过头来，望着那孤寂的坟头，和坟前孤独的陆澜……

　　夜风拂着夏虹曲卷的长发，吹动陆澜挂破的衣袖裤腿，也摇曳着孤零零的坟头白花……

　　夏虹踅转身来蹲下去，抚摸着坟头上的百合欢！她想再拧拧小妹那肉嘟嘟的脸蛋！再捏捏小妹那瘦长长的胳膊腿儿！然而，她再也不能够了……她摘下那朵百合欢，把它带给伤心的妈妈……

　　"姐姐，我一定要为她报仇雪耻！"陆澜望着夏虹的背影，悲切切地消失在惨白的冷月中……

二五 "黑包工"生涯

地震后的八队，男女一分为二，住在两间临时搭起的茅棚内。连钟琴一家也得分开，只让洋洋一个男性小公民，夹在女同胞中间。女宿舍里，夜夜传出洋洋的哭闹；男宿舍里，每晚都听见汪飞的咒骂：

"他妈的，熬了八年，落得个一无所有。要吃没吃，要穿没穿，要住没屋，要耍没地方。老子只有去偷！去抢！反正这世道也是人吃人。"

"去偷……去抢……"充斥着大宿舍。

陆澜起身，默默离开了房间。

夏虹的努力白费了，小李子正受着审查，能信任的刘放走了，能依靠的老齐被雷闯一伙困住了。法院的起诉也早已驳回。难道真的无路可走？难道让小莉永远含冤九泉？怀里的那包证明材料，像一把火在陆澜心中燃烧，使他一刻也难以安宁。他不能再坐着等待"包青天"转世了！他发过誓：一定要为小莉伸冤雪耻！

当陆澜来到小莉坟头，只见一个瘦弱的妇女站在那里。她又给她的儿子送香蕉、糖果和小人书来了。见有人来，她便默默地退去。

"老张！"陆澜认出她是老齐的爱人。

老张踌躇了一下，便悲悠悠地走了。

"为什么都是好人受罪遭殃啊？！"

"小莉、小疆、柳华……活着的人对不起你们呐！……"陆澜喃喃道，呆在坟前陷入了沉思。

他实在不愿回到闹嚷嚷的宿舍，独自徘徊在曾与小莉一起走过的路上。清淡的月光，把他那长长的孤影投在半坡上；凄然的虫鸣，伴着他的声声叹息和沉沉步履移向小路的尽头……

"但愿人长久，千里共婵娟。"小莉深情的吟诵，仿佛还萦绕在月夜，然而人呢？她在哪里与这孤影"共婵娟"呢？

在来去匆匆的尘世里，人们平时也许互不留意，任凭时光带着凝重的生活流向远方。但是，当岁岁相伴的生灵陡然去世，那熟悉的音容笑貌和那流逝的光阴仿佛会在你眼前凝止，时时将你拖进早年的悠悠岁月，让你沉浸在往事的回忆中而不能自拔。哪怕过去曾经忽略了的细小情节，都会纷纷从你脑海深处涌现出来，让你重新反刍回味，直嚼出生活的酸甜苦辣！直嚼得你心痛眼涩，使你叹惜不已，悔恨万分，久久自责！甚至不想再孤孤单单地苟活在人世……

此时此刻的陆澜，正经受着这番心灵的熬煎。走到古老的大青树下，他那沉重的脚步，被牢牢定在曾与小莉并肩坐过的土台上。他那被强光灼焦的头发，蓬乱地盖住了前额，淹没了两耳；那久已未刮的胡茬，覆盖了他的嘴角；那黯然无神的双眼，深深陷进高凸的眉脊和颧骨之间；那显得肥大了的衣裤，撩起几处补丁，在夜风中惨然地晃动。他茕茕孑立、形影相吊，长久地伫立在静谧的夜色中。

"……小莉，知道我为什么要对你说这些吗？"

"因为你太痛苦……太孤独……"

"不，因为我要你从我身边走开！"

这句话，是何等剧烈地撕扯着陆澜的心啊！"我为什么要这样说？！为什么要这样去伤害她呀？！"陆澜又一次捶打自己的头，抓扯自己的胸膛……"九泉下的小莉，能原谅我？能饶恕我吗？"陆澜一把抱住大青树，把脸紧紧地贴在上面，无声地抽泣着。

不知过了多久，他抬头仰望苍天：月亮已经当空，星星眨巴着眼睛，冷冷地望着他。

"愿你代我走完人生的路……人生的路……"小莉的诀别话语，仿佛在夜空中荡漾，在月光里回响。陆澜猛然抬起头来，仰望大青树黑森森的树冠。人们说树有多高，根就有多深。它象征爱情，永远常青。可是，为什么……

怨苍天？怨大地？还是怨20年代跨出国门的爷爷？！不，爷爷是正直的学者！怨40年代入党的父母？也不，他们都是共产党最忠诚的战士！那么，怨60年代离乡背井的自己？不，我无负于祖国！无负于人民！

怪谁？恨谁？

怪那个姓雷的，是他害死了小莉，也是他害死了小疆！法院管不了他，夏虹告不倒他，老齐压不垮他，我要让公众去审判他！让公论去摧毁他！让农场的人们看清他那丑恶的嘴脸！

第二天晚上，场部机关召开职工大会，雷闯又振振有词地动员职工反击右倾翻案风。

陆澜冲进会场抢过话筒，不顾一切高吼："我要揭露雷闯这个伪君子，我有充分的材料证明，雷闯是条披着人皮的狼！他强暴夏莉，逼死了夏莉！"

雷闯的脸由白变红，又由红变白，他喝令保卫科把陆澜推下去，捆起来。

陆澜什么也不在乎了，他照样呐喊："我不怕你雷闯的拳头，我领教过。我要向全场揭发你！强奸犯，你害死了一个无辜的女知青！你贩毒坐大牢，现在还得进去。"

"抓起来！把他抓起来！""黑熊"拿着粗绳走上前去。陆澜一掌把他推开："机关的兄长姐妹们，你们要伸张正义！法院有他的人，上面有他的人，他们要保他，一个女知青的性命，白白断送在他手里，他就是吃人的魔鬼！"

"把他捆起来！捆起来！"雷闯高吼，"黑熊"蠕动肥圆的身子，可是机关的人却一个没动。

"雷闯！你害死了女知青，你还围斗老齐，害死了老齐的儿

子！你是强奸犯！杀人犯！强奸犯！"

"同志们，他疯了，他是疯子，他是疯狗，他乱咬人！他诬陷好人！"雷闯抢过话筒，高声强辩。

"我没有疯，我没有疯！我有证据，有材料！……"

"黑熊"拼竭吃奶的力气，一头把陆澜撞翻在地。

陆澜爬起来，手捂着流血的额头放声大笑："我是疯子！哈……哈……哈……我是疯子！你雷闯是强奸犯！强奸犯！哈哈哈……哈……我是疯子，我疯了！我疯——了！哈……哈……哈……"

机关的人有的走了，有的愣着，几个不怕惹火烧身的知青走上前来推开"黑熊"，扶起了陆澜……

陆澜笑着、吼着，一口气跑回了八队。

第二天清晨，场部机关、附近连队，到处刷着揭发雷闯犯强奸罪的大字报，到处挂着"雷闯是强奸犯！雷闯逼死女知青、害死齐疆，罪债难逃！"的大标语。这是陆澜和苏生共同写共同刷的。他们搞了一个通宵，要"以牙还牙"，公布雷闯的罪行。当刷完最后一张标语时，陆澜紧紧握住苏生的手道："谢谢你了！咱们后会有期！"说罢，扭头便朝澜沧江跑去。

当第一抹晨曦从天边冒出的时候，陆澜一头扎进了滔滔的澜沧江……

是去寻觅永久的解脱？是去叩击阴间的大门？是去追赶他的小莉？！

不。陆澜不是去死，他不想死！他要报仇！

湍急的水面，一双有力的手拍打着，搏击着，把陆澜托向对岸的昆洛公路。他要替九泉下的女魂走完人生的路！他不相信，偌大的共产党，就没有说真话的干部，没有主持公道的清官！他要去北京找清官！他不相信，十亿中国人，都会闭着眼睛，塞着耳朵，昧着良心！他要去祖国心脏寻回中国人的灵魂！

陆澜浑身透湿，唯有紧扎在塑料袋里的材料是干的。他不停地赶路，想以此驱湿祛寒。

他紧紧捏着那袋材料，想让这团火燃烧他的心，烧毁心中那道浓厚的阴影……

陆澜走向车站时，才想起没有带钱；他饥肠辘辘走进饭馆时，才想起忘了带粮票。怎么办？能像汪飞吼叫的那样，去偷、去抢？他怎么能干那种事？！

第三天晚上，陆澜站在一家破烂的食店前，饿得无力抬步了。他靠在窗口，眼巴巴望着热腾腾、香喷喷的饭菜，清口水不断涌上来，又一口口地硬咽下去。陆澜望着满脸油汗的胖伙计，就像乞丐盯着滚瓜流油的土老肥。伙计对他噜噜厚嘴皮，转过脸去哼哼哈哈地迎接手持"大团结"的顾客了。别看这穷乡僻壤的店小二，他们比城里人还更加嫌穷。那伙计的白眼，真使陆澜受不了。可是，他身无半文，只能无可奈何地呆立在那里。他看见，餐桌旁一个破衣烂衫的小花脸，正在香甜地舔食一盘盘残羹剩水。尽管食物中裹着鼻涕、泥沙，小花脸吃得照样有味。

陆澜望着小花脸，清口水又直涌，一阵阵饥鼓擂得他心慌意乱。"难道，我也只能靠舔盘子来维持生命吗？"陆澜情不自禁地摇摇头。

天已黑尽，店里油灯亮了，肥鸡肥鸭，在灯光里油亮闪闪。陆澜无力地蹲在昏暗的门口，像安徒生童话中卖火柴的小女孩。是向"天堂"里的奶奶奔去吗？不，陆澜还要活下去，要为父母、小莉伸冤。

生路何在呢？陆澜望着那帮喝得醉醺醺的下力人，心一横，决定做包工去。没有证明，没有户口，做包工还得带上个"黑"字。这对于陆澜来说已无所谓屈辱了。黑崽子做了十年，还怕做几天黑包工吗？

然而，远水解不了近渴，陆澜饿得眼冒金花，脑海里雾飘云移。当包工们酒足饭饱扬长而去时，陆澜不顾一切地冲上前去，将那半碗红米饭抓到手中，塞进嘴里，把那剩菜残汤一扫而光……

"四季财呀，八个八个来呀，二红喜呀……"

工棚里，油灯下，乌烟瘴气，浓酒刺鼻，浪语盈耳。

"你他妈的，二十四，给老子送上来！"秽语是从一个"鸦片鬼"似的瘦猴头嘴里吐出来的。只见他奸笑着说："你给老子整我，今天可认得我的厉害！"

一个肥得像怀胎母猪的家伙回骂道："你他妈老青猴儿，不要高兴得太早了。老子输两百算哪样？两千块都捞得回来！"

又是一阵阵醉醺醺的划拳声、怪骂声、碰杯声。陆澜木然地立在一角，目睹这人世间的另一块天地——生存竞争的天地，灵魂裸露的天地，"下九流"的天地……

这些"黑包工"来自全国各地，有靠天吃饭的庄稼汉，有回不了城的老知青，有待业多年的闲散人，也有停工停产的二级工。他们有的是白发老人的儿子，有的是年轻少妇的丈夫，有的是一群孩子的爸爸，也有的是穷得娶不起老婆的光棍。金钱，让他们结成一体；搞钱，是他们共同的目的、唯一的支柱、合伙的纽带，也是他们尔虞我诈、相互暗算的动力。什么父亲的慈祥、丈夫的情爱、儿子的孝顺、老知青的精神追求，那一切属于人的美好情感，全都淹没在利己主义的冰水之中，消失在赤裸裸的金钱交易之下……白天，他们在苦役中熬煎；黑夜，他们在赌桌上消磨。除了"杭育杭育"的号子声，就是妈呀娘的咒骂声……

第三天晚上，陆澜发现和自己一样不上赌桌的还有两人。一个是五十多岁的瘦老头，一个是十多岁的憨小子，小子总是独自蹲在门外望天，老头总爱躺在床上发愣。

慢慢地，陆澜接近了那个老头。老头告诉陆澜：他是四川大巴山的农民。队上说他是富农分子，只能好好劳动，不给工分。他就靠儿子那几个工分勉强糊口。儿子为了挣表现，跳进粪凼去救集体的猪崽。猪崽救起来了，儿子却在粪凼里呛死了。他早年丧失了老伴，儿子也因为"黑"而娶不上媳妇。儿子一死，就剩下他一个孤老头，队上还是不给他记工分。他饿得偷地里的红苕吃，被民兵打得半死。伤好后，就偷偷跑了出来，下苦力，卖老骨头谋口饭吃。

那憨小子呢，谁也不理，什么话也不说，只是有时在梦里喊妈。老人告诉陆澜："你莫问他了，这娃儿造孽。老汉儿(爹)出去收粪，遭武斗的冷子子打死了。妈领着这个五六岁的娃儿，苦死苦活挣工分，糊不了孤儿寡母两张口。妈悄悄刨了块自留地，栽了几窝红苕包谷，被队上的人发现了，硬把他妈拉去斗争了几天几夜，说她搞啥子资本主义哟。他妈想不过意，一根绳绳吊死了。这娃儿只有到处要饭。我从那里过，见他造孽，就把他带来了。娃儿肩膀嫩，我和他抬一条杠，那些大的要欺负他。我帮他做活路（干活），挣几个吊命钱就够了。

望着这孤独的一老一小，望着那充满杀气的赌桌，陆澜的心像灌满了铅。这还是社会主义的新中国吗？

记忆中，那幸福的少年之家，欢乐的学生会，温暖的大家庭……

高尔基笔下，那充满棍棒和残忍，充满淫秽和空虚的"人间"……

银幕上，解放前的赌博场、黑社会……

一张张鲜明的画面，在陆澜眼前铺展开来，一串串奇怪的念头，在陆澜脑海里交相更替。

光明和阴暗，美好和丑恶，理想和现实，像一对对不共戴天的仇人，在陆澜面前摆开了决斗的阵势……

我在他们之中！我在阴暗之中！我在丑恶之中！这无情的现实，把陆澜心中那些理想画图撕成了碎片……

工地上，一个个围着两面"三角旗"。大腿、手臂、毛茸茸的胸口，通通袒露在光天化日之下。有的肥得像猪，有的瘦得赛猴；有的面色如蜡，有的脸皮似土；有的好比铜钟，有的浑若黑炭。他们千姿百态，而又千篇一律地张着大嘴，喘着粗气，阿雷似地哼着号子，吐着脏话。

"你来，你来！你他妈这么大个墩墩，抬大的。"包工头发怒似地呵斥陆澜。陆澜却破例没听调遣。此刻，他面部苍白，与那被江水泡过的白褂子混然一色，裸露的胳膊、腿杆、肩膀瘦骨伶仃，裹在一张松弛的皮里。一块两百斤重的条石刚刚下肩，他

正拄着杠子喘大气，两耳嗡嗡直鸣，根本没听见包工头的声音。那包工头好不愤怒，刚来的毛头就不听话了！他像头被激怒的公牛，一把拖住陆澜，将那碗口粗的杠子，猛地往陆澜肩上一压："站着整哪样？不要票子啦？"

又是"背大肩"。陆澜被压得眼冒金花。抬吧，为了钱！还有两天就可以拿到钱了！陆澜想着那笔可以送他到北京的路费，心一横，牙一咬，猛地撑了起来。

"咔嚓"一声，杠子折成了两截。几乎是同一瞬间，一口鲜血从陆澜嘴里喷了出来，两颗眼珠差点没震落到地上……

"你小子他妈的空长个墩墩，滚过去！"包工头像老鹰叼小鸡似的，提起陆澜的衣领，正想把他甩开，一个莽大汉却走上前来，一掌把陆澜掀倒在乱石堆上。顿时，陆澜的额头鲜血长流，与嘴角渗出的血合在一起，滴落在大条石上。

又不知过了多久，陆澜迷迷糊糊地爬起来，跌跌撞撞地往前走。他想立即离开这帮恶鬼，可是恶鬼们手中攥着他的血汗钱呐！为了小莉，为了父母的冤屈，他又回到了工地。

"就要发钱了！"陆澜盼望着早早解脱这度日如年的处境。他沿着河边漫无目的地走着。只见两个伙计光条条地站在水中，骂着脏话。陆澜厌恶地背过脸去。

"嘻嘻……小姑娘，莫着急……我……抱你过河，抱你……"那声调颤抖着令人肉麻。

陆澜猛回头，只见河对面有个女知青，刚刚脱了鞋袜挽起裤脚。河中间，那个在他吐血时狠狠将他推倒的莽汉，正赤身裸体，抖着一身肥肉，向女知青扑去。女知青吓得拔腿就跑，光条条的莽汉爬上岸去紧追不舍。

"抓流氓！抓流氓呀！救命呐——"女知青惊恐地大叫，那个无耻的家伙却欲火中烧，哪肯放走到了口边的肥肉！？

陆澜见状，只觉得头皮发紧、浑身发麻。他顾不得脱鞋，扑通跳进水中游向对岸，一巴掌打在那个颤抖的光背上。可是，莽汉兽欲大发，血红的双眼死盯着那个女知青。陆澜一把抱住他的黄桶腰，连连叫女知青快跑。莽汉火冒三丈，野兽般转身扑向陆澜。陆澜一边抵挡莽汉的拳头，一边高喊："你快跑！"女知青犹豫了一下，没命地向林中奔去。

兽欲大发的莽汉猛地拉下陆澜的裤子，赤裸裸地压在陆澜背上。陆澜感到莫大的羞辱和强烈的厌恶，他拼尽吃奶的力气翻过身来，和莽汉打得难分难解。

正当两人打得死去活来时，另一个洗澡的伙计走来劝解："算了算了，小兄弟，你也不必大惊小怪。大汉今天喝多了点。"回头又劝莽汉道，"小兄弟才来，都是出门人嘛。这些事儿，忍一忍就过去了。"莽汉不说话，牛一样喘着粗气。

劝架的伙计见陆澜怒气难平，又说："老婆不在他难受，'潮'久了，碰到盘小菜也难免……"

"流氓！无耻——"陆澜咬牙切齿地痛骂道。

"来、来、来，兄弟们！老子今天拿两百块请客，大家痛痛快快地吃了再发！"大包头把拇指和食指用力一捏，众兄弟立即明白是要发"数数"，个个都笑，唯有陆澜铁板着脸，为了这"数数"，他付的代价太大了。

"来，干杯。祝我们大包头再走红运！"二包头借花献佛，两面讨好，"也祝众兄弟跟着包头发财得福。"

一时间，屋子里酒气熏天、浪语横飞、淫笑绕梁。

"小兄弟！"莽汉嘶叫着，抓小鸡似地把陆澜拖到身边，河沟闹剧仿佛全忘了，"来，给老子扎场子！"他对陆澜指指赌桌。

陆澜厌恶地甩开莽汉的手。不待陆澜站开，莽汉的手又像钢钳一样箍住了他："小兄弟，莫生气，咱俩是不打不成交哇！不给面子，'数数'可别想要，莫忘了，我还是你的组长呢。"

为了那一个月的血汗钱，一切侮辱他都得忍受。他被莽汉死死钉在赌桌旁，无神的双眼盯着这帮醉醺醺的赌棍儿。那一双双鳄鱼样邪恶的眼睛，一张张豺狼似贪婪的大口。一只只随时准备卡住对方脖颈的爪子，一声声令人作惊作寒的咆哮……布满了

陆澜的视野，塞满了陆澜的耳朵。他恨不得冲出门去，躲开这丑恶的一切！可是，他争不了这口硬气，因为，钱还没到手。忍耐吧，再忍耐最后一天。不，是最后一个晚上、最后一个小时！为了冤屈的小莉，为了无辜的父母，为了惨死的小疆！

陆澜的目光从赌桌移向那烂醉如泥的包工头："把我的血汗钱给我！给我！给我！"他的心在怒吼！"你给我！只要你给我，我就永远离开这个'下九流'社会，永远不再涉足人世间这块肮脏的角落……"

"帮老子拿着！"莽汉捅捅木偶般立着的陆澜。"老子今晚走红运了！"他将一把赢来的票子塞在陆澜手中，用那发红的眼睛斜瞟了陆澜一眼！"老子走红运你干吗哭丧着脸？"莽汉想起陆澜前日冲了他的桃花运，灵机一动，计上心来，"好哇，你小子手脚快吔，眨眼就吃了老子好几张呢！"

"你胡说！我没偷你的钱！"陆澜又一次受到侮辱，气得不知说什么好。

"你不承认？好，这个月的工资你休想要！"

陆澜气得扑上去就要揍他。忽听背后"呼"的一声，满屋人顿时像定了格。

"钱交出来！"几个戴红袖章的民兵随声跨进屋来，枪眼正对准莽汉的肥头。

赌瘾正浓的众兄弟，不叫不哭、不惊不慌，似乎一切都在预料之中。个个都显得从容不迫，仿佛是为真理而奔赴刑场一般。唯有陆澜浑身颤栗，不知自己犯了何罪。他心一紧，手一抖，莽汉塞在他手中的钞票全部撒落在地。

"东西放下！走！"持枪民兵呵斥道。

一个个毫无表情地看着持枪人，然后脚跟牵线似地走出了工棚。就像没事的人出门散步，那动作、眼神，好像在对陆澜说："有什么了不起，坐几天'鸡圈'又出来，照干不误，干累了，进去歇几天，何必大惊小怪哭丧着脸。"

陆澜抖嗦地走在最后，背心正对着民兵的枪口，他实在无法明白，自己怎么犯"聚众赌博"之罪转到"无产阶级专政"的枪口上了？几十个烈日下的血汗啊，就这样白流了……

收容所的工地上，一窝"黑人"(流窜在边境一带无户口的人)蜂拥而上，拼命抢夺一个刚刚挖出来的圆东西。七八个人你挤我，我拦你，七八双眼睛同时落在一个"聚光点"上。

那是个野地瓜，被一瘦小个儿抢到了手。还没塞进口中，有个大汉儿飞上前去，一脚就将瘦个儿踢倒在地，野地瓜陡然转向，滚进了大汉儿的血盆大口。

恼羞成怒的瘦个儿，翻身爬起，一拳打到大汉儿正在咀嚼着的嘴上。顿时鲜血喷涌，大汉儿捂着嘴，瞄准对方的小腹狠狠一脚。瘦个儿一声惨叫，倒在地上。

陆澜眼睛发直地盯着那个被黑手牢牢夹着的野地瓜，盯着那咀嚼地瓜的嘴角淌出的血浆。

"干活、干活！"看守过来吆喝道，"肚子饿，怪谁？这年头，'红人'都缺粮，哪有多余的往'黑人'肚里塞？！"

人们又有气无力地扬起板锄，等待日头当空的时辰。

陆澜被民兵送来收容所，已有半月之久。他每天挨着粗暴的打骂，每天干着沉重的苦役，每天喝着吊命的稀粥，每晚蹲在黑屋门口凝视那弯冷月……

黑屋子里的"黑人"，一个个被亲属或单位领走了。屋中成员，换了一批又一批。其中有离乡背井来逃荒的农民，有无家可归的乞丐，有缺手跛脚的残疾人，有流窜边境的黑包工……唯有他——这个响应毛主席号召来支边的知青，却无枝可依。在这远离故土又远离单位的异乡，陆澜究竟供认什么身份呢？供认他的亲人吧？双目失明的爸爸囚禁在牛棚；蒙受冤屈的妈妈，关押在黑牢；遭到奸污的小莉，已长眠在山野……供认他的单位吧？老齐，正受着政治运动的熬煎；刘放，赴京出差还不知是否回农场；雷闯，只会置他于死地！……什么也不供认？那就有特务嫌疑，说什么也不会放他出去！怎么办？永远这么呆下去吗？

再逃！只有逃到北京，才可能澄清这冤屈中的冤屈！然而，

再次逃跑，谈何容易？他望望黑森森的高墙，冷冰冰的铁窗和看守那恶狠狠的面孔，不觉打了个寒颤。

月亮又嵌在小铁窗上了。黑屋里二十多个"黑人"，像一串鱼干儿似地摆在地铺上。个个鼾声雷动，睡意正浓。唯有陆澜睁着大眼，等待机会。

是时候了……他轻轻翻身，正要坐起来，左边那个瘦精干巴的乡下人，却迷迷糊糊地叫了起来。陆澜屏住呼吸，侧过身去佯装熟睡。他全神贯注地听着，乡下人咿咿哇哇地嚷着："好些……还好些……"陆澜的心跳得更快了，真怕他吼醒了众人。观察了好一阵，除了鼾声，别无动静。

"讨口不容易哟！"乡下人的梦话倒提醒了陆澜。逃出去，到哪里吃饭！再作包工，他不堪忍受；当乞丐？他无脸见人；做小偷？他怎能给父母脸上抹黑！？可是，为了这口吊命的稀粥，他就放弃那一切吗？

犹豫了好久，陆澜还是决定逃！哪怕讨饭到北京！什么侮辱他都受了，还顾及什么面子呢？

黑屋内外，蟋蟀在战战兢兢地叫着。陆澜轻轻爬起来，溜出了房门。

"到哪去？"夜班看守从黑暗中吼出一句恶狠狠的话，把陆澜吓了一大跳，但他马上定神答道："拉肚子去……"

看守见他捂着腹部痛苦不堪，便也信以为真。

陆澜勾腰仄进厕所，依次确定里面无人，便迅速爬上挡板，摘下电灯，随即脱去衣裤，包住耳、鼻、口和那包证明材料，然后，看准位于高墙脚下的粪池入口，牙一咬，跳进了粪池。一股股恶臭刺鼻，呛得他打了几个闷声喷嚏，两脚一落地，大粪就淹至腰间。他挪到墙基，心一横，眼一闭，气一憋，便埋头潜入粪水、穿过墙基，在墙外的半边粪池伸出头来。舒了口大气之后，他爬出粪坑，在茅草中滚动几圈，抹去周身的粪便，然后穿上衣裤，没命地跑。

收容所里，值夜班的看守从梦中醒来，他揉揉眼睛，看看周围没有动静，正想再闭目养神，突然发现厕所的灯灭了，不觉一惊，害怕收容的这些身份不明者暗中搞特务活动，便慌忙拿起手电，走进了"黑人"们住的大黑屋。

一道强光，把长铺上的人照得清清楚楚。

"少了一个！"看守高喊着向厕所寻去……

走进厕所一照，只见粪池泡子翻翻，微微颤动。他立即断定刚才那个"拉肚子"的从这里逃走了。

半小时后，急促的口哨声把人们惊醒了。所长在院坝里高喊"紧急集合"，"黑人"们知道不妙，在黑屋里挤挤撞撞争相出门，唯恐落后挨打，一会儿，睡眼惺忪、拖衣沓鞋的"黑人"们，黑压压一片立在院坝中。

陆澜被五花大绑地押到人前。一身熏人的粪臭，在坝子里飘散开来，直往人们鼻孔里钻。只见他，额上的血水、汗水，与粪水、露水混在一起，顺腮往下流淌。

"你们看，这就是逃犯的下场！"所长用手中的木棒点着陆澜的头，而后转身直呼"黄宗福"。他呼声未落，一个蛮大汉儿站出了队伍。他不知所长要怎么处置他，心中七上八下，两腿战战兢兢。

"给我狠狠揍！立功赎罪！"黄大汉儿一块石头落了地。"原来是看得起我！"他受宠若惊，决心好好表忠心，争取早日出"笼"，哪怕多赏碗稀饭也好。于是，他拿出十倍的狠毒，抡起了长长的扁担。

"你们看看，要跑。就不要怕打断你的腿！"所长是善于"杀一儆百"的。

"啪！啪！啪！"黄宗福使出吃奶的力气挣表现。

陆澜咬紧牙关，一声未吭。黄大汉却非要把他打叫不可。因为陆澜不叫，他的功劳表现不出来。黄宗福索性脱掉长衣长裤，赤膊上阵大打出手。

"唉哟！——唉哟！——"陆澜难以忍受的惨叫声，使坝子里的"黑人"吓得直抖。

"啪！——啪！——"血肉模糊的陆澜，在地上滚来滚去地哼着。三十扁担……四十……六十……七十……黄宗福不打一百

下得不到一百分。打得坝里的人不忍再看，打得陆澜已叫不出声来。

"抬起头来。看看你们的榜样，谁有狗胆再跑，下场和他一样！"所长又吼道。

当黄大汉累得大汗淋漓的时候，陆澜像死尸一般躺着，早已不能哼，不能动了。人们像木偶一样呆呆立在坝子里，不敢出一口大气……

第三天清晨，陆澜苏醒过来，枕边摆着几个干黑的馒头，用一张旧报纸垫着。这是那报信的看守，对他表示的一点内疚。

报上的几个大字，一下子抓住了陆澜的目光：《天安门反革命事件的暴徒刘放已捉拿归案》！陆澜伸手抓过报纸，浑身一阵针扎般的痛。他吃力地拿起报纸仔细看：反革命事件的罪魁祸首邓小平，被撤销党内外一切职务……

陆澜一下懵了，再看看日期，已过去一个多月了！

一切都枉然了！

去北京，已找不到主持公道的清官！

祖国心脏，已寻不回中国人的良心了！

他挨打、受饿，他卖苦力、受凌辱，一切的一切，都白费、都枉然了！……

二六 沟谷私生子

　　陆澜出走的第二天，雷闯大发了一通脾气。他骂"黑熊"是草包，连个疯子都管不住，任其刷了那么多大标语，坏了他雷闯的名声。

　　"黑熊"不服，在心里咕噜道：谁叫你当初只顾玩得开心？弄得我把女儿的嘴都撕了条口，才为你保了密。破了女儿的相，以后找对象都难。我老熊哪里对不住你？这么大的事都帮你瞒过去了，不就是跟你揩了点油水？不就为了弄个芝麻官当当？老子帮你打天下，"手锤"都打起茧了，你还把我当出气筒。"黑熊"虽想不过意，但想归想，做归做，他憋着一肚子气，独自去撕了大半天，才把陆澜刷的东西收拾干净。

　　雷闯呢？又一个人喝了半天闷酒。他越想越觉得问题严重。苏隆冬一贯支持他，现在想弄他；夏虹几千里赶来，想把他打入牢房；李芳那个不起眼的毛丫头，也里应外合要整他；陆澜那个疯子纠缠他；刘放去法院控告他；齐正华到处写信揭发他。这些冤家对头，上下内外串通一气，都要整他雷闯，这不就是党内资产阶级向无产阶级反攻倒算的具体表现吗？虽说夏虹、陆澜不是共产党员，也应该算走资派的国际基础、社会基础。雷闯越想越恨，气得"啪"的一下砸烂了酒杯。

　　这一夜，雷闯醉得像条死狗。第二天上午十点钟才爬起来，进了办公室还睡眼惺忪，哈欠连天。突然，他大嘴一闭，两眼圆睁，桌上那张报纸一下驱赶了他的睡意。他一把抓起，眼睛挤成

两条缝，把全部的光都集中在一点上，继而眼皮拉开，眼缝呈长条，瞳孔渐渐放大。荔枝脸上，先是涨红，继而松弛，再而心跳。他像昨晚砸酒杯那样，把报纸往桌上一砸。不过含义正好相反：那是愤怒，这是兴奋！

他抓起报纸一口气跑到保卫科，对着"黑熊"高声嚷道。"你看看，你看看！姓邓的倒了！刘放被抓了！……""黑熊"还没来得及看，雷闯已作出决定，"今晚在五队，让姓齐的交待，如何指使刘放参加天安门闹事的阴谋。"

这天夜里，电筒、火把，像一只只流萤，从四面八方涌去五队。当初的"单车队员"，今天胆子特别壮，那些曾被齐正华的岗位责任制治痛了的懒人，全都凑来看齐某的笑话。

老齐被"黑熊"那帮大汉扭住了。张玉兰转身回屋，匆匆带上一件防卫的硬家伙，追到了五队。她死了儿子横了心，这次决心以生命保护她的丈夫！

雷闯登台，泡沫横飞煽风点火道："天安门事件说明了什么？说明我们和资产阶级的斗争，已经到了你死我活的关头。如果让暴徒们得逞，我们千百万人头就要落地。我、你。"他指指"黑熊"，"还有我们大家，都得流血！听懂了吗？得落地，得流血！"他吼得脖上的青筋直鼓。

张玉兰听了，两眼差点儿喷出火来。她的手，紧紧捏着兜里的硬东西。

"大家知道，八队知青刘放，就是从这里派出去参加暴乱的。大家想想，走资派还在走没有？大家也知道，同样是我们八队的知青榜样，今天的团省委副书记洪涛，他就号召我们行动起来，和党内资产阶级血战到底！"

老齐的腮帮子，咬得咯咯响。

雷闯的声音，吼得像公鸭嗓。

雷闯的"文攻"一结束，"黑熊"的"武斗"就要开张。他对着老齐唾沫横飞："你回答，'走资派还在走'，你走没走？'资产阶级就在党内'，你在不在内？说！"

张玉兰仿佛感到"黑熊"向她的丈夫举起了屠刀。

单车队员七嘴八舌地附和着。

老齐紧闭嘴唇、从容镇定，毫无畏惧地注视着这群小丑的表演。

"谁指使你把刘放派出去的？"

"说！——说！——说——"的呼声，从会场的不同角落稀稀拉拉地发出，恍若荒郊野狗零乱地唱和。

"兔子尾巴长不了！"老齐把七个刚硬的大字砸在"黑熊"脸上。

"好哇，走资派还敢猖狂！""黑熊"冲了上去。

张玉兰同时冲了上去。当"黑熊"一拳打在老齐心窝的刹那间，张玉兰一口咬住"黑熊"的手，血淋淋地撕下一块肉来。

老齐嘴里淌着血，"黑熊"手上流着血；"黑熊"暴跳起来，一脚踩断了老齐的右腿；张玉兰拿出硬家伙，一刀捅进了"黑熊"的腹部。

单车队员蜂拥而上，对张玉兰拳打脚踢，乱扯乱抓。老齐伸出独臂，护着妻子。

气得发抖的大彭不顾一切地冲上前去，拱着背脊护卫老齐，任随雨点般的拳头，砸在他那宽大的背上。

"黑熊"像条鼓胀的麻袋，被兄弟伙抬走了。

张玉兰像只瘦弱的小鸡，被一群"老鹰"叼去。

大彭搂着老齐，嚎啕大哭。他怎么也没料到，他签了那个名儿，没整倒肖家的人，却整得老齐家破人亡。他颤抖地抚摸着老齐血糊糊的腿，联想划线站队时，"黑熊"一锄挖掉女尸的腿，连骨带肉从膝头断裂的惨景，他算是看透"黑熊"一帮人的歹毒狼心了。自己为什么糊里糊涂地跟着他们跑啊？！就是肖家那些冤孽，也比他们这些黑心肠好哇……

会散了，有人却没走，想来扶扶"独臂人"，但雷闯四处有眼，他们不敢，愣一愣又走了。留下"独臂人"扑倒在血泊里挣扎着。大彭拼命用劲儿，想抱起老齐，他老泪满面，热汗满头，正无可奈何，昏暗的墙角里走出三个人来：一个是大彭的堂兄，头发花白，老态龙钟；另两个是堂兄那双目失明的儿子和三岁的

孙子。三双眼睛，连同那半闭着的瞎眼里，都隐隐闪转着泪花。

　　这爷孙仨走上前来，帮助大彭把老齐抬了起来。老人热泪纵横，用颤巍巍的手，抚摸着老齐淌血的腿。老人的瞎眼儿子抱着老齐的上半身，小孙子拖着老齐的独臂。

　　老齐哽咽道："难为你们了！"

　　"齐书记，别说这种话了。你救过我的命，我一辈子忘不了……"

　　当年，彭家小伙随父母从湖南来农场，工作积极肯干，是全场闻名的优秀团员，也是姑娘们倾慕的俊小伙。十八岁那年，适逢全场开荒大会战。在几百亩被开辟的处女地上，无数棵大树根深蒂固地屹立在垦地。它们盘根错节、岿然不动。斧锯无奈何，只好用炸药。小伙子带着青年突击队承担了爆破任务。有次遇上两眼哑炮，会战工地数千人都停工待爆，小伙和副队长冒险上前排故障。不料，人刚接近炮眼，雷管"轰"地炸响，泥石腾空又纷纷落下。副队长的头给炸飞，小伙子被埋到土里。人们用木瓜刻出副队长的"五官"，以此合成全尸，装棺安葬。彭家小伙被掏出来时，满脸血肉模糊，老齐背起他，跑了几十里，送上手术台时，老齐累得昏了过去。为了给小伙子修面植皮，老齐又派人把他送到上海治疗了半年。没能帮他复明，使老齐一直感到内疚。但小伙子脸上却也修复得平平展展，身上的伤也痊愈了。到小伙子二十五岁时，老齐又四处联系，终于在滇西农村为他找了个又能干、心肠又好的孤女作妻，使他有了个幸福的家，还得了个水灵灵的胖小子。

　　老齐紧紧握着老彭的手，热泪滴落在瞎子手上。

　　"老书记，我们了解你，但我们不敢站出来为你说话呀……"大老彭哽咽道。

　　老齐明白，收留他这个走资派加现行反革命，两位老人得冒风险啊……

　　瞎子背着老齐，老彭兄弟在两旁扶着，小孙子牵着瞎爸爸，四人高一脚低一脚消失在黑夜中……

　　冷冷清清的会议室门前，只见那白的横标，在夜风中瑟瑟颤抖；白的大字报，在暗光里麻麻花花；白的批判稿碎片，在草地上跳跳闪闪……

绿的林海，顿时被灰白熏染，被惨白笼罩……

分场开大会，勒令全员参加，任何人不得缺席。

汪飞一听，做了个鬼脸："管你妈党内资产阶级，党外资产阶级；管你妈天安门地安门，老子肚儿饿了要吃东西！"他找到秦大军说："呃，老哥子，记不起啦？明天逢十，老傣赶摆。今天屋里满实满载，有搞头哟。"

秦大军有些犹豫，结婚生了洋洋，当年的哥们儿义气大减，在妻子钟琴的唠叨声中，他早已改邪归正，如今再惹事，怎对得起妻儿？

汪飞怂恿道："嗨，如今这世道，谁顾得了谁哟？八队震垮了，哪个鸡巴官儿来管？你小和尚要吃，你不管哪个管？他们抓革命，我们抓东西去！"

众兄弟被说动了心，摸摸腰间的牛角刀，跟着汪飞去了。

"从前有座山，山上有座庙……"汪飞的生活继续循环着。连同偷和抢，也循环无数回了。

场部的油棕林里，各队陆陆续续进入会场。小李子走来，第一眼就看见台前的横幅："彻底批判阶级报复分子张玉兰！"她惊了，看见瘦弱的老张，被反剪着手，站在台上。

全场议论纷纷，老齐的爱人，那么温顺和气的人，怎么会杀人？那么瘦弱的身子，那么细的胳膊，怎么杀得了腿肥腰圆的"黑熊"？

"老张！老张！"小李子绕到台前叫她。

老张抬起头来，脸呈青色，眼圈发黑，眼里布满了血丝。

"你不会杀人的。"小李子说："是他们污你。"

"不，我杀了人。可惜没杀死！"

雷闯呵斥着赶走了小李子。

全场顿时陷入前所未有的沉闷气氛之中。

台上，分局的丘主任就座，会即开场。雷闯敲敲麦克风，清清嗓门发话了：

"同志们，我要报告大家一个惊心动魄的消息：走资派齐正华指使他的臭老婆，向革命战士举起了屠刀！昨天晚上，我们"文化大革命"中冲杀出来的老战士熊昌权，被阶级报复分子张玉兰杀伤了，现在正在医院抢救。走资派齐正华，派遣八队知青刘放，前去参加天安门反革命暴乱。他们遥相呼应，一起向革命派下手了！"

"革命的同志们，这是你死我活的大血战，我们决不能掉以轻心，否则，屠刀还会举到我们大家头上来的！"

"杀人啰——杀人啰——"只听曼景寨传来呼救声。会场顿时哗然——怎么到处都在杀人呐？一种恐怖的杀气笼罩着人们的心。

"静下来，静下来！革命的同志们，快静下来！我们已经派人去了，这儿继续开会！"雷闯挥舞他的拳头，把会场的骚乱按了下来。

一会儿，雷闯宣布："刚才，是八队知青汪飞，领着一伙人抢劫杀人，现已被我保卫科抓起来了。革命的同志们，你们看明白了吗？这就是党内资产阶级的社会基础，是在与天安门的反革命配合行动，一起颠覆我们社会主义的红色江山……"

小李子的头昏了，雷闯还说些什么，她听不清楚。只见一些人在台前跳上跳下，在她脑海里，就只有刘放的身影。

丘主任接过话筒，又大讲了一通斗争背景。他说，总局有的老家伙，也想借"竹楼事件"向革命新干部开刀！这回，也一起清算了。党中央下了很大的决心，一定要从上到下，把资产阶级清除出党。紧接着他宣布："经分局党委研究决定：一、撤销参与'天安门事件'的反革命暴徒刘放原八队副队长职务，开除党籍；二、撤销反革命教唆犯、走资派齐正华原三分场场长职务；三、对破坏外事纪律、企图通过香港人之手，迫害革命干部的八队知青李芳，给予开除党籍的处分。"

丘主任还补充道："中央有两个英明决议，我们也搞三个正确决定嘛！"说着，他丢开刚才那份文件，又拿出另一份宣读：
"一、原政治处副主任雷闯同志，提任为三分场党委副书记；
二、原生产科干事黄正祖同志，提任为三分场副场长；三、原保
卫科干事熊昌权同志，提任三分场政治处副主任。熊昌权同志为
革命光荣负伤，今天不能到会。"

人们交头接耳，议论纷纷。有人冷笑，有人在问："哪个雷
闯？"

"嗨！就是刚才主持会议的那个雷大渝。造反当了头儿，到
处签名作指示，总把三点水写成单人旁。人们喊'大偷大偷'，
把他给喊冒了火，干脆就改成'闯'，又有气魄又好记。"

"熊昌权又是哪一个？"有的小知青不认识他。

"不就是那个大名鼎鼎的'黑熊'吗？打人有功，青云直
上。反正现在的政治就是整人，手锤硬就可以当政治部主任。"

雷闯以新书记的身份，和黄场长一起亮相了。

殷老头子远远地坐在大会场的一角，眯着眼看台上的人，
一道道迷茫的烟圈，萦绕着他那似笑非笑的脸。他的嘴角又有点
扯，小脑袋又有点摆，鼻翼又有点鼓。这次，雷闯请他出任政治
处主任。按常理，老秘书作主任，人们觉得是顺理成章，但他却
拒绝了。他懂得心理学，他知道人心向背。"短命官"他不当。
他谦让，正好给"黑熊"腾出了位子，尽管不十分谐调。不过，
"事在人为嘛"，何况"黑熊"作了流血牺牲。听完丘主任的
话，殷秘书又点了点头，不知是何含义。而后，他漫不经心地站
起来，绕场一周上厕所。

殷秘书走路也很特别，与台上的雷闯正好相反。脚稍稍内
拐，弯着背猫着腰。冬天双手抄袖，热天便两手反背。步子跨得
又大踩得又重，唯恐不能一步一个脚印。所以，他给人的印象总
是稳重、肚内有货、老谋深算，缺乏造反派脾气和风度。

此时此刻，他阴沉的目光四处放射，细细观察各类人物对新
政权的反响，默默算计新领导的寿命有多长。

台上，黄正祖发表就职演说："这是反击的胜利！我决不辜
负革命群众的重托！"

"谁托你了！"殷老头子在心中问。

黄正祖照样说："我一定把斗争进行到底！"

"你不已经到底了么？还想爬高点？！"殷老头子又在嘀咕。

这时，雷闯扯开嗓门大吼大叫，好像是冲着多虑的殷老头子："经过了与党内资产阶级你死我活的大血战，我们终于胜利了！大权又一次从资产阶级手中夺回到工人阶级手里来了！这一次，我们决不再让权交权，一定要把江山坐到底！"

殷老头子终于悟出了心路："坐不到底的！"

西双版纳的四月，本该是万木竞发、百花争艳、春意最浓的时节，然而，小李子的心，却像雾重庆的浓冬，又冷又沉闷。

是刘放介绍她入党的，如今，她和刘放一起离开了这个党！

是洪涛追随刘放支边来的，洪涛却出卖了刘放！

她对夏虹说了大实话，却被主张忠诚老实的"党"开除了！

老张那么温顺柔弱，竟然成了杀人犯！

老齐为橡胶献出了一切，而今又成了"走资派"！

雷闯强奸了夏莉，却步步高升！

"黑熊"打人行凶，却成了英雄！

一张张脸谱，红的黑的，像桥牌里的大鬼、小鬼和A、K、Q、J，交替叠印在小李子眼前；一个个问题，不分甲、乙、丙、子、丑、寅，一起涌上她脑门。小李子的脑袋装不下这么多问题，这些问题却又偏要挤进她脑海。小李子素来就缺乏政治细胞，这些政治问题却偏要她作出回答。

小李子跑到学校问苏生。"这到底是怎么回事呀？！"

苏生说："本末倒置，人妖颠倒！"

小李子哭了，婷婷也哭；婷婷知道小李子是在哭刘放，小李子却不知道婷婷哭什么。

夜深了，小李子怎么也睡不着。她出来，却不由自主地走到了当初的猪圈。"西双猪"一头也没了，留下的，只有刘放的声音、刘放的身影。

"你为什么没写入党申请书？我们的事业，需要一批忠诚的党员，像老齐那样的！像你……这样的！"

小李子的泪珠一串串落下来。认识刘放前，她只知道为人要诚恳，劳动要舍得出力。是刘放使她认清了一个道理，人活着应当有更高的追求！要把个人这滴小小的水珠，汇入人类事业的大海；是刘放指引她，看到了人类光明的未来和边疆美好的前景；是刘放，给了她一个更复杂的脑袋，更坚韧的性格。刘放走了，小李子才发现，自己的精神和感情，原本紧紧地依靠着刘放！刘放就是她精神世界中的支柱！感情荒原上的绿洲！当这根支柱抽去时，当这片绿洲消失后，小李子感到是那样空虚、寂寞！啊，刘放，你快回来！小李子需要你坚强有力的胸膛！不要党员！不要干部！只要一个活生生的人回来就够了！

也曾是这样的月夜，也就在这个地方，小李子披着刘放刚刚脱下的旧军装。此时此刻，她仿佛又闻到了刘放身上那特有的汗味儿……

月儿呀，看见他了吗？他在哪里？你告诉我……

啊！要是能像嫦娥奔月，登上月儿，看看刘放，该多好啊！

想起自己曾为刘放脸上的伤痕流露过遗憾，想起由于自己的情绪带给刘放的自卑、痛苦，一种深深的自责揪紧了小李子的心。那时候，她才十八岁，正是难以摆脱外界舆论干扰和虚荣心左右的年龄！她是那么无意却又那么无情地伤害了刘放的自尊心！这是小李子永远不能原谅自己的！八年来，她已经领悟到：爱一个人，就是把那个人放在自己的心上。只要心心相印，外貌算什么？她看了八年也比较了八年，深感刘放是最完美，也是最可信赖的男人！

小李子对着月亮深情地说：刘放……原谅我……原谅我十八岁时的无知和幼稚……

同一个月下，婷婷悲伤地坐在小河边，一手拿着洪涛那封婉言绝交的信，一手拿着白里点红的斑枝花。这花，这河，及其悲伤的传说，久久地缠绕着婷婷的心——

七个高贵人种的花狗族王子，在森林里遇到了七个傣族公主。公主们是民族战争的幸存者。七个王子毅然冲破族规和父王的禁令，分别娶了七个公主为妻，生下很多儿女。然而，自以为高贵的父王及其同族兄弟，不肯饶恕他们，认为与劣等民族通婚，是对花狗族的侮辱，因而要诛杀王子、公主和他们的子女。七个王子用生命保护了妻儿，自己却战死在河边。鲜血染红了河水，滴落在洁白的花朵上。七个公主悲痛地站立在河中，变成了七块美丽的化石。这条河，就是婷婷面对的难夕河，这种染上王子鲜血的花，就是婷婷手上捏着的斑枝花。如今傣家人头顶白帕，就是子孙们为七个公主戴孝。此时此刻，婷婷才真正领悟到这个传说的内涵——不同血统相爱，只会酿成悲剧！洪涛出身好，苗子红，就像那高贵民族的王子。自己出身不好，苗子黑，犹如那可怜的傣家女。即使洪涛能冲破禁锢与她结婚，那个"红色阵营"的"父王"、"兄长"也决不会答应的。洪涛敢冒被诛杀的风险，娶她这个资本家小姐吗？我又能为自己的爱，牺牲洪涛吗？

这是个多么重大的错误啊！当初，我为什么要答应他呢？……婷婷下意识地摸摸腹部，仿佛里面怀着个杀人恶魔。只要这恶魔出世，她的洪涛就将被人杀死在河边……她怎能把洪涛逼上这条绝路呢？！

怎么办？怎么办呐？婷婷双手捂住腹部，使劲往下挤压，一定要清除贴在自己身上的这块肉，决不能为洪涛留下祸根！婷婷拿出多年挥舞大板锄练出的手劲，拼命推压自己的下腹，并反复爬上高坎往下跳，一次又一次自我折腾得精疲力竭，胎儿却顽强地附着她不肯坠落。

夜风吹动凤尾竹梢，在婷婷眼前悠然摇晃，仿佛在向这个无可奈何的月下孤女点头招手。

突然，婷婷掏出小刀，割下一截凤尾竹。削去枝丫，刮了几下。而后蹲下身子，毅然将粗糙的竹枝插进阴道，一种撕裂的剧痛，猛地使她全身紧缩，冷汗直冒。一股黏糊糊的热流顺着竹枝浸了下来，流在手上。她强忍剧痛向里推进，一种从未经历过的胀痛感扩散到腰背，并向全身辐射。她急于想捅下那个小生命，咬紧牙关搅动竹枝，仿佛五脏六腑都翻了个转儿，被一只无形的手扯上喉咙直往外涌。她大汗淋漓，粗气急喘，昏沉沉地倒在飞机草草丛中。

当她痛醒过来，望见夜空中那弯孤独的冷月时，立即强烈地意识到自己该做什么，又颤抖地捏着竹枝，直往里推，还向左右搅动，一下、两下……

泪水、汗水，和着血水，点点滴落在飞机草上……

她竭尽吃奶的力气抽出竹枝，想哭，哭不出声。在惨白的月光映照下，她依稀看见竹枝上倒挂着丝丝血肉……

她无力地将扼杀腹中生命的竹枝丢进了难夕河，任凭身下的血流浸湿裤腿……

流吧，流吧，流尽了才好！只要不给洪涛留下污迹……

依然是在这个月下，五队老彭的屋子里，突然进来了彭家的冤家老肖。他特为老齐送来一把"打不死"。上彭家的大门，老肖是鼓足了全部的勇气。肖彭两家相斗几代，从祖父的祖父，斗到孙子的孙子，从湖南斗到云南，从没分过胜负。两家若有人私下往来言欢，便会众叛亲离，全族共诛之。过去光荣榜上列名，大彭和老肖都是不能并排在一处的，生怕沾着联着，对不起各家的祖宗。老肖要往彭家走，彭家要接待肖家的头儿？真是大逆不道啊！老肖老彭更怕的，还是本家射来的箭。老肖翻来覆去想过两天了，老齐丢了儿子没了妻，手断脚残靠谁哟？他老肖不去尽尽力，真该遭天雷打！何况，他家祖传的接骨法，彭家是绝对不知道的。只有他去，才能保住老齐那只腿。遭彭家白眼也好，遭肖家咒骂也罢，肖老头今天算是豁出去了。

当老肖战战兢兢推门进去时，正好也来堂兄家看望老齐的大彭"腾"地跳了起来。他惊讶，他讨厌，他想发作，想叫姓肖的滚出去！可是，当他看见老肖拿出一包草药浆往老齐腿上敷时，便"咚"的一声坐了下去。他知道，只有肖家的秘方才能挽救老齐的腿。他大彭糊里糊涂跟着那些黑心肠跑，老齐的腿被打残，

他觉得自己也有一份罪。他要赎罪，哪怕遭肖家耻笑，遭彭家攻击，他也无所谓了，只要能医好老齐的腿。

老肖什么也没说，大彭什么也不说，老齐望着他们俩，什么也说不出来。

大彭望着老肖那两条被露水湿透了的裤腿，原本愤怒的心，仿佛被什么东西蜇了一下。他走进屋里，拿了一条堂兄的裤子，还端出堂兄煮好的一碗荷包蛋，悄悄摆在老肖面前，依然什么也不说……

夜深了，小李子从猪圈旧址往宿舍走。突然看见路边草丛中有一团蠕动的黑影。

"谁？"小李子惊叫，连忙躲进月影中观察动静。她隐隐听见一个女人低沉的呻吟，当看清是婷婷捂着腹部艰难挪步时，她箭步上前扶住了婷婷。

"你怎么啦？"小李子摸着婷婷双手冰凉，碰着婷婷裤腿潮湿。

"小……李子……我……我受不了了……"

小李子感到情况不妙，出门就见婷婷在哭，是因为洪涛出卖了刘放，她内疚难过？小李子劝道："婷婷，别难过！洪涛的事与你无关，谁也不会怪你。"

"不，小李子……"婷婷捂着疼痛的腹部喃喃道："我……肚子痛……我痛啊……"

"'例假'来了，受了凉？"

"不……小李子……我……我有了……不，现在……没有了……"

"你有了？洪涛的？他害了你？"

"不……是我……我连累了他……我妈欠了他爹的感情债……我要为爹赎罪，为妈还情啊……洪涛……他也喜欢我……真的……他从大森林找回了我……他救了我的命……他在云里山一直想着我……他真的喜欢我……尽管他没说出来……我心里明白……他喜欢我……他要顾他的前途……我也明白……我不能拖累他呀！……我要让他走得干净……走得干干净净……不让别人说他的闲话，不让那个小包袱毁了他的前程……我……我把那个包袱弄掉了……"

小李子惊叹，这位纤纤弱女竟做出这么冒险的事来。"婷婷啊婷婷，你不要命哪？！"小李子默默扶起婷婷。洪涛，那个出卖灵魂，没有良心的男人，哪配得上如此善良纯真的婷婷？！然而，婷婷却喜欢他，愿意为他付出一切，连同生命的代价！小李子深深感叹，一个堕入情网的女人是多么软弱！痴恋着某个男子的女人，既是这么无私、坚忍！又是多么糊涂、愚蠢啊！

望着痛得缩成一团的婷婷，小李子眼泪夺眶而出，她蹲下瘦小的身子，托起了婷婷，背着她一步一步往宿舍走……

婷婷感染发烧，几天几夜不退热，小李子拿了消炎药给她吃，寸步不离地守着她。看着她脸上的红云消失，丰满的脸蛋凹陷。好容易熬到对月，例假却依然没来。婷婷痛哭，自己付出了险些丧命的代价，却没能甩掉那个包袱。那顽强的小生命，仿佛挣扎着，死死抓住可怜的母亲不放。

婷婷每天都在盼，盼着洪涛的来信。不用他说爱，不用他忏悔，只要能见到他写的一个字，婷婷就满足了。可是，洪涛从那封绝交信后，再没写给她半个字！婷婷那张脸，一天比一天瘦下去；她的腹部，却一天比一天凸出来。小李子帮她割胶，帮她打饭，帮她洗衣洗被，还帮她遮掩、保密。小李子帮她把衣服腰身改大，同寝室的女友们，居然没有发现婷婷的变化。

几个月过去了，婷婷只是从报上看到洪涛的行踪，却没得到他的只言片语。

有一天，婷婷终于盼到了一封从省委发来的信。信封上却是一种陌生的手迹。她一口气跑到半坡上，躲开人群，颤抖地拆开信封——

吕婷婷：

尽管洪涛守口如瓶，但我还是弄清了你和他的过去。虽说你们有过不正当的关系，但我已不在乎了，因为洪涛答应了我，我是付出了代价

的，洪涛休想拿我当了跳板就把我蹬开！我是决不放手的！劝你知趣，别再写信哀求，他不会再属于你了！我知道，他把他的地位看得比你重要！万望你停止纠缠，我们都是要讲政治影响的人！不像你！……

婷婷捏着信走回宿舍，木然地坐在床头，不说不怒也不哭。小李子注视着她的神情，又看着她手中的信，不知信中是福是祸，她得帮这个弱女子撑着一点儿。

信从婷婷手中飘落下来，小李子捡起来一口气读完了它。

"婷婷，别理这种不要脸的女人！"小李子狠狠揉着那封信，不知该怎样劝婷婷才好。婷婷默默流泪，小李子眼眶也潮了。啊！苦命的婷婷，你多像你那苦命的妈妈！你母亲孤单单一生，难道你也孤零零一个吗？时代相距那么远，遭遇为何这般相似？黄老板夺走了你妈的爱，是谁又夺走了你的爱呢……婷婷，婷婷！你可想开点呀！小李子摇着婷婷，婷婷不再说话，也不再流泪了……

雷闯掌权几个月来，广播里天天是大批判的捷报频传，现实中到处闻正派人的怨恨、哀叹；简报上期期有"莺歌燕舞"，胶林里随处见杂草、病树；雷书记时时在大批判的前沿抛头露脸，生产第一线却不曾留下他的半个脚印。

人们在沉闷的压抑中苟且度日，也在隐隐的希望中坚持生产。小李子在苦苦的思念中盼望着刘放的消息，婷婷在绝望中等待着即将来临的分娩。

洪涛的私生子顽强地活下来，婷婷的心腹之患也就越来越沉重。虽因忧郁过度，营养不足而使胎儿过小，肥大的衣服暂时还能掩盖她的秘密，但产期的临近，将把那不可告人的一切公诸于世！婷婷为之彻夜难眠。

七月的一天清晨，广播里又传来悲切的哀乐。朱老总去世了！人们的心更冷了！婷婷和小李子的痛苦，更加深沉。她俩踏着哀婉的旋律走进胶林。两人虽然树位相邻，但死树拉开了她们两个树位的距离。分道时，小李子照常叮嘱婷婷："你能割多少割多少，我割完就来帮你。"

婷婷呆呆地望了一眼小李子。她只感到心里发慌，腹中胎儿又拳打脚踢躁动起来。世上多少将做母亲的女人，是以一种多么甜蜜的情感，领受着胎儿的躁动啊！可是婷婷却只有恨，只有羞愧，只有屈辱，只有不安和恐慌！她和这还没出世的小生命，有着不解的爱和不解的恨。此时，婷婷挪动沉重的身子，向南山上爬去。割着割着，她突然感到一阵晕眩，眼前一黑，身子顿时失去重心，顺着一面微斜的保护带直滚到沟谷。

当婷婷回过神来，只觉得腹部一阵剧痛，下身坠胀难忍。她喊小李子，怎么也喊不出声；她痛哭，怎么也哭不出泪。飒飒的风声淹没了她低沉的呻吟……一阵阵紧缩胀痛弄得她死去活来。她想爬上斜坡，双手没有力气，她用嘴咬住野藤，野藤咬断了，沉重的身子依然陷在沟谷的污泥浆里。她的手指淌着血，嘴角流着血，和着豆大的汗珠，搅红了那摊污水。她像大限已到的老病号，急喘着粗气，等待着死神把她带走……

"小……李……子……"她在心中呼喊着她的救星。

"洪……涛……"她在心底诅咒那个无情郎。

"让我死吧，老天啊！"她真希望立刻死去，以解脱精神上、肉体上的一切痛苦！

可是，死神不肯带走她，只是挥舞软刀子，不停地剐割她的心。她时而昏迷过去，又不时痛醒过来。醒来时，觉得整个身子都麻木了。

迷糊中，又是一阵撕裂的剧痛。突然一声啼哭，使她的神志清醒过来。她咬牙撑起身子，只见胯下有团乌红的东西在蠕动，那是一个早产儿，小脚在泥浆里蹬着，哭声响亮，像在对妈妈招手呼唤。婷婷目光呆滞地望着这个小人儿，看见他鼓胀的肚子上牵着一条线，拖着一团血糊糊的肉。

婷婷不知所措地望着这团血肉模糊的小人儿，那哭声简直让她心惊肉跳。她仿佛想逃避什么，拼着吃奶的力气爬到旁边草地上，呆呆地望着哭声渐渐减弱的儿子。他那圆圆的头、圆圆的脸，特别是那张嘴巴，跟洪涛一个样。只是，他的右手被那凤尾

竹枝捅残了。这就是自己的儿子，洪涛的儿子啊！婷婷又想起七个月前，那可怕的一瞬！可耻的一瞬！不可挽回的一瞬！为什么要作孽呀！她仰天长叹……

婴儿全身发紫，一只小手和两条小腿乱舞乱蹬。婷婷的心软了，她爬过去，抱起他来，泪流满面地亲着他的小脸蛋："我的……儿子……可是，你不该来到人间呀……你会拖累他……你会……他需要干净！他要清白……他说过……不能让你来到世间……你……会毁了他的……"婷婷松开双手，任凭那孩子滚落在草地上。"……我不能要你！你会毁了洪涛……你会毁了我的名声，毁了我的一切……"她恨洪涛！她爱洪涛，是恨是爱说不清楚，"……洪涛不肯要你……我也不能要你呀……"

婷婷伸手去抱儿子，可是，她仿佛看见人们在嘲笑她，羞辱她，唾骂她。儿子的哭声令她心惊胆战、不寒而栗。"……你不能哭，他们会听见的，不能让他们发现你！……"婷婷急忙伸手捂住了儿子的嘴。儿子叫不出声了，但那只独臂却紧紧夹住了母亲的手，而后慢慢滑了下去……

婷婷的手突然剧烈地颤抖起来，她"啊"地惨叫一声，便昏死了过去……

一个那么温柔腼腆的姑娘，一个那么纯真善良的弱女，你怎么糊里糊涂地让自己的儿子窒息而死呢？！

一个天真无辜的小生命，一个顽强活泼的小男孩，你为何竟然夭折在亲生母亲的手中？！……

胶林上空，远远传来低回凄婉的哀乐，是人们在哭刚刚过世的革命老前辈！也像是婷婷在哭，刚刚出生就被母亲扼杀了的知青下一代！

场部的广播里，早已换上了轻快有力的"文化大革命好"的颂歌；场部的办公室里，正回响着雷闯心花怒放的"哈哈"声……

然而，这边沟谷里，黄的枯叶如泣如诉，黄的天色如怨如怒，婷婷的黄脸如蜡如烛……绿色的林海，仿佛被血黄污染，被昏黄笼罩……

二七 阿佤山的牛郎

雷闯"嗯"了一声，眼睛眯成一条缝，集中两道恶光射向刚押回来的陆澜。

陆澜面部的肌肉抽搐了一下，很快又呆若木鸡。他既不恐惧，也不愤慨；既无痛苦的眼泪，也无悔过的神情。只用一双混浊的眼睛盯着雷闯，发出一声声怪笑。逃跑时，带去的是深深的精神创伤和对北京的一线希望；押回来，增添的是青一块紫一块的鞭痕棒伤和对民族前途的绝望。陆澜先前那颗撕得血淋淋的心，如今已不再流血，它凝固了、冷却了、僵死了！哪怕面对糟蹋了自己心上人的仇敌，也只有那瞬息即逝的震颤和令人费解的怪笑。

雷闯抽了口大气，嘴一翘，便有两条汉子闪上前来，把陆澜拖了出去。

雷闯一屁股坐下去，吐出道道烟圈。想起那场当众揭丑和大标语，他就对陆澜咬牙切齿。如不是丘主任保驾，他的乌纱帽恐怕早就丢了。想当初，他是恨不得打碗凉水把那小子吞下去，只是苦于找不到借口。现在好了，机会来了！他得仔细想想，用什么办法整治这个小子才解恨。

狠狠斗一通吧？一具臭名远扬的僵尸，呆呆傻傻的，光斗不解恨！批林批孔不过是拿这小子垫垫背，现在是与大人物直接交锋的时候了！何必在小爬虫身上费工夫。他断定陆澜不敢再乱吼乱叫了。何况，我雷闯江山已经坐稳，再吼、再跳也白搭……

336

报案送监狱吧？这小子没偷没抢没杀人，判刑好像不够秤……

开除公职吧？小子正好可以回去和臭娘老子团圆，不是便宜了他吗？记大过吧？黑崽子还怕背点黑锅？而且，留在眼前终有后患！因为，那颗纽扣的把柄可能还捏在他手上，挖了他心肝，他会就此罢休么？

想来想去，雷闯想到了对付刘放的那种办法：流放老山，让他与世隔绝！免得那张臭嘴再坏我名誉。同时，还可借此消除我雷某"报复心重"的不良印象。

当天下午，雷闯召开了场党委会。会上，从来是一把手说了算，"一元化"嘛，每次拍板，他都要重申这一原则，谁敢违抗呢？雷闯迅速把个人意志强加于集体，而后向陆澜宣布了党委决定：

"陆澜——，我雷某宽大为怀，既往不咎，对你免予处分。为了给你改过自新的机会，场党委研究决定，交给你一项光荣而艰巨的任务！去阿佤山养牛，解决农场吃肉难的问题。这是组织对你的考验——信任——关怀嘛，嗯——"他尾音拖了好几拍。上台虽没几天，却已是一口官腔。说话如背台词，有声有色、抑扬顿挫，表演得还真像那家人。

陆澜苍白得发青的脸，又那么不规则地抽搐了一下。还有什么更好的去处呢？上海，已无家可归；八队，在魔鬼掌心；出门，是黑牢和大棒，饥饿和侮辱……他无神地盯着雷闯的脸，而后又是一阵怪笑……

阿佤山，与缅甸相邻，与泰国相望。它没有茂密的森林，却有宏伟的山峦。那披着薄薄绿装的山，一匹连着一匹，一匹压着一匹，一匹高过一匹，山脊勾出的曲线，像一道巨大的绿浪，和无数小小的绿波，构成了波涛滚滚的绿色海洋。

拂晓，小红球似的太阳跳出林海，把它那金色的羽纱铺撒在浩瀚的绿波上。

清晨，一团团牛奶色的云雾，像一朵朵洁白的蘑菇，漂浮在绿色的海面上。

傍晚，落霞嵌在天边。那蔚蓝的天空、火红的云霞、葱绿的山林，在天幕这块巨大的调色盘上，浸润渗透、交相辉映，形成鲜艳的夕照。

午夜，皓月高照，银辉轻轻流泻到墨绿的林海上，使人感到那样恬静、安闲。

阿佤山，是佤族人民的故乡。这山的连绵起伏，这山的峥嵘高峻，这山的一切，无不象征着这个民族刚强、自尊、勤劳、善良、厚道的优良品质。

"到了。"引路的汉子冷冷地说。陆澜抬起木然的脸，直勾勾地盯着面前的阿佤山。它像什么呢？在绝望的陆澜眼中，这山像古堡，有些阴森；更像巨坟，将埋葬他的希望、他的爱情，连同他的尸骨……

陆澜挪动沉重的脚步，一步一步，走得那样缓慢。不知是过于劳累，还是不肯走向死亡，或者是留连人生？他木然地转过身来，回顾弯曲的小道，从脚下望到小路的尽头……是要带走留在人间的最后一行脚印？还是想沿着小路回到幸福的生活中？他不知道。

"哇——哇——"一只乌鸦惨叫着，震落了天边最后一朵晚霞。他孤零零地走在小路上，路的尽头，依稀可见一株枯树、半间茅屋。此情此景，陆澜感到自己仿佛置身于马致远笔下的凄凉画面中——"枯藤老树昏鸦，小桥流水人家，古道西风瘦马，夕阳西下，断肠人在天涯。"陆澜茫然地走着，直走进漆黑的林子里……

陆澜挥动竹竿，拦回了乱跑的瘦牛。就"咚"地坐在地上。两眼直勾勾地盯着那些小黄团儿啃青草。闲得无聊的牛儿，一会儿站着发愣，一会儿挤挤撞撞、互相摩擦。只要它们不跑远，陆澜就不愿撑起身来。

一片青草吃完了，陆澜把牛儿吆到另一块草地。日复一日，这面山的草稀疏了，就向另一匹山转移。树枝撑起的茅草棚，已随牛郎转移了三次，他的牧放地，已向阿佤山纵深靠近。

夜晚，陆澜独自仰卧在茅棚外，无聊地数着天上的星星，盯着那泻银吐白的月亮。

头发蓬乱地盖过他的双耳，胡须密密麻麻地掩没了他的嘴唇，腮边伤口留下的印记显得更加乌黑。空虚和绝望，化成一团浊雾，蒙住了他的眼睛。他真的是改头换面、脱胎换骨了！坐着像一尊泥塑，动着又像尊木偶。每天除了重复单调的唤牛声，再难发出一点儿别的音响；终日除了竹竿拦牛的动作，就是仰卧大地，呆呆望天；或者双手抱膝，蹲着发愣；或者久久伫立，不思不语，没有一点儿生气。他身穿撕成了条条的破衣，就像野人披挂的树叶兽皮。脚蹬张着娃娃口的破鞋，用几根草藤作鞋带，绑在螺蛳骨上。住在低矮狭小的茅棚里，过着挖地掘灶、钻木取火的野人生活……

有时候，他仿佛看见一个英俊少年，听见那个充满理想的陆澜在呼唤他。可是，定神听听，四周只有猫头鹰的惨叫，麂子的哀嚎，黑夜的风啸……环顾四周，夜幕中，只有原始人般的自己。

这天夜里，陆澜依然头枕大地，面对星空，盯着那天边的冷月。那不是月宫里的嫦娥吗？她正站在桂花树下，脚边蹲着银色的小兔……或许是山高月亮近，他这个近视眼都似乎看到了月宫中的一切；或许是太寂寞，他用自己的意念创造了一个有生灵的幻境……

"唧唧唧——咚咚咚——"的声音，把陆澜从幻觉中唤醒过来。这是阿佤人的木鼓声，乘着夜风从山弯悠悠飘来，像一条清澈的溪水流过陆澜干涸的心田。他看见那不远的山弯里，透出几点烟火。啊，终于闻到了人间烟火！那边有人！只要见到他的同类，他就不会退化为低能动物！只要有人，不管是阿佤人还是野人！孤独的牛郎，多么需要人间的温暖啊！

"几点磷火不是星光，
秃尾巴鹌鹑不是凤凰……"
山弯里，飘出一串银铃般的歌声。

"山雀唱不熟樱桃，土蜂酿不出蜜浆。"

歌声越来越响，陆澜那木人般的眼珠动了一下。

一群小羊沿着山弯，向陆澜走来。

"阿哥啊，请把金竹楼盖在你的心坎上，阿妹会像一只云雀，飞进你的心房……"

歌声中，有个姑娘身披朝霞，朝这边走来。她脸蛋黑红，长发齐腰，鬓角插着野花，红色的紧袖短褂勾勒出她充满青春活力的曲线。黑筒裙镶着红白边、腕上的银镯子、胸前的银环、锃亮的耳环，连同水汪汪的大眼，一起在朝阳中放光。

"阿妹会像一只云雀，飞进你的心房……"

牧羊女纵情地唱着，羊鞭舞着柔软的节拍，双目凝视着遥远的天边。一抹甜蜜的微笑荡漾在她深深的酒窝里。

突然，她发现路边蹲着一个"野人"。先是一惊，而后壮着胆，甩着羊鞭，大落落地走过去。她才是大山的主人！

小羊羔蹦蹦跳跳地簇拥着牧羊女。阿佤姑娘高高挥动羊鞭，却又像一缕缕轻风拂过她的羊群。

就在姑娘挥起羊鞭的一瞬间，陆澜记忆的闸门涌开了一道缺口，一曲遥远的旋律，从心海深处飘了出来——

"一个小姑娘，赶着一群羊"。童年时代的歌，在他麻木的心中，漾起一丝丝舒缓的微波。"到池塘那边的草地上去牧放！"啊！蓝蓝的天空，洁白的云朵，静静的山弯，青青的草地，碧绿的池塘，还有天真美丽的小姑娘……那姑娘，穿着白连衣裙，头上扎着蝴蝶结，两腿瘦长瘦长的，像只白鹭鸶。童年时代的小莉，仿佛浮现眼前……"她手上挥着那长长的羊鞭，却从来就不肯落在羊儿的身上……"陆澜沉醉在孩提时的幻觉里，恍若置身在天边那块圣洁美好的天地中……

那群活蹦乱跳的羊儿，像一朵朵白云飘去……

第二天、第三天，每天早晨，牧女的歌声都悠悠地传过来，如云的羊群轻轻地飘过去……命运之神，怎把陆澜带进了一个童话般的世界？！他仿佛感到，有股清新的空气流进了沉闷的心中！他那僵死冰凉的心，轻轻地掣动着。或许是童心复活，他突

然想随着羊群，化作白云飞向远方那块自由的天地。猛然起身，腰部一阵钻心的疼痛，曾被扁担乱砍造成的内伤，把陆澜从童年的幻境里拖了回来，严酷的现实又笼罩了他的心。

陆澜久久没有转移他的放牧地，牧羊女也没有改变她的放牧路线。他们每天都见面，却从未搭腔。牧女每天都唱着歌儿来，挥着羊鞭去。她生活得多么自由，多么安宁！与这多难的牛郎，形成了鲜明的对照。

陆澜终于发现，阿佤山竟是一块超凡脱俗的自由王国！不管野心家卷起多狂的政治风暴，这里却风平浪静；不管野心家怎样争权夺利，残害人民，阿佤人都始终如一地平等相爱、辛勤劳作。陆澜庆幸自己落入了这片未被污染的净土……

"喔哦——喔哦——"牧羊女站在山崖放声高喊，又侧耳聆听远山的回音。

唱歌，喊山，逗羊羔，摘野花……单纯、快乐，这就是大山女儿的生活。

生活，生活是什么？陆澜发现自己并没弄懂这个问题。

有人说：生活是一面静静的湖泊，它的实质就是一汪清水。然而，对着这面明镜似的湖泊，你从不同的角度，会看出它不同的形象；你在不同的时空里，会看出它不同的色调；你有不同的心境，会品出它不同的韵味。

有人看生活是残杀，有人看生活是友爱；有人看生活是鲜花，有人看生活是荆棘；有人看生活是深沉的大海，有人看生活是山间的小溪；有人看生活是崎岖山径，有人看生活是平阳大道……

陆澜的生活是群魔乱舞，牧女的生活是青山绿水……

陆澜曾经暗暗嘲笑牧女，"不知有汉，无论魏晋"！如今，他却羡慕牧女超凡脱俗、无忧无虑！

啊，找了八年的"桃花源"，这不就是吗？陆澜僵死的心，仿佛在慢慢苏醒；麻木的情，仿佛开始缓缓流动……他不能在这大山里困死憋死！"适者生存"！他又想到了这句话。自由地生存下去！顽强地活下去！这或许就叫做生活！

然而，每月送来一袋米，天天喝盐巴汤，煮野菜的生活，却使陆澜的身体一天比一天虚弱。他的生存欲和生存力，日渐形成巨大的反差！

那一天，陆澜觉得心里闷得慌，胸口像堵着一个铅球，胀痛恶心。

当牧女赶着羊群路过的时候，正碰见陆澜大口大口地吐着鲜血。陆澜只觉得天旋地转，一头扎在斜坡上。

牧女先一愣，继而丢下羊鞭跑过来，用力挡住陆澜就要滚下去的身子。陆澜面色惨白、双眼紧闭，鲜血染透了破衣。

"救人呐！快救人呐——"牧女六神无主，四处张望。但寂静的大山，只有牧女呼救的回音。望着这半死的牛郎，牧女急得直搓手。丢下他，半夜里，他会被老狼撕成碎块儿的。回去叫阿妈，来去这么远，恐怕他活不成了。怎么办？怎么办？阿爹说过，见死不救，来世不得好报！阿妈说，只要是生灵，都得保护啊！

陆澜像死尸般一样躺在草地上，那群瘦牛围着他，瞪着痴呆呆的大眼望着它们的主人。

牧女不再呼喊也不再犹豫了，她蹲下去，猛然用力托起了陆澜。陆澜高大的身躯，几乎盖住了牧女那小小的身子。牧女托着他，几乎是一步一步地爬着往前走。

那些可爱的小羊羔，一个个挤挤跳跳地跟着往回走。那群呆呆的瘦牛，似乎也明白了什么，一个个战兢兢、怯生生又慢吞吞地尾随在小羊群后面。

就在寨子边那株古老的菩提树下，小羊儿咪咪地叫着，瘦牛儿哞哞地吼着，惊动了全寨人。当人们跑到树下时，只见牛郎血迹斑斑昏死在地，身子下压着昏过去的阿波。人们掀开牛郎抱起了阿波，只见她脸上、腿上、手上到处挂着血口，汗水湿透了她的头发，她的筒裙、绑腿……

陆澜醒来的时候，一个满脸多皱的老大妈，递给他一碗白

米粥。

陆澜找他的牛儿，牛群被牧羊女赶到草地去了。陆澜找他的破絮，大妈把他拉到火塘上方的木板床上。按照佤族的风俗，这张床只能安置最亲的人，绝对不许容纳异邦外客。大妈记得"石头不能当枕头，汉人不可交朋友"的古训，但阿妈同情这个没人收留的汉家儿子，怜爱这个孤独无依的放牛郎。

白天，阿波为他放牛，大妈为他烧竹筒新米饭。晚上，大妈和姑娘一起陪他吃饭喝茶。

陆澜发现，每天晚上，大妈都对着墙上挂的一块红布发愣。他问大妈是怎么回事？大妈听他开口说话了，便用不很流利的汉话与他交谈。陆澜得知，牧女叫阿波，是大妈的独生女儿。阿波他爹是队长，出门去了。

说起这红布的来历和阿佤山的历史，大妈用生硬的汉语让陆澜得知，阿佤人祖祖辈辈住岩洞吃野果，一生不出深山老林，长期与野兽打交道。他们不招惹谁，可是别人欺到了他们头上。汉人进山要杀他们，洋人过界来打他们。阿佤人抱成一团对付外敌。四十多年前，英国人杀进了阿佤山，佤族兄弟和他们拼。就在村头那棵菩提树下，成群结队的阿佤小伙子倒下了。后来，日本人杀到阿佤山，势单力薄的阿佤人，联合了傣族、拉祜族兄弟，一起和外敌斗。大家拥阿佤为头，以佤族木鼓作战鼓。阿波的祖父饿朗，带着大伙儿，用射杀野兽的弩箭、镖子射杀日本人。战斗结束时，人们把一块红头巾扎在浑身是血的俄朗头上，全寨人一致拥饿朗为阿佤英雄。那山边的界碑上，还留着饿朗刻下的刀印，记下了那次打日本人的事。

老饿朗，阿佤人中的英雄好汉，没有死在洋人手中，却在一次械斗中，屈死在汉人的刀下。大妈说到这里，看看陆澜，又看看那块发黄了的红头巾。

饿朗死后，山寨人又拥他的儿子，即阿波的爹为头儿。大妈说起老伴就眉开眼笑，说他又勇敢又勤劳又忠厚，山里人都喜欢他。可是，这些年他当了队长，整日里被人喊出去开会。大妈真怕红头巾保不住了，因为山里人讨厌不劳动的人。

陆澜这才明白，红头巾是阿波祖父挣来的荣誉。阿波和大妈天天望着红头巾发愁，原本是盼大伯早日回来领着山里人劳动，保住他们家"阿佤英雄"的荣誉。

看着大妈失魂落魄盼丈夫的模样儿，陆澜在心中暗自诅咒那些整日里运动不休的野心家，他劝大妈别愁，大伯会回来的。

大妈每次都对他点点头，而后劝陆澜早早睡觉。使陆澜体会到了一种失去已久的母爱。人说是阿佤"山高、树粗、人野蛮"，陆澜却感到阿佤"山清、水秀、人心善"。在这里，没有人鄙视他，没有人欺侮他！他放牛、打柴、背水，一份劳动换来一份果实，一颗心换来一颗心，一分情换来一分爱。这里的努力和成果是成正比的。

陆澜穿着一身靛色衣裤，包着一张灰色头巾，背着一个黑白条相间的筒帕，腰间别一把佤族大砍刀，活脱脱一个阿佤俊小伙。他每天和阿波去放牛，迎着朝阳出去，披着晚霞回家，戴着明月吃竹筒饭。

开始，阿波的话很多，什么都给陆澜说，连同哪家小伙子送她一只野兔，哪个小伙子陪她一起去放羊。整天里都打着哈哈唱着歌儿。后来，阿波的话渐渐少了。陆澜以为她的龙门阵摆完了，就主动给她讲故事，故意找话题让阿波高兴。

有一天晚上，月儿格外的圆，格外的亮。大妈为他俩准备了一桌奇奇怪怪的东西———一盆用鼠肉熬成的粥，一碗生牛肉酱，一钵散发着腥气的牛肠———这是阿佤人古老的礼节，只用它招待最亲的亲人。

陆澜又想起麻柳寨的猪肠，不觉皱紧了眉头。他可以断然拒绝麻柳寨人，但却难以拒绝自己的救命恩人，人总得以心换心啊！

陆澜不知今天是什么日子，大妈是那样高兴，阿波是那样激动。寨子里的姑娘小伙们，居然围着他们敲起木鼓，跳起了"浆珊洛"。

阿波告诉他：从前有个阿佤小伙，与土司家的女儿相爱，两人相约私奔，土司发现后，打死了小伙子，姑娘也殉情自杀了。

老百姓为他们合葬。不久，墓地长出两棵树，树上栖息着两只鸟儿，任凭风吹雨打，它们形影不离。一只鸟专叫"浆"，一只鸟接着叫"珊洛"。人们为了记住这个爱情悲剧，就把"浆珊洛"编成歌，世世代代传了下来。

这故事，多像小莉给他讲过的大青树下的传说啊。陆澜已听不见木鼓声声，看不见翩翩舞群。他只仰望着那一轮明月，思念他的小莉——

"人生代代无穷已，江月年年只相似。不知江月待何人，但见长江送流水。"那深深的感伤又笼罩了陆澜的心。他的小莉、他的爱，就像那一江春水向东流，永远永远不复还了……

大妈用一只斜口竹筒杯，将那从八百岁老树上采下的香叶茶水递给陆澜，打断了他的沉思。

喝完香茶，陆澜默默走进屋里，躺在火塘上方的木床上，望着窗外的明月，怀念他的小莉。

突然，阿波走进来，大胆地靠着他躺下去。陆澜惊诧地撑起身子，阿波却执意要和他躺着对歌。阿佤人把是否尊重他们的习俗，当作衡量朋友的标准。陆澜无可奈何地躺下听阿波唱歌：

"我愿化作一股春风，
紧紧跟在你的身旁；
我愿化作一场细雨，
轻轻洒在你走的路上。"

"你？！"陆澜听出了阿波的意思。他"腾"的一下翻身站了起来。今天晚上的一切欢乐，原来都围绕着他在转！阿波把他当作了"金竹楼"！

阿波！小云雀！我不是你栖身的"金竹楼"！我的心，不能再容纳你……陆澜毅然转身走出了房门。

大妈满面惊恐地追了过来，阿波倚着门，流着泪。

陆澜对她们说："我已经有妻子了……她……在曼波山……她一直等着我……阿波，我不能娶你……大妈……我愿做你的儿子……"

阿波扭头跑回屋去，放声大哭。

陆澜第一次看到了阿佤小伙的另一副面孔：脸色发青，腮帮紧咬，双目喷火……他们拿着大刀、猎枪，一步步逼近陆澜……

"你滚！汉狗！……滚！滚！滚！"他们向陆澜扑过来，不容许汉家的崽子轻侮他们心中的女神！

"滚！汉狗！滚！汉狗！"他们用猎枪对准了陆澜的脑袋。

那个曾送给阿波野兔的小伙，用枪托撞陆澜的头；那个曾陪阿波放羊的小伙，用刀背敲陆澜的脚。

"滚！汉狗！滚！汉狗！"全村男女老少都拿起武器逼着他。

陆澜一步步向后退去。

"滚！汉狗！滚！汉狗！"不知是谁朝天开了一枪。

阿波冲了出来，阿妈冲了出来，她们用胸膛护住了陆澜……

场党委办公室里，雷闯似笑非笑："好！好！好！到阿佤山闹事！挑起民族纠纷！破坏民族政策！好！这就好！"

雷闯拨通了州公安局的电话。

小李子走了两天两夜，终于爬上了阿佤山找到了陆澜。

"你快躲躲！明天，雷闯就要叫人来抓你！"

躲！往哪儿躲？往哪里躲呀？！这里已是边界线，还能往哪里躲呢？！

面对阿佤山萧杀的秋夜，陆澜能说什么呢？

祖国九百六十万平方公里的辽阔大地，难道就没有我的立足之地吗？

他无力地靠在古老的菩提树下。

阿佤山的夜，好浓啊！好沉啊！好闷啊！

"陆澜，你躲躲……小莉死了，老齐残了，刘放、老张、汪飞都被抓了，婷婷也傻了……你得走，你得找条生路哇！……"

暴风雨来了……

小李子的头发衣服紧贴在身上，显得更瘦更小，她打着寒颤，苦苦劝说陆澜：

"明天就要来抓人！你得找条生路！找条生路……小莉托过你，代她走完人生的路……"

陆澜一下跪在小李子面前哽咽道："我……永生永世……忘不了你的恩德……"他取出怀里那包材料交给小李子，"等到那一天，为莉莉伸冤！全托你了……"陆澜泪如雨下。小李子把材料放进贴身衣袋里，默然地含泪离去。

陆澜望着小李子那瘦弱得快要化为乌有的身影，远去了……

初秋的闷雷撩拨着陆澜剧烈跳动的心，暴风雨推涌着他剧烈起伏的心潮……

"愿你代我走完人生的路……走完人生的路……"

陆澜跟跟跄跄走回小屋，找出纸笔写道："阿波，我的救命恩人！我对不起你！原谅我！我要走了，去寻找我的爱人……"

可是，当陆澜向国境线跑去的时候，他的腿颤栗了：你不是喜欢屈原和陆游的爱国诗吗？你不是从小就立志要"精忠报国"吗？你爱父母，因为父母给了你爱国的教育！你爱小莉，因为小莉为你做出了爱国的榜样！今天，你怎么能抛弃自己的祖国呢？……

不，是民族的败类要赶走我！是那些蛀虫要逼走我！

暴风雨中，陆澜那孤独的身影，穿过茂密的老林，向国境线奔去……

他一步一回首——再看一眼善良的大妈和阿波！再看一眼静卧在千里异乡的小莉！再遥望一眼杳无音讯的爸爸妈妈！再看一眼抚育自己成长的，令人依依难舍的祖国……

"轰……嚓嚓——"一道惊人的雷鸣，掣出一道透亮的闪电，把中缅边界上，由阿波祖父亲自刻下的刀印，记载着阿佤人民捍卫疆土，抗击侵略者而流血牺牲的历史界碑，清清楚楚地映入陆澜的眼帘。陆澜仔细地端详着它，想着它的过去，看着它的现在——历史，为什么这样捉弄人呢？！

"嚓嚓——"又是一个雪亮的闪电。

阿波的祖父血流如注，拼命擂着木鼓，又拿着镖子，狠狠刺杀侵略者……

界碑上，民族英豪的血迹未干；而我，却为何要离开这块用鲜血换来的土地呢？……

"哗——哗——哗——""嚓嚓——"雷鸣电闪，风雨交加。他呆呆地伫立在界碑旁……

八年前，在病床上目送他的亲生母亲的脸；八年前在澜沧江桥头看见的，那张焦灼不安的、傣族母亲的脸；昏迷中苏醒来见到善良慈祥的佤族母亲的脸；眼前这张老泪纵横、如泣如诉的祖国母亲的脸，此刻竟相重叠交替地出现在陆澜眼前。

哪个母亲不痛自己的儿子？哪个儿子又不爱自己的母亲？！然而这神圣而崇高的母爱，却被那残酷无情的所谓"革命"割断了！

"母亲"遍体鳞伤、重病缠身，她已经无法顾及她心爱的儿子了！

雷吼着、风叫着，像一群恶魔在催逼着陆澜出境的脚步，推着他一步一步往那边走。

菩提树在风雨中摇曳着它那墨色的枝叶，在陆澜的脸上和身上轻轻抚过，把它满身的雨珠洒落在陆澜脸上，像母亲哭别远行的儿子，又像母亲用那枯萎的手，挽着儿子不肯让他离去……可是，母亲再无法留住自己的儿子，儿子要去寻求一条生路！陆澜心一横，猛然掉头，发疯般地向西南方奔去。

前面就是中缅交界地，陆澜的心不由得"怦怦"乱跳。紧张之际，忽听得身后有脚步声，一定是抓他的人追来了，他惊恐地躲进了草丛中。

借着闪电，他看清来者是二男一女，三个知青模样的人。其中一个猛然发现草丛中有人，立即闪进树影中冷静地问：

"出去的吗？！"是上海口音。陆澜心一震，不禁转惊为喜，在这里竟然遇上了同乡！

当陆澜从草丛里站出来时，三个人愣了，分明是个阿佤汉子，却带一口上海腔。陆澜见他们满脸狐疑，便说明了自己的身份。

"哦，同路人，跟我们走吧。"那女知青大大方方地走近陆澜说，"别犹豫了，中国已经变修，留下有何奔头？我们要去

参加缅共，组织游击队，从西边打进来，推翻修政权，解放全中国！……"女知青简直像个政治家慷慨陈词。另一个男知青不住地给她递脸色，要她收敛点。她却瞪了那男知青一眼："怕什么，我们从不隐瞒自己的政治主张！多一个人，我们的队伍就壮大一分，修政权就早一天短命！"

陆澜惊愕不已，连连声明，他不是去参加缅共，也没有想过要打回来。

"走、走、走！这不是久留之地，过去再说！"女知青推着他往前走。

陆澜被他们推着拉着，消失在雨幕中……

第二天清晨，雷雨洗涤后的阿佤山，更加宏伟秀丽，它像巨人般屹立在祖国南疆。

太阳出来了，把它那耀眼的金纱，披上这苍翠欲滴的绿水青山。

寨子边的菩提树下，阿波披散着长发，哭得死去活来。阿妈望着女儿，老泪纵横，手里拿着阿波她爹的一张头巾。这是陆澜掉在山下小河边的，还有一双阿波为他做的布鞋，也提在大妈手上。

这孩子为什么要跳河呀？阿妈有哪里对不住你呀？可怜的孩子啊……大妈哽咽着，责备自己不该贸然提亲，让他受了这场委屈。阿妈已经劝阻了兄弟们，你为什么还要走呢？不做阿妈的女婿，可以做阿妈的儿子呀！她百思不得其解，就像她不明白这汉家小伙为啥流落到阿佤山来一样，也弄不清他为何又突然离去。

按佤族风俗，亲人死后要埋在住宅附近。阿妈流着泪，把陆澜穿戴过的衣物埋在了屋后的菩提树下，还将一根空心竹插在坟头，每天从竹筒往坟中倾倒食物，让死者永远和家人一道生活。

每当月亮出山时，痴情的阿波都要到这没有尸骨的坟前悄悄哭泣，寄托她对亲人的怀念，表达阿佤牧女对一个异族游子的哀思……

每天每夜，阿波都静默在坟前，就像当初的陆澜，去坟头看望他的小莉一样……

二八 冰冻三尺

审讯完毕，刘放被推进黑屋，等瞳孔适应了光线，才见八个犯人的目光不约而同地射向自己胸前的"九号"。

刘放的"左邻"，是个五大三粗的农民，目光很恶。据说一开饭，大伙都得让着他一点儿，稍不留神，你的饭就会抢进他的嘴。

刘放的"右舍"与"左邻"正好相反，是个细皮嫩肉的书生，目光呆痴浑浊，据说进来时戴着眼镜。他疯了，原先是逢人就说，后来被看守治了几回，不说了，只要开口，还是疯话。

粗人欺生，把刘放的两顿饭都抢去吃了。刘放无可奈何，有人对他举拳头，暗示他武力对付。从小就宽容大量的刘放，尽管饿了一天也没有动手，就是动手，他也打不赢那个家伙。没想到那人的心与目光一样凶狠，第二天，又照旧抢刘放的饭吃。刘放火了，一下夺了回来，那人又抢，刘放开始动拳头。饿了一天一夜的刘放，哪里打得过那个粗鲁汉子。其他人见惯不惊，各刨各的饭，谁也不管他们怎样打。结果，刘放脸上被砸开了一道口子，但这碗饭却保住了。粗人是打够了，这顿饭却没吃够！

看来，求生存得靠力气！在生存竞争中，要比谁的拳头硬！刘放每天早早起床，面壁挥拳练功，他有意练给粗人看，粗人也乐意看他练。看完了照样抢他的饭，他们照样开饭时交一阵锋。时而抢了去，时而又夺回来。渐渐地，粗人从刘放手中夺过饭的机会少了。他开始服这个年轻小伙。表面斯斯文文，却有一把好

力气。不过，公开败在"九号"手上，以后就别想再抢别人的饭碗，即使要收手，也得要以一次胜利告终。于是，粗人又抢，两人又打。粗人不让，把脚加进来踢打，接着把头加进来撞，最后，把大黄板牙也加进来撕咬。刘放虽被打得一脸血疙瘩，却绝不屈服，他一定要征服那粗人！"弱肉强食"，今天的刘放决不再是块"弱肉"！谁要想吃他，还没那么容易！他会化作一块骨头，卡在你的喉咙，直到将你哽死。刘放竭尽全力自卫，粗人使出吃奶的力气拼搏。但是，粗人那粗大个头的先天优势并没能占上风，他终于被刘放制服了。粗人趴在地上，那七个人拍手称快，刘放闷着头吃饭。

右边的"细人"向刘放伸出了大拇指。制服了这个粗人，其他人对"九号"刮目相看了。他们告诉刘放：粗人原是农村的一个队长，搞"三忠于"时，他叫农民拆教堂、平院坝，赶在九大召开时好跳"忠字舞"。为了抢时间效忠，他强迫农民把教堂地基挖空，然后一下推倒，农民多有家室儿女，怕死不干。他把吼着不干的人拉出来批斗，逼着人们挖。结果，教堂倒下来，十五个农民一个没活，脑浆血肉炸开一地。他拉开尸体，又让人平整院坝，跳"忠字舞"。那些死者家属便找他拼命。上面本来无心处理他这个"最忠最忠"的队长，但那些家属却要杀他。为了保护他的安全，给他判了刑，让他躲在牢房里避风。他不知趣，天天在牢里吼叫，说要到林彪那里去喊冤。林彪一爆炸，他就不吼了，坐在牢房里只想吃。知道粗人的底，刘放更觉得拳头有劲了：只要他再抢，刘放会把他捶成肉泥，为十五个农民报仇。

自从制服了"左邻"，刘放的"右舍"开始对他友好起来，竟然对"九号"说起疯话：

"……通病通病，国际通病……共产党的国际通病……"

刘放有些云里雾里，他不禁顺着话头问疯子："什么通病？"

"左派幼稚病！……幼稚病、幼稚病……"

刘放有了眉目，觉得这个疯子还怪有意思，便又追问："什么幼稚病？"

"农民意识……想当皇帝……当皇帝……那妖婆想当武则天……武则天……"

刘放顿时来精神了，他知道，疯子心里明白。他走近疯子，小声劝道："你别说了！他们要打你……"

"我不怕……不怕……政治就是人吃人，人打人……人整人……人咬人……咬人整人……吃人……打人……打人……吃人……"

刘放很快了解到，疯子原是某大学讲马列的，"文革"前颇有名气。"文革"初期学生起来斗他，他和学生辩论，学生打他的头，说他的脑瓜总想出些反动点子。后来，他疯了，整日里就念那些话。在公开场合个别场合都说这些话。再后来，因为攻击"文革"旗手江青，被打成现行反革命关进了牢房。

在大牢里，看守打他，爬起来，他还说；打昏过去，醒来又说；白天说累了，梦里照样说。直说到总理去世，他哭了一夜，就不再说了。现在看见刘放，他又说了起来。

刘放开始关注疯子，渐渐看清：他不是疯子，只是对中国绝望了。

于是，刘放告诉他天安门前的一切，告诉他人们觉醒了，那些恶棍长不了了。疯子果真激动了，他不再装疯，夜夜和刘放谈马列，谈国际共运，谈中共党史，谈"文革"过失……

"疯子"从刘放这里，看到了民族的希望；

刘放从"疯子"那里，懂得了更深刻的马列原理……

同屋的人发现，"九号"又治好了一个"疯子"。

"九号"、"九号"、"九号"……人们在向"九号"靠拢，"九号"成了黑牢的轴心，连粗人也围着他转了。

他们背着看守，听刘放讲外面的事，讲人民的反抗，讲那些恶棍的罪行……犯人们仿佛看到了出头之日……太阳要升起来了……

太阳果真升起来了！

"四人帮"垮台了！

"犯人们"在黑屋子里狂欢，连粗人也高兴得流泪了……

"'九号'有人接！"看守高叫刘放。他是最后一个进来，却是最先一个出去。犯人们拉拉他的手不说话，全都挤在铁窗前目送他走出去。

他蓬头垢面、满嘴胡须，像个憔悴的老人。乍一钻出阴暗潮湿的牢房，好似突然看见电焊的弧光，觉得一片银白，睁不开眼。过了好一会儿，眼前的银花稀疏了，疼痛感也随之减轻。刘放揉揉眼睛，慢慢睁开睁大，眼前逐渐清澈、明亮了。他迫不及待地举目望去：蓝天空旷，白云高远！一股激情顿时涌上心来。啊！别了大半年的祖国大地，今天我又看见了你的风姿！昔日的雾霾散开了，到处绿水青山，到处生机盎然……

"终于盼到了今天……"他热泪盈眶，四处张望。

"刘放！"团省委的老林激动地迎上前来。"你就是小刘吧？走！走！团省委派我来接你。"

已经有好久没见到这样的笑脸，没听到"小刘"的称呼了。他受够了横眉冷对，听惯了"刘犯"、"九号"，眼前的一切，使他万分亲切。

回归的小吉普在公路上飞驰，刘放与老林并肩坐在车上。

大半年的囚犯生活，在刘放脸上留下了本该由无数个春秋来刻印的年轮，也使他明白了原需无数个岁月才能认清的世理。在那黑屋子的"犯人"中，他既接触了深明大义的民族脊梁，也接触了五花八门的社会残渣；他见到了为民族安危而不惜牺牲个人利益的真、善、美形象，也见到为私欲而不惜害人害国的假、恶、丑的灵魂；他看到了振兴中华的希望，也看了毁灭祖国的蠹虫。那黑屋子，就是一个高度浓缩的社会、一个纷繁复杂的世界。正是那几十平米的黑屋，磨炼了他的意志，陶冶了他的性情，丰富了他的大脑。那就是一座炼狱！

"小刘啊！浪费了你宝贵的年华！"老林歉然地说。

"不，倒是节约了时光。"

老林侧过脸来，不解地端详着他。刘放脸上的花斑倒淡化了，但那长发、胡须、皱纹，看去仿佛老了十岁。哪像照片上那个二十多岁的小伙呢？……

小车开进团省委招待所。小刘推开车门，一幅醒目的横标映入眼帘——"洪涛必须彻底交待迫害'四五'英雄的反革命罪行！"

"他迫害谁了？"刘放问老林。

"你呀！"老林的目光好像在说："怎么样？让你出了口恶气吧！"

"不，不……"刘放喃喃。

"不是他点的头吗！"

"可是，点头前，他喊我走开。"

"……"老林不解。

洪涛……反革命？！

刘放，"四五"英雄？！

刘放觉得心里有一种说不出的滋味。当初把他抓上警车的那一刹那，他并不认为洪涛就是革命英雄，自己就是反革命罪犯；此时此刻，他也并不认为洪涛就成了反革命罪犯，而自己就成了革命英雄。

他找老林要了纸笔，为洪涛写下了当初叫他快跑的证明材料。

"向'四五'英雄刘放学习！""向'四五'英雄刘放致敬！"

刘放刚跨进门，就被这雷鸣般的口号声搞懵了。

"哎，老林。你不是叫我来和青年们谈谈心，开个座谈会吗？怎么……"上千青年爆发出一片热烈的掌声，打断了他的问话。

"小刘，团省委应革命青年的要求，要你来作报告！"

"老林，怎么能这样！？我算什么英雄？！不过是受到良心的驱使！不过是抄了几首代表我心愿的小诗！讲了几句心里话！不过是同全国人民一样爱戴总理，算什么革命英雄？！"

场内又是一阵雷鸣般的掌声。大会执行主席在喇叭里再次请他上台。

"小刘哇，别谦虚了！别推辞了！你看青年朋友多欢迎你！"

实在不是什么谦虚，为什么要这样言过其实地走极端呢？为什么……刘放紧皱眉头。

"别犹豫了，快！快！"老林几乎拖着他走进会场，高声向人们喊道："同志们，这就是我们的英雄刘放。他是我们云南省共青团的骄傲！是我们大家学习的好榜样……"

会场又爆发出一片长久的掌声、口号声。

然而，令全场惊愕的是，这个大名鼎鼎的"四五"英雄，居然没对大会讲一个字！

组织部长对他说："经我们研究决定，提你作团省委副书记！"

"顶替洪涛？！"刘放一脸困惑。

他对组织部长说："感谢组织的信任。但我不能胜任这个职务。我明白：坐火箭上去的，跟斗摔得更大！凭关系拉上去的，必然被'关系'弄下去！靠运动'运'上去的，必然被运动'动'下台！共产党的干部，是一步一个脚印干出来的！"

他终于摆脱了那令人讨厌的"首长接见"、"广播宣传"、"大会报告"和"小会交流"，踏上了回归西双版纳的路。

震塌了的宿舍盖起来了吗？……老齐怎么样？……老张每天还哭小疆吗？……陆澜……那些材料，把那姓雷的弄翻没有？……汪飞真的去偷去抢了吗？……

前面的双人座位上，一对男女紧紧依偎在一起，不知是一对热恋的情侣？还是一对新婚的夫妻？知青中，已有不少成双成对成家的了。

刘放把视线挪向车窗外，但那对依偎着的背影挡住了他的视线。

他下意识地摸摸嘴角，胡子又长出来了，可是，那把刮胡刀呢？小李子给他准备在云里山用的那把刮胡刀，他一直珍藏着。多少次，他走到小李子门前，想向她明确表示自己的心思。可是，柳华、夏莉的死，陆澜的败诉，雷闯一伙的反击，小疆的惨死，一桩接一桩的事搅乱了他的心；国家的事，连队的事，同伴们的事，几乎占据了他大脑全部的空间。在北京时，他曾想把自己对中国问题的新发现，写信告诉小李子，又怕为小李子惹出麻烦。当他被打成反革命关进大牢时，他决定彻底割断自己的儿女情，把那生锈的刮胡刀扔掉了。今生今世，他将独身奋斗，决不让小李子为他担惊受怕，承受苦难。

汽车的喇叭声，打断了刘放的沉思。他看见，前排座位上的两个头又在蠕动。那个长头发，索性把脸埋进短头发的怀抱里；短头发，则频频地用他的长胡茬，在那长头发的额上扎着……

刘放的心像被那胡茬扎了一下，而且扎着了他心灵深处那最敏感也最珍贵的东西……

那个甩着小辫子找医生，为他买面条，扶他下床、练步的小李子……

那个悄悄为他补衣服洗被子的小李子……

那个昏倒在胶林里的小李子……

那个用瘦小的身子撑着他翻山越岭去治腿的小李子……

那个默默无闻地为橡胶事业，为同伴们无私付出，却从不向谁索取报答的小李子……

她像一块坚硬的小砖，铺在事业的最底层，铺在行人往来的大道上；像一棵常青的小草，悄悄陪衬鲜花，装扮着春天。她存在时不为人们所注意，然而，没有她，却使人感到失落了一样最充实最珍贵的东西！啊，小李子！你用你弱小而又博大的心怀，承受着我们民族的、农场的以及我们这一代人的巨大灾难！然而，你却用你瘦削而又坚实的肩头，承担起了我们民族的、农场的乃至我们这一代人的使命和事业！

小李子……我回来了……

"四人帮"粉碎了，你可以甩开膀子大干了……

"四人帮"粉碎了，可是，小李子并没有轻松。她的党籍还挂着，因为曾"唆使"陆澜叛国投敌！即使对夏虹说那些话，不算"里通外国"，但陆澜叛国，就是在小李子去的那天晚上啊！

　　令小李子自慰的是，她没有辜负陆澜的重托，她为夏莉伸了冤！她交出了那包材料，作为运动办的成员——那个给众人、给老齐印象都不错的殷老秘书，是那样果断地受理此案，那样迅速地把雷闯打入了牢房，就像十年前动员雷闯出来造反那样的坚决果断。而后，他以同样的坚决和果断，把打人致残的"黑熊"投进了牢房。这一下，他在机关、在全场威信猛增，迅速地被提为揭批"四人帮"运动办公室的主任。作主任的第一件事，就是把老张从牢里解救出来，而后领着老张去看望尊敬的老齐场长。因为他知道打击雷、熊，解放齐、张将产生的心理效应。

　　当初他拒绝出任政治处主任，而今他愉快出任运动办主任，他是明白人。"短命官儿"他不当，"太平官儿"才能稳打稳扎！

　　大刀阔斧地处理了帮派骨干分子，回过头来，他就慢慢理内线、清社会基础，把揭批查深入下去。办"说清楚"学习班，他亲自点将找骨干。他点了小李子，大家不解，说她党籍还挂着。殷主任说："桥归桥，路归路。"他是多么清楚，那个小不点儿在群众中的印象。不顺乎民心，怎能得人心？他还点将陆明生、肖老头儿。

　　至于参加"说清楚"的对象，当然是雷、熊在各个时期的追随者、同情者。"划线"时期的，他点了伍计金；"批林批扎"时期的，他点了苏生！"反击时期的，他点了大字报上由他提议，顶替了他的名字的彭心善！还点了一个，没任何人想到的八队知青"孙鲁人"，因为他配合雷闯，害死了老齐的独子，也得"说清楚"！弄他们，可得老场长的心，得老工人的心，得知青的心！

　　有人似乎看出些蛛丝马迹，当齐正华准备起用殷秘书作运动办主任时，场部那个一贯埋头业务、不问政治的老技术员，给老齐讲了个历史小故事：皇帝要起用身边的一个得力干将，朝廷内外却众口缄默。有个忠臣冒险劝阻。皇帝问：你们都说他是奸佞小人，我怎么从来没发现？忠臣说，这正是他的高明之处呀！

老齐纳闷了好几天，如果说，殷秘书只给我个人糊糊糊送甜头，我齐正华决不会拿原则作交易。他对技术员说："我反复调查过：竹楼上策划，老殷叫他几个莫动；雷闯要他在大字报上签名，他叫给划了；雷闯请他出任政治部主任，他不干；雷闯一伙要斗我，他给我通风报信；雷闯他们要上报逮捕夏莉，是他把报告转给我看。没有谁能举例说明他有帮派活动呀。和雷闯几个接触虽多一点，但他是在我和那些人之间周旋做工作呀……"

齐正华不犹豫了，他对技术员说："老殷跟了我这么多年，我看他没有整人的坏心，也没有当官儿的野心。让他当运动办主任，他知情，有利于揭批查。"

得到了齐书记的高度信任，殷主任工作更加努力了。他一定要彻底查清红卫农场的帮派体系，把雷闯一伙弄干净，特别是了解他老殷另一面的人，也决不心慈手软。

殷主任亲自出马，主持"说清楚学习班"。对政治不感兴趣的小李子，违心地坐进了会场。定神一看，觉得这个学习班的阵容很有意思，一边是洋溢着胜利者神气的脸，一边是带着沮丧神色的面孔，即使初来乍到，都能清楚地划分出正反角色。

殷主任刚刚宣布发言开始，便听得"啪"的一声，陆明生拍案而起。他四十不到，面如古铜。十年前，他曾作过一队的派头头。这个以"炉火旺"的外号著称全场的风流人物，在"划线站队"中站错了队，被"正确派"当作典型，挂钢板黑牌、戴铁制高帽游街示众；并暗地用皮鞭抽烂了他的皮肉，用杠子踩折了他的小腿；还对他女人施以痛打落水狗的惨刑，致使他那尚差两个月就要出世的儿子夭折在母腹。从那以后，"炉火"黯然，加上一个只有他自己心中明白的原因，他那铜钟般的声音，从人们耳边消失了。"炉火旺"忍辱负重，一口气憋了六七年。可是今天，恶人头目雷闯被押上了审判台，还有他那死对头——当年一队的派头儿、与"炉火旺"争夺造反分队大权不成，便在"划线

358

站队"中泄私愤、欲置"炉火旺"于死地的伍计金——也成了他的阶下囚。

"伍屠夫！""炉火旺"铜钟般的声音威震全场。那个当年杀气腾腾、号称"屠夫"的伍计金，此刻吓得战战兢兢，肥胖的身子瘫成了一堆肉泥。当年那天不怕、地不怕的雄姿，早已飞得无踪无影了。"屠夫"这人，不过是个普通工人。过了几天官瘾儿后，由利欲熏心变成了权欲熏心。他那敢冲敢闯的天性，也得以使他在"造反有理"的岁月里步步高升。因为一个只有他明白的原因，他有些怕"炉火旺"，怕"炉火旺"杀死自己。后来，"屠夫"成了雷闯一伙"地下斗争"的累赘。渐渐地，他被雷闯一伙彻底排斥，以至被"黑熊"骂成"叛徒"。愤恨之中，他后悔当年为雷闯一伙冲锋陷阵，暗暗忏悔自己的过失。"划线站队"中毒打"炉火旺"，推"炉火旺"婆娘下水的手，经常火辣辣作痛。他被派友孤立，也被受害者仇恨。渐渐地，他看穿了人世间互相利用的真谛，看淡了"权力"这个东西。也便老老实实做起人来。没想到，这次运动一来，这作痛的伤疤又被撩开了。连他自己也不愿再回想的那些恶作剧，又一幕一幕、清清楚楚地展示给他看。

"没想到你也有今天！你老实交待，你出于什么动机？什么目的？用什么手段迫害我和我的老婆、儿子？！""炉火旺"怒目喷火，直射向伍屠夫。他声音变调、浑身发抖，离开座位，向瑟瑟缩缩的伍屠夫直逼过去。

"你说！""炉火旺"咬得牙齿咯咯作响。

"我……我……"伍屠夫战战兢兢地抬起头来。

"啪！啪啪！"几记破响的耳光，在伍屠夫脸上留下了横斜交错的血指印。

"陆明生，冷静点儿！"主持会议的殷主任招呼"炉火旺"。

"我冷静？我冷静了整整八年！今天我要爆发！要发泄我八年的深仇大恨！"

"哎，老陆！老陆！慢慢说，慢慢说！"几个人出来招呼他。

伍计金低垂着肿得像猪尿包的脸。

"你放明白，是你站错了队，还是我站错了队？你'屠夫'再凶还压得住我'炉火旺'？你五(伍)字再大吃得了我老六(陆)？今天是我们的天下，我们无产阶级的天下，你听见没有？你听懂没有？！"

"啪！……"又是一记响亮的耳光。刚才打的那些血条条差一点儿没喷出血来。伍计金一下瘫倒在地上。

"炉火旺"还想蹦过去打时，伍计金猛然从地上跳起来："你还要打？！"伍计金再也忍不住了。

"要打、要打！'四人帮'的爪牙，为什么不该打？！"

"你'炉火旺'别忘了，岩共是怎么死的？！"

"……""炉火旺"好像脚板突然被钉子扎了一下，身子一缩，继而又发狂地跳过去要打，"你的臭嘴乱说！污赖好人！……"

"好哇，你还不住手？我亲眼看见，是你把岩共推下水的！"

"他自己跳下去的！""炉火旺"又要打。

"你瞒不下去了！你当时想推我下水，我一闪，你失手便把岩共推进了澜沧江！上了芦花岛，他们要打你，我想到我弄死了你的儿子，就保了你，说我没看见……不然，你'炉火旺'还能活到今天！我以为，你心里明白，我们的旧账就算了，没想到，你还要来给我比拳头！你'炉火旺'，也跟我老伍一样，同样是个没心没肺的东西！……"

全场惊呆了……

"炉火旺"瘫了下去……

殷主任沉着地宣布："陆明生，坐那边去。"人们迅速把他推进了"讲清楚"对象的行列。

第二天，殷主任宣布："由二队老肖发言。"昨天的自由发言出了点乱子。今天得有秩序地进行。

一点肖老头发言，在场的肖、彭两家人马，心中同时敲起了鼓。全场一下屏住了呼吸。众所周知：大彭和肖老头，是肖、彭两大家族的主角，两家实力在农场势均力敌。以往肖家站错了队，彭家才占了上风；如今彭家又"站错"了，肖家该如何收拾彭家呢？人们拭目以待。

肖老头战战兢兢走上台，吞吞吐吐半天说不出一句完整的话。

肖老头子今天怎么啦？往日两家闹事，任何领导也调解不了，任何人劝说也不听，可谓"针插不进，水泼不进"。但只要肖老头、大彭一出面，说一是一，拍板就定案，两家兄弟崽娃没哪个敢反。在解决家族矛盾上，肖老头是能说会道，蛮有魄力的呀！

老肖呢，心里确实有些犯愁，他忘不了那条干裤子、那碗热鸡蛋。大彭对得住他，他不该对不起人呐！怎能"落井下石"，"墙倒众人推"呢？

不发言？行么？殷主任那样信任自己，背后多少兄弟侄子盯着自己……老肖急得冒冷汗。

"我……只会劳动……不会港（讲）话……领导要我港（讲）几句……我说呀……'四人帮'倒了……我们工人高兴……"肖老头说着说着，大脑神经就"短路"了。

"老肖，联系实际说。"殷主任递点子。

"……划线站队么……是坏人出气，好人受气……今天么……该是好人出气……坏人受气啰……"可是，在座的谁是坏人呢？——大彭？大彭他们那个彭家坏是坏，但大彭送给我的那裤子、那鸡蛋不坏呀……老肖又"短路"了。

大彭坐着一声不吭。大彭的侄儿彭家海却气呼呼地鼓着眼睛，他管你肖家政治高调如何唱，彭家有势力，他有安全感。你肖老头要说我们是坏人该受气？老子才不受你肖家的气！

肖老头的堂弟瞪着彭家海的脸，无论怎样也捺不住了。肖老头说不出来，他站起来帮腔。肖百顺拍着桌子蹦了起来，把肖老头吓了一跳。

"彭心善，你站起来！"

大彭的脸抽搐着，战战兢兢地立了起来。

"你说清楚，你是怎样指使你的侄儿打我们肖家的？"大彭还没回答，肖百顺就把矛头转向了彭家侄儿："彭家海呀！我是看着你娃娃长大的。你狠得心呐，一边拿脚踢我，一边问我还和不和你老爹唱对台戏。那时候，你彭家崽好歪哟！除了我哥，哪个敢惹你？！今天，该我们肖家出口气了。你彭心善、彭家海说清楚，1959年闹事，你们是咋个整我老爹？1962年打架，你又是咋个打我兄弟？1965年吵嘴，你又是咋个骂我娘？1969年划线，又是哪个指使你彭家海打我？是不是你彭心善，今天得给我们肖家说清楚！说清楚！……"这肖百顺，真以为"说清楚"学习班是为他们肖、彭两家办的！真以为现在是肖、彭两家算总账的时候了哩！

彭家海不服气，他也照样"英勇"地挺身而出，好像他不是学习班的对象，而是学习班的骨干。

老肖的又一个堂弟肖百荣，见彭家海站起来，他也站了起来，仿佛又在较量谁的人多、声音大、力气大。

他站起来盯着大彭挖苦，像要把大彭吞下去。大彭对这些小字辈不屑一顾，干脆拿背抵着他们。

台上的肖老头一下急了。"打起来不得了哇！"他上前拉住肖百荣："崽，算了，算了。我们还是港（讲）路线斗争……"

"路线斗争？我们肖、彭两家就是路线斗争！就是阶级斗争！"大老粗肖百荣就这么直愣愣地吼。

彭家海满不在乎地质问："你敢说我是'四人帮'？！"他两眼直视肖百荣，牙齿咬得咯咯响。

"你是'四人帮'的走狗！"肖百荣拳头捏紧了。

"走狗也要枪毙？"彭家海寸步不让。

"不枪毙也要千刀万剐！"

"量你肖家崽没那狗胆！"

"今天就是我肖家的天下。"

"是不是你肖家的天下？我们出去看看！"彭家海坚信彭家

的实力。

"彭家海！"殷主任一声吼叫！双方戛然住声，"你是来接受帮助的！"

"你彭家海还敢向无产阶级专政示威？"肖百荣突然想到这顶帽子。这一提，倒点醒了肖百顺："对对，我们要求场运动办公室对顽固分子彭家海严加惩处！"

会场乱了，人们纷纷站起来，团团围住争吵得面红耳赤的肖、彭二人。

殷主任站了起来："同志们！我看呐，革命群众在气头上，有点过激行为是情有可原的。受了十年的窝囊气嘛，不让人发一发说不过去……"殷主任不再砸短句，得学学官腔。他一开口，全场肃静，肖百荣拍起巴掌来了。"我认为，肖百顺同志的政治立场是鲜明的，感情是可以理解的。思想领域里的革命斗争，当然不会从容不迫、文质彬彬、温良恭俭让。矫枉必须过正嘛。所以，今天要检查态度问题的，不是肖百顺、肖百荣，而应当是彭家海！"殷主任之所以当众狠批彭家海，是为了掩盖自己主张把大彭名字签上大字报的阴谋。如果此事被揭露，可说成是大彭搞报复，那时，群众自然会相信这话。

"啪！啪！啪！"肖家亲友和几个划线站队中的受害者，不约而同地鼓起掌来，深为殷主任在阶级斗争中旗帜鲜明的态度而感动。

殷主任接着宣布："下面由八队孙鲁人谈认识。"鲁人这两天一直呆坐着，一种罪过感从地震到现在还没离开过他。此刻他站起来，出言讷讷地说："我有罪……我愿意坐牢……小疆是寄放在我宿舍的……"

"说清楚，为什么要配合帮派骨干整革命老干部？"不知谁吼了这么一句。

"我……我……雷闯没有叫我……配……合……是我……我自己忘……忘记了……"鲁人带着哭声。

小李子忍不住了，怎么能拿小孙来整呢？小孙怎么会和雷闯扯到一起呢？她真不明白，殷主任为什么要让小孙来说清楚。

"我……有罪……我去坐牢……"

"不，小孙没有罪！他与雷闯无关。地震时，他忘了小疆，是因为他去抢救连队的一千斤大米！他没罪！老齐决不会怪罪他……你们去问老齐，去问老张……"小李子义正词严地为鲁人辩护。

"李芳，坐下。"殷主任招呼她："行了，下面由苏生发言讲清楚。"殷主任是非常懂得适可而止的，弄小孙不是他的目的，他只要全场人看清他是如何地关心老革命，看清他对老齐的诚意就行了。

苏生站起来，从容不迫："我没什么可说的，我恨姓雷的！"

"为什么写大字报整老干部，整你们的知青同学？"

"我写了陆澜，一直后悔，想挽回自己的过失。其余的人，我没害过？"

"什么动机？"

"想挣表现。"

"没说清楚。你要交待怎样参与雷闯的阴谋？怎样策划篡党夺权的？"

"我没参与阴谋！我不想篡党夺权！"苏生一屁股坐了下来，带着不屑一顾的神情。

他不知那些运动骨干还问了些什么，他眯缝着眼，透过镜片观察着那些愤愤然的脸，和那些指过去戳过来的手，举手遮挡那些飞过来溅过去的唾沫……

……可悲呀！我们的民族，历史留给你的包袱太沉重了！宗派意识、帮派斗争、小农思想、极端个人主义、封建家长思想、皇权意识，一直随着我们社会主义共和国而顽固存在啊！这派上台充皇帝，那派上台作家长；这派得势整那派，那派得意搞这帮……整来整去，真正遭蹂躏、受损失的，却只是庶民百姓啊！……我们五千年历史的文明古国！我们十万万民族同胞，还要争斗残杀到何年何月？我们的社会主义共和国，你何时才能摆脱那些可怕的阴影呢……

苏生那早已忏悔的心，被他们深深地伤害了……

小李子望着台前的横幅，嘲弄地笑了：说清楚！说清楚！这样说下去，永远也说不清楚！

她走上前去，对殷主任说："我请假，不想参加了！"殷主任也正有此意。他稳重而又温和地对小李子点点头。

小李子惆怅地走在回队的路上，流沙河水"哗啦啦"从她身边流过。那河水，今天显得格外浑浊，黄得发黑，仿佛还带着血腥味儿。莫非，这真是夜叉的尸水？那个关于流沙河的传说，在小李子心中罩上了浓浓的阴影。转过河湾，她突然看见对面围着许多人，只见四个公安人员押着一个犯人，犯人边走边挣扎。

突然，她看见犯人吊着的黑牌上，写着"汪飞"，名字上还打了一把大红叉！她的心一下紧了，随即跟着人群跑了过去。

汪飞边走边叫："我要回上海！——我不该回来！——"

"回上海，你杀死了傣族老乡，你得偿命！"

小李子浑身发抖。"汪飞"二字还没喊出口，就听见"呼呼——"两声枪响，"飞猴儿"应声扑倒在血沙里，狠狠啃了一口泥沙，又呼地伴着血吐了出来……

小李子的腿一下软了，瘫倒在一蓬飞机草边，好久好久回不过神来。她仿佛看见，汪飞被子弹凿出的窟窿里，汩汩地冒出乌红的血，一会儿就被那老和尚的禅杖引出的夜叉尸水卷了个一干二净……

"从前有座山，山上有座庙，庙里住着老和尚和小和尚……"如今，小和尚死了，老和尚讲故事没人听了，故事循环不下去了……

汪飞枯燥乏味的生活，永远永远地结束了……

月亮升上了天空，小李子才拖着发抖的腿回到了宿舍。她想把刚才发生的那可怕的一切告诉人们，可是，她第一个见到的婷婷却神情古怪地捏着一封信，呆在那里一动不动。

小李子喊婷婷，婷婷没有反应。

小李子拿过信来，又是那个熟悉的笔迹："你的洪涛，已发配到遥远的矿山，我正式把他还给你……对不起了……"

"洪涛判了刑？！"

婷婷嘴角掣动了一下，发出奇怪的笑声。她的脸色铁青，眼睛混浊，声音那么怪异，面部肌肉扭动得那么难看，是笑？是哭？小李子怎么也分不出来。她拼命摇动婷婷的肩头，呼喊婷婷的名字，可是她怎么也止不住婷婷浑身的颤抖、奇怪的哭笑……

小李子的头快要爆炸了，她绝望地冲出房间，望着那冷漠的白月痛苦诘问："十年'文革'的苦果，为什么要让我们吞下去呀？！"她抱着自己的肩头不住地抖，身子仿佛越缩越小……她冷啊……像在严冬……

"小李子！"一双有力的手，猛地搂住了小李子下沉的身躯。

"刘……放……"小李子一下昏倒在他的怀里……

二九 三叶树的沉思

一股强大的西伯利亚寒流，随季风向西双版纳袭来，使这片古老的亚热带森林，遭受了百年罕见的大寒害。十五度以上气温才能生长的橡胶树，处于零下四度的寒天冻地，便落叶纷纷，由绿转黑了。

胶林里，薄冰覆盖了红土，冷雾笼罩着大地，寒气挡住了晨曦。一排排光秃秃的橡胶树杆，在寒风中颤栗着，像一个个风烛残年的老人。那天色，惨白得令人心寒；那胶树，乌黑得令人心酸。昔日的胶林，起伏绵延成绿浪翻滚的碧海；今日的胶林，像一片被野火烧过的枯木。昔日的胶园，以象征生命的绿色，给人带来蓬勃向上的生机；今日的胶园，却以那象征死亡的黑色，给人带来衰退没落的伤感……

每天清晨，刘放都像寻找魂魄似的，在林子里走来走去，盼望着寒流早早退却。然而，那寒潮却像巨大的隐形魔鬼，疯狂地吮吸着橡胶树上的绿汁。刘放眼巴巴地望着它一片片吞噬枝头的黄叶，一块块咬落树脚的黑皮，留下一枝枝死去的枯杆……

恶魔榨去的不是绿汁，而是知青们的血汗！它们吞噬的不是黄叶，而是知青们的青春年华！它们咬落的不是黑皮，而是知青们心上的肉！它们留下的不是枯杆，而是知青们快要冷却的心啊！刘放喟然长叹。

人们不约而同地来到林地，悄悄站在刘放身后，呆呆地望着发黑的胶树。

刘放的脚尖冷痛了,手尖冻麻了,心尖仿佛冻开了一条大血口……九年前,他那决定性的一声"烧",此刻哽得他喉咙发痛;脸上那已经淡化的伤疤,此刻又在隐隐作痒。千百年来,老林子像西双版纳的一道绿色长城,调节季风,阻截寒流,使这片热带雨林保持了恒温。它是橡胶林的保护神啊!我当时怎么那样糊涂?!

"罪孽!罪孽呀!"九年前,那位白发苍苍的老专家的呼喊,又在刘放耳边响起。然而,那科学的呼喊声被革命的鼓噪声盖住了,老专家没能阻止刘放、洪涛病态般的理想狂热,没能阻止八队知青愚人般的蛮干傻干!没能阻挡成千上万把挥向原始森林的砍刀!他的《中国植物生态学》,没能扫除知青这帮"科盲"!此时此刻,要是老专家站在面前,刘放一定叩首三拜,做他最虔诚的弟子!要是那些鼓动毁林的革命醉汉站在面前,刘放定会扑上去把他们痛打一顿!

如果说,天安门事件,使刘放懂得了历史规律不可抗拒的伟大真理;那么,橡胶大寒害,又使他明白了自然规律不可抗拒的伟大哲理!

然而,这个伟大哲理的"顿悟",使他联想到这场同样"伟大"的知青运动——成千上万地涌来,必将举起成千上万把砍刀,必然点起成千上万把野火,必定要烧毁成千上万亩林木。那么,失去生态平衡,就是大规模支边运动的必然结果!

刘放为自己这些"伟大"的发现震惊了!

难道,我们十年的追求,原本是一个巨大的虚空?!难道,我们十年的心血,原本是白流?!难道,我们整整一代人的青春,原本是被野心家和自然神所玩弄?!

不,不能使十年的理想变成虚空!不能让十年的血汗付之东流!

刘放转过身来,面对久久沉思的人们说:"同伴们,是我刘放叫烧的老林子,是我的愚昧破坏了这里的生态平衡。我对不起西双版纳父老,对不起农场兄长,对不起为橡胶奉献了十年青春的你们……"

队伍是那样静，静得能听见人们沉重的呼吸！

"大自然已经给了我沉重的惩罚！但是，几千亩胶林啊，是我八队同伴流血流汗，一株一株浇灌出来的呀！同伴们，密林'四霸'的围攻，雷雨冲打，烈日暴晒，野火焚身，瘟疫折磨，地震威胁，曾使我们脱落过几层硬茧几层皮！流过几多血汗几多泪啊！八队这几千亩胶林，凝结着我一百多名同伴美好的青春年华和心血啊……"

人们发出沉沉的叹息。

小李子抚摸着曾与自己比高低的胶树，它是比自己高多了，然而，它却死了！小李子说过，她要陪橡胶姑娘白头到老，可是，自己还没白头，橡胶姑娘却先去了……

人们仿佛又看见，老齐吐出的一摊鲜血，柳华的双腿埋在土里，小李子累倒在树下，鲁人那磨成猪肝色的肩头，刘放那满身的血泡和花斑，婷婷那晒得枯焦了的乱发，洪涛那湿透的汗背……

人们的眼睛潮了，十年的艰辛，像电影般出现在人们眼前……

"同伴们！"刘放指着前方沉重地说："那是夏莉用她拿针头的手，挖出来的植胶带……那是汪飞……用他干瘦的肩头挑上来的胶苗……那里有陆澜……在接到母亲判刑的消息时，含泪掘出的压肥坑……这是他们今生留在世上的唯一纪念啊……"

队伍里发出强忍不住的抽泣声。

"我们活着的人，有责任留下他们青春的划痕呐！同伴们！一定要保住我们开垦的第二个橡胶基地！我们要抗拒天灾，挽救我们的胶林，留住我们的青春啊……"

一场自发的抗寒斗争，在八队胶林摆开了战场。

还未开割的五岁幼林里，一架架暖篷支了起来，像城市建筑工地的脚手架，团团围住胶树。一片片黑绿相间的林子，蒙上了白花花亮闪闪的塑料薄膜。秦大军从支架上摔了下来，揉揉屁股走向另一片胶林，跛着脚爬上另一群篷架。钟琴领来的薄膜用完了，心一横，腆着大肚子往家里走，把为孩子准备的尿布、毯子、被单抱出来，递给了站在架上的秦大军。人们见状，纷纷折回宿舍，抱来了冬夜御寒的被褥。整个林地，顿时变得花花绿绿，一片喜色……

刚刚开割的高产树位，是人们的重点保护对象。刘放领着一帮人，四野收割枯草败叶，在林地捂出一团团白烟，想以此驱散下沉的冷空气，保护那娇嫩的割面。当野草收尽，白烟稀薄时，刘放抱来了自己铺床的草排草席，人们纷纷仿效，连那些平时不关心橡胶事业的人，也都毫不犹豫地扯出了自己床上的草垫……

鲁人来回扛运搭篷用的木料，虽是寒天冻地，他却只穿着一件湿透的单衣。肩头磨破后流出的血水，迅速凝结成硬块；头上冒出的热雾，和着那草木捂出的白烟，一起为胶树抵挡着寒流。从学习班出来后，鲁人的厚唇闭得愈紧，劳动是越加卖命。这片高产芽接树，是他独自用肩头挑上来的，既然已为这些苗苗流了十年汗，怎能让它们毁于一旦呢？

二队的胶林里，几个湖南老工人也在失魂落魄地转着。

肖老头站在胶树下，鼻尖上滴下一颗水珠，不知是冷出的清涕，还是沁出的老泪。他猫着腰，用绽开冰口的指头，轻轻拔掉塑料暖篷上的薄冰；又叉开青筋鼓胀的双手，仿佛想以掌心的一点热气，把那些发黑的幼苗烘绿。好久好久，他才掀开暖篷的一角。那神情，就像产妇第一次看自己的孩子，但他的"孩子"却已僵死冷却！

"没救啦……没救啦……"老肖机械地摇着那一头白发，用颤抖的手，盖好塑料薄膜。再用泥土把薄膜扎得严严实实。没救了，他还要救！

老肖木然地挪动着已经不大灵活的腿，来到洼地实生树林中。这片林子，是他们在三年自然灾害时期，从湖南支边来农场开垦的第一片土地；是由老齐亲自指导种植的第一片胶林。他的脚步在这里久久凝滞，目光从近到远，从左到右，从上到下地移动，仔仔细细地、一株一株地端详这片胶林。

不知是寒雾弥漫，还是老眼昏花，眼前的胶林模糊了，十九

年前的情景，清清楚楚呈现在他眼前……

烧荒的野火熊熊燃烧，惊破了夜神在原始森林上空覆盖的黑幕。他，一个不满四十岁的庄稼汉，微弓着腰，抡起砍刀，左右开弓，在夜战的工地上，施展他那"老把式"的本领。

"来、来、来，填填肚子再干！"小柳华挑来两桶野芭蕉杆碎粒，和少量包谷籽煮成的稀饭。大伙儿围在桶边，津津有味地嚼着。小柳华一个人抡起砍刀，在那边挥汗如雨……

因脚尖冻得刺痛，使老肖从苦战荒林的幻景中回到了现实里。

又是一块洼地胶林。靠近根部的树皮，一块块溃烂驳落了。老肖蹲下去，把一块绽开的皮按上去，一放手，皮就落了下来。又按，又落；再按，再落……他自嘲地苦笑，笑自己老天真，玩孩童的把戏！

这是去年才开割的一片芽接树林地，是大批知青来时定植的。在这里，他曾和老齐一起，手把手地教青年们割胶。开割第二年就创造了全场单株产量最高纪录。这是经过精心选种、育苗，精心芽接、管理的高产品系，是老肖指导五队知青，呕心沥血七年才换来的呀！

然而，两尺多长的开割面，几乎全部发黑、溃烂，哪里还能指望那割面上再度出现白白的胶乳流线呢？……

逼人的寒气中，肖老头满面愁纹，满脸老泪。1960年，那么大的天灾，我们都挺过来了。可今天，谁还能带领我们抗灾呢？当年那抗灾的带头人齐正华，已弄得半残；给大伙送饭的小柳华，也先我们这些白发人入土了……剩下我这年近花甲的老骨头，还能种出那一片片绿树？还能看到那没边没头的橡胶林么？……

是犯了哪股天水呀？

是触了哪尊山神哦？

肖老头想起老爹在世时，一再叮嘱他莫去动那片老林子，犯了山神要遭大祸。可当年，他看不过意动了刀。"山神啊，我是教他们砍，不是我要砍呐！"肖老头可怜巴巴地乞求山神饶恕他的罪过。

那些娃娃哟，也不知天高地厚啊！为啥要放火去烧哟……把山神烧冒了火咯！讲么个科学哟？还说我迷信……现在你们该信啰……

肖老头一个劲儿地埋怨那些冒犯了山神的娃娃……仔细想想，又觉得不该怨他们。他们讲科学还有点道道。他们让我这老头子开了洋荤，老来还认得几个豆芽脚子样的字呢！就是那个骂我迷信的小刘嘛，教我写名字。我老头子手笨，写到半夜也划不全那弯弯杠杠。害得那崽摸黑出门，把膝盖摔得血淋淋的。莫怪那些崽嘞，他们丢着城里清福不享，大老远来这里，还不是为了橡胶树么？

肖老头摸摸那绿一塘黑一块的树身，像突然想到了什么。他转身回家，打开柜子一阵乱翻，抓出一堆破衣旧被。摸摸，又放回箱子；想想，又抖了出来。他抱着这些衣被就往林子里走。看着有一块绿色的树身，就给"穿"上件衣裳。他那细心的神情，像战场救护员，正在尸堆里寻找还未断气的伤员；他那轻柔的动作，像在为有一丝复活希望的人包扎伤口。他的儿孙们遍山地喊，满林子地寻，不知老头子出了啥意外。老肖对惊奇的儿孙们吩咐道：快去捡些牛粪马蛋，弄些谷草茅草。儿孙们拗不过老头子，不救活这些树，老头子定会和他们没完。

不知啥时候，大彭和二队的老工人都来了。他们的儿孙跟着老人满林子转，你呼我应忙得不亦乐乎。孩子们仿佛也不再嫌臭，抓起牛粪马蛋子往树上抹。一片死气沉沉的黑林子，立即有了些生气。

老齐拄着拐杖，从这片林子钻进那片林子，又从那面山巅悠悠荡过来。他无力地靠在一株死去的胶树上，仰望那稀稀拉拉的黑树杆，和树杆上空那黑中泛白的寒天……都怪我呀！只盯着橡胶园，大片大片地毁灭原始森林！

老齐又想起那位老专家，是他让自己懂得了生态平衡。还有敬爱的周总理，在1963年视察西双版纳时，给他和所有的垦荒者

敲响了警钟：西双版纳要有计划地开伐……原始森林要保护……弄不好，西双版纳将成为一片沙漠……我们将对后人犯罪呀……

从那以后，齐正华的分场就再没毁过原始森林……

可是，齐正华靠边了……总理的教诲早被人遗忘！齐正华出山晚了，没能阻挡刘放他们横向原始森林的砍刀！没能及时扑灭小青年们在原始森林点起的烈火……

让他们重蹈了自己的覆辙！罪过呀！罪过！

自己和刘放他们，是西双版纳的创业者，也是破坏原始森林的罪人呐！我齐正华没有理由推卸历史的责任！

然而，齐正华的感情却忍受不了！全分场成千上万亩胶林，哪里没有他流下的汗水？为了这三叶树，他失去了左臂！被敲断了肋骨！被打残了右腿！为了橡胶园，他独身奋斗到三十八岁！拖累了一个多好的姑娘！失去了两个多好的儿子！欠下了大姐和玉兰两笔永远还不清的感情债啊！

成千上万的知识青年，是他们来错了吗？西双版纳容不下他们吗？！是他们破坏了这里的自然生态吗？！

不，西双版纳需要他们！落后的边疆需要知识青年！是他们传播着城市文明！是他们打开了这封闭的边城！是他们引来了科学文化！涤荡了这里的原始陈迹！齐正华和他们同甘苦共命运，风风雨雨，同舟共济，升降沉浮心在一起，已经整整十年了啊！

如今，他们共同种下的橡胶树死了，橡胶林毁了！齐正华看看自己的断臂，望着自己萎缩了的右腿，一种岁月流逝、永不复还的感伤，紧紧揪住了他的心……我还能领着大伙儿重新定植，重建橡胶园吗？

当老齐颤巍巍跛到八队胶林时，发现满山白烟、满树花毯。钟琴一个踉跄，沉沉地摔倒在地。老齐一把扶起她来，用独臂紧紧握住钟琴浮肿的手，又依次拉拉刘放血糊糊的手，小李子冰口纵横交错的手，婷婷冰凉呆板的手，而后，轻轻抚摸着鲁人那结着血疤的肩头哽咽道：

"同志们……我谢谢你们……谢谢你们挽救了咱们农场的命根啊！"

齐正华原本以为，再也看不到那象征生命的绿，再也见不到他半生奋斗换来的橡胶园了。没想到，这帮小青年干出了他想干而干不了的事！

"你们长大了！……橡胶事业靠你们了……"

像八年前全营大会战那样，老齐又没日没夜地在林间奔忙，跛着脚，荡着一只空袖从这面坡到那匹山。从二队到八队，全场掀起了一场群众自发的、规模空前的抗寒斗争。大地上，到处熏烟缭绕、篷架林立、衣被飘荡……

老齐不肯离开胶林，刘放为他搭了个小小的篷，让他在那里稍稍歇息。

林地中，已没有队与队的界限，老肖大彭不时过来帮助八队青年。刘放他们也不时给老肖他们送去抗寒的材料。

抗寒一线，已没了白天黑夜的分野。寒流不退，火不能熄，烟不能灭，人不能退。

一天又一天，一夜又一夜，寒潮已持续一周而毫无离意。

熏烟的枯草黄叶用光了，人们扯下铺床的草排；裹树的破布床单用光了，人们拿出了自己的棉被。

老齐心急如焚，凭着老脸面，给总场、分局乃至昆明总局挂去电话，要求火速援助抗寒救灾的物资。

在寒冷的下夜，由于跌跤和劳累，钟琴腹中那个小生命，拳打脚踢地想要提前出世看热闹了。来不及送医院，只好在老齐临时歇息过的胶林小篷里接生。钟琴痛苦呻吟，汗如雨下。秦大军烧着一盆水，把胶刀在火上燎燎，草草接下了他的三女儿。钟琴曾几次披星戴月出山刮宫，都没能挂上号。这小人儿像不速之客，厚着脸皮来到人间，弄得父母一脸沮丧。两个小农工，养不活三个孩子呀！不懂父母心的洋洋和琴琴，用他们那又脏又瘦的小手去捏那红通通的小人儿，觉得小妹妹真好玩，哭起来真好听。

婷婷听见婴儿的啼哭，带着异样的神情钻进了小篷，痴痴地，对着那个小红团儿咧着嘴笑。她捏捏婴儿的手，看她是不是

缺了条胳膊？又摸摸她的脑袋，看它是否长得很圆？她突然脱下自己的衣服，把那小红人包了起来，紧紧抱住不放，谁也劝不走她。

洋洋突然想起了什么，转过身"笃笃笃"地跑出去，像小猴般爬上暖篷支架，扯下那早已潮湿的小棉被。秦大军什么也没说，夺过儿子手中的小棉被，放回了原处。洋洋大哭，闹着要抢回来给妹妹盖。秦大军一巴掌打在儿子屁股上："橡胶树活不成，咱们靠啥活命？！"

午夜的林子好冷好冷啊！老齐拄着拐杖跛来荡去，摸摸这割面，又拍拍那树身。抗寒物资再不运来，这些胶树恐怕熬不过去了呀！老齐又来到山垭口，焦急地张望远方，盼望着运送抗寒物资的车辆到来。

老齐久久不见运货的拖拉机，却突然发现，自己那瘦削的妻子站在半山坟前。他匆匆跛下去问道："你……怎么不在家睡一睡……"老齐深情地搂着可怜的妻子。

"来陪陪小疆，他独自睡在这山上，好冷好冷……"

四行热泪，在两张老脸上横流。老齐用独臂拉着妻子的手安慰道：

"玉兰……你是垦荒队最优秀的队员……从我们离开省城那一天起，我们不就只追求一个目标吗……柳华、夏莉、小疆他们去了，可我们还有橡胶园呐……走吧……"老齐挽着妻子的胳膊往林中走去。"那林子，才是我们梦寐以求的儿子啊……小疆已不能复活……我们要救活这个垂危的儿子啊……小疆仅花去我们八年的时间，这胶园，可耗尽了我们大半生心血啊……"老两口噙着热泪走进了胶林。

林子里，围在火堆旁的人，大都歪歪斜斜打着盹。刘放、小李子却四处奔走，加柴盖草，为了同伴们不至于冻醒过来，为了胶树不至于冻死过去。

夜好长好长啊，刘放昏昏沉沉，不时呕吐。小李子走近他时，感到一股灼人的热气。

"你在发烧？！"小李子一把拖他坐在火堆旁，用几把干草垫着他的腰部，而后脱下自己的衣裳为他盖上，一定要他靠着歇歇。自己独自承担了几十堆火的加柴任务。

"小李子……你来歇歇……我去加柴……"刘放吃力地撑起身子。

小李子一下按住他的肩头道：

"不用，我全加好了。你躺下，我给你吹牛解闷儿。"

刘放无力地望着小李子。小李子更瘦更小了。然而，她那两只大眼睛，却更黑更亮，在寒夜的火光中扑闪扑闪，给刘放带来多大的安慰啊！

"给你讲个笑话。上个月，我突然接到姐姐的来信。拆开一看，不是姐姐的笔迹。歪歪斜斜地写了几句话说：'今后，你别再给我寄线了。我常和集体户的男生上山打架，有时还捉到野鬼。现在，我肚子越来越大，什么也不怕了……'我惊奇万分，不知姐姐发生了什么事。"

"问清楚了吗？"刘放关切地追问。

"她同学才告诉我，那信是个农村小学生代的笔，把钱写成线，柴写成架，兔写成鬼，胆写成肚了。你说，好不好笑？"

"你姐姐为什么不亲自给你写信……"

"是呀，我也觉得奇怪，姐姐曾是学校作文比赛的第一名呀！"小李子说罢，又撑起身子四处加柴弄火。

冷酷的黑夜过去了，寒魔却依然霸道逞凶，势头不减。原先裹在树身上的衣被，已在几个寒夜中渐渐湿透，冰凉凉地贴在树身上，比寒潮还要刺冷。可是塑料布早已用尽，布片也已全无。小李子剥开湿布，只见先前的块块绿色正在缩小淡化，被标志死亡的乌黑蚕食着。

怎么办？小李子剥下那些湿布，一块块烤干再包上去。然而，柴禾也都烧光，人们望着胶树，束手无策。

当夜幕再次降临的时候，小李子毅然解开衣襟，面对那株产量最高的胶树割面贴了上去。像在森林之家亲吻她的胶姑娘那

样，紧紧地拥抱着它，用自己炽热跳荡的心，呼唤就要离去的胶姑娘；用自己小小身躯的全部热量，去挽救胶姑娘垂危的生命！

婷婷终日跟着小李子，机械地模仿小李子。她也开怀拥着胶树，痴痴地望着寒冷的夜空。

刘放剧烈地颤抖着，用自己烧得滚烫的身子靠上那颗高产树。

鲁人已剥得只剩下件单衣，他的衣服大都穿在胶树身上。此刻，他又将自己的体温传给了胶树。

反正，人们已没了被子，没了烧火的干柴。一个个都剥开胶树上的湿衣，用自己火热的胸膛贴上那些高产树的割面。

林地里，静得犹如无人之境，只有那百多颗年轻的心在"怦怦"地跳荡着……

人们凝视着夜空，在刺骨钻心的寒冷中熬煎着、挣扎着、忍耐着、期待着，盼望天边快快透出一丝阳光……

当金色的太阳升起来的时候，老齐的腿已不能站立，老肖、大彭的手已僵硬麻木，钟琴在产褥热中抖嗦着，婷婷那痴呆的脸上印着乌红的冻疮。当小李子把发烧几天几夜的刘放扶出胶林时，只见他瘦削的脸庞像旧报纸一般发黄，眼珠、眼白、手背，连同指甲，都染上了那不祥的蜡黄……

身患黄疸型肝炎的刘放躺在床上，小李子给他递去药片，继而坐在床边发呆。

"你怎么啦？小李子。"刘放吃力地问。

"没……没什么……"小李子沉重地摇摇头。

望着枯瘦憔悴的小李子，刘放心中好不酸涩，他十分愧疚地喃喃道："我拖累你了，小李子！"自从刘放出狱回队，小李子跟着他，没日没夜地搭茅棚、挖砖窑、打土坯，盼望着早日建起瓦房，让成双成对的同伴们住进新居。他们把早已成熟的爱一压再压，一心想让同伴们安居乐业，让所有相爱的情侣都成家。

刘放曾多次凝视着小李子说："只要大伙住进了瓦房，我们就结婚！"

"随你。"小李子每次都这样回答。刘放有时会搂着小李子自言自语："我们还等吗？"

"随你。"小李子从来都顺从她的大哥哥。

"再等等，只要翻过年头，只要砖瓦房落成，我们一定好好布置我们的新房！"

没料到，这场前所未有的大寒害打乱了他们的计划，自己这场要命的传染病，打破了结婚安家的梦！

小李子等了他八年，为他付出了多大的代价啊！

"小李子，我……真对不住你……"

"不，刘放，你误会我的意思了！"

"告诉我，你为什么难过？"

小李子从兜里掏出厚厚一叠纸递给刘放说："我姐姐……得重病回家了……"小李子哽咽道。

刘放颤抖地接过信。信中有一首长长的诗，是一个大巴山知青呛着血泪的心声——

……难忘啊，大山里的十个冬夏——

暴雨中，我哪管浑身湿透；

烈日下，我不惜汗雨挥洒；

学毛著，我夜夜熬干灯油；

搞运动，我无畏地在前线冲杀……

杂粮野菜，我紧锁眉头强咽下；

安居茅棚，哪怕风雨揭顶屡次塌；

脱胎换骨，我无视周身疾病发；

粗装素裹，自信是知识青年工农化！

为献身这缩小三大差别的"革命"。

我安心捏了十年的锄把！

一气滚了十载的泥巴。

农村、边疆，有多少知识青年都这样度过了自己最美好的年华！一种强烈的共鸣冲撞着刘放的心。

然而，"四化"需要文化，
可我那知识的幼芽，
早已在十年压抑中枯萎窒息，
再难萌发！
四化需要强壮的体魄，
而我那康健的身躯，
早已被病魔摧垮，
再难焕发生命的光华！

　　刘放的心颤抖了，一种同病相怜的感觉攫住了他。一句句如泣如诉，宛如从他心底发出的声声叹息：

我，又回到了故乡的杨槐树下，
可是，十年前的笑脸已无踪影，
岁月早抹去我青春的面纱；
十年前的情思何处寻觅，
只留下重重愁丝脸上挂；
十年前的理想早已破灭，
只有那空虚、渺茫把一切冲刷；
十年前的希望早已逝去，
只有串串悲泪，不尽地流洒……

　　读着读着，刘放的泪珠滴落在诗页上。

问苍天，问大地：
是谁，捉弄了我的纯真？！
是谁，把我的虔诚戏耍？！
是谁，吸干了我青春的热血？！
是谁，把我神圣的信仰践踏？！
是谁，把我推进人生的绝境？！
是谁，把我碾成了时代的沉渣？！

......

一字一句，都饱蘸着血，浸透了泪。这是千千万万知青们的青春血和青春泪啊！

　　我无辜于社会，
　　因为我无私奉献了最美好的年华；
　　然而，我却无济于社会，
　　尽管我付出了高昂的代价！
　　......

刘放手中的纸片飘落了，像几只白飞蛾扑向残烛。

就在那些纸片燃烧的火光中，刘放看到了他的胶林———一片枯焦、发黑的树杆……

最后一点火星消失了，那首诗已化作了灰烬，化作了一片虚无……刘放的精神支柱，在偌大的虚空中剧烈地摇晃着！

　　"我无辜于社会，
　　因为我无私奉献了最美好的年华！
　　然而，我却无济于社会
　　尽管我付出了高昂的代价
　　......"

小李子再也忍不住地扑倒在刘放怀里失声痛哭，是哭她的胶林？她的理想？还是哭她的姐姐，她的刘放？刘放弄不清，她自己也说不清啊……

三十 一支失落的歌

　　大自然的寒流过去了，但那彻骨的寒气却久久笼罩在知青心上。胶林染上了翠绿，人们心中却蒙上了灰暗。

　　当延续十多年的极左路线宣告结束，当史无前例的"文化大革命"被彻底否定的时候，作为"文革"产物的知青运动该如何评说？人们陷入了深深的迷惘……

　　当"上山下乡，继续革命"的口号消声匿迹，人们将疯狂的政治热情投向经济建设的时候，知青们心中那维持多年又摇晃已久的精神支柱，也彻底地倒塌了！颓废的人们似乎醒悟到了什么，猛然间发现自己被政治骗子们愚弄了十年，被政治游戏利用了十年！

　　当刚刚吐绿的胶林，又被寒害带来的病虫害席卷时；当深山老林的茅棚里，一个个知青后代呱呱坠地时，在抗寒斗争和艰苦生活中磨得精疲力竭的知青们，对事业和生活产生了双重的绝望——难道还要在这里扎根一辈子吗？

　　当大批下乡知青返城就业的时候，当西南边界吃紧的时候，支边青年们仿佛找到了最有力的依据和千载难逢的机遇："走，杀回老家去！"

　　一种对大城市的强烈向往，一种对现实生活的极端厌倦，一种对边境战火的精神恐惧，一种被历史遗弃的深深哀怨，交织成一股疯狂的情绪，从知青们心底里爆发出来。

他们截断北上的公路铁路，上京请愿；他们抱着儿女，拖着北京工作组成员的衣角，哭诉十年的艰难辛酸；他们对着苍天呐喊呼吁，对着群山宣泄骚怨……

一群群面黄肌瘦、因苦恼失眠而眼圈发黑的人们，从各个连队涌向分场、总场罢工示威……

一把把结实光滑、因年成已久而变成黄褐色的锄把刀柄，从无数人手中丢出来或者拖过去，扔进了熊熊燃烧的火堆。

一幢幢摇摇欲坠，因风吹雨打而泥墙脱落、屋顶穿洞的知青宿舍，被一双双绽着青筋、打满老茧的手推倒在地，垒成土堆。

猪全部杀光了，连同刚刚满月的小崽儿；

菜全部拔完了，连同刚刚出土的幼芽儿。

他们是横下一条心，走定了，决不再回来！

招架不住的领导们，恨不得立即赶走这些狂人，引开这股祸水！他们把农场的大印吊在树上，任凭知青们去盖，生怕那一双双粗鲁的手再抓他们一把；他们停产派车，连同老牛车一起等在坝上，想走者自便，唯恐那一条条暴跳的腿再踢他们一脚；有的"善人"，还打开连队小"金库"，连同那几分几毫一起"借"给知青，以免那一头头"饿狼"把自己的家产也一口吞光……

他们恨这帮知青，但又同情这些年轻人；他们怕这帮知青，但又舍不得这些大孩子！矛盾啊，十年的恩恩怨怨、朝夕相处、日晒雨淋、同舟共济。谁没有父老兄弟？谁没有儿女骨肉？

当运送知青的牛车颠出了山间小道，当载着知青的卡车消失在天边，他们那仇恨、恐怖的眼睛里，分明噙满了酸涩的泪……

逃难似的知青们，大包小捆，拖儿带女，哭哭闹闹，一潮接一潮，在"扬灰路"上卷起满天红尘。十年前成千上万地涌来，如今又成千上万地退去，这都是为什么？当地百姓投去一道道困惑的目光。然而，不管人们怎样评说，也不管人们神色怎样，知青们既不需要同情怜悯，也不惧怕挖苦咒骂。他们"我行我素"，目空一切。一路上的旅馆伙计，谁敢碰这些发了狂的"原始人"？！他们只能眼睁睁地看着这些"野人"把被子撕成条条，在床上拉些大便，将茶瓶当作夜壶……这些狂人，像死鬼收

脚迹一般，要清扫十年奔波留下的脚印，连同那十年前，在这条路上编织的青春梦、理想图一起毁掉……他们时而嚎啕大哭，时而疯狂大笑，时而又怒吼呐喊……啊！这些森林里出来的"原始人"！这些文明城市出来的知青！

公路边出山的小道上，几个落到后面的女知青拼命追赶，个个气喘吁吁、汗流满面。

"哎——你还在后面傻呆着干啥呀？再慢慢挨，就赶不上车了。"随着这焦急的喊声，蓬头散发、神智木然的婷婷回过头来，机械地抬起不灵便的腿脚。她眼里像蒙上了厚厚的尘埃，脸上像涂了厚厚的黄蜡，身上像穿着厚厚的铅衣。一举一动，都显得那样呆板、笨拙。

自从私生子被扼死后，婷婷的名声彻底败坏了。那些知道私生子父亲的人，纷纷传说她如何低三下四乞求洪涛；那些不知洪涛罪孽的人，纷纷传闻她与多少男人乱搞；那些只知她扼死亲生骨肉的人，纷纷咒骂她心狠手毒、不是女人……婷婷为此服过毒，跳过水，上过吊，都被小李子阻止了。后来，婷婷渐渐精神失常，有时去夏莉的坟头站一站，有时又到孩子落地的沟谷东张西望，久久发呆。她已由远近闻名的"烂女人"变成了四处传笑的傻大姐。她像《悲惨世界》里被污辱的芳汀，即使满天的雨水都落在她头上，即使整个海洋都倾泻在她身上，对她都没有什么关系！她已经是一块浸满了污水的海绵！

此时此刻，她突然在曾经送别洪涛的山垭口停了下来，痴痴地立着不动。

受小李子委托带婷婷回家的几个女知青，惊喳喳地呼喊"傻大姐"，威胁婷婷："再不快点，就把你甩在这里不管了！"

婷婷忘不了她的妈妈，她要跟着这些人回到妈妈身边。于是，她又木然地挪动脚步往前走。

一辆老牛车，缓缓地拖出胶林。破车厢里，蹲着一群半大孩子。老师在给他们讲都德的《最后一课》。孩子们听得那样专心，老师讲得那样沉重，老牛车走得那样缓慢。

突然，老师丢开课本，大喊"婷婷……"

牛车在婷婷身边停下，讲课的苏生跳下来，拉她上牛车一起走。

婷婷陌然地盯着苏生一动不动，她根本认不出人来，只记得女人不能让男人碰着。她痴痴地躲，拼命甩开苏生的手，往那堆女人中挤。

苏生望着疯傻的婷婷，痛苦地爬上了牛车。

"苏老师，你为什么不教我们了？是我们太笨了？我们平时听课不专心？我们逃学去捡橡胶籽？是吗……苏老师，你别走，我们一定听你的话……我们要上高中、读大学……你不要离开我们，好吗……"

学生们拉着苏生的衣角恳求、自责，几个女生还抹着泪。

苏生望着同学们，长长地叹了一口气：

"老师没教好你们……老师对不起你们和你们的爸爸妈妈……"

"老师，你不走行吗？"

"不，老师不能不走哇……"苏生的两枚镜片被泪水浸模糊了。

他看见，学生家长狠狠地抽打着瘦牛：

"苏老师，娃娃不懂事……我送你走就是了……"

苏生忍不住的热泪，大颗颗地滴下来，落在那《最后一课》上……

没"包袱"的，空脚撂手地走了。秦大军三个"包袱"在身，却仍然要走。

这天晚上，孩子们都睡熟了。秦大军望着发愁的钟琴，吞吞吐吐说出了他的打算。

"把冰冰……送……给别人。"

钟琴望着丈夫，半天说不出话来。送人，这两个字像把钝刀子割着她的心。如今，她是母亲，她哪能像当年那么干脆果断地割舍身上的肉？

秦大军左劝右劝，说不舍弃冰冰，洋洋和琴琴就养不大。钟琴看着瘦仃仃的洋洋和琴琴，回头盯着秦大军的眼睛道："还是送到她哥哥那儿去。"

　　秦大军的心，像挨了一鞭子，他连忙避开妻子的眼睛。

　　"上次，你是送到哪个寨子的？"钟琴的目光像要穿透秦大军的心。见秦大军支支吾吾，钟琴越是挖根究底。夫妻恩爱一场，眼看就要各奔东西，这件瞒着妻子干的伤天害理之事，必须向妻子说明，否则，他秦大军会终身负疚。

　　"那孩子，到底送的哪个寨子？走前，我们去看看他。"

　　"我……我……没有……没送人。"

　　"他在哪里？！"

　　"他……他……"

　　"究竟在哪里？！"

　　"在……不在啦……"

　　"啊！——"钟琴瞪着秦大军，浑身颤抖着。

　　突然，她站起来，发疯般地捶打着秦大军。

　　秦大军一动不动地坐着，任凭妻子的拳头，落在他罪恶的手臂上；任凭妻子的耳光，刮在他曾凶残咀嚼那婴儿的嘴角上……

　　秦大军拿着离婚证，从派出所办离婚的长蛇阵里挤了出来。他们的家，大柜子腾空了，破衣服被乱七八糟地堆在床上、墙角。洋洋的脸像只花猫，琴琴哭着喊着，把鼻涕抹了一脸，靠在妈妈背上。秦大军正在捣一粒白色的药片，钟琴坐在小凳上，给这个不该出生的小三儿喂奶。洋洋不明白妈妈为什么给妹妹喂那么久，为什么妈妈老哭，老亲妹妹的脸？妹妹会笑了，她对妈妈笑，妈妈却对她哭。妹妹吃饱了，妈妈又喂她。妹妹用小手推开妈妈的奶奶，妈妈却硬把奶奶往妹妹嘴里塞。妈妈怎么只喜欢妹妹一个人？洋洋可怜巴巴地靠近妈妈，把他那瘦瘦的头，搁在妈妈的肩膀上，生怕妈妈只要妹妹不要他了。

　　"药冲好了。"秦大军木然地对钟琴说。钟琴就像没听见，冰冰还吊着她瘪瘪的奶头，两只小手捧着妈妈的乳房。一会儿，小手摇摇摆摆，拂着妈妈敞开的胸口；一会儿，小腿伸伸缩缩，踢着妈妈的肚子。

"药水快冷了！"秦大军催促道。钟琴好像还是没听见。她紧紧地搂着冰冰，大滴大滴的热泪落在冰冰额头、嘴角。冰冰把妈妈的泪水和奶水一起吮进了她的小肚肚。

秦大军过来推摇着钟琴，钟琴突然放声大哭，洋洋、琴琴也跟着大哭。秦大军默默流着泪，把冰冰从钟琴手上拖过来。钟琴不肯放手，她紧紧抱着冰冰，冰冰也含着妈妈的乳头不肯松口。

"你是同意的呀！"秦大军摇着钟琴。

好久好久，钟琴才慢慢松开了手。

秦大军把灌进了药水的奶瓶头，塞进了冰冰嘴里，他在药水里放了很多糖。冰冰用小手抱着奶瓶，一个劲儿地吮吸，好甜好甜啊！

钟琴和洋洋、琴琴哭成了一团。突然，钟琴走过去，夺过秦大军手中的奶瓶。

"回去，都没有工作，养不活呀！"秦大军开导妻子，又从钟琴手中夺回奶瓶，继续给冰冰喂。

吮着吸着，冰冰的小眼睛闭上了，睡着了，她仿佛还在对爸爸妈妈笑哩！

秦大军让钟琴先把两个孩子带出去。一会儿，他叫来几个人，把大柜子、写字台、大床全部搬了出去。

路口上，秦大军凄凄切切地求着路人：

"哪个老乡，做做好事，换给我们一点路费吧……便宜卖……便宜卖啰……哪个老乡，行行好……换给我们一点路费吧……"

钟琴一手牵着个孩子，呆呆地站在一蓬黄叶飘飞的凤尾竹下，泪眼模糊地望着那个大柜子。不管谁在柜子前站下来，她的心都会"咚咚咚"地剧跳。她得看准一个善良的买主。

"便宜卖……便宜卖……哪个老乡行行好，……换给一点路费吧……"秦大军的叫卖声，撕裂着钟琴的心。

洋洋突然想起妹妹一个人在家里，他拖着妈妈要去看妹妹。钟琴蹲下来，抱着儿子的头，哽咽道："妹妹……在家……睡着

了……"

一个人走过来，双眼直勾勾地盯着柜子的成色："要多少？"

"老师傅，你……看着拿吧！"

"十元。"那人诡谲地眨眼睛。

"老乡啊，我翻山越岭从大山里扛回木头，熬了多少个通宵才做出来的呀……你行行好，给我们凑足路费吧……"

那人从鼻腔里哼出一声冷笑，满脸是乘人之危捞一把的神色。

钟琴上前挡住丈夫悄悄道："不卖，不给他。靠不住啊……"她一边伤心地抽泣，一边心疼地抚摸着柜子。

"哪个老乡行行好……给我们凑点路费吧，……哪个老乡……"

一个本地职工模样儿的人走过来："要多少？"

"四十吧，凑给我们一笔路费……"

老师傅没有讨价还价，手伸进包里掏钱。

钟琴见他还厚道，泪眼巴巴地望着他："老师傅，路上小心啊……别……别碰着……别摔着……别……"钟琴泣不成声。

当秦大军颤抖地接过四张"大团结"时，当老师傅叫人把柜子抬走后，钟琴忍不住放声大哭，她拼命地捶打着秦大军"去……快去……把她抱回来……把她抱回来……"

秦大军只是默默流泪，任凭钟琴捶打。

"去，快，把她抱回来……我……听见她在哭……她哭了……她哭了。"

洋洋、琴琴拉着妈妈的衣服大哭。

"我听见了……她在哭……她真的在哭……她哭了……她在喊妈！……她会叫妈了……"

飞机草叶凄凄切切地摇着……

两片黄叶落到钟琴头上……

那柜子小了……小了……消失了……那哭声，还在钟琴耳边响着……是冰冰的哭声……是琴琴的哭声……是洋洋的哭声……

她分辨不出来……她说，就是那柜子里面的冰冰在哭……

"冰冰……爸爸……对不起你了……"秦大军仿佛看见，那微量安眠药已经失效，冰冰在柜子里小手乱抓着，小脚乱蹬着……可是，她再也抓不到妈妈的奶头……再也蹬不着妈妈的肚子了……

"你们该……上路了……"秦大军牵着洋洋，扛着旅行包；钟琴拉着女儿，挪动了铅一般沉重的腿。

秦大军把钟琴母女送到车站后，便拖着洋洋往回走。洋洋突然意识到了什么，他挣脱爸爸的手往妈妈那儿跑。

"洋洋，听爸爸的活，明天跟爸爸去上海。"

"妈妈呢？"

"妈妈和妹妹回四川去……你和爸爸……"钟琴一把抱着儿子放声大哭。

秦大军过来，又一次拖走洋洋。

洋洋哭着跟爸爸往回走，走了一段又挣脱爸爸的手，向妈妈和妹妹奔去。

洋洋哭着喊着，一个跟斗摔了下去，额头上顿时鲜血直淌。

"我要妈妈……呜……呜……我要妈妈……"

钟琴跑过去，又一把抱起了儿子。

琴琴在妈妈背上哭，洋洋在妈妈怀里哭。两个孩子都死死抓着妈妈的衣角。

"我……都……带走……"

"你……养不活他们俩……"

"只要我不饿死……就有他们……的饭吃……"

秦大军又木呆呆地看着他们母子三人。

他的脸是那样瘦，那样青，那样的憔悴……

"洋马"也早已不"洋"了，一副十足的家庭妇女的土气。三个儿女，已把她那丰满的胸脯吮得瘪瘪的；八年的岁月，已抹去她脸上的红晕，抹去了她眼里的光芒。她的脸皮、她的乳房、她的腹肌、她的臀部，全部下垂着、坠着，像个不规则的三角形。

洋洋脸上是血，琴琴脸上是鼻涕；钟琴脸上是泪，秦大军脸上是冰……

当洋洋昏昏睡去以后，一对儿女又分开了，一对夫妻也分开了。……钟琴背着琴琴向北边走，秦大军抱着洋洋回南边去……

"钟情鸟"的哀号，仿佛又在钟琴耳边回响。她做不成"钟情鸟"了……

秦大军回过头来，再看一眼当年那个漂亮的"尼姑"……钟琴回过头来，再望一望当年那个英俊的"长老和尚"……

为什么要"开戒"、"还俗"啊？！

你们一生，只能做"尼姑"、做"和尚"！……

你们天各一方，永远都只能过"尼姑"、"和尚"的生活……

去吧，回上海的静安寺当和尚，好好带着那个小"沙弥"……

去吧，回山城的老君洞当尼姑，好好带着那个小"尼姑"……

永远永远别再还俗……

八队宿舍大多被推倒，房梁被抽下来当柴禾，烧了。破布、碎纸、烂碗、漏盆摆一地。菜地踏得铁板一块，拔得没了一星儿绿。猪圈敲得东倒西歪，猪粪撒得到处都是，果树被连根拔起。这一切，活像被鬼子扫荡过的废墟。

就在这废墟的一角，刘放的小茅棚里点燃了红烛，发霉的竹笆墙贴上了大红喜字。小李子不顾刘放的坚决反对，一口气跑到场部，像开回城介绍信的人一样，自己在结婚报告上盖了公章。有人告诉她，结了婚不能回城。小李子无所谓，她不能把重病的刘放一个人丢在阴冷的茅棚，只要刘放康复，只要跟刘放在一起，回不回城都一样。

这天晚上，老齐夫妇来到茅棚，做他们的证婚人。小两口望着瘦弱憔悴的老两口，老两口望着满脸沮丧的小两口。四人久久相对，默默无言。只有那烛泪，点点滴滴，洒落下来。

"我们……不该……不该结婚啊！"刘放沉重地低下头。

"雷闯要小李子和你们划清界线，小李子偏说要做你最好的朋友。姓熊的，为此打掉了她一颗牙，小李子连血带牙吞了下去……"老齐想打破室内的沉闷气氛。

"小李子……我知道你的心，你为我付出太多太多了！可是，我在生病，我不能连累你！"

"别说了，我只是为了照顾你。"小李子流着泪说。

"好姑娘！"老张那花白的头发颤抖着："你……照顾不了他……都回去吧……只有妈妈，才会照顾好自己的孩子……你们……都回去吧……"老张无神的目光，投向半山上小疆的坟头。

"不……我们不能走哇！"刘放在这来势凶猛的返城大潮中，真怕再提到"走"字。仿佛这个字要摧毁他的精神支柱，证实他不久前那个伟大的发现。他把求助的目光投向老齐。

"这十年，你们没少吃苦哇！说心里话，望着成群结队的年轻人走了，我心里不好受啊……细细想来，橡胶事业也不是靠我们、你们两代人能够完成……你们走了，橡胶基地还在，老工人的子女也一天天长大了……我还收养了十多个知青丢下的孩子……橡胶事业还有他们呢……"老齐重重地拍着刘放的肩头：

"走吧，回去养好身子再说……"老齐像吐着一个个沉重的铅球，"我，给你们办离婚手续！"

第二天清晨，刘放独自徘徊在曼波山脉。抬眼望去，孔雀山的二道森林还是那么美；望天树还是十年前那样高大茂密。低头只见，几块烂砖头横在脚下，刘放的心猛地抽搐了一下，那砖头上，还深深刻着一个"海"，一个"放"字。另一块砖头上，深深浅浅、歪歪扭扭地写着一些名字。那是他们特地去砖瓦队，把自己的名字写在土坯上，想拿一些刻名的砖头盖第一幢红砖楼。砖块上写着，上海人：刘放、陆澜、洪涛、吕婷婷；昆明—上海—版纳人：夏莉；四川人：李芳、汪飞。汪飞是特意要把自己写入四川人的行列，因为他站在"上海帮"一边打过"小四

川"，对自己的家乡人有些内疚，以此表示心中的忏悔。他们把自己的心全都刻在砖上，想让它铸在墙上，扎根在边疆的土地上。可是今天，他们的心血成了一堆废墟！

刘放久久凝视着那一块块红砖……当这堆废墟被地壳运动重新埋在地下；当这里重新覆盖上森森的密林；当这里完全失去人间烟火的时候，那些砖、那些砖上的人名、那名上寄托的年轻的心，会怎样的冷落孤独？！怎样的痛苦凄寒？！怎样的滴血哭诉啊？！再过上几十年、几百年乃至几千年、几万年，当未来的考古学家重新发掘出这些"文物"时，他们会怎样理解"知青文化"——这一特定条件下的历史现象呢？这些发达城市里的年轻人，为什么会跑到这原始森林烧砖、种树？他们会怎样评价发生在中国20世纪六七十年代的这场规模宏大的运动？是远征？是发配？是劳力疏散的权宜之计，还是史无前例的伟大创举？北美西部的开发，成了美国人骄傲的创业史！俄国西伯利亚的开发，成了苏联人光辉的革命史！而中国西双版纳的开发，应该怎样评说呢？

"刘放！"

刘放被喊声惊了一跳，回头只见，鲁人挑着行李，背着孩子，活像逃难的老乡。

"你也要走？"

"嗯。绕道来八队看看。"

"孩子他妈呢？"

"她吵着要回湖南……我带走儿子……她今后也好……再嫁人……"鲁人的声音有些发抖。想当初，是大彭一片恻隐之心，把小侄女许给自己，那湖南女子多少给了自己一些温存啊！

"你儿子……落不了户啊！"

"管不了那么多了，黑人黑户也是我的儿子……老齐丢了儿子多苦哦……我再苦、再穷，也得带好他……"

"回去……有工作吗？"

"弟弟顶替了爹，我……捡破烂也得养活儿子……天无绝人之路啊！"

"你……去找我妈……用我的名，顶替她……"

"……"鲁人感动得不知说什么好。

"我写信给妈说。"

"不，不行！"鲁人摇摇他的大头："你病成这样儿，留在这儿等死呀？！你得回去，得要有个工作……"

"别说了！"刘放接过鲁人的包袱，送了一程又一程。刚硬的鲁人，眼里涌出了豆大的热泪。

一个月后，刘放、小李子在老齐的劝告下，也无奈地踏上了回归之路。昆洛公路上，卡车载着两颗沉重的心向北驶去。他们默默地眺望那源源退去的青山绿水、蓝天白云……

"迎着晨风，迎着阳光，跨山过水到边疆，伟大祖国天高地广，中华儿女志在四方……"

十年前，当卡车把他们载进这密林的时候，天也是这么蓝，云也是这么白，山也是这么青。可那时候，刘放的胸膛仿佛装得下一个莫大的地球！而今天，这个莫大的地球仿佛容不下一个小小的他！他觉得自己越来越瘦，越来越小，小得将从地球上消失了一般……

几株幸存的胶树，孤单单立在半坡上，夹在再也不能复活的死树中。

两人下意识地对望着：你说过，你要陪伴橡胶姑娘白头到老！你说过，你要在边疆的大青树下安度晚年！他们都清清楚楚记得对方说过的这些话。可是，刘放的共产主义农场在哪里呢？他的红砖宿舍，那些刻着名字的砖头，只能留给未来的考古学家！他的如海般无边的橡胶园，只留下一些发黑的枯枝、腐烂的树干！他的学校，那被运动折腾得绝望了的老师，已沮丧地丢下了他的学生！那些还没长大的孩子，已被装进柜子，流落到了偏远山寨！他的医院，那个用银针治好了瘫痪病人的"医生"，已经长眠在泥土里！他的机械化，那个绘图者，和那几百张图纸都到哪里去了呢？还有他的电影院、他的共青城……

"哪里有荒原，就在哪里奋发图强；哪里有高山，就叫哪里

献出宝藏……"

卡车转到流沙河弯，只听得一只老鸦惨然地叫着，像唱着那支失落的歌，声声远扬，使四野更增添了几分凄凉，仿佛是汪飞的幽灵，在追随伙伴们回归的足迹……

一道急弯连着一道急弯，汽车在绿荫蔽日的森林里弯来转去，阳光时隐时现，星星点点透进密林，撒落在凉幽幽的路上。森林里，时而一片寂静，时而蝉噪鸟鸣，时而流水潺潺，时闻花香飘逸。当汽车开进深深的峡谷，两人仰望长天，是那样高远湛蓝；当汽车爬上陡峭的山崖，两人俯视谷底，宛若深邃的雾峡。

"……满怀热望，满怀理想，跨山过水到边疆……"

天下雨了。远山上那株古老的菩提树梢，炸开了一道透亮的闪电；电光下，小李子仿佛看见陆澜跪在她面前，颤抖地取出那份材料：

"等到那一天，为莉莉伸冤，全托你了！"陆澜泪如雨下。

……我已经为小莉伸冤了……可是……你在哪里呢？

"红在边疆，专在边疆。在斗争中奋勇前进，朝着共产主义的坚定方向！"

那支歌，总在刘放耳边回荡着。

十年前，也是在这清清的江上，也是在这孔雀开屏的桥头，年轻人的欢歌笑语，绕着白云飞旋，顺着江水流向天边……

"扑通——"刘放一头扎进江中，江面溅起高高的浪花。

"哗——哗——哗——"他头枕波涛，仰视蓝天，尽情地游啊……游啊，沉浸在"极目楚天舒"的意境之中。

"集合啰——集合啰——"洪涛在江边高喊。刘放水淋淋地爬上岸时，面对发怒的洪涛做了个滑稽的鬼脸，双手抱拳，胸前一举："老同学，恕我健忘！"洪涛"啪"的一掌，打在他的光膀子上。刘放一闪身，跟着洪涛叫了起来："集合啰——"

四面八方的年轻人，余兴未尽，不情愿地跑了过来……

十年前成群结队南来的那些年轻人，现在都到哪里去了呢？十年前他那"到中流击水"的勇气，而今又何在呢？还有，十年前，他和洪涛那亲密无间的友谊，眼下却殊途难遇，各奔东西……

客车转过一道山弯，刘放无力地睁开双眼，但见山脚下，那宛若一条飘带的澜沧江，显得更恬静、更遥远了。

也许，那一切，都随着这默默的江水，悄悄地流走了，流到了遥远的天边。连同他过去的同学朋友，连同他儿时的亲密伙伴，都一起流走了！……

他睁大眼睛，向江水流去的方向眺望……洪涛，你在哪里？在遥远的山野，带着镣铐，被押着前行？在深深的井下，汗水淋漓地掘煤、采矿？在混乱的工地上，敲着饥鼓，眼巴巴地等着开饭……

清清的流水，环绕着青青的江心岛。

悠悠的白云，缭绕着幽雅的傣家楼。

灿烂的朝霞，照耀着清新的黎明城。

芒果树上，跳跃着"小白点"；

香蕉林边，来去着傣家姑娘。

油棕树丛，点缀着红、蓝、黄花……

这一切，都若隐若现，依稀可见。

桥头的绿孔雀，正展开美丽的尾屏，自豪地守卫着"孔雀的故乡"。

那孔雀越来越小，越来越模糊了。可它分明还昂起戴着花冠的头，在那里高唱着。唱着西双版纳动人的晨曲，唱着由昆明垦荒队员们谱写的《边疆晓歌》。绿孔雀不知道，在那支动人的破晓序曲之后，是一首失落的歌！一首由千百万人的青春和热血凝成的苦涩的歌！……

汽车从截断路面的越南归侨中，缓缓地挤了过去。车上人说，越南排华，我国政府将他们安排到农场；他们只远远望一下，拔腿便走。即使落难，也不愿在边寨农场歇脚。

美丽的西双版纳哟，你怎么留不住千万个知青的心？怎么挽不住受难华侨的脚步呢？

一排排绿树，飞入刘放眼帘，又顿时退去；一座座青山，奔来眼底，又迅速消失。连绵宏伟的远山峰峦，今天在他眼里，

都变得黯然失色。一阵冷风扑来，更显得凄凄惨惨。他觉得，那些山峦像无数个巨大而奇怪的青冢，里面虽没有尸骨，却埋葬着十万知青的青春和理想、爱情和忧伤，埋葬着十万知青从火炭一般灼热变得冰块一样冷寒的心……

洪涛，是来革命的，如今，却革到了自己头上……

陆澜，是来避风的，然而，他终究没躲掉悲惨的命运；

夏莉，是来报国的，可是，她报国志未酬，却尸骨埋青山；

婷婷，是来脱胎换骨的，但是，她脱掉的是当年的柔气和灵气，换来的只是一个木头人；

汪飞，是来吃菠萝香蕉的，他吃够了西双版纳的水果，连同自己的生命苦果也一起"吃"掉了；

苏生，是来寻诗情画意的，却像四处碰壁的"孔老二"一样，簸着牛车走了……

我呢，是来建设的，但为啥也要这么匆匆地离去呢？……

创办共产主义新农场的那个理想破灭了！刘放拼命寻找着精神世界的新的支点。

……寒害……病害……虫害……生态平衡……老齐的话，又在他耳边响起……

生态平衡……寒害……病虫害……紧紧抓着刘放的心。

"哪里有困难就在哪里百炼成钢……"

森林大火，拼命地烧啊，烧啊！他们在火边，拼命地唱啊、跳啊！

刘放猛然从跳荡的火苗和百年罕见的寒流之间，找到了一个新的支点——考大学，读植物保护专业！用科学知识去扑灭那些疯狂的烈火，拯救那片片发黑的胶林！

刘放毅然扭过头来对小李子说："别难过，这决不是我们青春的结束！"

"迎着晨风，迎着朝阳，跨山过水到边疆，伟大祖国天高地广，中华儿女志在四方……"

十年前的歌声，仿佛还在春城的大街上回荡。刘放和小李子坐在路灯下，久久相对无言。

路边小店里，传出一支忧伤的歌——"你呀，无家可归，我呀，有家难回。同是天涯沦落人，苦瓜苦藤紧紧相随……

　　然而，这对患难相随的情侣，何时才能相会？小李子含泪拖出那张曾为刘放扎过伤口的手绢，抖嗦地分开两张紧紧叠在一起的火车票。一张去上海，一张到重庆。

　　给你，票！她突然像失去一件宝贵的东西，顿时热泪横流。

　　刘放接过票，顺势握住她的手，动情地搓揉着……

　　历史啊，你当初为啥要把这对天各一方的年轻人连在一起？而今，又为何要将这对热恋的情侣分送到天涯海角呢？

　　小李子紧紧地捏着两张火车票，久久不肯松开。她的手，她的心，都在剧烈地颤抖着……一张小小的硬纸块，像刀一样劈开了这紧紧相握的两双手，又像剑一样搅碎了他们理想的梦。

　　刘放接过车票凝视着"2月1日"几个字，他的心不禁颤抖了——是历史的巧合？还是嘲弄？这两个数字颠倒组合，即：12月21日，正是十年前离开上海的那一天，正是毛主席号召"知识青年到农村去"的那一天呐！刘放清楚地记得那个"一片红"的冬日，他的支边倡议像星火点燃遍布的干柴，血写的决心书像雪片飞向他。他们集会游行，队伍如滚雪球，把刚刚结束"文攻武卫"的红卫兵战友们引向了"广阔天地"。当老人家的"12·21"指示正式传到南去的列车上时，他和战友们是那样的激动！那样的振奋！他们挥着红宝书，走遍了十五节车厢，在狭窄的过道上拼命地挤来挤去，游行庆贺到天明。他们笑出了热泪，喊破了嗓子，挥痛了手臂，走酸了双腿，却全不在乎，因为他们自豪。是他们最先走上毛主席指引的路！

　　那一天，他们深深地沉浸在一种伟大的理想、无限的兴奋喜悦和崇高的精神境界之中。

　　那是一个被青春火焰烧红了的冬天！

　　可今天呢？十年后的2月1日的夜晚，他却沉溺在一种冷落、孤独、惆怅和悲凉的境地。

　　这是一个被冰雪封闭了心扉的萧杀之夜！

"呜——"火车终于拉响了惨然的汽笛。

一对难舍的情侣，被分隔在车厢内外。

小李子站在车窗外，凝视着比她早三小时起程的刘放。

"我们，还要回来……"刘放的声音颤抖了。

小李子默默地点点头："你，保重啊！"

两对目光，久久交织；四行热泪，潸潸落下。

"轰——隆隆——轰隆隆——"火车有节奏地运行，朝着与十年前相反的方向开去。

一团团浓雾似的白烟，腾空而起，为这段曲折的历史，画上了一个斗大的句号；也为这十年的起落，打上了无数个问号。

"呜——"又一团烟雾升腾起来，逐渐扩散，像一根倒立的西双版纳竹笋，加上李芳那小小的身躯的黑点，为这场"伟大的知青运动史"，注上了一个巨大的惊叹号……

飞驰的列车，把一座绿的"春城"，丢在身后；把一片绿的海洋，甩在天边。但绿海，依然那么浩瀚无边，依然那么充满生机，依然那么妩媚可爱、令人销魂！那里，没有了刺眼的红色，没有了惨淡的白色，没有了憔悴的黄色！只有翠绿、油绿、墨绿，一派蓊郁苍劲的绿，一派洋溢着生命活力的绿，一派孕育着理想希望的绿，一派淹没了万千青春的绿！……

尾声

　　飞机载着刘放那颗跳荡的心，徐徐降落在澜沧江畔的景洪大坝。

　　洪涛带着先期回归的小李子接机来了。他紧握着刘放的双手，一句话也说不出来。他拖着刘放，钻进轿车，风一般驰进西双版纳州外宾招待所。

　　就在当年与安妮女士座谈的望江楼上，洪涛设宴为刘放接风。

　　翠绿的菠萝酒，紧紧捏在六个沉默的人手中。刘放、洪涛、老齐低头沉思着，小李子、婷婷、老张三个女人站在他们身旁。

　　婷婷那张虚肿苍白的脸，不时往洪涛宽大的脊背后躲。她两眼无光，呆痴地盯着远处那片绿林，不停地嘀咕着：是我……杀死了那孩子，是我……杀……杀死了……儿子……是我……婷婷那模样儿，多像失去了阿毛的祥林嫂啊！

　　是我……杀了那孩子……是我……这声音，凄凄楚楚、如泣如诉……

　　"婷婷、婷婷，你别这样！"小李子和老张摇着她的胳膊。

　　洪涛放下酒杯，紧紧地捧着婷婷的手，嘴角痉挛似地掣动着。

　　人们沉痛地望着这对不幸的夫妻。

　　劳改出来后，洪涛回到了农场。他把过去的政治狂热和顽强毅力，全都投到了发展家庭农场上。一年工夫，他成了万元户，

又一次成了全场的风云人物。分局农工商联合企业看中了他的经营才干，聘请他做了副经理，洪涛又一举成为全省闻名的青年企业家。成名之后，他回了一趟上海，把呆傻的婷婷接回西双版纳，举行了规模空前的隆重婚礼。两年来，他对婷婷倾注了丈夫和哥哥的双重爱抚，想弥补自己对婷婷犯下的罪过。有人劝洪涛认婷婷作妹妹，另娶个漂亮姑娘为他生儿育女当贤内助。洪涛毅然拒绝了好心人的劝告和不断上门提亲的人们。他相信有那么一天，自己诚挚的爱恋，能使婷婷麻木的心灵复苏，让过去那个美丽甜蜜的婷婷重新"复活"……

"是我……杀死了那个孩子……是我……"

"别说了！婷婷！"洪涛推摇着她的双肩。"不是你的错！是我，杀死了我们的儿子！是我！不是你……"洪涛苦涩的泪，洒落在婷婷木然的脸上。

"你俩别难过了，我把那个最乖的儿子给你们。他也是知青的孩子……和你们的儿子一样大……"老张沉重地说。

婷婷住口了，六个人又陷入痛苦的沉默……

洪涛猛然转过身来，跪在人们面前，用颤抖的手举起酒杯："请接受我的忏悔！"

"不！不！"刘放一把扶起跪着的洪涛。那颗泯灭了多年的童心死灰复燃，他突然觉得，自己和洪涛之间，什么也不曾发生过。

"不，我不能原谅自己！今天，我一定要对你们说清楚，我憋在心里很久很久了……当我被投进监狱的那一天，当我知道刘放为我出具的那份证明时，当我得知婷婷……精神失常时，当我知道老齐……失去了儿子，又被打成了残疾的时候，当我知道陆澜被迫出逃，汪飞丧命流沙河畔的时候……人性和良心的钢鞭抽打着我……揭掉了我心上那层僵硬的外壳，粉碎了我脸上那副虚伪的面具。十年中，名利地位的包袱让我活得太苦太累也太沉重了！如今想来，政治小丑的一时得势算得了什么？人心向背才决定着历史发展的趋势！那些身外之物原本轻如鸿毛，唯有良心、真情、民利才重如泰山呐！十多年来，我洪涛有负同伴和朋友！

有负边寨父老兄弟！让我在后半生为南疆人民的衣食住行尽点力吧！以此来弥补我前半生之过……老同学，老领导，喝下这杯酒，为我的良心发现干杯！为我的忏悔作证！……"

"别说了！我们的灵魂已经在清水里泡过三次，在血水里浴过三次，在碱水里煮过三次了。我们的灵魂已经得到了净化……"刘放紧紧握住了洪涛的手。

洪涛的热泪，滴落在酒杯里。

刘放沉默片刻，举起酒杯："我提议，为死去的夏莉、柳华、小疆，为陆澜，也为汪飞敬一杯！"

六盏酒杯举过眉头，而后，又缓缓地洒在那片没有花草的红土地上。

又是一阵长久的沉默。

过去了，都过去了！那苦难的十年！正如那不是卡嘉、达莎两姊妹苦难的历程，而是整个俄罗斯民族苦难的历程一样，这十年，也决不是知识青年苦难的历程，而是整个中华民族苦难的历程！一个从愚昧无知、毁灭文化的时代，向尊重知识、尊重人才的文明社会过渡的苦难历程！

老齐望着澜沧江水，深深感叹："长江后浪推前浪，世上新人超旧人呐！"他猛然踅回身来，面对刘放洪涛，用独臂举起酒杯："来，让我为你们——年轻人——我们民族的希望敬一杯！"

六只酒杯碰在一起。

"你们去了两个十八岁！但你们还有两个十八岁！祖国的橡胶事业，就拜托给你们了！"老齐深情地望着他俩。

"来，小李子、刘放，让我们补上当年那杯没能喝成的喜酒！"老齐、老张高举酒杯，六个人一饮而尽。

"野火烧不尽，春风吹又生"！

那位在这里悲叹中国青年没出息、无大志的安妮女士，你可曾知道，当年的知识青年，又一次崛起了！

刘放，将成为中国第一流的橡胶专家，胜过那位奋斗了终生的老技术员！

洪涛，将成为中国第一流的农工商企业家，而且，一定会胜过当年风云上海的黄老板！

　　"多灾多难的一代！大器晚成的一代！"老齐摇着满头白发，流着纵横的老泪。

　　千万青春仿佛已在密林深处扎根发芽，蔚然成一片延绵天涯的橡胶林海……

初稿于1981年1月-3月
二稿于1987年10月-11月
定稿于1991年4月-5月